Krisztina Tóth
Aquarium

Krisztina Tóth
Aquarium

Aus dem Ungarischen
von György Buda

NISCHEN
VERLAG

HUNGARIAN BOOKS
AND TRANSLATIONS
OFFICE

PIM

*Mit Unterstützung des Ungarischen Büros
für die Förderung von Übersetztungen PIM*

Die Originalausgabe
erschien 2013 unter dem Titel *Aquarium*
bei Magvető, Budapest

ISBN 978-3-9503345-9-3

Umschlag und Buchgestaltung: Zoltán Kemény
Druck: HVG Press, Budapest

Weitere Informationen finden Sie auf
www.nischenverlag.at

I.

Klari-Oma nahm aus der Wirkwarenfabrik Strickjacken in immer größeren Mengen mit nach Hause. Sogar in die Menagereindln stopfte sie Jacken hinein und die arme Vica, ihr Enkelkind, durfte sich in der Schule in den stets zu großen, spitzengehäkelten Oberteilen schämen. Klari-Oma versorgte irgendwann nicht nur die Familie, sondern auch die Nachbarn. Da es aber ganz vom Zufall abhing, wann sie welches Musterstück stehlen konnte, kam es auf der Bank vor dem zweistöckigen Haus zu groß angelegten Tauschaktionen. Früher oder später fanden alle passende Jacken und die Oma erhielt im Tauschweg Zündhölzer, Joghurtbecher, Burda-Schnittmuster und Stickgarn.

Sie war überhaupt nicht wie eine normale Großmutter: Sie trug Lippenstift, kleidete sich mit nervtötender Geschmacklosigkeit und log fortwährend. Vera, ihre Tochter, schämte sich ungeheuerlich für sie, hauptsächlich wegen der Lügerei. Klari-Oma las anlässlich ihrer nächtlichen Abfallcontainerrunden unzählige alte Fotos auf, die sie dann den Nachbarn unter Vorbringung erfundener Geschichten zeigte. Selbst Romy Schneider hatte sie einmal in die Verwandtschaft einbezogen, und sie berichtete über die Geburt zahlreicher Babys, um dann die Namen der Kleinen und ihr Alter umgehend zu vergessen. Als Vera, selten genug, erschien und von den begeisterten Nachbarn über die Geburt des kleinen Sándor oder Sári befragt wurde, erging sich ihre Mutter mit unschuldiger Miene in Erklärungen. Da müsse ein Missverständnis vorliegen, sie sei von allerlei senilen alten Weibern umgeben und im ganzen Häuserblock so ziemlich die Einzige bei Verstand. Bei solchen Gelegenheiten schloss Vera wortlos die Tür von innen, lehnte sich dagegen und befahl ihrer Mutter kühl, ein Bad zu nehmen.

Klari-Oma erlebte diese einmal pro Monat stattfindenden Besuche als Verletzung ihrer persönlichen Freiheit. Sie jammerte laut und beschwor unter Wehklagen die herzzerreißenden Geschichten aus der Kindheit ihrer Tochter, als sie ihr nur unter Überwindung größter Schwierigkeiten eine Seife hatte besorgen können. Danach zog sie sich beleidigt in das kleine, mit einem Vorhang abgetrennte Badezimmer mit den ewig feuchten Mauern zurück. Bevor sie sich in die Wanne setzen konnte, musste allerdings der in Säcke gestopfte Müll aus dieser herausgefischt und die Wanne dann gründlich ausgeschrubbt werden.

Von den Geschichten aus Veras Kindheit war übrigens kein einziges Wort wahr, doch die Oma schrie derart überzeugend, dass die kleine Vica ihr immer wieder auf den Leim ging und unbedacht nach Details fragte. Wenn Klari-Oma sich nicht genau erinnerte, was sie zuvor zusammengeschwafelt hatte, dann verdrehte sie bloß die Augen und wechselte versonnen das Thema. Sie erzählte eine neue erfundene Geschichte, in der sie, genau wie in den vorangehenden, als Muster des Martyriums oder der Heldenhaftigkeit um ihr Kind kämpfte. Dabei hatte es sich in Wirklichkeit ganz anders zugetragen.

Klari-Oma hat die Frontlinie nie durchbrochen, sie hat von den Soldaten keine Lebensmittel für die Kleine erbettelt und den sowjetischen Befreiern auch nicht ihre goldene Armbanduhr angeboten, schon deshalb nicht, weil sie nie eine besessen hat. Und hätte sie eine gehabt, hätten die Genossen mit Sicherheit nicht darauf gewartet, dass sie sie ihnen anbietet – und ihre Tochter hatte sie zu dieser Zeit noch nicht einmal empfangen. Aus dem kurzen Protokoll, aufgenommen im Erziehungsheim, ging lediglich hervor, dass sie Vera schon seit Wochen kaum etwas zu essen gegeben hatte, als die Kleine mit zwei Jahren in staatliche Obsorge genommen wurde. Ein Nachbar hatte der Oma einmal ein lebendes Huhn gegeben; das hatte sie in einem Park freigelassen, um weiter zu singen oder auf dem in ewiger Unordnung erstickenden Tisch die Karten zu legen. Die Ratten, die sie für vernunftbegabte und zähmbare Tiere hielt, durften sich bei ihr einleben und sie leugnete bis zuletzt, dass diese die Zehen des Kleinkindes angeknabbert hätten. Wie hätten sie das auch tun können, sie seien doch keine bösartigen Tiere, das sehe man ja schon bei einem Blick in ihre Augen. Doch war sie mit den Leuten vom Amt so weit einer Meinung, dass ihre Tochter zumindest vorübergehend bei ihr vielleicht doch nicht am besten aufgehoben war. Daher stimmte sie unter Tränen zu, dass Vera zur Erholung an die gute Höhenluft gebracht würde, doch sie versicherte den in der Sache tätig gewordenen Klosterschwestern, sie würde das Kind holen, sobald es nur ginge.

Obwohl das umgebaute Schloss bereits bis zum Bersten mit Kriegswaisen überfüllt war, vertrauten die Schwestern darauf, dass sie dieses Versprechen niemals einlösen würde.

Vica, ihr Enkelkind, wusste von alldem nichts. Sie hatte eigentlich ihren Frieden mit Klari-Oma, wenngleich auch sie die Ära der Wirkwarenfabrik schwer ertrug. Zum Glück dauerte auch diese Episode nicht lange, denn man wurde an den schnell wechselnden Arbeitsplätzen der Klari-Oma der Verspätungen, der Katastrophen und tödlichen Erkrankungen, die ständig ihr rechtzeitiges Eintreffen am Arbeitsplatz verhinderten, bald überdrüssig. Die Zeit der Wirkwarenfabrik ging an jenem Vormittag zu Ende, als die gute Frau, die erst zu Mittag, die Einkaufstasche schwenkend, in der Arbeit erschien, sich nicht auf einen Arztbesuch ausredete oder darauf, dass sie verschlafen hätte, sondern behauptete, die Margarethenbrücke sei in die Donau gestürzt. Ihr Chef hörte sie geduldig bis zum Ende an, wie es seine Gewohnheit war, dann gab er ihr das in Kunstleder gebundene Arbeitsbuch mit einem Stempel versehen zurück und ersuchte die Genossin, sich zu entfernen, möglichst ohne einen Skandal zu verursachen.

Klari-Oma ließ die Sache nicht auf sich beruhen, sie schrie und fuchtelte mit dem Parteibuch herum und verfluchte selbst den armen Pförtner mit den orthopädischen Schuhen. Sie drohte übrigens gern damit, auf Parteiebene alles zu erledigen, die Genossen würden dann auf den Knien um Verzeihung flehen; das trat jedoch – auch nachträglich – leider nie ein. Nichts konnte sie auf Parteiebene erledigen, nicht einmal die Zuteilung zumindest einer Zimmer-Küche-Wohnung im ersten Stock statt des miesen Kellerlochs, in dem sie seit zwanzig Jahren hauste. Wenn sie auch immer gewissenhaft die Marken ins Parteibuch klebte, erschöpfte sich ihre politische Aktivität doch darin, dass sie zu den Wahlen ging und ihren Schwiegersohn mit spöttisch geschürzten Lippen nur den „Privatsektor" nannte.

Vica gefiel die Kellerwohnung übrigens ausgesprochen gut. Die Zwischenwände der Kellerabteile waren niedergerissen, die Wände gekalkt worden, eine der Nischen diente als Schlafraum, eine verdreckte Vorhangbahn an einer Karnische trennte sie vom vollgestopften vorderen Raum, der als Küche, Wohnzimmer und Vorraum in einem fungierte. Die zwei schmalen Fenster gingen auf den Gehsteig, von unten waren nur die Schuhe zu sehen, wie sie kamen und gingen. Wenn die Schuhe der kleinen Gizi erschienen, rannte Vica gleich zum Fenster und das Kind draußen hockte sich vor dem Glas hin und fragte Vica, ob sie zum Spielen herauskomme.

Dieses kleine Mädchen aus der Nachbarschaft, Gizi, war die einzige Spielgefährtin Vicas in der Zeit bei ihrer Großmutter. Gizi wohnte in einem der Keller unter einem benachbarten Stiegenhaus, doch ihr Reich bestand aus viel mehr Kellerabteilen als das der Klari-Oma. Es war tatsächlich ein richtiges Reich. Vica war fasziniert, wenn Gizis Mutter nach hinten ging, in die gangähnlichen Räumlichkeiten, wo sie in der Dunkelheit immer neue und wieder neue Lichter einschaltete und aus der Tiefe einmal Kartoffeln, das andere Mal Brennholz brachte. Auch sie verwendeten den ersten Raum, der Fenster besaß, als Wohnzimmer, doch roch es bei ihnen nicht nach Moder und es lag kein Abfall herum. Tante Terka wischte immer alles mit einem feuchten Tuch ab und flocht das Haar ihrer Tochter zu einem strengen, ordentlichen Zopf. Sie konnte die Klari-Oma nicht ausstehen und blickte immer mit strengem Blick vom Kochen auf, wenn Gizi hinübergerufen wurde, die Klari-Oma wiederum sprach von Terka nur als der Scheißhure, was nichts zu bedeuten hatte, da sie mit fast allen böse war.

Gizis Vater ließ sich nie blicken. Angeblich war er Matrose bei der Donau-Flottille, weshalb Vica sich immer einen Mann mit einem runden Vollbart vorstellte, wenn ihre Freundin von ihm erzählte, einen richtigen Seebären.

Gizi hatte ihr zwar einmal ein Schwarz-Weiß-Bild von einem schmalbrüstigen Mann gezeigt, der eine Zigarette rauchte, doch schien es mindestens so unwahrscheinlich, dass dies ihr seefahrender Vater war, wie die Verwandtschaft mit den von Klari-Oma vorgezeigten Personen, von denen nach einer Weile niemand mehr annahm, dass sie tatsächlich existierten.

Im Sommer trugen die Mädchen eine Decke hinaus, breiteten sie auf dem Gras aus und spielten mit Puppen, im Winter spielten sie auf einem schmalen Platz, den jeder nur den „Zwischenhausplatz" nannte, weiter hinaus durften sie nicht, es sei denn, sie wurden ins Geschäft geschickt.

Wenn ihre Hände im Winter rot gefroren und ihre Zehen vor Kälte klamm waren, zogen sie sich einmal in die eine, dann in die andere Wohnung zurück, um sich aufzuwärmen. Bei Klari-Oma mussten sie die schmutzigen Schuhe nicht ausziehen wie bei Gizi, Klari-Oma fühlte sich vom Matsch nicht gestört. Sie stellte Wasser in der nie gespülten und vom Tee innen schon dunkelbraun verfärbten Aluminiumkanne zum Kochen hin.

Vor dem Doppelfenster zum Gehsteig stand ein riesiges Aquarium. Wenn das Wasser kochte, nahm Klari-Oma das Sieb, das sie quer über eine Ecke des Aquariums gelegt hatte und mit dem sie immer die toten Fische aus dem Aquarium holte, und brühte die Teeblätter auf. War sie damit fertig, klopfte sie die zusammengeklebten Blätter aus dem Sieb heraus und legte es wieder auf das Aquarium zurück.

Gizi trank den Tee, dann legte sie die Strickmütze, die Klari-Oma ihr von der letzten Lieferung geschenkt hatte, auf den kleinen Tisch zurück. Sie bedankte sich für die Bewirtung und ging ohne die Mütze auf die Treppe zu, woraufhin ihr die Alte nachrief. Gizi antwortete verlegen, ihre Mutti habe sie gebeten, die Mütze zurückzubringen und ansonsten nichts von Fremden anzunehmen. Trotz Vicas flehendem Blick sagte Klari-Oma Gizi, sie möge der Terka ausrichten, sie könne sie am Arsch lecken, dann stülpte sie sich die zurückgegebene Mütze auf den Kopf, legte die Beine in den dicken Socken und Pantoffeln auf den kleinen Tisch und schaltete das Radio ein.

Am liebsten hörte sie ungarische volkstümliche Musik. Sie ließ dann die Goldzähne aufblitzen und sang mit dem jeweiligen Sänger mit, und wenn die Sendung zu Ende war, schlief sie im Sitzen ein und schnarchte mit vornübergefallenem Kopf.

Wenn es so weit war, langweilte sich Vica stundenlang. Das schräg einfallende Licht schaffte es am Nachmittag nicht mehr, das Zimmer auszuleuchten, es wurde früh dämmerig. Das riesige Aquarium glich mit seinem schlierigen Gewoge einer Unterwasserstadt, die Guppys schwammen hinter dem algenverkrusteten Glas auf und ab. Die algenfressenden Schnecken klebten am Glas und ähnelten aus der Nähe Ungeheuern. Niemand wechselte jemals das Wasser; unter den Fischen hatte sich ein eigentümliches Gleichgewicht eingestellt, wie in einem lebenden Gewässer. Wenn sich das Mädchen auf die Zehenspitzen stellte und ihnen getrocknete Würmer ins Wasser streute, versammelten sie sich, wimmelten wild herum und drängelten sich um das Futter. Es gab auch kleinere unter ihnen und immer schwebte auch der eine oder andere zerfranste Körper mit und wurde im Vorbeischwimmen von den anderen angeknabbert.

Als die Rücken der Guppys sich aufwölbten, sagte Klari-Oma, sie hätten sich angesteckt und würden dieserart sühnen, dazu schüttelte sie den Kopf. Der Zustand der Fische machte ihr viel mehr Sorgen als der des Kindes, denn die Fische könnten, wie sie sagte, nicht sprechen und nicht ins Geschäft hinausgehen, während das Kind einen Mund zum Sprechen habe, wenn es etwas wolle.

Vica lernte bald, dass Sprechen nichts fruchtete. Meistens gab es nichts zu essen, es sei denn, Klari-Oma hatte gegessen und davon etwas übrig gelassen. Bekam sie Hunger, löffelte sie Topfen aus einem Becher und trank dazu Schnaps, doch wenn sie die Lust überkam, kochte sie einen großen Topf Teigwaren, der dann tagelang im Kühlschrank stand, bis er glitschig und stinkig wurde.

Zuweilen pflückte sie schwarze Maulbeeren von den Parkbäumen, doch nur so viele, wie sie von unten erreichen konnte, und sie hob auch welche vom Boden auf, daher waren die Früchte schmutzig und manchmal mit verendeten Wespen und Ameisen vermischt.

Die Fische aber vergaß sie nie. Wo auch immer der Abend sie überraschte, sprang sie nach einer gewissen Zeit auf und sagte, na, ich geh jetzt, ich muss die Fische füttern. Viele dachten, das sei bloß eine Redensart von ihr, sie wussten nichts von der Existenz des Aquariums.

Sie erklärte Vica, wobei sie sich geräuschvoll kratzte, die Fische seien die Seelen der Toten und schwämmen im Wasser, damit sie es leichter hätten. Ein anderes Mal behauptete sie, das unten im Aquarium befindliche Schiffswrack sei ein Modell der Titanic und der Stein daneben stamme von einem Vulkan, in dessen Krater ein Mann hineingestürzt sei, der dann als pechschwarzes Gespenst zurückgekommen sei und Aschewolken aus dem Mund stieß, wenn er etwas sagen wollte. Und wer einen lebendigen Guppy schlucke, der bekomme eine seidige Haut wie der Regenbogen, allerdings würde er bald darauf sterben. Während sie das erzählte, streute sie Wasserflöhe ins Wasser und begutachtete die kleinen Fische, die aus dem Schiffswrack hervorschwärmten, mit zusammengekniffenen Augen.

Besuchte sie ihrer Enkelin zuliebe einmal ein Kindergartenfest, ging sie auch von dort unter Hinweis auf ihre Fische weg. Nach einiger Zeit wäre es Vicas Eltern fast lieber gewesen, wenn sie gar nicht hinginge, doch dann tat sie ihnen beim nächsten Mal wieder leid und sie gaben ihr wieder Bescheid.

So erschien sie jedes Mal zum Muttertag und zur Jahresabschlussfeier. Sie machte sich fein, was so viel hieß, dass sie ihr Medaillon mit der gepressten Nofretete-Büste über ihren Pullover hängte und ihr kreisrundes Ohrgehänge anlegte, die verdreckten Füße steckte sie in Strümpfe. Auch diesmal wollte sie von den schiefgetretenen Pantoffeln nicht lassen; es war daher zu sehen, wie ihre lang gewachsenen Zehennägel beinahe durch die Strümpfe stachen. Wenn sie sich auf der Straße dem Zaun des Kindergartens in ihrem fliederfarben-gelben oder rosarot-grünen Ensemble in voller Kriegsbemalung näherte, ließ Vera, ihre Tochter, den Kopf hängen und gelobte still, sie nie mehr im Leben unter Leute einzuladen.

Klari-Oma hatte tatsächlich keine Ahnung, wie man sich bei solchen Festen benahm. Als sie zum Beispiel sah, wie andere Großmütter und Mütter Rührung zeigten, begann sie zu schniefen und weinte mit den Gesten einer Stummfilmdiva in ein verklebtes Herrentaschentuch. Oder aber sie stand auf und klatschte. Sie grinste, der Lippenstift verschmierte sich über ihre Zähne, und sie halste und küsste auch fremde Kinder, vergeblich versuchten sie sich ihrer stechenden Bartstoppeln zu erwehren. Als sie ihres gezwungenen Auftritts überdrüssig wurde, erklärte sie, nach Hause zu den Fischen zu müssen, und trat ab.

Es war bei der Jahresabschlussfeier der ersten Klasse, da beugte sie sich zu Vera und erkundigte sich diskret, woher diese Kinder wohl eigentlich wüssten, wie sie eingestuft worden waren. Ihre Tochter blickte sie entgeistert an und antwortete, sie wüssten es von ihren Zeugnissen, worauf Klari-Oma die Brauen zusammenzog und nickte, doch es war ihr anzusehen, dass sie nichts verstand.

Vera hegte den dunklen Verdacht, dass sie in Wirklichkeit nicht einmal die Uhr lesen konnte. Ihre Gewohnheiten, wie sie zur Arbeit ging, schienen das zu bestätigen: wurde es hell, stand sie auf, wurde es dunkel, ging sie schlafen. Wenn sie mit einem Zug fahren musste, nahm sie den, der gerade abfuhr. Fuhr gerade kein Zug, erkundigte sie sich, wann er denn führe, und sie stand so lange auf dem Bahnsteig herum und schniefte, bis ein Zug kam. Trotzdem gelangte sie erstaunlicherweise überall hin, wohin sie wollte, unter anderem auch zu jener Sommerfrische in Hévíz, vor der ihre Tochter sie badete, ohne ihre Widerrede zu dulden, und sie über die einzuhaltenden Regeln der gemeinschaftlichen Erholungsheime aufklärte.

Klari-Oma hörte ihr voller Verachtung zu, als wäre sie schon damals an Badeorte wie Opatija gefahren, als ihre Tochter noch nicht einmal wusste, was ein Zweiteiler ist, dann stopfte sie einen zerschlissenen seidenen Morgenrock, schwarz-weiß gepunktet und ungewisser Herkunft, in den Koffer.

Der Morgenrock muss gewirkt haben, die Alte kam vom Badeort mit einem sonnengebräunten Boxer zurück, sie hatten sich, wie sie erzählte, auf den ersten Blick ineinander verliebt. Männer hatte es schon vorher in der Kellerwohnung gegeben, Klari-Oma hatte Vica immer nur gesagt, die kenne sie noch von der Bewegung, und dazu so bedeutungsvoll gelächelt, dass das Kind sich die Bewegung als eine zügellose Orgie rund ums Lagerfeuer vorstellte.

Von da an war der Boxer ständiger Gast bei Klari-Oma. Seine Nase war seltsam verformt, schief und eingedrückt, seine Stimme heiser. Nach seinem Eintreffen hob er Vica, und wenn Gizi dort war, auch sie, immer hoch, er grölte, sie sollten viele Knödel essen, denn davon würden ihnen große Möpse wachsen. Darüber lachte er lange. Dann drückte er ihnen die Nasen ein, als wollte er erreichen, dass auch die flach und schief würden. Vica sah entgeistert, dass bei Gizi durch das Eindrücken beiderseits der Nase winzige weiße Würmlein hervorkrochen. Gizi nannte diese wichtigtuerisch Mitesser. Ihr Vater hätte ihr erklärt, das seien ganz klitzekleine Würmchen, die sich vom Menschen ernährten, und die jungen Mädchen seien deshalb so mager, weil die vielen kleinen Regenwürmer ihnen die Nahrung wegsaugten. Vica hörte das mit Schaudern, noch nie hatte sie gehört, dass Würmer jemanden bei lebendigem Leibe auffraßen. Sie riet Gizi, die winzigen Würmer in das Aquarium zu werfen, denn auch ihre Großmutter würde die Fische mit solcherlei füttern und die Fische würden das sehr mögen.

Die Guppys bekamen nur selten Würmer zum Fressen, die schienen richtiggehende Delikatessen zu sein. Klari-Oma brachte die Tubifex-Würmer in einem Einmachglas nach Hause und bewahrte sie neben der Klosettmuschel auf. Während sie die Würmer mit einer Pinzette dosierte, gurrte sie mit spitzen Lippen: tubi-tubi-tubifex, als riefe sie Tauben herbei. Nach einem oder zwei Tagen stank es aus dem Glas, da ließ sie den Rest in der schwarz verfärbten Klomuschel hinunter.

Der Boxer meinte, er möge keine Fische, höchstens auf dem Teller, und auch darüber lachte er lange und laut. Oft brachte er Süßigkeiten mit, aus der Konditorei Goldenes Blatt, meistens eine Doboschtorte, denn die hatte er am liebsten. Die Hausparteien wussten, zu wem er ging, ihn grüßten sie trotzdem, er stand sich gut mit allen im Haus, und trat ein jüngerer Mann aus dem Tor, ermunterte er ihn, zuzuschlagen. Nie versäumte er es, dem Postboten gegenüber, der ebenfalls im Haus wohnte, und seinen kleinen Sohn an die frische Luft brachte, anzumerken, dieses Kind würde seinem Vater nicht ähneln. Als sie dann einen Schritt weitergegangen waren, erkundigte er sich von hinten, wer wohl den Jungen gemacht hätte, vielleicht der Postler? Dabei stieß er dem vor ihm gehenden Mann scherzhaft die Faust in den Rücken.

Einmal, als die Mädchen zum Spielen hinausgegangen waren, überredete er Klari-Oma, sich irgendwie zu kostümieren. Sie zogen sich als Braut und Bräutigam an, riefen den Postboten vom ersten Stock herunter und ließen sich von ihm fotografieren. Der hatte seine Meinung über das vergilbte, aus einer Tonne geholte Brautkleid, doch dann, nach etlichen Schnäpsen, stellte er sich zum nächsten Foto dazu, zum Gruppenbild mit Eingeborenem.

Draußen hatte der Regen losgelegt und die klatschnass eintreffenden Kinder kamen gerade recht, um die Alte im Zimmer mit einem geblümten Vorhang und Pantoffeln mit goldenen Spangen tanzen zu sehen, während der Boxer, wie ein aufgeregter Regisseur, den mit Schuhwichse geschwärzten und torkelnden Postler unter großen Gesten anwies, sich doch endlich dort links hinzustellen, weil er der Geliebte der Negerin sei.

Die idyllischen Monate mit dem Boxer hatten mit einer Eisenbahnfahrt begonnen und so gingen sie auch zu Ende. Genauer: mit dem Beginn einer Zugsreise, aber noch auf dem Bahnsteig. Der Mann musste zu einem Begräbnis nach Ercsi und er hatte Klari-Oma gebeten, ihn zu begleiten. Der Grund für den Bruch war nicht ganz klar, nach der später erzählten Version der Großmutter hätte sich ihr Allerliebster prinzipienlos und verräterisch verhalten und verdiente keine weitere Chance zur Rechtfertigung.

Es habe sich so zugetragen, dass der auf und ab spazierende Schaffner, sobald sie auf dem Bahnsteig angekommen waren, die Fahrkarten der Reisenden kontrollierte. Der Boxer, für die Reise elegant angezogen, zeigte seine Karte vor, dann blickte er Klari-Oma an, die in ihrer Handtasche zu kramen begann. Eine Dose Haarspray kam zum Vorschein, dann wies sie dem mit hinter dem Rücken verschränkten Händen wartenden Genossen ihr Parteibuch vor, das den Schaffner aber gar nicht rührte, er sah sie weiterhin mit stechendem Blick an. Da trat der Boxer, so die Geschichte, ein ganz klein wenig zur Seite und um einen Hauch nur näher an den Schaffner heran, um sich solcherart von der herumkramenden Alten abzugrenzen. Ja, als hätte er sogar noch eine Bemerkung über den Inhalt der Tasche fallen lassen, oder über den Haarspray, das kann man jetzt nicht mehr genau sagen. Es ist auch nicht mehr zu rekonstruieren, ob die Genossin die Amtsperson tatsächlich niedergesprayt hat, wie das im Protokoll der Bahn steht, oder nur den anderen Reisenden, eines aber ist sicher, dass der Boxer sich damit endgültig aus der Geschichte hinausgeschrieben hat. Er hätte den Schaffner einfach verdreschen können, doch diesmal ermunterte er keinen, zuzuschlagen, vielmehr bestieg er kleinlaut den Zug nach Ercsi, fort und futschikato, schon hat sich sogar sein Andenken aufgelöst wie Rauch unter einem Glasdach.

Der Hutmacher, der damals bereits auf der Lauer lag, ja, den bösen Zungen des Hauses zufolge sich geradezu hinter dem abgewetzten Mokette-Stoff verbarg, als der Boxer mit der letzten Doboschtorte vor seinem Rauswurf antanzte, der hat genug gesehen. Er eilte mit einem Blumenstrauß herbei, um die von den Männern, ja, von der gesamten Menschheit enttäuschte Klari-Oma zu trösten, und er quittierte mit Kopfschütteln, dass diese Frau hier von der Hutmode einfach nichts verstand. Vorerst!

Die Kinder hatten sehr schnell gemerkt, dass der Hutmacher nicht ganz normal war. Er hatte den Ehrgeiz, den kleinsten Hut auf der ganzen Welt anzufertigen. Da Filzhüte durch Dämpfen geformt werden, ließ er immer kleinere Halbkugeln aus Holz drechseln und die misslungenen Versuchsstücke schenkte er den Kindern. Die ansonsten mit mangelhafter Eleganz gekleideten Puppen erhielten so alle Hüte, wie auch Klari-Oma eigene Gewohnheiten hinsichtlich der Hutmode entwickelte, und in die Kellerwohnung zogen mitsamt den Filzhüten für immer und ewig die Motten ein.

Sandfarben war der kleinste Hut der Welt und er vermochte diesen Titel nur einen Monat lang zu beanspruchen. Wie auch immer, das ist wie im Spitzensport: Immer kommt einer, der noch besser ist, in diesem Fall war es ein noch kleinerer Hut. Der verwitwete Hutmacher jedenfalls dachte damals, ihm sei es gelungen, die kleinsten der mithilfe von Dämpfen herstellbaren und noch Hut zu nennenden Formen zu erschaffen. Stücke, kleiner als dieses, waren bereits deformiert, waren ihrem Wesen nach keine Hüte mehr, sie schienen einfache Höcker aus Loden zu sein, samtene Bovist-Pilze. Der Hutmacher steckte sein Paradestück auf den Zeigefinger und wies es seinen eigenen, schon erwachsenen Kindern vor, doch da diese völliges Desinteresse demonstrierten, suchte er lieber im Umkreis seiner frischgebackenen Liebsten, der teuren Klari, nach verständiger Unterstützung. Die Alte war sich sicher, der Hutmacher stehe vor einer überwältigenden Karriere und die Kunstwerke seien für horrende Summen zu verkaufen. Sie schlug vor, das Hütchen ins Parteibüro des Bezirks Angyalföld zu bringen und dort in einer Vitrine auszustellen, als Memento der einschrumpfenden Bourgeoisie. Sicher würde dort einer der Parteioberen vorbeikommen, dem es auffiele. „In die Vitrine damit!“, rief Klari-Oma und hielt das Hütchen auf der zerfurchten Handfläche. „In die Vitrine damit!“, war auch sonst ihr Lieblingsspruch, wenn etwas ihr Gefallen erregte, wenn sie selbst auch nie einen verglasten Kasten besessen hatte. Offensichtlich hatte sie diese eigentümliche Äußerung des Gefallens irgendwo aufgeschnappt, gleich anderen Dingen wie Gesten und Sätzen, die sie mit ernster Miene in die jeweilige Gesprächssituation einzubringen versuchte.

Der Hutmacher war ob dieser seiner Meinung nach eingeschränkten Einordnung des Hutes als Accessoire ein wenig beleidigt, er meinte, man solle vielmehr danach streben, das Augenmerk des Bezirks auf die ideologisch engagierten Kleingewerbetreibenden zu richten. Er geriet derart in Rage, dass er sogar Klari-Oma dazu bringen wollte, mit einem Hut ins Parteibüro zu gehen, mehr noch, er selbst stülpte sich einen Hut auf den beständig geröteten, immer kahler werdenden Kopf. Klari-Oma schrie ihn an, hör mir auf mit dem Blödsinn, Gyula, wie schaut denn das aus, wenn zwei Leute mit Hüten auf dem Kopf mit einem dritten Hut hineingehen, dann warf sie ihren Hut zu Boden und drohte, wenn Gyula weiterhin blöd daherrede, würde sie auf Gyula mitsamt seinen Hüten scheißen, von ihr aus könne er gleich ins Parteipräsidium rennen, er werde schon sehen, ob man sich mit ihm abgeben würde, und sie stellte in Aussicht, das Musterstück zu zertreten.

So wurde der kleinste Hut der Welt schließlich von zwei barhäuptigen, leicht angesäuselten und schmollenden Menschen ins Büro am Friedensplatz gebracht, wo man die Vergangenheit der Alten in der Bewegung und ihre Verbindungen nicht ganz eindeutig und sofort zu beachten schien. Zwar wurde sie nicht beidbeinig hinausgetreten, hatte doch niemand Lust, sich eine halbe Stunde Wehklagen und Verwünschungen anzuhören, allerdings wurde ihr auch nichts Konkretes versprochen. Die aufgebrachte Genossin lehnte sich dann massig über den Tisch und beteuerte, was für ein Meisterwerk hier vorliege, gelt, man möge es sich nur ansehen, sodann schlug sie einen verwegenen Bogen zur Kellerwohnung und erklärte, dass ihr Enkelkind leider Gottes asthmatisch sei und deshalb nicht zu ihr könne, und wäre der Hutmacher nicht dazwischengetreten, hätte sie auch das schwere Atmen des Kindes gern dargestellt. Der Genosse bedankte sich für die Information, nahm die Schachtel entgegen und versicherte der Alten, sie seien recht weit vorne auf der Liste der Wohnungsanwärter, dann leierte er noch schnell ein paar Ziffern herunter über die sich stetig bessernde Wohnungssituation im Bezirk.

Als die beiden Gestörten fort waren, stellte er den Hut erleichtert in den furnierten Schrank und blickte auf die Uhr. Es war zwei Minuten nach Dreiviertel eins. Das war der Augenblick, in dem die Motten unausrottbar für Jahrzehnte in das Bezirksparteibüro einzogen.

Das vornehme Stück, Inhaber des Titels: Kleinster Hut der Welt, stand zwei Monate lang im Schrank, als Klari-Oma wieder einmal auftauchte, einen noch kleineren Hut auf dem rot lackierten Daumennagel aufgezogen. Tja, die Welt schreitet voran, die Technik entwickelt sich, der Mensch erreicht den Mond und die Hüte werden immer kleiner. Der diensthabende Genosse fragte nach, wie es dem Asthma des Enkelchens gehe, worauf ihm zunächst nur eine kurze, dumme Stille antwortete, dann folgte ein Ach und Weh, ja, dem Asthma der Enkelin gehe es schlecht, sehr schlecht. Der Genosse drückte sein Bedauern aus, übernahm das neue Wunderwerk und erstattete das alte, seines Titels verlustig gegangene Stück zurück.

Leider waren auf dem vom Thron gestürzten Prachtexemplar mittlerweile ansehnliche Löcher entstanden, daher nahm Gizis Mutter es an sich, nachdem es eine Woche unter den Kleidungsstücken im Puppenschrank verbracht hatte, und warf es zu den Apfelbutzen und Kartoffelschalen. Gizi weinte gar nicht darüber, im Gegenteil, sie erklärte Vica wichtigtuerisch, wie gefährlich die Mottenlarven seien.

Die Hutmisere hatte jedoch noch kein Ende. Eines Nachmittags fummelte Klari-Oma nämlich aus den Tiefen ihrer überall aufgeplatzten Kunstleder-Handtasche einen aus Nadelholz gedrechselten Griffknopf einer Lade hervor und hielt ihn Gyula mit einem abgründigen Lächeln unter die Nase. Der Gyula verstand nicht, was er reparieren solle, denn er war gewohnt, die schiefgetretenen Absätze herzurichten, die Arme der aus dem Abfallcontainer geholten Porzellandamen in Ordnung zu bringen, zu diesem Knopf aber gehörte keine Schublade, wie sehr er auch sein Gehirn malträtierte. Er sah sie fragend an, worauf Klari-Oma mit der Hand einen Kreis um ihren Kopf zog, und der Gyula verstand die Andeutung. Er schüttelte seinen eigenen kahlen Kopf, neeeein, das ist unmöglich, so ein kleines Hütchen, das gibt es aber wirklich und wahrhaftig nicht mehr, doch war zu erahnen, dass der Handwerkerstolz früher oder später den Sieg über die nüchterne Selbstbescheidenheit davontragen und dass der Hutmacher sehr wohl ein neues Wunderwerk aus Filz anfertigen würde, und dass man zwei Wochen später im Bezirksparteibüro dem verschreckten Pförtner die Anweisung erteilen würde, die im knallbunten Hauskleid und Pantoffeln erscheinende kämpferische Genossin namens Soundso unter keinen Umständen hereinzulassen, nicht einmal bis zum Stiegenhaus.

Über den Amerikanischen Webebären hatte Vica zum ersten Mal etwas von Gizi gehört. Sie fanden den Amerikanischen Webebären in der Ecke, hinter dem Vorhang. Er lebte scheinbar gar nicht, er lag nur reglos da auf dem Fenstersims und hatte die weißen, länglichen Flügel wie einen Umhang über sich gebreitet. Als sie ihn aber berührten, fing er unverhofft an mit den Flügeln zu schlagen. Gizi nahm ihn in die Hand, dann legten sie ihn unter ein dickschaliges Teeglas.

Durch das sechseckige Prisma betrachtet, mutete er noch sonderbarer an. Sein Kopf war pelzig, als trüge er eine feine weiße Schicht aus Schimmel, und seine Augen glänzten schwarz, wie blind. Er flatterte noch ein bisschen, doch dann ergab er sich seinem Schicksal und erstarrte wieder in Bewegungslosigkeit. Wie Gizi meinte, täuschte er die Starre nur vor, er wartete darauf, dass sie das Glas weghoben, dann würde er schon abhauen. Sie wusste von ihrem Vater, dass der Webebär von den Imperialisten gezüchtet und im ganzen Land ausgesetzt wurde, um der Produktion zu schaden. Genau so, wie sie es mit dem Kartoffelkäfer gemacht hatten, den ebenfalls die Amerikaner in gut getarnten Militärbasen gezüchtet und dann von Flugzeugen aus auf die hiesigen Äcker abgeworfen hatten, um die Kartoffelernte zu vernichten. Alles das haspelte Gizi flüsternd herunter, wie ein furchtbares zwischenstaatliches Geheimnis, während sie sich beide über den schneeweißen Schmetterling beugten. Sie starrten seinen weißen, flauschigen Kopf und die eckigen Flügel hasserfüllt an. Schon seine Farbe war abnorm, die Falter waren alle bunt, mit Ausnahme des Kohlweißlings, doch selbst dieser besaß eine viel schmetterlingshaftere Form als dieser hier. Der hier glich mit seinem pelzigen Bauch und seinen behaarten Fühlern am ehesten den Nachtfaltern, die sich in den Fensterritzen verkriechen. Am liebsten hätten sie ihn umgebracht, doch nahm es keine auf sich, ihn zu zertreten. Sie entschieden sich dafür, ihn lieber dort unter dem Glas büßen zu lassen. Das Erste, was Vica am Morgen des folgenden Tages tat, als die ersten Sonnenstrahlen durch die verschmierten Fensterscheiben blitzten, war, nachzusehen, was der Amerikanische Webebär machte.

Der Schmetterling lag rücklings auf seinen Flügeln, seine Beinchen standen durcheinander, zum Himmel gereckt. Das Kind hob das Teeglas weg und berührte ihn vorsichtig. Kein Zweifel, der war hinüber.

Klari-Oma schlief noch, das graue, drahtige Haar klebte ihr wirr am Kopf, aus ihrem offenen Mund funkelte ein Goldzahn. Vica umrundete das Bett und trat auf Zehenspitzen zum Aquarium. Sie ließ den toten Schmetterling vorsichtig zu Wasser und wartete, was geschehen würde. Die Fische bemerkten die Bewegung, sie schossen in Gruppen heran und schwammen neugierig um die Leiche herum. Sie kosteten von ihr und stießen sie weiter, dann ließen sie sie in Ruhe, sie waren nicht besonders an ihr interessiert. Der Schmetterling schwebte, einem kleinen weißen Boot gleich, das Kind sah ihn von unten gut, er drehte sich auf der Wasseroberfläche um seine Achse. Er wurde nicht durchnässt, er sank nicht, als wäre er aus einem wasserabstoßenden Material. Vica zog einen Hocker zum Aquarium, stellte sich darauf und tauchte ein Teeglas ins Wasser, um die Leiche herauszufischen.

Die Geräusche weckten Klari-Oma, sie räusperte sich und setzte sich im Bett auf. Vom Gehsteig her drang ein wenig Licht durch das Kellerfenster herein, so war der Schmutz im Raum nur noch besser zu sehen. Goldene Körnchen tanzten in der Luft, die überall herumliegenden Gegenstände waren von einer dicken Staubschicht bedeckt. Die übereinander ausgelegten Fleckerlteppiche hatten die Nässe des Souterrains in sich aufgesogen und verströmten am Morgen kühlen Modergeruch. Der Ofen war ausgegangen, er musste wieder angeheizt werden.

Klari-Oma räumte die Asche heraus und machte unter weiterem fürchterlichen Räuspern Feuer, dann starrte sie vor sich hin und kratzte sich höchstens, bis das Feuer gleichmäßig brannte. Dann stand sie auf, schlug die Eisentür zu und verschwand hinter dem verschlissenen Mokette-Vorhang. Sie urinierte lange und spuckte ein paarmal aus, schließlich zog sie sich eine Trainingshose und einen Pullover an und legte sich wieder aufs Bett. Sie fragte Vica, ob sie in die Schule gehen wolle, die Kleine schüttelte nur den Kopf. Klari-Oma seufzte: „Ist mir egal" und wackelte zum kleinen Radioapparat, der auf dem Tisch geblieben war. Unterwegs griff sie nach dem Teeglas, und weil sie dachte, da sei noch Tee von gestern darin, trank sie das Wasser schwungvoll und auf einem Zug aus, mitsamt dem schon zerfallenden Schmetterling.

Vica sah verblüfft den Webebären im Mund der Klari-Oma verschwinden. Die Tage vergingen langsam im Souterrain. Sie zeichnete auf den Rand einer Zeitung, hauptsächlich Falter. Später vergnügte sie sich damit, von Zeit zu Zeit die eiserne Tür des Ofens zu öffnen und allerlei ins Feuer zu werfen. Die Papierblätter fingen rasch Feuer, die Reklamegesichter der bunten Zeitungen brannten runzelig verschrumpelt, der Apfel hingegen glühte und schwitzte Perlen aus, er kämpfte selbst noch nach Stunden hutzelig, aber vollständig erhalten gegen die Flammen an, als wäre er im glühenden Schlund stecken geblieben.

Vom frühen Nachmittag an kamen die Hausparteien einzeln nach Hause, an ihren Schuhen ließ sich erraten, in welches Stockwerk sie gingen. Einige von ihnen erkannte man schon an ihren sich dem Tor nähernden Schritten, aber die Füße der in Hausschuhen schlurfenden Alten waren kaum zu unterscheiden. Einmal stöckelte Gizis Mutter in hochhackigen Schuhen vor dem Fenster vorbei. Als der Abend dämmerte, spazierte Klari-Oma zum Geschäft, dann hörte sie bis zum Einbruch der Dunkelheit Radio. Die Nachrichten interessierten sie nicht besonders, dann schon eher die Musik, doch auch da hörte sie nicht hin, sie stützte sich auf die Knie auf und glotzte vor sich hin oder döste mit hintenüber gekipptem Kopf ein, und als sie dann wieder aufschrak, war es schon Abend. Sie machte kein Licht, sie sprach in der Dunkelheit zu Vica:

„Bist du da? Geh nicht weg!"

Dann trat sie ans Bett, machte es sich ohne sich auszukleiden zwischen Puppen, Pölstern und verschlissenen Plüschsachen bequem und erklärte Vica von unter der Decke:

„Ich lege mich nieder. Ich schlafe."

Das Kind lag lange wach, dann kletterte es im Pyjama aus dem Bett und schlich ans Fenster.

Draußen beleuchtete eine Straßenlaterne den Gehsteig vor dem Haus. Das Licht sickerte ins Zimmer hinunter und hob das opalisierende Aquarium und das Fenstersims aus dem Halbdunkel. Die Fische schwebten regungslos im Wasser, die Straße war menschenleer. Plötzlich rührte sich irgendetwas, dann schlug es gegen das Glas. Vica blickte erschrocken nach oben: Über die abblätternde Farbe des Fensterstockes kroch der Amerikanische Webebär. Er bewegte sich schwerfällig, wie eben erst auferstanden. Seine Flügel schimmerten weiß, er wurde langsam munter.

Vica rührte sich erst nach Minuten. Sie wich vom Fenster zurück, wandte sich um, trat vorsichtig an die Alte heran, um ihre Ahnung zu verifizieren. Sie beugte sich über die Frau und sah, dass ihr Mund tatsächlich offen stand.

Was die Dinge der Welt betraf, hatte das Kind von Klari-Oma recht wenig Hinweise erhalten. Äpfel mit gelbem Fruchtfleisch seien besser als die mit weißem. Knoblauch würde die Darmwürmer abtöten. Wenn der Himmel tief hängt, kommt ein großer Regen. Die Postlerin hat schlechtes Blut, deswegen ist sie voller Pickel. Über die zwei Häuser hinaus darf Vica nicht gehen, denn sie verirrt sich und wird dann nie wieder gefunden.

Die Postlerin mit den Pickeln erwiderte den Gruß Klari-Omas übrigens stets mit einer gewissen Vorsicht, als könne man sich allein durch Worte anstecken und als gefährde die Alte die Sauberkeit des ganzen Hauses, wie die Kater, die das Ziegelgesims vollpissten, oder wie der Salpeter, der in den Wänden bis Hüfthöhe heraufgekrochen war. Die Postlerin war auch entsprechend überrascht, als sie die untere Nachbarin eines Nachmittags in voller Kriegsbemalung das Haus verlassen sah, sie hatte sogar noch ein Haarnetz über die Haare gespannt und den Schlüssel im Schloss zweimal umgedreht: Die Postlerin konnte sich nicht vorstellen, wohin sie eilte, ging sie doch für gewöhnlich nicht weiter als bis zum Geschäft an der Ecke. Sie war auch nicht zum örtlichen Rat unterwegs, dorthin begab sie sich immer nur am Anfang des Monats, wobei sie alle ihre Dokumente in einer alten, bekritzelten Schulmappe aus Kunststoff mitnahm.

Klari-Oma eilte tatsächlich nicht zum Rat. Sie war beauftragt worden, ihr Enkelkind aus dem Kindergarten abzuholen, und die Eltern hatten ihr gesagt, sie möge zuvor doch bitte ordentliche Schuhe anziehen, sich normal kleiden und dann geduldig warten, bis jemand nach Hause kam. Ja, auch wenn es schon dunkel sei. Den Saal des Kindergartens möge sie, wenn irgend möglich, nicht betreten, sich mit den Kindergärtnerinnen nicht unterhalten und erst recht nicht mit den Eltern. Vica wurde unterwiesen, dass diesmal ausnahmsweise Klari-Oma sie abholen käme, also müsse sie ihre Schuhe schon vor dem Abholen anziehen, sollte sie die Masche nicht binden können, möge sie jemanden darum bitten und erst dann in den Vorraum hinausgehen, dort, wo die Mäntel über den kleinen Bänken hingen, sobald ihr die Oma winkte.

Klari-Oma hatte keine Ahnung, wann es vier Uhr nachmittags war. Um halb drei war sie schon vor dem Kindergarten und öffnete entschlossen die vergitterte Tür. Sie wunderte sich, dass sie nirgends Kindergeschrei hörte, zu Hause bei ihr war nämlich auch ein Kindergarten, dort aber ging es ständig hoch her. Sie schritt über die nach Chlor riechenden Stiegen, walzte über den Linoleumfußboden und wandte sich nach links, wie man ihr den Weg erklärt hatte. Vor der Tür mit der lieben Sonne blieb sie stehen. Erst da blickte sie auf ihre Füße hinunter und stellte fest, dass sie doch vergessen hatte, Schuhe anzuziehen, sie war in Pantoffeln gekommen. „Auf euch wird geschissen“, sprach sie und öffnete die Tür.

Im halbdunklen Raum schliefen die Kinder auf Campingbetten. Einige waren schon aufgestanden, sie saßen schläfrig herum, andere lugten mit dem Daumen im Mund unter der Decke hervor. Die Alte wusste nicht, welcher von den vielen kleinen Köpfen ihrem Enkelkind gehören mochte. Sie trat in den Raum und erblickte zwei Helferinnen, die am Packen waren. Klari-Oma wandte sich an die Langhaarige und nannte den Namen des Kindes. Ihr Eintritt geriet anscheinend etwas laut, denn eines der schlafenden Kinder weinte auf. Die Helferin maß den Ankömmling von oben bis unten, dann zeigte sie auf eines der Betten in der Zimmerecke. Klari-Oma erging sich sogleich in heiseren Freudenbezeugungen, ja daschauher, ja sowas, wie schön meine liebe kleine Vica heia heia macht, das ist zum Niederknien, Bussi Bussi Bussi. Auf den Lärm hin rührten sich auch die anderen Schläfer der Gruppe der Lieben Sonne, das Mädchen setzte sich schläfrig auf dem Campingbett auf und zog sich schon die Schuhe an. Die Kindergärtnerin sagte, die Kinder hätten ihre Jause noch nicht gehabt, worauf Klari-Oma entgegnete, daraus dürfe niemand ein Problem machen, sie würde die Jause schon mitnehmen, ja wo ist denn die Jause, was haben diese Kleinen doch für einen voll total schönen Platz, und schon klatschte sie zwei belegte Brote vom roten Kunststofftablett gegeneinander. Inzwischen waren die zwei argwöhnisch gewordenen Helferinnen zurückgekommen, sie klappten die Campingbetten zusammen und stapelten sie übereinander, wobei sie bis zuletzt kein Auge von der Besucherin ließen.

Im Stiegenhaus biss Klari-Oma ins Brot, dann hielt sie es dem Kind hin, damit es auch abbeißen solle. Vica wollte nicht, worauf die Großmutter rief, wer nicht will, der hat schon, und sich den Rest in den Mund stopfte, dann wischte sie die Marmelade mit dem Handrücken ab.

Zu Hause angekommen stieg sie mit dem Mädchen zu Fuß in den achten Stock hinauf, den Aufzug konnte sie nicht ausstehen. In der Wohnung warf sie sich sofort keuchend auf die Liege, als hätte sie eine schwere Last bis hierher schleppen müssen.

Irgendwann ist sie dann wieder zu sich gekommen, wahrscheinlich war es schon recht spät, doch das eine ist sicher: Als Vera und ihr Mann um elf Uhr ankamen, war sie schon lange nicht mehr da. Als sie aufwachte, sah sie, dass es draußen finster war, und ihr kam das Aquarium in den Sinn. Seit Jahrzehnten schon hatte sie die Fische zu dieser Zeit, nach Sonnenuntergang, gefüttert, also raffte sie sich schnell zusammen, ihr fehlte die Kraft, zu Ende zu denken, was zum Kuckuck sie zu dieser Zeit in der Wohnung ihrer Tochter machte. Zu dieser späten Stunde stand sie sonst immer vor dem veralgten, schummerig trüben Wasser und verabreichte den hervorschwärmenden Fischen Prisen von getrockneten Flöhen. Die ihr anvertraute Enkeltochter hatte sie, weil diese gerade nicht zu sehen war, voll und ganz vergessen.

Im Stiegenhaus fiel ihr noch wie durch ein Wunder ein, dass sie die Schlüssel in den Postkasten werfen sollte, doch an die in der Wohnung zurückgelassene Vica zu denken, das überstieg die Menge der Aufgaben, die sie im Kopf behalten konnte.

Die Eltern erfuhren später von den Kindergärtnerinnen, dass das Mädchen um drei Uhr mit ihrer Großmutter das Haus verlassen hatte, und auf die Frage, ob sie etwas Ungewöhnliches bemerkt hätten, zuckten die weiß gekleideten Helferinnen nur die massigen Schultern. Was das anging, war die ganze Frau, so wie sie war, ein wenig ungewöhnlich, was aber sollten sie auf diese Frage antworten?

Als Vica merkte, dass sie in der Wohnung allein geblieben war, begann sie in der Küche herumzustöbern. Sie war überhaupt nicht erschrocken, war sie doch zu Hause. Sie schleppte einen Hocker vor den Küchenschrank und holte ein Paket Nudeln vom oberen Regal. Die Teigwaren rutschten aus dem Säckchen und verstreuten sich über den Boden. Der Haufen von Spaghetti sah genauso aus wie das Geschicklichkeitsspiel im Kindergarten, dessen Regeln sie nie verstanden hatte. Es hatte einen geheimnisvollen Namen, es hieß Mikado. Wie die Kindergärtnerinnen sagten, sollten die bunten Stäbchen so vom Haufen genommen werden, dass die anderen sich dabei nicht bewegten. Zumindest haben das Tante Bella und Tante Erzsi immer so erklärt, doch hatte das Spiel so überhaupt keinen Sinn. Vica legte lieber Bilder auf dem Boden aus, Zeichen, die dann gehütet werden mussten, damit niemand drauftrat.

Auch jetzt hat sie sich das vorgestellt. Dass sie etwas aus den Spaghetti macht, bis die Eltern wiederkommen. Bilder, mit Rahmen. Die trockenen Teigstäbchen konnten in Stücke zerbrochen werden, so war es leichter, Zweige für die Bäume zu machen und allerlei winzige Details. Das hätte sie mit den Mikadostäbchen nicht tun können.

Die Eltern begriffen weder an jenem Abend noch später, dass das Kind bei ihrem Eintreffen nicht weinte, weil es sich allein gefürchtet hatte, sondern weil sie alle die mit großer Hingabe zusammengestellten Teigbilder zertrampelten. Genauso wie die anderen im Kindergarten. Sie zertraten die Teighäuser, die Zäune, die Familien, Hunde, einfach alles. Sie blickten nicht einmal hinunter, vor ihre Füße. Die Spaghetti krachten unter ihren Socken.

Als Tante Bella sich das nächste Mal zum kleinen Tisch hockte und den Kindern von Neuem, zum wiederholten Mal, vorzeigte, wie sie geschickt mit den Mikadostäbchen umzugehen hätten, hob Vica folgsam eines mit zwei Fingern vom Haufen herunter, als hätte sie das geübt. Sie blinzelte nur ungerührt, als sie das Lob, mit unterdrückter Erregung ausgesprochen, vernahm: „Siehst du, du kannst ja auch schön spielen, wenn du nur willst."

Die Helferinnen erzählten einander noch lange vom Besuch der Klari-Oma. Vergeblich trug Vica saubere Kleider, vergeblich hatte sie das gekämmte Haar sorgfältig zum Zopf geflochten, ein vager Verdacht hatte sich bei den Helferinnen eingenistet, dass das doch keine ordentlichen Leute sein konnten. „Ihr Vater macht im Privatsektor. In der Langosch-Branche", flüsterte die eine Kindergärtnerin beim Schichtwechsel hinter der Metalltür des Umkleidespindes als Antwort darauf, dass das Mädchen in der Schlafstunde nicht geschlafen, sondern nur an die Zimmerdecke gestarrt hatte. Die andere Kindergärtnerin, die damit rechnen durfte, dass sie das Kind wieder verspätet abholen würden, versetzte mit unterdrückter Stimme: „Wer weiß, wo der sein Geld her hat!"

Vera mochte etwas von der im Hintergrund entstandenen und immer mehr zunehmenden Feindseligkeit gespürt haben, denn so oft sie auch nach ihrem Eintreffen ein paar freundliche Worte mit den Kindergärtnerinnen wechseln wollte, antworteten diese ihr nur widerwillig und kurz angebunden. Sie beklagten sich, weil Vica nach dem Essen nicht schlief, unter sich aber sagten sie: „Die haben einen Farbfernseher. Wer weiß, was sie sie alles anschauen lassen." – Als Vera mit vier Einmachgläsern Marillenmarmelade kam und sie ihnen zu den Faschingskrapfen anbot, beriefen sich die Kindergärtnerinnen auf hygienische Vorschriften und darauf, dass sie den Kindern keine von außerhalb stammenden und nicht kontrollierten Lebensmittel vorsetzen dürften.

Vica bemerkte von alledem gar nichts. Sie war daran gewöhnt, dass man sie nicht ansprach, dass am Morgen die Stärkeren und Geschickteren die Puppe mit der Schnullerflasche an sich nahmen, das einzige brauchbare Spielzeug in der Mädchenecke, und dass die Helferin jedes

Mal, wenn ein Rest auf ihrem Teller übrig blieb, bemerkte: „Du mit deinem verwöhnten Magen!"

Eines Abends rief Vera, ganz entgegen dem üblichen Tagesablauf, Vica in das Elternschlafzimmer und ließ sie vor dem großen, ovalen Toilettentisch mit dem Spiegel Platz nehmen. Auf der Tischplatte befanden sich ein Pumpflakon mit Parfum, eine Phiole mit bulgarischem Rosenöl und die Schmuckschatulle, Mutter beugte sich jeden Morgen über diese Dinge, um sich mit Schmuck und Wohlgerüchen zu versehen. Der Kamm mit dem Silbergriff und der Handspiegel, die nebeneinander lagen, wurden jedoch niemals benützt, sie wirkten wie Theaterrequisiten, wie auch das ganze, in die Plattenbauwohnung hineingezwängte, ungeschlachte Möbelstück. Vera öffnete jetzt die kleine glänzende Schatulle, in der sie ihre Kette mit den Kristallen und ihre Ohrringe aufbewahrte, und wandte sich dem Mädchen zu. Vica war überrascht, denn es war ihr im Allgemeinen streng verboten, den Schmuck anzurühren. Einmal hatte ihre Kusine Márti bei einem Verwandtenbesuch diese Kette anprobiert, und deren Schwester Móni wollte ihr die Kette entreißen, um sie sich selbst anzulegen. Die Kette riss, die Kristalle kullerten überall hin, man konnte sie gar nicht alle finden. Márti und Móni wurden von ihrem Vater mit dem Hosenriemen verdroschen, Vica beobachtete unter dem Tisch die Kraftdemonstration des betrunkenen Mannes. Schließlich wurde auch sie hervorgezerrt und geohrfeigt, die Mütter mussten die tobenden Männer abstellen, die brüllten, die lausigen kleinen Huren würden schon lernen, nichts anzufassen, was jemandem anderen gehört. Sie sollten sich selber Sachen kaufen lassen, wenn sie größer wären.

Jetzt nahm Vera dieselbe Schatulle her und kramte von ganz unten einen Ring mit einem roten Stein hervor. Der Ring war winzig, sie konnte ihn sich nur bis zur Mitte des kleinen Fingers anstecken. „Steck dir den Ring an“, sagte sie und reichte ihn dem Mädchen. Vica legte den Ring überwältigt an, ebenfalls auf den kleinen Finger. „Nicht dorthin, auf den Ringfinger!“, sagte die Mutter lächelnd. Sie musste dem Kind zeigen, welcher der Ringfinger war. Der Ring passte gut, nur der rote Stein wirkte zu groß auf der kleinen Kinderhand.

„Von morgen an wirst du das tragen“, sagte Vera entschlossen. „Und zwar immer. Er ist aus Gold. Sie werden schon sehen, dass wir nicht irgendwer sind.“

Vica steckte sich den Ring am anderen Tag tatsächlich an den Finger. Es war ein kalter Morgen, sie hätte Handschuhe anlegen müssen, doch wollte sie, dass der Schmuck gleich bei ihrem Eintreffen bemerkt würde. Aber keiner beachtete sie. Nur die Helferin fragte beim Austeilen des Morgenkakaos, daschauher, was hast du denn da, hast du das aus dem Kaugummiautomaten?

„Das ist echtes Gold“, antwortete das Kind trotzig.

„Aber ja, golden wie das Haar deiner Mutter! Und wie deines!“, lachte die Helferin und ging mit der Kanne weiter. Später setzte sich Vica zum kleinen Tisch und legte die Hand vor sich auf die Tischplatte, doch niemand beachtete sie. Als es Schlafenszeit war, bewegte sie die Hand über der Decke und sah im Liegen mit zusammengezogenen Augen auf den blitzenden roten Stein. „Und schon wieder schläfst du nicht“, flüsterte Tante Bella, sie hatte sich zu Vica hingehockt, „ja, was machst du denn jetzt schon wieder!“

„Echt Gold“, hauchte das Mädchen im Dunkeln, um die anderen nicht zu wecken. „Mit einem Rubin!“

Die Kindergärtnerin fragte argwöhnisch, ob sie den Ring anschauen dürfe, dann ließ sie ihn in der Schürzentasche verschwinden, sie würde ihn nach der Schlafstunde zurückgeben. Das Mädchen zog den Ring unter Herzklopfen vom Finger, als erwartete sie, nun sei endlich der Augenblick der Wahrheit gekommen, endlich würden alle verstehen, dass sie nicht irgendwer sind, von nun an würde man sie unterwürfig und zuvorkommend behandeln, wie eine verkleidete reiche Prinzessin, die man bisher nicht erkannt hatte, doch könne es ihnen freilich verziehen werden, unter so vielen Kindern. Sie konnte wieder nicht einschlafen, sie wartete bewegungslos und mit offenen Augen darauf, dass die Helferinnen mit den Kannen zu scheppern begannen und die erste Reihe zur Jause aufweckten.

Tante Bella kam zurück, aber den Ring hatte sie nicht bei sich. Sie bat Vica, sich schnell anzuziehen und zur leitenden Kindergärtnerin hinauszugehen, denn diese wolle mit ihr sprechen. Ein Schauer durchlief das Kind, vielleicht wollte die Tante Erzsi um Verzeihung bitten, jetzt, wo sie den Ring gesehen hatte, doch dann wurde es von einer bösen Vorahnung erfasst, die stärker und vertrauter war als die unerwartete Freude von vorhin. Vica wurstelte absichtlich mit der Haussandale herum, sie konnte das Loch im Riemchen nicht finden. Tante Bella ermahnte sie, sich zu beeilen.

Die Tante Erzsi saß hinter einem Schreibtisch und sagte Vica, sie solle sich dort in die Mitte hinstellen und ihr gerade in die Augen sehen. Das Mädchen ahnte Schlimmes, sie blieb in der Zimmermitte stehen und sah zu der Frau hinauf, die sich, angetan mit Arbeitsmantel und Brille, vor ihr auftürmte.

„Ich habe deinen goldenen Ring gesehen, Vicalein. Von wem hast du den bekommen?"

„Von meiner Mutti."

„Hat deine Mutti so dünne Finger?", fragte Tante Erzsi mit hochgezogenen Brauen.

„Nein. Eben deshalb hat sie ihn mir gegeben, weil er ihr zu klein ist“, gab das Kind mit niedergeschlagenen Augen zurück, es hatte erfasst, dass die Situation genau die gleiche war wie immer, das Drehbuch der Ereignisse kann nicht neu geschrieben werden, der Ring war als ein Irrtum in ihr Leben gerollt, in das ihrer Mutter und auch in ihr eigenes, er muss dem rechtmäßigen Eigentümer zurückgegeben werden, entweder der Tante Erzsi oder jemandem anderen.

Sie schwieg mit gesenktem Kopf und wartete, was da kommen würde. Tante Erzsis Stimme wechselte ins Gütige.

„Du weißt doch, dass es böse ist, das Eigentum eines anderen wegzunehmen? Das heißt Diebstahl, weißt du? Auch dann, wenn du etwas gefunden hast. Auch dann gehört es nicht dir.“

„Ich habe ihn von meiner Mutti bekommen“, sagte das Kind leise, nunmehr weniger überzeugt.

„Nun gut“, Tante Erzsi erhob sich. „Am Nachmittag, wenn deine Mutti dich abholt, werden wir sie fragen. Du kannst gehen, vorerst“, sagte sie drohend, als hätte sie einen Aufschub gewährt und die früher oder später fällige Strafe nur ausgesetzt.

Das Kind lief zurück in den Saal zur Lieben Sonne, wo die anderen schon alle angezogen waren, mittlerweile wurden auch die Betten schon zusammengeklappt. Sie lief in die Mädchenecke, vielleicht könnte sie sich jetzt der Puppe mit der Schnullerflasche bemächtigen, das gelang ihr am Morgen niemals, immer gab es Kinder, die schon um sieben Uhr, wenn der Kindergarten aufmachte, hereingebracht wurden. Die Puppe saß dort in ihrem Korb, die Schnullerflasche, in der scheinbar richtige Milch gluckerte, wenn sie geschüttelt wurde, stand neben ihr. Vica wollte gerade die Hand nach ihr ausstrecken, als von der Seite her ein dickes blondes Mädchen auf die Puppe niederstieß und sie vom Regal nahm. Vicalein schlug ohne nachzudenken zu, riss die Puppe an sich und trug sie in die Ecke. Keine Minute war verstrichen, da befahl sie die Kindergärtnerin zu sich und fuhr sie an, was das solle, ein anderes Kind zu schlagen und ihr das Spielzeug wegzunehmen! Dann nahm sie ihr die Puppe aus der Hand und reichte sie dem dicken Mädchen. „Entschuldige dich bei deiner Kameradin", sagte sie mit einem unheilverkündenden Lächeln.

Vicalein machte einen Schritt näher und trat mit voller Wucht gegen das dicke, bestrumpfte Bein der Kindergärtnerin, dann zischte sie dem dicken Mädchen am Rande des Weinens schon mit ganz dünner Stimme ins Gesicht: „Er ist aus Gold, jawohl, aus Gold, ihr lausigen Scheißhuren, lausige Scheißhuren."

Eine richtige Brautpuppe besaß aber nur Vica und sonst keiner. Die hatte sie zwar nicht zu Hause, sondern im Geheimen, bei Klari-Oma. Nach Hause mitnehmen durfte sie die Puppe nicht, denn ihre Mutter hatte sie schon einmal hinausgeworfen, die Großmutter aber holte die brauchbaren Sachen aus dem Müll und nahm sie in ihrer Einkaufstasche mit nach Hause. Immer hatte sie eine oder zwei zusammengerollte elastische Raffia-Taschen bei sich, in denen sie gesprungene Übertöpfe, henkellose Tassen und mottenzerfressene Polsterüberzüge nach Hause schleppte. Auch die Brautpuppe hatte sie so gerettet, und deshalb wohnte die arme Puppe jetzt dort, wo sie wohnte, unter einer verdreckten Kunstpelzdecke, eingebettet im Souterrain. Angeblich hatte sie einst der Mutter von Vica gehört, sie soll die Puppe von ihren Zieheltern zum Geburtstag bekommen haben. Als sie neu war, und das hatte Vera selbst erzählt, lag die Puppe in einer blauen Schachtel mit Blumenmuster, in Papier eingewickelt und in einem kürzeren Rock. Den jetzigen, den langen, hatte sie erst später bekommen, als schlimme Kinder im Haus ihr aus purer Bosheit ein Bein gebrochen hatten. Und sie, die sie damals ein ebensolches kleines Kind war, hat sehr geweint, weil die Puppe ihr einziges Spielzeug war. War sie auch beschädigt, hatte man sie doch nicht weggeworfen, denn so eine Schlafpuppe war damals eine richtige Seltenheit. Den alten Puppen wurden nämlich keine Schlafaugen gemacht. Die Augen wurden ihnen nur ins Gesicht gemalt und sie schauten fortwährend mit ihren offenen Augen, selbst im Schlaf – erzählte Vera ihrer Tochter.

So wurde die Puppe nach ihrem Beinbruch repariert. Dass eines ihrer Beine nicht mehr original war, sah man sofort, denn es war aus einem viel dunkleren Kunststoff als die übrigen Körperteile, außerdem wich auch die Form vom linken Bein ab. Das war es nicht, warum Vera bei einem Großputz böse auf sie wurde und sie hinauswarf, sondern dass sie mittlerweile kahl geworden war. Eine nach der anderen waren ihr die gelben Locken ausgegangen und die unglückliche Puppe erinnerte immer weniger an die ehemalige Braut. Sie sah vielmehr aus wie eine schlecht konservierte, aus ihrem Wickelpolster ausgewickelte Kindermumie.

Die verlängerten Wimpern wurden ihr schon von Klari-Oma mit Kugelschreiber über die Augen gemalt, nachdem sie die Puppe gerettet hatte; als wollte sie die stetig wachsenden Mängel der Puppenfrisur ausgleichen. Zum Glück sah Vera diese Korrekturen nicht mehr, sie hätte sie sicher angebrüllt, wie immer, wenn sie ihre Mutter bei einem kindischen Streich erwischte.

Und das geschah oft. Klari-Oma wollte partout nicht einsehen, dass man die Wirklichkeit nicht von Zeit zu Zeit mit winzigen, nichtigen Gesten – sei es mit Worten oder Bildern – ein wenig aufbessern durfte, warum denn nicht? So hatte sie in ihrem frisch ausgestellten Personalausweis ihre Lippen ein wenig umgefärbt und die Augen vorsichtig mit Tusche nachgezogen, denn das Foto war ihrer Ansicht nach schlecht, es machte sie älter. Mit der solcherart entstandenen Diva war sie dann zufrieden. Später zeichnete sie auch noch einen Ohrring auf den Lichtbildausweis. Vera stritt mir ihr wie eine Furie, sie schrie sie an, sie sei geisteskrank und bei der ersten Ausweiskontrolle würde der Polizist sie mitnehmen, dann könne sie versuchen zu beweisen, dass sie diese Diva mit den Ohrringen sei, bestimmt stünde das auch in ihrem Parteibuch. Und sie sagte noch, die Klari-Oma hätte man schon lange in eine geschlossene Anstalt einweisen müssen, das wäre für alle Beteiligten das Beste und dann hätte auch sie endlich ihre Ruhe.

Also entging die Brautpuppe erst einmal dem Verderben und begann unter der verdreckten Kunstpelzdecke im Souterrain ein neues Leben. Klari-Oma erzählte einmal, dass sie ursprünglich auch das Aquarium rausschmeißen wollten, weil die ja alles wegwerfen, auch das Aquarium habe sie gerettet.

Dieses Aquarium war sehr wertvoll, eine richtige Antiquität, es hatte noch dem Ziehvater Veras gehört, den Vica gar nicht mehr gekannt hatte. Sie hatte ihn nur auf einem Foto gesehen. Sie erinnerte sich an den Mann mit schwarzem Schnurrbart und Geheimratsecken, der seinerzeit diesen Glasbehälter zusammengesetzt hatte, vom Hochzeitsfoto ihrer Eltern.

„Waren diese Fische schon da, als es mich noch nicht gab?", fragte das Kind ihre Großmutter einmal. Klari-Oma war zeitlich wie auch räumlich desorientiert, sie vermochte in ihrem ganzen Leben nichts in eine Reihe zu ordnen, doch dass die Fische schon lange vor Vicas Geburt dorthin gekommen waren, und zwar in einem großen Einmachglas, daran erinnerte sie sich zufällig. Vica war bis dahin nur einmal in der Wohnung gewesen, in der das Aquarium ursprünglich aufgestellt war, doch damals traf sie dort nur das arme Edulein. Sie lief entsetzt weg, als Vera sie vor sich hergeschoben und gesagt hatte, sie solle schön grüßen und Küsschen geben. Das Edulein trug Brillen, es hinkte und roch nach Alter. Vica hatte es schon öfter gesehen, auf dem Hochzeitsbild ihrer Eltern, es hatte sich auf den Schwarz-Weiß-Fotos überall neben dem Herrn mit dem Schnurrbart breit gemacht. Es sah in Wirklichkeit genauso aus: eine dicke alte Frau in einem ausgeleierten Trainingsanzug. Sie saß vor der Tür auf einem Schemel und rauchte Zigaretten und stopfte die Zigarettenstummel in einen verschließbaren Aschenbecher. Die hatten dort kaum noch Platz, die Alu-Kugel war schon lange voll. Edu rief mit einer heiseren Männerstimme, bleib doch stehen, kleine Vica, lass mich dir einen dicken Kuss geben, und dabei starrte sie Vica mit großen Augen an, die von der Brille aufs Schrecklichste vergrößert waren. Vica brach lieber in Weinen aus und lief auf dem Gang des Hauses zurück, ganz bis zur Treppenkehre.

Bei Klari-Oma im Souterrain stank es mächtig, als würde der Abfluss gereinigt. Die Alte war gerade dabei, das Aquarium aufzulösen, bei der Arbeit sagte sie immer nur, oh weh, das arme Edulein, jetzt ist auch sie gegangen. Ab und zu hörte sie mit dem Ausschöpfen auf und sank auf das Bett, wo sie sich über die Augen wischte. Sie erweckte den Eindruck, eine nahe Angehörige verloren zu haben, und schien sich zum Zeichen ihrer Trauer nun von ihren geliebten Fischen zu trennen. In Wirklichkeit befand sich im Aquarium schon seit längerer Zeit nur noch fauliges Wasser, doch Klari-Oma hatte sich, von der Todesnachricht beflügelt, erst jetzt entschlossen, den Rest endlich wegzuschütten und den leeren Kubus wegzuräumen.

Damals, als das Aquarium nur ganz wenig Wasser durchsickern ließ, musste der brüchige Kitt in den Ecken mit Schuhpasta ausgebessert werden. Dieses Verfahren wurde von der Alten mit ausgestrecktem Zeigefinger angewandt und ihre Hand blieb danach noch tagelang schmutzig. Später ließ das Aquarium an den Ecken und Kanten schon mehr Wasser durch, die horizontalen Wassersteinstreifen an den Seitenflächen zeigten das Maß der allmählichen Absenkung an. Klari-Oma beschäftigte sich gar nicht damit. „Ich scheiß darauf", sagte sie und sie schiss darauf. Sie warf nur abends die getrockneten Flöhe ins Wasser und bemerkte die verendeten Fische beim Licht der verdreckten Vierziger-Glühbirne gar nicht. Verwesende Aufgusstierchen schwebten im grünen Wasser umher wie Fetzen eines aufgelösten Schleiers.

In den vergangenen Wochen klopfte sie schon vergeblich an das Glas, kein einziger Guppy mehr kam hervor. Dem Wasser entströmte der schwere, faulige Geruch eines seit Jahrzehnten langsam gärenden, fieberträchtigen Sumpfes.

„Das schaut aus wie Spinat, genau so", meinte sie, indem sie den widerlichen Saft fast fröhlich in einen Eimer schöpfte. „Wie Spinat. Das arme Edulein, ja, ist denn sie nicht auch von uns gegangen? Dabei war sie stark wie ein Bär, sie hat alles ausgehalten. Alles. Und jetzt ist sie trotzdem gegangen, auf Nimmerwiedersehen. Edu ist fort und weg."

Nach einer Stunde stand nur noch der leere Glaskasten auf dem Tisch, gelblich-grün und starrend vor Wasserstein, verglichen mit der bis dahin herrschenden bedrückenden Dämmerung drang nun mehr Licht ins Zimmer. So war die allgemeine Unordnung im ganzen Raum nur noch auffälliger. Schachteln, alte Zeitungen, Fetzen zuhauf. Die Puppe war noch da, sie saß auf der Decke und der Schleier verbarg die Löcher auf ihrem kahlen Kunststoffschädel ziemlich gut.

II.

„Das Edulein brauchst du nicht anzusprechen, das Edulein kommt gut allein zurecht“, sagte Tante Edit über ihre eigene Schwester, von der sie wie von einem großen, zahmen Haustier sprach. Vera war überrascht, als sie sah, dass jenes Edulein eine Frau war; solange sie sie nicht gesehen hatte, hatte sie immer gedacht, das sei ein junger Mann, ein Brillenträger. Die Tante erwähnte sie nämlich oft, und immer nur als „das arme Edulein“. Das arme Edulein schläft schlecht, das arme Edulein hat sich auf dem Heimweg vom Fleischer wieder verirrt.

Als sie das erste Mal miteinander nach Hause gingen, hatte ihr die Tante ans Herz gelegt, alle Leute zu grüßen, und dann, als sie im ersten Stock ankamen und auf den Gang einbogen, seufzte sie: „Und da ist auch das Edulein.“

Vor der Wohnungstür hockte eine Frau unbestimmbaren Alters mit aufgedunsenem Bauch und Augengläsern, die Füße in ihren klobigen, hohen Schuhen hatte sie gegen das eiserne Geländer gestemmt. Sie blickte nicht auf unter ihren Haaren, die ihr das Gesicht verdeckten, sie begrüßte die Ankömmlinge nicht, sie rauchte mit geschlossenen Augen weiter. Neben ihrem Schemel stand auf dem Boden ein runder Aschenbecher mit verschließbarem Deckel. Später grummelte die Tante oft, dass Edu diesen Aschenbecher nie ausleerte, doch jetzt stieg sie nur darüber und führte das Kind in die Küche.

„Hier wirst du wohnen", sagte sie zu Vera und warf die Einkaufstasche auf den Tisch.

Onkel Jóska, der zu dieser Zeit noch im Nachbarhaus Schach bei der Familie Lantos spielte und der nach den Schachpartien ausgesprochen nach Speck roch, war von der Adoption gar nicht entzückt. Seine Frau hatte ihm einmal das ausgewählte Mädchen über den Zaun gezeigt, und er verzweifelte bei dem Gedanken, für das abgezehrte kleine Wesen Verantwortung übernehmen zu müssen. Es war hässlich, hatte abstehende Ohren und knochige Knie. Es lief nicht mit den anderen umher, es stand nur da in der Mitte des gepflasterten Hofes. Er hatte kein gutes Vorgefühl, was dieses Kind betraf. Sie hätten für seine Unterbringung wohl eine gewisse Beihilfe bekommen, doch hatten sie in der Zimmer-Küche-Wohnung auch so kaum Platz. Ihm reichte die blöde Edu, die auf der Schwelle saß, warum sollte er sich noch eine Sorge aufhalsen?

Seine Frau arbeitete im Heim in der Küche, sie schleppte die großen Aluminiumtöpfe, dort hatte sie dieses Mädchen aus dem Fenster gesehen und sie ausgewählt. Von Zeit zu Zeit brachte sie ihm eine Kleinigkeit, Brotrinden, Rüben. Vera nahm die Sachen an, aß sie und guckte weiter in die Luft. Als sie einmal kahl geschoren in der Küchentür auftauchte, erkannte die Tante sie gar nicht. Wie sich herausstellte, grassierten Läuse unter den Kindern. Die Pflegerinnen putzten die Köpfe zwei Wochen lang mit feuchter Watte, auf Kämme aufgezogen, doch dann hatten sie genug vom Gewinsel und von den Polsterüberzügen voller Nissen und schoren die Kinder alle mit der Maschine kahl. Vera sah so traurig aus, dass die Tante vor Schreck die Hände zusammenschlug. Sie unterhielten sich das erste Mal überhaupt, eigentlich war das Mädchen das erste Mal bereit, zu antworten. Es hatte nicht den Anschein, dass es sich besonders freute, doch als die Tante am Ende ihrer Schicht nach Hause ging, stand es am Drahtzaun und winkte.

Zweimal waren sie spazieren und einmal unten in der Stadt, und beim dritten Mal sagte man der Frau, sie dürfe das Kind auf eine Probewoche mit nach Hause nehmen, wenn sie wollte, die Papiere seien erledigt.

„Du wirst ein eigenes Nachthemd haben. Wenn du dann größer bist, lassen wir dir ein Kleid nähen. Ich habe einen Kleiderstoff für dich."

Vera konnte beim Spaziergang an nichts anderes denken als an das eigene Nachthemd. Im Heim mussten sie sich aus einem gemeinsamen Haufen ein sauberes Nachthemd herausziehen, und bis sie drankam, waren nur noch zerrissene übrig oder riesige, die ihr bis an die Knöchel reichten.

Als sie nun angekommen waren und die Tante abgeladen hatte, wollte sie gleich nach dem Nachthemd fragen, doch sie getraute sich nicht. Die Tante stellte in einem großen Topf Wasser auf und zeigte ihr dann das Zimmer.

Hinten an der Wand stand ein hohes Doppelbett, daneben ein ovaler Toilettenspiegel und ein großer Schleiflackschrank. Die Tante erzählte ihr, dass der Onkel Jóska sich im Krieg einmal in diesem Bett versteckt hatte, damit man ihn nicht mitnahm. Vera wagte nicht zu fragen, wohin man ihn mitnehmen wollte und wie er Luft bekam, wenn er nun einmal ganz zugedeckt war. Wenn sie sich hätte verstecken müssen, wäre sie lieber in den Schrank geklettert, doch sie sagte nichts. Sie hatte es sich längst abgewöhnt, etwas verstehen zu wollen oder sich mit Fragen in der verworrenen, erschreckenden und unberechenbaren Welt der Erwachsenen zu orientieren. Sie nahm es zur Kenntnis, dass dieses das

Zimmer und jenes die Küche ist, das ist das große Bett, ihr neuer Platz, hier wird sie zwischen Onkel Jóska und der Tante schlafen und die Edu draußen in der Küche auf der Couch.

Während die Tante alles wegräumte, setzte sich Vera an den Tisch mit der Schublade. Sie hätte gern in die Lade geschaut, doch wartete sie ab, bis die Tante das Wachstuch zurückschlug und selbst die Lade herauszog, um ein Messer herauszunehmen. Es war schweres Alpacca-Essbesteck darin und Spagat, sonst nichts.

Die Tante hatte allerlei auf dem Tisch vorbereitet, dann sagte sie dem Kind nur noch, es möge hier geduldig warten, sie würde gehen und den Alten suchen, weil das doch nicht angehe, dass er sogar heute Nachmittag nicht zu Hause sei.

Sie schloss die Tür hinter sich, stieg über die reglose Edu, dann schleppte sie sich die Treppe hinunter. Kaum war sie durch das Haustor gegangen, klopfte jemand. Vera stieg vom Hocker herunter und öffnete die Tür. Auf dem Gang stand ein groß gewachsener Fremder, der sagte, er habe die Gans gebracht, die sei aber noch nicht fertig. Die Gans, die nicht fertig war, schien doch recht lebendig zu sein, unter dem Arm des Mannes beäugte sie Edu, dann erblickte sie Vera und musterte sie. Der Mann stellte die Gans auf den Boden, dann schloss er energisch die Tür und rief dem Kind noch vom Gang zu, es möge mit der Gans aufpassen, denn die würde zwicken.

Die Gans war tatsächlich ziemlich beängstigend. Erst watschelte sie zum Küchentisch, dann reckte sie den Kopf vor und zischelte wie eine Schlange. Das Mädchen umrundete vorsichtig den Tisch und stahl sich zur Zimmertüre, doch als sie sie öffnete, floh die Gans mit unerwartet heftigem Geflatter in den Raum.

Drinnen machte sie den Eindruck, sich ein wenig beruhigt zu haben. Sie watschelte vorwärts bis zum Toilettentisch, dann zurück zum Schleiflackschrank. Dort angekommen schien sie dunkel zu ahnen, dass sich noch eine Gans hier im Zimmer aufhielt, denn sie fixierte interessiert die lackierte Tür. Sie schnatterte ein paar Mal, dann wandte sie sich um und erblickte im ovalen Spiegel endlich diese andere Gans, die sich versteckt hatte. Die nicht fertige Gans bewegte den Kopf auf und ab, und als das Mädchen sich hinter ihr verdrücken wollte, um in die Küche zu gelangen, begann sie wieder zu flattern und zu zischen.

Vera erschrak so sehr, dass sie sich auf einen Hocker rettete. Die Gans warf einen Blick auf den großen Weitling und das Messer, das auf dem Tisch vorbereitet war, und als wären ihr die Zusammenhänge klar, strebte sie entschlossen auf die Tür zu. Sie deutete an, ihren kurzen Besuch beendet zu haben und sich nun beizeiten zu entfernen wollen.

Da öffnete Edu, die um den WC-Schlüssel kam, die Wohnungstür. Das Gemeinschaftsklosett befand sich am Ende des Ganges, die Parteien verschlossen die Tür immer.

Die paar Sekunden genügten der Gans, um das Weite zu suchen. Edu nahm seelenruhig den Schlüssel vom Haken und ging nach rechts ab, während die Gans nach links eilte, als hätte sie sich schon im Voraus den Luftschutz-Grundriss des Hauses eingeprägt, der in der Einfahrt ausgehängt war. Sie watschelte auf den Stufen bis zum Erdgeschoss hinunter, wo sie stutzte. Wäre der nach Salpeter riechende Kellerabgang nicht verschlossen gewesen, hätte sie sich gewiss verirrt und wäre in den Keller gegangen, so aber überquerte sie selbstsicher den mit gelben Keramit-Ziegeln ausgelegten Innenhof und erreichte den vom Müll stinkenden Ausgang. Hier schlüpfte sie, wie vorhin unter der Achsel Edus, vor den Beinen des ankommenden, nach Speck und Schnaps riechenden Mieters hinaus.

Onkel Jóska, denn er war der Ankömmling, hatte schon deshalb nicht die mindeste Chance, die sportliche Gans zu erwischen, weil er, dank des letzten, die Schachpartie beschließenden Sliwowitz den Weg vom Nachbarhaus nur mühsam geschafft hatte.

Die Gans zog die Mohács-Straße entlang, und es gelang ihr gerade noch, die schnaufend zu Hause ankommende Tante zu verfehlen, die inzwischen von der Familie Lantos erfahren hatte, dass ihr Mann schon weggegangen war.

Damals gab es noch kaum Autoverkehr und so wanderte die Gans ziemlich sicher in der Fahrbahnmitte Richtung Lehel-Markt und Élmunkás-Straße. An der nächsten Straßenecke aber war sie plötzlich verschwunden. Genauso spurlos wie das Stückchen Kochspeck, das Frau Lantos mit Ausdauer suchte und von dem Onkel Jóska so gar nichts wusste und in Bezug auf den er sich zu Hause alle heimtückischen Verdächtigungen verbat.

Von der Gans wurde vorerst noch nicht gesprochen. Man schöpfte erst Verdacht, als der torkelnde Onkel Vera zum dritten Mal fragte, ob denn die Katze ihr die Zunge gestohlen habe oder was sonst los sei. Da merkten sie erst – denn das Wachstuch hatte Veras Hände bisher verdeckt –, dass sie sich im sturen Schweigen immer wieder mit einer schneeweißen Feder über den Handrücken strich.

Als sie schließlich verstanden hatten, dass die Gans hier gewesen, doch, wie es schien, auch schon gegangen war, mussten sie nur noch herausfinden, wer sie wohin gebracht hatte. Sie begannen Edu zu befragen. Sie sollte bitte zeigen, wo die Gans war, wohin sie verschwunden war, denn es sollte doch ein feines Abendessen aus ihr gemacht werden, sie durfte nicht so einfach entwischen. Edu zuckte die Achseln und wies zum Dach, als wäre der Vogel einfach weggeflogen, während sie sich erleichterte. Vielleicht war sie davon ja überzeugt. Mit der kleinen Vera kamen sie auch nicht weiter, sie blinzelte mal den einen, dann die andere an und es stand zu befürchten, sie würde in Tränen ausbrechen, sollten sie weiter in sie dringen. Die Tante sah, dass sie mit den beiden auf keinen grünen Zweig kommen würde, und so machte sie sich mit ihren krampfaderngeplagten Beinen auf zum Marktplatz, zu dem Bekannten, mit dem der Verkauf der Gans am Vortag besprochen worden war. Also so etwas!, wunderte sie sich.

Onkel Jóska saß während der ganzen Zeit schuldbewusst in der Küche, als ginge die Flucht der Gans auf sein Konto. Die Gewissensbisse waren nicht unbegründet, zudem schien die kurze, verbotene Freude am wenigen Speck auch den ausgiebigen längerfristigen Genuss der frei verzehrbaren Gänsegrammeln zu gefährden. Er verdünnte den Schnaps in seinem Magen mit Sodawasser und versuchte dabei dem kleinen Findelkind Vera Worte zu entlocken, die aber antwortete kaum, sagte nur Ja und Nein und wollte nichts haben, sie saß nur stumm da auf dem zu hohen Hocker. Die arme Kleine bot einen ziemlich unansehnlichen Anblick mit ihren struppigen Haaren. Schließlich sagte sie doch etwas, sie starrte auf die Tischplatte und murmelte, dass sie Pipi machen müsse. Onkel Jóska geleitete sie auf den Gang und hörte verwirrt zu, wie sie hinter der olivgrünen Tür Wasser ließ. Drinnen war es finster und Vera wunderte sich, dass man hier aufgeschnittene Zeitungsseiten statt Klopapier verwendete, das kratzte ihren Po und war mit der Spülung nicht durch das Loch zu bekommen. Auch den an der Kette hängenden hölzernen Griff erreichte sie nur mit Mühe. Später wurde für sie ein Email-Nachttopf angeschafft, weil sie sich fürchtete, allein hinauszugehen, auch sollte die in der Küche schlafende Edu nicht mit dem Türenschlagen aufgeweckt werden.

Die arme Edu schlief ohnehin schlecht. Sie schrie im Schlaf öfter auf, manchmal weinte sie mit tiefer, heiserer Stimme, da musste Tante Edit aufstehen und sich zu ihr auf die Bettbank setzen, bis sie sich beruhigte. Wenn sie nicht schlecht träumte, dann schnarchte sie, auch das war von der Küche zu hören.

An jenem Abend, als es dann schließlich Taubensuppe statt der Gans gab, denn irgendwie musste man ja die Ankunft Veras feiern, beugte sich Edu über ihren Teller und aß schlürfend. Niemand wies sie zurecht. Nach dem Abendessen ging sie auf den Gang hinaus, um eine Zigarette zu rauchen. Ihr Daumen und der Zeigefinger waren gelb von den zusammengezwickten, bis zum Ende gerauchten Zigaretten und ihre Zähne waren schwarz. Doch schien sie Vera nicht nur deswegen gruselig: auch die in ihren Arm tätowierten Zahlen machten sie furchterregend. So etwas hatte das Mädchen schon in der Erziehungsanstalt gesehen, gleich zwei von den Pflegerinnen trugen eine Zahlenreihe am Arm. Vera graute es vor beiden, besonders vor der großen mit den Sommersprossen, weil die auf Schritt und Tritt Schläge austeilte, und wenn sie ein Bett nicht ordentlich gemacht vorfand, warf sie alles zusammen auf den Boden. Diese Erfahrung ließ dann auch Edus Behäbigkeit unberechenbar und bedrohlich erscheinen, als könnte zu jeder Zeit ein schreiender Erwachsener aus ihr heraustreten.

Hatte Edu sich am Abend erst einmal in Trainingshose und Kombinage auf der Bettbank in der Küche hingelegt und die Decke über den Kopf gezogen, konnte man den

Wandbrunnen nur noch erreichen, wenn man sich hinter dem Tisch vorbeipresste. Sie stellte ihre hochschaftigen Schnürschuhe immer neben die Tür. Der säuerliche Geruch ihres dicken Körpers füllte den Raum bis zum Morgen, er verlor sich erst am Nachmittag. Lüften war nicht möglich, die Tür zum Gang musste wegen des Zigarettenrauchs stets geschlossen bleiben.

Drinnen im Zimmer legte man sich zur selben Zeit schlafen wie Edu draußen, das war die Regel. Einmal gingen noch alle hinaus, zum Ende des Ganges, auf eine Rundreise durch Indien, wie der Onkel zu sagen pflegte, wobei er jeden Abend wiehernd zu seinem Geistesblitz lachte. Dann verschlossen sie die äußere Tür, die zwischen Zimmer und Küche machten sie nur zu.

Im Heim mussten die Türen der Schlafsäle über Nacht offen bleiben. Auf dem Gang brannte die Lampe, sie sollten nicht im Dunkeln schlafen. Nicht damit sie sich nicht fürchteten, vielmehr um sie am Herumgehen zu hindern: Ohne Erlaubnis durften sie nicht einmal aufs Klo hinausgehen. Nach zehn Uhr war jedes Hinübergehen ins andere Ende des Gebäudeflügels untersagt, das durfte allein vom diensthabenden Nachtpräfekten genehmigt werden. Der gab auch das WC-Papier aus, vier Blatt pro Anlass. Niemand besaß Pantoffel, der kalte Steinboden des hallenden nächtlichen Ganges brannte unter ihren nackten Sohlen, es tat wohl, danach wieder unter die Decke zu schlüpfen.

Vera fiel es schwer, in diesem ihr unbekannten Zimmer einzuschlafen, in einem fremden Bett, zwischen fremden Körpern und inmitten fremder Gerüche. Auch hier war es nicht stockdunkel, ein Fenster leuchtete auf dem Innengang des Hauses, auf der rechten Seite, das gehörte dem bis in die tiefe Nacht Schwarzarbeit verrichtenden

Schuster. Tagsüber arbeitete der Alte in einer Werkstatt für Schuhoberteile, nächtens aber flickte er am Küchentisch sitzend das Schuhwerk der Hausparteien. Später machte das Mädchen seine Bekanntschaft und der Schuster zeigte ihm seine geheimnisvollen unterteilten Schachteln, in denen er Schnallen, Nägel und Lederstückchen aufbewahrte.

Die Tante zog sich vor dem Schlafengehen hinter der Tür des großen Schleiflackschrankes aus, Onkel Jóska, ihr Mann, lag schon im Bett und klopfte auf den Polster in der Mitte, um dem Findling Vera zu zeigen, wo sie sich hinlegen solle. Er schlug die Decke zurück und ermahnte sie, die Beine ruhig zu halten, sonst würden sie sie zum Schlafen zu Edu in die Küche stecken.

Die Tante verharrte in ihrem langen Schlafrock neben dem Bett, sie richtete die Decke des Kindes, dann setzte sie sich, mit dem Rücken zu ihm, auf das Bett. So saß sie da, vornübergebückt, reglos. Lange Minuten verstrichen, als wollte sie die Nacht erstarrt in dieser Haltung verbringen. Aus der Wohnung des Schusters fiel das schwache Licht über den Gang durch die Löcher des gehäkelten Vorhangs. In diesem Dämmerschein lag das Mädchen da und beobachtete den fleischigen Rücken durch halb geschlossene Lider. Auf einmal erhob sich die Tante, legte den Schlafrock ab, dann hob sie sich mit einer unwahrscheinlichen, schon geträumt scheinenden Bewegung auch die Haare vom Kopf. Sie war vollkommen kahl, ihr abgelegtes Haar lag leblos wie ein Skalp vor dem Spiegel. Vera täuschte vor zu schlafen, wie im Heim, wenn die Pflegerinnen abends durch die Säle gingen und dabei Licht machten, doch dabei lauschte sie mit verhaltenem Atem darauf, was nun kommen würde. Ihr Herz klopfte wie wild. Sie hatte noch nie eine Perücke gesehen, daher dachte sie, auch die Tante habe Läuse. Dass also auch die Erwachsenen am Kopf rasiert würden, nur würden sie ihre Haare zurückbekommen.

Ihr hätte sie das wirklich sagen können, sie würde niemandem etwas erzählen. Das viele dunkle Haar, das gehörte alles ihr, nur war es nicht mehr angewachsen? Im Halbschlaf nahm sie sich vor, morgen, wenn sich die Tante zu ihr beugte, ihren Kopf zu berühren, dann würde sich alles herausstellen.

Mit diesem beruhigenden Gedanken schlief sie ein und spürte nicht mehr, dass die Frau ihr übers Gesicht strich und dann ihr gerade neu sprießendes, stachliges Haar streichelte.

Am folgenden Tag konnte Vera doch nicht über das Haar der Tante sprechen. Als sie aufwachte, war niemand mehr im Zimmer. Die Tante klapperte in der Küche mit dem Geschirr und die Edu rauchte auf dem Gang, auf ihrem Hocker sitzend. Der Onkel war früh weggegangen, er half auf dem Holzplatz in der Nähe aus, so bekamen sie im Winter das Brennholz günstiger. Freilich nur Akazienholz, aber das ging wenigstens leichter zum Schneiden.

Edu frühstückte nie, sie trank nur einen Milchkaffee, doch für Vera war ein halbes Butterkipferl und ein Häferl Milch auf dem Tisch vorbereitet. Die Tante trug ein schwarzes Spitzentuch auf dem Kopf, dessen Spitzen mit zwei Spangen hinter ihren Ohren festgesteckt waren, was Vera annehmen ließ, dass ihr Haar über Nacht vielleicht doch nicht ganz nachgewachsen war. Sie hatte wieder Schmerzen in den Beinen. Um die weichen, weißen, von Krampfadern durchzogenen Waden wickelte sie eine Bandage, stach eine Sicherheitsnadel durch das Ende und sagte zu Vera, heute werde sie brav in die Kultusgemeinde mitkommen und sich im Büro jedem vorstellen. Und wenn sie sich den Weg gemerkt habe, dürfe sie morgen schon allein mit dem Menagereindl um das Mittagessen gehen.

Die Gratisverköstigung kam ursprünglich nur der Edu zu, der Schwester der Tante, wegen des Lagers, doch bekam die Tante immer etwas von der übrig gebliebenen Suppe oder den Nudeln, so wurden sie immer alle drei satt. Vera sinnierte darüber, wie das denn zugehen mochte, jemand wird in ein Lager verschickt und dann bekommt er noch ein Gratisessen, das ist nicht gerecht. Aus dem Heim wurden nur die Besten und die Tuberkulosekranken in ein Lager verschickt, die bekamen aber danach, wenn sie zurückkamen, auch nur das normale Essen wie die anderen. Während sie darüber nachdachte, überschlug die Tante im Kopf, dieses kleine, mickrige Kindchen wird sicher nicht so viel essen, dass sie zu viert nicht genug bekommen; keine von ihnen sprach bei den Vorbereitungen auch nur ein Wort. Das dreistöckige Menagereindl war aus Blech und hatte Schnallen, Vera steckte die Teile zusammen, und die Tante nahm noch eine zusätzliche Tasche, damit sie, falls man ihnen auch noch Obst zuteilte, dieses mitnehmen konnte. In letzter Zeit gab es kaum Obst und Gemüse und Fleisch überhaupt niemals.

Ihre Gasse war mit Kopfsteinen gepflastert und bestand ausschließlich aus Parterre- oder einstöckigen Häusern, in der nächsten, breiteren Nebengasse aber erhoben sich nur mehrstöckige, pockennarbige Mietshäuser. Von hier aus konnte man schon auf die verkehrsreichere Straße hinausblicken, wo die Straßenbahn verkehrte. Beim Scherenschleifer musste man rechts einbiegen und bis zum Haus mit dem Lautsprecher an der Wand weitergehen. In der Auslage des Scherenschleifers saß eine winzig kleine Figur auf einem Stuhl und hielt nach vorne gebückt ein Klappmesser an den Schleifstein, das im Verhältnis zu ihrem Körper groß war wie ein Schwert. Nachdem sie mit dem Bewegungsablauf fertig war, blickte sie durch das Schaufenster, dann wandte sie sich zurück und begann von Neuem zu schleifen. Links und rechts von ihr lagen Klingen und in der Mitte stand auf einer Tafel: Fischer-Messer für alle Zwecke. Die Tante wies auf ein grün gestrichenes Fenster dort oben, dieses müsse man von Weitem suchen, auch die Edu würde nach diesem Fenster wissen, wo sie einbiegen müsse, doch Vera merkte sich lieber den grauen, trichterförmigen Lautsprecher an der Wand, der war ihr bekannt, so einen gab es auch im Erziehungsheim auf dem Hof.

Der Eingang zur Kultusgemeinde befand sich oberhalb einer kurzen Stiege, die Tante leierte wieder herunter, Vera möge alle schön grüßen und ihr ja keine Schande machen. Sie richtete Veras Rock, dann läutete sie an.

Es dauerte lange, bis die Tür aufging. Ein magerer Mann mit vielen Falten im Gesicht kam heraus, er nahm das Menagereindl entgegen und blickte das fremde Kind gar nicht an. Die Tante sagte, sie hätten jetzt im Büro zu tun, und zog Vera hinter sich her, neben dem Mann vorbei,, der nicht besonders herzlich wirkte.

Im düsteren, engen Raum hielten sich vier Frauen auf, sie alle saßen mit dem Rücken zu einer Wand an den mit Läden versehenen Schreibtischen. Als die beiden eintraten, standen sie alle auf und umringten Vera neugierig. Sie fragten sie durcheinander nach ihrem Namen und Alter und ob sie Reissuppe und Knödel möge, denn heute gebe es eben das, und ob sie ein schönes Gedicht aufsagen könne, ob sie gern bei den Juden sei und ob sie schon beten könne.

Das Mädchen entsann sich vage, von Onkel Jóska recht spöttische Blicke geerntet zu haben, damals, als sie zur Familie kam und nur dasaß und nicht auf die Fragen antwortete, also nahm sie sich zusammen und versuchte nach bestem Wissen alle Fragen zu beantworten. Sie sei sechs Jahre alt, Reissuppe habe sie noch nie gegessen, nur Reis allein, und der habe nicht sehr gut geschmeckt. Dann fiel ihr ein, was sie im Heim von den anderen gehört hatte. Sie erwiderte auch die vierte Frage, laut und deutlich, sie möge die Juden nicht, weil die alle stinken und rote Haare haben, und fügte noch hinzu, sie kenne auch ein Gedicht. – Rotes Haar und Sommersprossen sind des Teufels Volksgenossen, deklamierte sie stolz. Beten könne sie nicht, sie glaube nur an die Partei und an Mátyás Rákosi, ihren Retter. Dann blickte sie zu Tante Edit auf. Die aber sah komischerweise nicht sie an, sondern die vier verdutzten alten Frauen, die sich langsam aufrichteten und die kleine, hässliche Kröte verstört anschauten und keine Ahnung hatten, was sie sagen sollten.

„Macht nichts", sagte schließlich die dickste, dann watschelte sie zu ihrer Schreibmaschine zurück und hieb auf die Tasten ein. Inzwischen war auch der Mann namens Ernő zurückgekommen, der sie beim Eingang empfangen hatte, und reichte der Tante den vollen Essensträger. Auch er musterte das Mädchen genau, dann äußerte er, man müsse ihr viel Milch zum Trinken geben, denn die Ärmste sei ziemlich schwachbrüstig. Die Tante nahm die zusammengesteckten Töpfe entgegen und entgegnete, singen könne sie aber schön, sie sollten sie nur einmal hören.

„Man wird ihr hier schöne Lieder beibringen", sagte sie und blickte die Frauen vielsagend an. „Die Tante Ilonka hat eine wunderschöne Stimme", wandte sie sich nun zu Vera, „und du kannst sie überhaupt alles fragen, sie wird dir helfen. Und beten wirst du dann zu Hause lernen."

Auf dem Rückweg musste schon Vera den Weg zeigen. Bei der zweiten Ecke einbiegen, dann weiter bis zum Haus mit dem grünen Fenster. Als sie dort ankamen, ertönte es aus dem Lautsprecher unerwartet und mit Widerhall: ... und wir müssen jenen feindlichen Umtrieben den Krieg erklären, die die Durchführung der Verordnungen, die dem Wohle unserer werktätigen Bevölkerung dienen, mit Undiszipliniertheit, Hintertreibung und mit Entstellung oder Missdeutung unserer richtigen Maßnahmen zu verhindern suchen.

Die Tante blickte nicht einmal auf, sie trug das Menagereindl vorsichtig weiter, damit die Reissuppe nicht herausschwappte, doch das Mädchen wurde von einer schwer in Worte zu fassenden, bebenden Begeisterung ergriffen.

Nicht so das kleine, spannengroße Männchen im Reklameschaufenster der Fischer-Messer. Als sie auf seiner Höhe ankamen, blickte es noch einmal hinaus, dann wandte sich das Männchen wieder seinem winzigen Schleifstein zu, zuckte noch ein paarmal mit dem Arm und blieb stehen.

Als die Stellung Onkel Jóskas auf dem Holzplatz gekündigt wurde, reichte das verbleibende Gehalt nicht mehr, um das Adoptivkind zu erhalten. Tante Edit verließ im Herbst das Heim und nahm eine Stelle auf der Kinderabteilung des Krankenhauses in der Péterfy-Sándor-Straße an, wo sie ein bisschen mehr verdiente. Sie hatte im Großen und Ganzen dasselbe zu tun wie oben auf dem Berg, mit dem Unterschied, dass sie hier die Speisen nach den gestrengen Anweisungen der Diätschwester zuzubereiten hatte. Sie hatte gebeten, nach ihrer Schicht als Aushilfe in den Krankensälen arbeiten zu dürfen, dort teilte sie die Thermometer aus und packte das abgezogene Bettzeug in Säcke. Das brachte auch ein wenig zusätzliches Geld ein. Sie hatte es geschafft, der armen schwachsinnigen Edu hier ebenfalls eine Arbeit zu besorgen, sie hatte einen weißen Mantel an und schaffte die Bettschüsseln her und weg und schwang den Besen. Im Herbst musste sie die Blätter vor dem Gebäude und im Winter den Schnee wegräumen. Das machte sie gern, weil sie draußen wenigstens ihre Zigaretten rauchen durfte, und die Kälte war ihr einerlei. Zu ihren Aufgaben gehörte es, nach hereinkommenden Patienten aufzuwischen und auch die mit Kot und Erbrochenem verunreinigten Pyjamas einzuweichen. Doch auch so reichte das Geld nicht. Da kamen die Artisten, die von der Magdi Lantos vermittelt wurden, sie suchten Schlafstellen, die sie zwischen abends neun und morgens sieben Uhr mieten konnten. Im ganzen Haus wussten es alle binnen Stunden, dass die Czajka-Brüder hierher zum Wohnen kommen.

Onkel Jóska war nicht besonders erfreut von dieser Idee. Er meinte, es sei ausgeschlossen, dass sie in diese Zimmer-Küche-Wohnung auch nur irgendjemanden aufnehmen könnten, doch die Tante schüttelte bloß den Kopf, du rede mir da nicht drein, Papa, weil das hat immer nur Probleme gebracht. Das wirkte, Onkel Jóska gab daraufhin klein bei und zog sich zurück.

Der Sodawassermann, der jeden Morgen von seinem Pferdefuhrwerk aus ihre Straße entlangschrie und seine Ware anpries und auf das Kopfsteinpflaster schimpfte, kam eines Nachmittags mit zwei verschossenen ausrangierten Krankenhausbetten an. Unten am Betteinsatz stand zu lesen: II. Interne Neonat. Gyn. Onkel Jóska und Lantos schleppten die Betten hinauf, eines nach dem anderen, schlurfend, mit hochrotem Gesicht, alle drei Meter innehaltend. In den Kehren fluchten sie laut, die Eisenbetten ließen sich nur schwer drehen.

Das erste Bett hoben sie unter lautstarken Instruktionen der Tante durch das Zimmerfenster herein, das zweite sollte in die Küche gezwängt werden. Drinnen wurden mit Getöse Möbel herumgeschoben, dann erschien Onkel Jóskas Kopf im Zimmerfenster. Er teilte der Tante, die auf dem Gang draußen wartete, beinahe glücklich mit, dass das zweite Bett nicht hereinpasste. Er hatte es ja gesagt. Im Voraus. Vera und Edu sahen dem Geschehen gelangweilt zu.

Edu rauchte, die Umstellung interessierte sie nicht wirklich. Die Tante, die sie in den Nachtschichten regelmäßig in die nach Blut, Eiter und Scheiße riechenden Krankensäle begleitete, wusste ganz genau, welchen Platz so ein Spitalsbett einnimmt und dass man es sogar auf einem Gang aufstellen kann. Sie entgegnete dem schadenfrohen, erhitzten Alten nur, das passt dann schon, Papa. Zunächst drückte sie wütend Edus noch immer rauchenden und stinkenden Zigarettenstummel aus, dann ging sie selbst in die Küche, um dort kurze, knatternde Kommandos zu erteilen. Der Lantos stammelte irgendetwas, dann folgte neuerliches Möbelschieben, später lamentierte Onkel Jóska lange wegen seines Kreuzes, dann zersprang ein Trinkglas.

Schließlich sagte Tante Edit zu Edu, die sich inzwischen wieder eine Zigarette angezündet hatte: „Es hat hereingepasst."

Die Küche sah aus wie eine Art Möbellager. Sie hatten den Tisch zur Seite geschoben, neben die Anrichte, und das Spitalsbett neben die Bettbank hingestellt. Später haben die Artisten alles noch einmal umgestellt, sie sagten, sie seien kein Liebespaar, küssdiehand, doch die Idee war im Wesentlichen die gleiche geblieben. Die Idee war im Wesentlichen, dass die Tante ein wenig Platz am Herd brauchte, um kochen zu können, und zum hinteren Wandbrunnen musste man auch frei zugehen können, denn die Familie holte von hier das Wasser und auch die zukünftigen Mieter mussten sich hier waschen. Die Tante meinte, sie sähen aus wie saubere Menschen, und der Onkel sagte, Artisten würden sich oft waschen, als hätte er viel Erfahrung auf diesem Gebiet.

Das mit dem Essen war vorerst noch ein Problem, doch die Tante löste auch dieses. Sie baute das im Zimmer aufgestellte Spitalsbett, das von da an nachts Edus Schlafplatz war, für den Tag zu einer Bank um und servierte die Mahlzeiten auf dem Tischchen, das davorgeschoben wurde. Tischplatte und Bett waren fast auf gleicher Höhe, so konnte man eigentlich nicht essen, doch als Tante Edit ihren Blick in die Runde schweifen ließ, kuschten lieber alle. Niemand konnte sagen, sie würden nicht an einem Tisch essen, man musste sich bloß ein wenig vorbeugen.

Der Ein- und Ausgang war noch ein bisschen beschwerlich, da nur die Küche eine Tür zum Gang hatte, das Zimmer aber nicht. Onkel Jóska hatte leider einigermaßen recht, das hatte die Tante nicht bis zum Ende durchgedacht. Neben Schlafen und Essen war das Hinausgehen tatsächlich unwesentlich, doch keine vollkommen außer Acht zu lassende Kleinigkeit. Tante Edit wünschte auch jetzt keine Diskussionen, sie zeigte vor, wie man sich drinnen auf einen Stuhl stellte und durch das Fenster auf den Gang hinaustrat. Das rang sogar Edu ein Grinsen ab, und Onkel Jóska fragte nur, und wie geht es dann wieder zurück? Die Tante aber gab sich nicht geschlagen, sie hievte sich draußen hoch und rollte über das Spitalsbett, wobei sie betonte, das müsse man ohnehin nur einmal pro Tag machen. Später stellten sie Edus Hocker zum Klettern hin. Edu erwies sich als überraschend gelehrig, wer auch immer sich am Gang näherte, schon stand sie auf und schob den Hocker unter das Fenster.

Die Ankunft der Gebrüder Czajka im Mietshaus erwies sich als ein großes Ereignis. Die zwei blassen Jungen kamen in abgetragenen, mit Hosenriemen gegürteten Mänteln an, das enttäuschte die Wohngemeinschaft, die auf einen spektakulären bunten Einzug gehofft hatte. Sie zogen sich auch später nicht um, doch waren sie tatsächlich Zirkusleute, am Vormittag unterhielten sie die Kinder aus dem Haus bereits mit allerlei Kunststücken.

Vera starrte am Morgen, als Edu noch nicht zu Hause angekommen war und Tante und Onkel bereits weggegangen waren, vom hoch aufgebauten Bett hinaus auf den umlaufenden Gang. Wenn die Artisten im Hof übten, flogen die Ringe und Keulen manchmal hinauf bis zum ersten Stock und drehten sich dort in der Luft. Hinter ihnen war nur der große graue Himmel zu sehen. Sie erschienen still in regelmäßigen Abständen, dann verschwanden sie wieder, als flögen sie von selbst, als würden sie von niemandem geworfen.

Der Winter erwies sich als unerwartet lang und kalt. Die zwei Kubikmeter Brennholz waren schnell verheizt, die Artisten konnten oft nicht rechtzeitig zahlen, weil sie ihr Gehalt auch nicht bekamen, und die Verpflegungsportionen der Kultusgemeinde schrumpften immer mehr. Die Kälte störte die Bettmieter in der Küche nicht, tagsüber wärmte der Sparherd den Raum ein wenig und zum Schlafen zogen sie sich warm an, sie wickelten sich sogar einen Schal um den Hals. Tante Edit hatte vor allem um ihre Töpfe Angst, fortwährend wähnte sie Geschirrklappern aus der Küche zu hören, auch des Nachts, als doch nur die Spitalsbetten unter den sich regenden Körpern knarrten. Ohne Unterlass wiederholte sie, dass sie bei der Anrichte nichts zu suchen hätten, denn die Artisten hatten keine Ahnung von den für milchige und fleischige Töpfe vorgesehenen Regalen. Tante Edit hatte ihnen ein extra Küchenmesser am Markt gekauft, ihr eigenes hielt sie in der Lade versperrt, doch auch so war ihr keine ruhige Minute vergönnt. Sie roch den Gestank von Wurst und Speck an der Tischplatte, dabei hatte sie ihnen gesagt, so etwas immer auf Papier aufzulegen. Außer den Töpfen beschäftigte sie noch die Frage, wo diese jungen Männer sich wohl wuschen. Dass sie sich jeden Tag vor dem kleinen, am Fensterkreuz aufgehängten blinden Spiegel rasierten, das sah sie ja. Den Rasierschaum schlugen sie ins Becken des Wandbrunnens und die Pinsel ließen sie auf dem Sims trocknen. Nie aber wärmten sie Wasser und doch sahen sie nicht schmutzig aus, woraus die Tante schloss, dass sie die städtische Badeanstalt besuchten. Dafür hatten sie Geld.

Das Baden in der Wohnung war schon bis dahin eine verzwickte Sache, nach dem Einzug der Artisten aber wurde es noch schwieriger, durch die Unterbringung der zusätzlichen Betten in der Küche blieb vor lauter Mietern kein Platz mehr. Man schleppte das am Sparherd gewärmte Wasser ins Zimmer und schüttete es dort in eine große Waschschüssel. Hier ging einmal pro Woche das Baden vonstatten.

Die Tante breitete hinter der geöffneten Kastentür eine große Plache aus, darauf stellte sie die emaillierte Waschschüssel. Onkel Jóska und Tante Edit badeten immer im selben Wasser, nacheinander. Die Tante hatte schon ziemlich früh keine Monatsblutungen mehr, was ein großes Glück war, denn das hätte die Sache nur kompliziert. Als die Ältesten fertig waren, kam Vera mit neuem Wasser dran, dann Edu. Die Tante rieb das dünne Mädchen immer so wild ab, dass es sich an der polierten Schranktür festhalten musste, um nicht umzufallen. In den Kastenschlüssel war eine große weiße Quaste als Zierde eingezogen, die fasste sie immer wieder an, die Quaste lief oben in einer weichen Kugel aus. Dann knurrte die Tante sie an, sie möge gefälligst weitermachen, weil die Edu auf das Wasser warte, das hier sei nicht das Wellenbad.

Edu konnte wegen ihres schlechten Beines nur schwer das Gleichgewicht halten, sie musste sich an der Schulter der Tante festhalten.

Der Altersunterschied zwischen den beiden Frauen betrug lediglich neun Jahre, doch Edu wandelte sich beim Baden immer zum Kind und Tante Edit alterte in ihre Rolle hinein, als wäre sie nicht die Schwester, sondern die Mutter dieses kaum dreißigjährigen früh gealterten Wesens. Wenn Edu ihre Tage hatte, blieb sie aus der Reihe und die Tante brachte sie später zum Baden, wenn nicht, dann kam sie nach Vera. Das Findelkind wurde nach dem Baden ins Bett befohlen und angewiesen, sich die Decke über den Kopf zu ziehen, damit es sich nicht verkühle. In Wahrheit wollten sie nicht, dass sie die nackte, wegen des kitzelnden Schwammes gicksende Edu erblickte. Die sonderbaren Laute aber, die Edu ausstieß, machten sie neugierig, außerdem wollte sie gern sehen, wie dieser große, plumpe Körper ohne Kleidung aussah.

Edu war im Grunde genommen nicht hässlich, zumindest viel weniger als angezogen, in der fast immer bis an die Achseln hochgezogenen Hose und in den hochschaftigen, geschnürten orthopädischen Schuhen. Einer ihrer Füße stand in einem unnatürlichen Winkel ab und ein Bein war unverhältnismäßig dünn, doch alles in allem machte sie einen relativ weiblichen Eindruck.

Das Verblüffendste waren ihre mächtigen, zerfließenden Brüste, die unter dem ewig verfusselten Pullover nahezu übergangslos in ihren Bauch übergingen und sie viel dicker erscheinen ließen, als sie in Wirklichkeit war.

Das Mädchen konnte die Augen nicht von den riesigen blauen Brustwarzen wenden, etwas Ähnliches hatte sie noch nie gesehen. Tante Edit rubbelte auch die Falten unter Edus Brüsten ab, dann befahl sie ihrer Schwester, sich umzudrehen, und nachdem sie auch den glänzenden weißen Rücken eingeseift hatte, ließ sie sie niederhocken. Edu spritzte sich folgsam auch unten mit Wasser an, dann stieg sie aus der Waschschüssel und wickelte sich in das große Badetuch. Ihr Gesicht war gerötet, die nassen Haare klebten ihr am Kopf und in diesem Augenblick, wenn ihre rauchgeschwärzten, abgebrochenen Zähne verborgen blieben, machte sie einen geradezu anmutigen Eindruck.

Die Tante trat zu ihr, half ihr in den Bademantel, dann rief sie den Onkel. Dieser schöpfte das graue Wasser mit einem Krug in den Kübel zurück und balancierte mit dem Rest zum Wandbrunnen. Waren sie mit alledem fertig, wischte Edu auf und der Onkel trug den Blechkübel ins Klo am Ende des Ganges zurück, wo sie ihn über die Woche aufbewahrten.

Sie wurden gerade rechtzeitig fertig, denn um halb acht trafen die Artisten ein, die in der Küche wohnten, genauer: die dort übernachteten. Sie machten Lärm, packten ihr Abendessen aus dem Papier aus und hängten die Mäntel über die Stühle. Sie mussten sehr durchfroren gewesen sein, denn sie riefen ins Zimmer hinein, ob sie im Sparherd noch nachlegen dürften. Die Tante sagte, sie habe nichts dagegen, doch bei sich dachte sie, so sei es doch auch warm genug, diese Jungen würden das Brennholz geradezu auffressen. Dann wischte sie einen kleinen Kreis auf der vom Baden angelaufenen, schwitzenden Fensterscheibe trocken und lugte mit gereizter Miene auf den Gang hinaus. Oberhalb der gegenüberliegenden Seite war ein Stückchen grauer Himmel zu sehen, und als hätte sie aus diesem Streifen Himmel alles erfahren, sagte sie über die Schulter zur Familie, die ermattet auf dem Bett trocknete: „Es ist gar nicht kalt. Bald wird es schneien."

Vera lag unter den Federbetten, sie sagte auf einmal, sie möchte um das Männchen bitten. Tante Edit und Onkel Jóska waren sehr verwundert, hatte sie doch, seitdem sie sie aus dem Heim geholt hatten, noch nie um etwas gebeten. Sie weinte nicht, allerdings lachte sie auch nicht so richtig, sie aß alles auf, was man ihr vorsetzte, und schwieg lange. Jetzt aber wiederholte sie entschieden, dass sie das Männchen in die Hand nehmen möchte. Die Großen verstanden nicht, was sie meinte, daraufhin setzte sich das Kind auf und zeigte auf die Quaste an der Schranktür: Das hier.

Tante Edit machte die Quaste los und gab sie dem Kind. Nachdem sie sich zu Bett gelegt hatten, sagte sie zu ihrem Mann, schon im Dunklen:

„Das Kind müsste eine Puppe haben."

Der Onkel murrte, wozu denn das auch noch, sie hätten doch schon so keinen Platz, und übrigens habe sie ja jetzt das Männchen. Dann drehte er sich zur Wand, doch einschlafen konnte er nicht. Er überlegte, wo man überhaupt eine Puppe herbekam und was die kosten würde.

Vermutlich hatte er zu Feri Lantos, seinem Schachpartner aus dem Erdgeschoss, etwas über das Kind und die Quastenpuppe gesagt, denn Frau Lantos riss einige Wochen später ihr Fenster zum Gang hin auf und winkte Tante Edit, die gerade vom Markt nach Hause kam, mit großen Gesten heran. Der stand der Sinn nicht nach einem Besuch bei der Nachbarin, mit dem vollen Einkaufskorb, auch wollte sie den Kohl möglichst bald auf dem Herd haben, damit der Geruch aus der Küche gelüftet werden konnte, bis die Bettmieter am Abend heimkamen.

Die Wohnung der Lantos war ihr ohnehin nicht besonders lieb. So oft hatte sie ihren Mann hier zusammenklauben müssen, ihn vom Tisch aufstehen heißen, dass allein der Anblick der Wohnungstür ihr Übelkeit verursachte. Doch war Lantos selbst diesmal gar nicht zu Hause und seine Frau Magdus bot an, einen Zichorienkaffee zu kochen.

Von den Lantos hatten viele in der Gasse Angst. Es wurde getuschelt, dass sie die Hausparteien im Krieg angezeigt hätten, doch da die Familie des Onkel Jóska damals noch nicht hier gewohnt hatte, trachteten sie, das Gerede nicht zu beachten. Lantos war ursprünglich Maschinenschlosser, doch arbeitete er in letzter Zeit als Verwalter in einem großen Bürohaus, obwohl Onkel Jóska meinte, auch dort würde er den ganzen Tag nur Schach spielen. Frau Lantos ging putzen, in die Visegrádi-Straße, doch durfte sie das nicht sagen, denn die Institution einer Zugehfrau war mit den sozialistischen Moralvorstellungen völlig unvereinbar. Ihre Tochter, die Marika, die war schon zwanzig vorbei, sie studierte in der Sowjetunion und kam jährlich viermal mit dem Flieger nach Hause. Ihr gerahmtes Foto stand in der Stellage hinter Glas zwischen den Porzellantierchen der Frau Lantos. Sie war ausgesprochen hässlich, daran konnten selbst die Retusche und das lebhafte Nachkolorieren des Fotos nichts verbessern. Schwere Möbel füllten das überladene und finstere Wohnzimmer der Parterrewohnung.

Das innere, kleinere Zimmer, in dem seinerzeit Marika geschlafen hatte, war nun an eine Lehrerin untervermietet. Den Großteil des Wohnzimmers nahmen das riesige Bett und der große, dunkle Kasten ein, doch auch die Kommode stand hier, auf deren offenen Teil Onkel Lantos das Radio gestellt hatte. Das wenige Licht, das ins Zimmer fiel, wurde von den getigerten Sansevierien der Frau Lantos abgefangen. In die Töpfe hatte ihr Mann Metallstäbe gesteckt, daran waren die sturzgefährdeten Pflanzen gebunden. Kam ein Gast, setzten sie ihn statt in das schummrige Zimmer lieber in die Küche. Dorthin bugsierte Magdus jetzt auch die Tante, nicht ohne vorher ein wenig über den Preis des Zellers zu lamentieren, und sie hängte die volle Einkaufstasche auf die Klinke der Tür zwischen der Küche und dem hochtrabend Vorzimmer genannten Eingangsraum.

Tante Edit vermochte nicht dahinterzukommen, was wohl die Magdi Lantos im Schilde führte. Zuerst dachte sie, ihm, dem Lantos, sei irgendetwas passiert und jetzt würde sie ihn ins Krankenhaus protegieren wollen, weil die Ambulanz stets zum Bersten voll war. Doch Magdi sprach nur über ihre Tochter, wie viel sie ihnen helfen würde, trotz ihres geringen Stipendiums, die Arme, und wie kalt es dort draußen sein kann. Dass sie ihnen immer ein Geschenk mitbringe, einen warmen Pullover für ihren Vater zum Beispiel und letztens eine große sowjetische Gehpuppe. Das sei selbst dort noch eine Neuigkeit, ja ja, die sei aus Kunststoff und könne auf den eigenen Beinen stehen. Dabei sah Frau Lantos mit lauernder Miene Tante Edit ins Gesicht, und als sie sah, dass sie auf das Wort Puppe den Kopf hob, trottete sie ins Zimmer. Zuvor aber trat sie noch in die Küche zurück und kontrollierte, ob die Eingangstür versperrt war, als hätte sie ein Geheimnis vor den Nachbarn, dann schloss sie auch die grüne Tür zwischen dem kalten Türraum und der Küche.

Drinnen im Zimmer kniete sie sich vor dem Schrank hin und zog darunter eine große Kartonschachtel hervor. In der Schachtel war die sowjetische Puppe noch extra in ein blaues Seidenpapier mit Blümchenmuster eingewickelt.

Tante Edit war erstaunt, als Frau Lantos die Puppe aufstellte. Ganz und gar wie ein Kind. Sie hatte blonde, gewellte Haare, rote Backen und große blaue Augen, wie ein Kind eben. Sie trug ein gepunktetes Röckchen zu einer blauen Bluse. Die Vorstellung aber begann erst jetzt. Die Puppe reichte aufrecht stehend beinahe bis zur Taille der Frau. Sie hob ihre beiden kleinen Kunststoffarme an, daraufhin bewegten sich die drallen Beinchen. Und als Magdi, selbst in einer leichten Grätsche, mit ihr die ersten Schritte machte, ging die Puppe regelrecht mit.

Tante Edit war fasziniert, doch im nächsten, nüchterneren Augenblick versuchte sie schon, ihre Entzückung zu verbergen, und sie dachte daran, was dieses kleine Wunder kosten mochte. Frau Lantos ließ die Puppe noch ein wenig auf dem Teppich marschieren, dann legte sie sie fein säuberlich in ihre Schachtel zurück, wie in einen kleinen Sarg. Während sie sie auf den Knien liegend einpackte, erzählte sie, dass ihre Tochter ihnen die Puppe zum Verkaufen aus Moskau gebracht hatte, aber dass sie von ihr auch moderne Seidenunterkleider und reißfeste Strümpfe aus Kapron bekommen hätten. Es war Tante Edit anzusehen, dass die beiden letzteren Waren sie nicht im Geringsten interessierten, sodass Frau Lantos das Gespräch wieder auf die Gehpuppe brachte. Dass man für sie auch ein Mäntelchen, ja sogar Schuhe bestellen könne. Als sie so weit gekommen war, klatschte etwas laut und dumpf in der Küche auf den Boden. Es war die Einkaufstasche, jemand hatte die Klinke der Küchentür heruntergedrückt. Magdus schob die Schachtel mit ihrer Pantoffelspitze etwas weiter unter den Schrank und warf noch einen Blick darauf, woraus Tante Edit den Schluss zog, dass der Feri Lantos in das Puppengeschäft gar nicht eingeweiht war und dass seine Tochter speziell Frau Lantos mit dem sowjetischen Spitzenprodukt zu unterstützen wünschte und nicht ihren Vater, der das zufließende Geld höchstwahrscheinlich zu Schnaps machen würde.

Onkel Lantos war, wiewohl es noch nicht Mittag war, nicht mehr stocknüchtern und er begann auf der Stelle zu schimpfen, was das solle, es würde doch nicht schon wieder Kohl geben. Als er Tante Edit erblickte, wurde ihm klar, dass die Tasche ihr gehörte. Statt zu grüßen hob er an zu beteuern, dass Onkel Jóska nicht hier sei und sie an diesem Tag auch noch nicht besucht habe. Damit verschaffte er Magdus die Zeit, um ihr Herzklopfen zu beruhigen, und Tante Edit, um hier das Aufeinanderprallen von Interessen und Gegeninteressen zu überblicken. Magdus weiß also ganz genau, grübelte sie, dass sie Vera eine Puppe kaufen möchte. Magdus' Mann aber wusste offenbar nicht, dass sie eine Puppe verkaufen wollte. Tante Edit schloss daraus, dass die beiden Interessen, gegeneinander aufgewogen, möglicherweise einen überlegenswerten Preis erbringen würden.

Was aber vor der Tür gesprochen oder eher gezeigt wurde, das lag leider weit jenseits eines möglichen zukünftigen Treffpunkts ihrer Vorstellungen. Fünfhundert, zeigte Magdus mit ihren feisten Fingern, worauf Tante Edit schmerzlich berührt aufschrie, wievieeeel? Onkel Lantos steckte auf den Schreckenslaut hin den Kopf in den Eingangsraum, wo sie sich bereits befanden. Seine Frau teilte ihm mit, es sei nichts, nur das Mehl sei wieder teurer geworden. Dann blickte sie Tante Edit komplizenhaft an, die sich schon einen Schritt weiter zur gedachten Mitte sah.

Fünfhundert schien ihr ein furchtbar hoher Preis zu sein. So viel bekam Edu, die Schwester der Tante, im Krankenhaus, mit den Nachtzuschlägen zusammen. Einerseits hätten sie eine solche Summe nie bezahlen können, andererseits konnte sich die Tante nicht sicher sein, dass diese riesige Puppe Vera überhaupt gefallen würde. Das müsste man irgendwie ausprobieren, dachte sie beim Hinausgehen, und sie spürte, es war wichtig, sich jetzt eine Zeit lang nicht nach der Puppe zu erkundigen, selbst dann nicht, wenn sie vor Furcht zerging, Magdus könnte sie inzwischen jemandem anderen verkaufen.

Eine neue Woche verstrich dann auch, ohne dass sie sich gesprochen hätten, doch mittlerweile nahte der Geburtstag des kleinen Findlings in rasender Schnelligkeit. Die Tante hatte Vera versprochen, sie brauche wegen der Kälte nicht mehr im Krankenhaus zu schlafen, sie dürfe wieder heimkommen. Anfang Feber wäre der Winter zu Ende, zumindest hofften alle darauf. Bis dorthin musste sie irgendwie das Geld für die Gehpuppe zusammenkratzen, Frau Lantos hatte ihren endgültigen Preis auf dreihundertfünfzig Forint fixiert. Tante Edit hielt es für vernünftig, zu Hause davon hundertfünfzig zu gestehen, ohne die Familie Lantos zu erwähnen. Ja, sie ersann ein eigenes kleines Märchen um die Puppe, man habe für die Heimkinder auf dem Berg neues Spielzeug bestellt, aus welchem sie unter der Hand und recht wohlfeil eine Puppe für hundertfünfzig kaufen könne. Sie hatte vor, die andere Hälfte aus dem für Notzeiten weggelegten Gesparten dazuzulegen. Damit aber, dass Onkel Jóska selbst die hundertfünfzig als überteuert empfinden würde, dass er die Summe wütend in Brennholz und Regiekosten umrechnen und seiner Frau auch die Bettmieter vorwerfen würde und sein elendes Leben, das er in einem Irrenhaus vollgestopft mit Spitalsbetten verbringen müsse, damit hatte sie nicht gerechnet. Am Ende des langen Gezeters nickte er das Geschenk dennoch ab, allerdings unter der Auflage, dass die Puppe für so viel Geld zumindest auch sprechen können und manchmal auch die Wohnung putzen müsse.

Am Montag vor dem Geburtstag, als sie annahmen, Edu würde sicher schon schlafen, brabbelte der Onkel etwas in der Finsternis. Er erklärte, es sei ihm gelungen, etwas Geld zu beschaffen, fünfzig Forint. Zunächst wollte er auf die argwöhnische Frage der Tante, woher er denn das Geld habe, nicht antworten, doch dann rückte er flüsternd damit heraus, ja, er habe es vom Lantos. Der hatte etwas verstecktes Geld, von dem Magdus nichts wusste. Daraufhin verdrehte die Tante die Augen im Dunklen und seufzte tief. Onkel Jóska sah das Augenverdrehen nicht, doch den Seufzer hörte er, und er sagte, egal, was die Leute in der Straße reden, das sind doch rechtschaffene Menschen.

In der ärgsten Winterkälte, als weder Briketts noch Brennholz mehr übrig war, schaffte es die Tante irgendwie, dass Vera in der Kinderabteilung des Krankenhauses in der Péterfy-Sándor-Straße stationär aufgenommen wurde. Das erschien ihr als beste Lösung bis März. Edu, die Schwester der Tante, arbeitete damals wöchentlich ebendort dreimal in der Nachtschicht, sie aß und schlief im Zimmer der Nachtschwestern. Am Tag wusch sie auf und in der Nacht schaufelte sie den Schnee vom Gehsteig der lang hingesteckten Baracke, sodass am Morgen, wenn die Ärzte ankamen, der Weg wenigstens bis zum Eingang schneefrei war. Vor der doppelflügeligen Eingangstür, an der die Besuchszeiten ausgehängt waren, streute sie Salz auf die Stufen.

Vera ging oft mit ihr hinaus, um Luft zu schöpfen, mit dem Wintermantel über dem Pyjama. Da sie nicht als echte Kranke galt, waren die Schwestern ihr gegenüber nachgiebiger, sie durfte ins Buffet hinaus, ja, zuweilen betrauten sie sie mit kleinen Aufgaben. Sie beobachtete Edu beim Schaufeln und wunderte sich, dass sie nie ermüdete. Der Schnee wirbelte, die Bogenlampe an der Mauer des Ziegelbaues beleuchtete die Spitalsfenster, von nackten Ranken des Wilden Weins überwuchert, und Vera schaute nach einigen Wochen schon so von außen in den Schlafsaal mit den grün gestrichenen Wänden hinein, wie man das Fenster seines geheizten Heimes an Winterabenden ansieht. Drinnen gab es immer lauwarmen Tee in der Kanne und die Nachtschwester gab dazu gern etwas Haushaltskeks her.

Die chronisch kranken Kinder waren von der Schulpflicht nicht betroffen, allein Vera begab sich am Morgen in die Außenwelt hinaus. Um sechs Uhr in aller Frühe bekam auch sie ein Fieberthermometer, später den Zichorienkaffee oder den Karamelltrunk mit einer Semmel, nach der Visite aber durfte sie sich anziehen und in die Welt hinausgehen. Zu den anderen Kindern kamen Lehrer, doch nahm hier niemand die Lernstunden ernst. Der Unterricht wurde im großen mittleren Raum der Baracke abgehalten, am selben langen, wachstuchbespannten Tisch, an dem auch die Mahlzeiten eingenommen und die abendlichen Diafilme vorgeführt wurden.

Nachmittags, wenn Vera aus der Schule kam, musste sie den gestreiften Spitalspyjama und die Pantoffel anlegen, in Straßenkleidung durfte sie sich in den nach Desinfektionsmittel riechenden Krankensälen nicht herumtreiben. Die Kleinsten schliefen in metallenen Gitterbetten, die Größeren in Eisenbetten für Erwachsene, am Kopfende des Bettes stand ein Nachtkästchen aus Blech. Alle kamen ihr langweilig vor. Die Kleinen, weil sie ständig greinten, die Größeren, weil sie dauernd nur nach Hause gehen wollten. So richtig konnte sie sich nur mit Szilvia unterhalten, die wegen ihrer Nierenkrankheit drinnen war. Eine Maschine filterte die giftigen Stoffe aus ihrem Blut. Szilvia kauerte an Nachmittagen mit grauem Gesicht und violetten Lippen auf ihrem Bett, als frierte sie unentwegt, dabei strahlten die großen weißen Heizkörper eine richtige Gluthitze ab. In ihrem Zimmer gab es nur zwei Betten, auf dem linken Bett wechselten sich die Kranken ab, Szilvia aber blieb und hörte ihrer Freundin, die ausgehen durfte, neidvoll zu, wenn diese von der Schule erzählte. Die Tante brachte Vera täglich frische Wäsche für draußen mit und ein gebügeltes Band für die Haare, und sie verbot ihr immer strikt, in die Abteilung der neu aufgenommenen Kinder hinüberzugehen, die Mumps oder Masern oder sonst eine ansteckende Krankheit hatten und im linken Krankensaal mit der Nummer zwei untergebracht waren. In diesem Saal stand auch noch eine hohe Glaswand zwischen den Betten und der Tür, die Schwestern schlurften mit Säcken über den Schuhen hinter dieser Wand mit ihren Tassen und Eprouvetten umher. Die armen Ansteckenden waren sogar von den Diavorführungen ausgeschlossen, aber Edu erlaubte ihnen, wenn die Oberschwester nicht anwesend war, die Tür des Krankensaales weit zu öffnen und hinter dem Glas auf ihren kleinen Stühlen sitzend die projizierten Bilder an der Wand des Speisesaales anzusehen.

Die ansteckenden Krankheiten kümmerten Edu nicht, wie sie sich auch nicht vom Kot, vom Sterben, dem Schweiß oder den Schmerzen stören ließ. Weder bei anderen noch bei sich selbst. Sie glaubte genauso wenig an Bakterien wie an Gott, denn sie hatte sie nicht gesehen und das Verderben war für sie kein ausreichender Beweis. Als sie eines Morgens nach dem täglichen Aufwaschen entdeckte, dass Szilvia verschwunden war, überzog sie ihr Bett gleichgültig und meldete bei der abendlichen Diavorführung, dass sie in ein anderes Spital überstellt worden war. Die Kinder fragten nicht, wohin. Sie nahmen zur Kenntnis, dass die Szilvia also gestorben war. Sie sahen, dass die Schwester die Bilderbücher aus ihrem Nachtkästchen ins Gemeingut übernahm.

Edu konnte den Diafilm nur mit Mühe und Not einfädeln. Sie tastete mit ihren dicken, plumpen Fingern lange an der Rolle herum, inzwischen sprangen die Kinder im Lichtstrahl des Projektors herum und vollführten allerlei Schattendarbietungen. Die bedauernswerten Figuren in ihren Schlafanzügen machten mit den Händen den Fuchs, den Wolf, die Schlange und den Vogel Strauß, sie zeigten den herankommenden Teufel, der mit den Hörnern zustößt und immer größer wird an der Wand. Früher oder später wurde dann doch noch der Vorspann des Films auf die gerade vorne stehende Figur geworfen, die dann schnell an ihren Platz glitt. Edu ärgerte sich nicht, wenn das Bild verkehrt oder Kopf unten erschien, sie drehte die Rolle behäbig wieder heraus und ließ sich von einem der größeren Kinder helfen. Die Buben mochten den Film „Petroleum“ am liebsten, da waren große schwimmende Bohrtürme zu sehen und Arbeiter mit gelben Schutzhelmen, die um die gigantischen Einrichtungen herumliefen. An den folgenden Bildern konnten sie den Weg des Rohöls über die Raffinerie bis zum Endprodukt verfolgen, das war aber nicht so aufregend wie die auf dem Meer schwebenden schwimmenden Städte vor dem Hintergrund des blauen Himmels. Der Diafilm „Der Urmensch“ kam aus einer Schulbibliothek in die Chronische Abteilung, und als das Bild des Lagerfeuers an der Spitalswand erschien, mit den auf die Felsen gemalten Jagdszenen, fühlten sich die Kinder selbst mitten in einer dunklen Höhle. Die Kleineren verlangten „Das Rehlein der alten Tante", Edu las es ihnen mit schleppender, verrauchter Stimme vor, wobei sie den Knopf am Projektor öfter zu spät weiterdrehte. Da begann der Film zu schmelzen, er verbreitete Brandgeruch, als säßen sie tatsächlich im Licht eines geheimnisvollen Lagerfeuers.

Der Speisesaal des Spitals war an Diaabenden ganz still, die Kleinen schlüpften nach kurzer Zeit aus ihren Pantoffeln und hockten mit hochgezogenen Füßen, den Daumen im Mund, auf den harten Stühlen. Dies waren die heimeligsten Augenblicke ihrer Zeit im Krankenhaus.

Dabei mochte Edu nicht die Kinder, sondern den Projektor, den schwarzen Drehknopf mit den Rillen und die hintere Klappe mit den Lüftungsschlitzen, die zu öffnen ging und an das Heck eines käferartigen Autos erinnerte. Edu hing in Wirklichkeit an keinem Lebewesen. Weder an Menschen noch an Tieren. Sie besaß kein Geschlecht, kein Alter und sie hatte nie Gefühle besessen. Sie wurde wegen ihrer stumpfen Arbeitskraft als fleißig angesehen, doch verrichtete sie außer der ihr aufgetragenen Arbeit nichts anderes, diese aber präzise und zähe. Selbst Tante Edit, ihre eigene Schwester, wunderte sich, denn Edu hatte seit dem Lager, das sie vielleicht dank ihrer unglaublichen übermenschlichen Gleichgültigkeit überlebt hatte, niemals gearbeitet, und bis jetzt hatte auch niemand geglaubt, dass sie mit ihrem verkrüppelten Fuß arbeiten konnte. Die Tante lief anfangs immer wieder aus der Küche heraus, um ihre Schwester zu kontrollieren, doch fand sie sie nie verstört oder ratlos vor. Die dicken, kurzen Arme schleppten die durchnässten Matratzen, die nikotingelben Finger hielten den Kübel, die Bettschüssel, alles zu seiner Zeit.

Eines Morgens teilte Edu der Tante mit, die eben in der Arbeit angekommen war, dass Vera zu den Ansteckenden verlegt worden war. Die Tante meinte, das sei unmöglich, sei sie doch nie krank gewesen, selbst im Heim nicht, was sich hier, in dieser Umgebung fast komisch anhörte, doch war es tatsächlich so. Nun habe sie aber doch etwas erwischt, berichtete Edu, denn beim morgendlichen Fiebermessen war ihre Temperatur neununddreißig und ihr Gesicht glühte geradezu. Der diensthabende Arzt habe sie angeschaut, doch habe sich nichts ergeben. Tante Edit wurde von einer ohnmächtigen Verzweiflung überwältigt, sie verfluchte sich wegen dieser ganzen Spitalsgeschichte. Gewissensbisse plagten sie in Wellen, sie brachte Vera Tee in der Kanne und dachte immer wieder an Edu, die sie selbst seinerzeit in diesem fatalen Saal im Souterrain untergebracht hatte. Die Idee stammte allerdings von Onkel Jóska, sie hatten die Adresse in Rákospalota von seinen Verwandten bekommen, und Tante Edit dachte in jenen qualvollen Wochen nicht im Mindesten daran, dass ihr Verlobter vielleicht einfach nur zu zweit allein mit ihr sein wollte und ihre Schwester deshalb auf Biegen und Brechen irgendwo an einem passenden Ort verstecken wollte.

Am Nachmittag ging sie nach Hause, doch sie versprach, am Abend wiederzukommen, sie würde ihr eine gute Taubensuppe bringen, das war ihr Wundermittel, daran glaubte sie, wenn sie sehr erschrocken war. Sie befahl Edu, an Veras Bett zu bleiben, sie müsse jetzt ohnehin nicht schaufeln, es fror so stark, dass der Schneefall sich über Nacht einstellen sollte.

Sie brachte Kälte mit sich, als sie am Abend mit der Suppe ankam. Sie winkte nur ins Zimmer und lief schon in die Küche, um den kleinen Topf zu wärmen. Edu, der ja gesagt wurde, sie solle dort bleiben, hockte noch immer beim Bett, sie schlich nur zum Rauchen manchmal hinaus, den grünen Spitalsumhang über die Schulter geworfen. Mittlerweile ging es Vera schon besser, sie langweilte sich, daher bat sie Edu, sie möge ihr etwas erzählen. Edu tat sich mit dem Lesen schwer, also hob sie an, etwas auswendig herzusagen, ohne den Blick zu heben. Als Tante Edit mit den Säcken über den Schuhen hereinschlurfte, wagte sie es nicht, die Geschichte zu unterbrechen.

Es war recht ungewohnt, diese heiseren, monoton vorgetragenen Sätze zu hören, die wesentlich länger waren als alle, die Edu jemals eigenständig aus sich herausgequetscht hatte. Es ging um vierhunderttausend Jahre alte Moore, um Meere, um Plankton und poröse Gesteine, um eine dichte Masse, die aus dem schwarzen Bauch der Erde hervorbrach, aus geheimnisvoller Tiefe an die Oberfläche schoss, im Verlauf der einen oder anderen Probebohrung oft in überraschender, von Magnetometern nicht voraussagbarer Menge.

Das Fieber ging nach wenigen Tagen zurück, so durfte Vera wieder an ihren alten Platz, in den Krankensaal Eins in der rechten Ecke. Endlich sah sie vor dem Einschlafen wieder das bekannte Bild: Das Licht der Außenbeleuchtung fiel als großes weißes Rechteck auf den Kunststeinboden, an der Ecke von einer Ranke des Wilden Weins durchquert. Aus dem hallenden Speisesaal waren das tiefe, verschleimte Husten Edus und das Klappern der Nachtschwestern zu hören, die den Tee vorbereiteten, den sie am frühen Morgen in der Runde verteilten.

Edu wachte wegen ihres ungeheuren Zigarettenkonsums schon seit Jahren hustend auf, ihr Husten aber schien an diesem Tag verstockter zu sein als gewöhnlich. Er brach pfeifend aus ihrem tiefen Inneren hervor und schüttelte den bebenden weißen Körper. Nach einer Weile wurde die Frau Oberarzt darauf aufmerksam und schickte Edu hinüber in den Block C zum Röntgen. Tante Edit beklagte sich bei der Ärztin, sie sagte, ihre Schwester Edu würde täglich eine Schachtel Fünfjahresplan rauchen und, wenn sie Geld dafür bekäme, gut und gern auch zwei.

Die Ärztin tastete achtsam mit dem kalten Endstück des Phonendoskops Edus Rücken entlang und murmelte, sie hätte voriges Jahr die Arbeiter in den Csepel-Werken untersucht, solche Töne aber hätte keiner von ihnen geschafft, dabei waren sie alle am Hochofen tätig. Dann wollte sie sie auch von vorne abhören, und als Edu den Pullover ablegte und die Zahlen an ihrem Unterarm zum Vorschein kamen, wurde die Ärztin milder.

Edu musste eine Bleischürze anlegen und sich vor die große Tafel stellen. Sie drehte sich der Frau nach, die sich entfernte, doch als die Frau Doktor sie durch den Lautsprecher zum Stillhalten aufforderte, hielt sie die Luft an und wartete kleinlaut auf das Schnarren, das das Ende der Aufnahme anzeigte.

Der fertige Film wurde zum Entwickeln in die Chronische Kinderabteilung hinuntergeschickt und am folgenden Tag ließ die Genossin Oberärztin die Tante mit Edu zusammen zu sich kommen. Sie hielt das Bild vor das Fenster und zeigte die Flecken, sie sagte, Edu würde das Rauchen aufgeben müssen, das sei der letzte Augenblick. Oder der nach dem letzten, und dabei sah sie sie bedeutungsvoll an. Edus Lunge würde kaputtgehen, in ihrem kranken Bein sei die Zirkulation schon jetzt schlecht, deswegen würde sie dauernd frieren. Wenn sie nicht wollten, dass sich die Situation verschlechtere, müsse sie sofort von den Zigaretten lassen. Edu schien die Sache verstanden zu haben, doch als die Frau im Befehlston die restlichen drei Zigaretten von ihr verlangte, war sie nicht gewillt, sie ihr auszuhändigen.

Die Ärztin fuhr sie an, woraufhin Edu mit der ihr in Fleisch und Blut übergegangenen Bewegung eine aus der Schachtel klopfte und einfach aufaß. Die Tabaksfäden hingen ihr aus dem Mund, als wären ihr plötzlich bizarre Schamhaare um die Lippen gewachsen, und die Frau brüllte sie wie ein Feldwebel an, pfui, ausspucken, aber sofort!, als richte sie einen ungehorsamen Hund ab. Edu spürte, dass sie eine Niederlage erlitten hatte, sie spuckte wie ein Mann auf den Gehsteig des Spitals, dann händigte sie die zerknautschte Schachtel des Fünfjahresplans aus.

„Willst du denn partout sterben?", fragte die Tante still, und sie schob ihre Schwester zum Ausgang, das hätte ihr noch gefehlt, dass dieser Tollpatsch sich noch eine Verkühlung holt, mit seiner kranken Lunge.

Von da an ging Edu fortwährend ins Buffet und knabberte unaufhörlich irgendetwas. Am meisten mochte sie die als Zitronenschnitten bezeichneten, in Wahrheit lediglich säuerlich schmeckenden unverpackten Neapolitanerschnitten, und auch die als Bruch, der mit einer Schaufel vom Boden des Behälters gekratzt wurde und halb so viel kostete wie die ganzen Schnitten. Doch gewöhnte sie sich auch die Diana-Franzbranntwein-Zuckerln an und die Sport-Schnitten ebenso.

In den ersten rauchfreien Wochen entdeckte sie nicht nur das Spitalsbuffet, sondern auch die Bibliothek. Im Parterre des Gebäudes D gab es eine Filiale der Betriebsbibliothek, die weder von Ärzten noch von Schwestern aufgesucht wurde. Sehr selten verirrte sich jemand hierher, wenn für eine Veranstaltung ein patriotisches Gedicht oder für das Brigadetagebuch, für die Wandzeitung ein anspornendes Zitat gebraucht wurde. Theoretisch war es verboten, Speisen hierher mitzunehmen, doch da Edu praktisch die einzige Besucherin war, drückte der hinkende junge Bibliothekar angesichts des Säckchens mit den Schnitten ein Auge zu.

Edu war das erste Mal ganz zufällig eingetreten. Die Schwestern schickten sie mit einem Stoß ausgekochter Nierenschalen an einem Montagmorgen hinüber ins Parterre des Gebäudes F, doch sie verirrte sich in die Bibliothek. An der Wand erblickte sie ein Plakat, das zum Arbeitswettbewerb aufforderte, und hinter dem Schreibtisch einen jungen Mann, der gerade Stempel in die Bücher schlug. Edu liebte Stempel heiß, sodass sie am Rückweg gleich wieder vorbeikam, diesmal absichtlich, und eine Zeit lang zusah, wie die neuen Bücher in Bestand genommen wurden.

Gegenüber dem Ausleihpult stand ein versperrbarer Glasschrank mit den Werken Stalins und Rákosis. Der Schlüssel stak im Schloss und der Junge richtete sogleich die Frage an die Genossin, ob sie sich vielleicht auf einen Studienwettbewerb vorbereiten möchte, doch Edu schüttelte nur den Kopf. Sie konnte nicht angeben, was sie gern lesen mochte, sie zuckte nur die Achseln, worauf der Bibliothekar, der noch immer argwöhnte, einer Kontrolle zu unterliegen, ihr das Werk empfahl: „Wir errichten den Staat des Volkes“, dann das „Bilderbuch der modernen Hausfrau“. Dieses Letztere gefiel Edu schon besser, offenbar der Bilder wegen, und sie nickte, das solle man ihr geben, wenn sie das nächste Mal komme.

An den folgenden Tagen der Woche verlangte sie immer dieses Buch und betrachtete immer dieselben wenigen Bilder, bis sie tief unten in der Freihandabteilung das Bilderbuch „Mutter und Kind in der Tierwelt“ entdeckte. Von da an wechselte sie diese beiden ab, bis sie die grundlegenden Regeln der Bekleidung am Arbeitsplatz auswendig konnte und wusste, dass das Rehlein sich auf Seite dreizehn befand. Fiel versehentlich eine Schnitte auf das Buch, las Edu die Krümel mit dem befeuchteten Finger auf und wischte das Papier mit dem Ellbogen ihres Pullovers ab. Nicht wegen des Bibliothekarjungen, ihr tat es leid um das Buch, sie blätterte die Seiten behutsam, ja, geradezu mit Inbrunst um.

Meistens traf sie um drei Uhr ein. Die Vormittagsarbeit war dann schon getan, die Kleinen in der Chronischen Abteilung schliefen noch, die Nachmittagsschicht begann erst um halb fünf. Edu setzte sich auf das Sofa mit Rückenlehne hinter den Freihandregalen und griff in einem Zug nach den zwei Büchern auf dem Rauchtischchen, die extra für die Genossin dort belassen wurden. Zu allererst blätterte sie das Rehlein auf, von da ging sie dann vor oder zurück. Darauf folgten die Praktiken der Raum- und Schönheitspflege, die mochte sie auch sehr. Sie hatte gerade das Bild der jungen Frau mit Kopftuch aufgeschlagen, die auf das Fenstersims hinaustritt, was nicht nur gefährlich, sondern auch unnötig ist, als sie plötzlich das Gefühl hatte, beobachtet zu werden.

Gegenüber, an der anderen Seite des Rauchtischchens, stand ein magerer Mann um die zwanzig in einem Overall. Er war wegen der tropfenden Heizung nach unten gerufen worden. Er hatte die dick mit Farbe übermalten Rohre in Augenschein genommen und sie der ganzen Länge nach betastet, die Isolierung kontrolliert, und da er nichts gefunden hatte, setzte er sich hinter das Leseregal, um sich ein wenig aufzuwärmen. Er starrte Edu an und ließ die geröteten Finger krachen. Nach ihrem Eintreffen hatte Edu den grünen Spitalsumhang sorgfältig auf dem Haken beim Eingang aufgehängt, so trug sie nur einen braunen Pullover. Früher hatte sie auf Drängen der Tante stets einen Büstenhalter getragen, in den letzten Wochen aber hatte sie vom ständigen Naschen stark zugenommen. Der Büstenhalter schnitt ein, daher war Edu morgens nicht gewillt, ihn anzulegen, sie zog den Pullover über die Kombinage. Ihre mächtigen Brüste hingen ihr über den Bauch und zeichneten sich deutlich unter dem ausgeleierten Stoff ab. Das Säckchen mit den Schnitten hielt sie neben sich, griff von Zeit zu Zeit hinein und hob die plumpen Finger immer wieder an die feuchten Lippen.

Ihr ganzes Wesen strahlte eine gewisse abstoßende, animalische Dummheit aus, die aber zugleich eine sonderbare, magische Anziehung auf den Mann ausübte, der sich nach einer Weile erkundigte, was die Genossin lese. Edu blickte auf, blinzelte, dann glotzte sie den Servicetechniker hinter ihren dicken Brillengläsern an, bis dieser die Frage wiederholte. Edu antwortete, sie lese ein Buch, und versank wieder im Studium der selbstgefährdenden Position der Hausfrau auf dem Fenstersims. Der Mann fragte, ob das Buch interessant sei, und setzte sich neben sie auf das Sofa. Edu schob ihm das Bild folgsam hin, sodann auch das Album „Mutter und Kind in der Tierwelt“ mit dem Rehlein. Der Techniker sagte, das gefalle ihm auch, und erzählte, sie hätten in seiner Kindheit zu Hause auch ein Rehlein gehabt. Sie hätten in einem Dorf gewohnt, sein Vater sei Waldhüter gewesen. Er habe das Kitz einmal von einer Jagd mitgebracht, denn die Geiß sei erlegt worden. Er selbst habe es mit seiner Schwester gemeinsam aufgezogen, das Tier habe auch in die Wohnung hereinkommen dürfen. Edu reagierte nicht, doch als der Techniker am folgenden Tag wieder erschien, freute sie sich und schlug das Album gleich auf Seite 13 auf. Da die Heizung auch weiterhin tropfte, hatte der junge Mann keine Zeit, er musste sich unter die tropfende Stelle legen.

Edu reichte ihm höflich das Isoliermaterial. Sie verfolgte die ganze Prozedur mit Bewunderung, als hätte sie noch nie einen leibhaftigen Techniker gesehen, noch dazu bei der Arbeit. Bücken konnte sie sich zwar nur beschwerlich, ihre riesigen Brüste hingen ihr dabei bis an die Knie, doch beäugte sie das Endergebnis trotzdem und quittierte es mit einem Lächeln, jetzt würde ganz bestimmt alles wieder gut sein. Die schwarzgerauchten Zahnstummel in ihrem Mund wurden sichtbar und ihre Augen verengten sich zu bloßen Strichen in ihrem weichen, teigigen Gesicht. Sie richtete sich auf und ließ befreit einen fahren. Der Genosse Servicetechniker verabschiedete sich und Edu trottete zurück zu den Bildern und dem Säckchen mit den Schnitten, das schon fast leer war. Sie riss nun die Spitze des Papierstanitzels ab und füllte sich die Krümel von oben in den Mund. Der Techniker zog sich gerade den Mantel an und in diesem Schwung erblickte er Edu, die am Euter des Säckchens leckte, und ihn überlief ein Schauer, als friere er bereits, noch ohne in die Kälte hinausgetreten zu sein.

Anfang Dezember war wieder eine Pappschachtel voller Bücher angekommen. Sie waren zwar gebraucht, doch für den Bestand der Bibliothek neu, der Name der Bibliotheksfiliale musste hineingestempelt und die laufende Nummer daruntergeschrieben werden. Der junge Bibliothekar gestattete Edu, sich an die Außenseite des Arbeitspultes zu setzen und dort die Bücher zu stempeln. Edu arbeitete mit Sorgfalt und Hingabe, unter ihren Achseln breiteten sich runde Schweißflecken aus, Schweißperlen standen vor lauter Anstrengung auf ihrer flaumbestandenen Oberlippe. Der Großteil der Bücher wanderte auf das Regal des Wissenschaftlichen Sozialismus, doch es fanden sich auch ein paar recht mitgenommene Kunstalben und ein, zwei Märchenbücher. Edu schlug „Dornröschen“ auf und erstarrte vor Spannung, als hätte sie ein bis dahin unbekanntes Wunder erblickt. In der Kinderabteilung und in der Bibliothek hatte sie bislang noch nie ein dreidimensionales Märchenbuch gesehen. Beim Aufschlagen der Seiten erhob sich ein Palast, türmten sich spitze Dächer auf oder es öffneten sich tiefe Tunnel und Höhlen. Im Palast wohnte die böse Hexe, sie lauerte hinter ihrer Tür. Mithilfe eines Kartonstreifens am Blattrand öffnete und schloss sich das kleine gotische Fenster und der Kopf der lauernden Hexe erschien und verschwand durch die Betätigung des Streifens. Edu stieß sonderbare gutturale Laute der Wonne aus und „Mutter und Kind in der Tierwelt“ und die Abbildungen der „Modernen Hausfrau“ interessierten sie nicht mehr. Sie zog sich hinter das Regal in die sogenannte Leseecke zurück und machte das Buch auf und zu. Dornröschen stach sich wohl hundert Mal mit der vergifteten Spindel in den Finger, der Koch ließ hundert Mal den Kochlöffel fallen, als ihn der Schlaf überraschte. Der um drei Uhr neuerlich erschienene Servicetechniker überschlug sich vor Lob über das Buch und sagte Edu, auch das Krankenhaus verfüge über solche Geheimgänge, zu denen einzig er den Schlüssel besäße. Wenn Edu wolle, würde er sie ihr einmal zeigen, ja, er würde sie sogar in die Prosektur mitnehmen, wenn sie das interessiere. Er konnte nicht wissen, dass Edu keine Ahnung hatte, was eine Prosektur ist, und ansonsten in ihrem kurzen Leben schon mehr Leichen gesehen hatte, als dort jemals hingekommen waren.

Der hinkende Bibliothekar hörte, was der Genosse hinter dem Regal sprach, doch schritt er nicht ein, und auch später verriet er nichts, als die Tante laut heulend verlangte, er möge sagen, wer der Dreckskerl sei, der verdammte, mit dem ihre Schwester in den Pausen zwischen den Schichten zusammengekommen war.

Zum Tannenbaumfest wurden auch von der Chronischen Abteilung die Kinder nach Hause entlassen, nur die sehr schweren Fälle blieben im Spital. Obwohl es schon seit Ende November unaufhörlich schneite, kam vor den Feiertagen starkes Tauwetter und Edu wischte in einem fort den Matsch nach den Besuchern auf.

Die Kinder hatten selbst lange Papiergirlanden zusammengeklebt und den Baum damit geschmückt. In diesem Jahr waren keine Fondantzuckerln aufzutreiben gewesen, eine der Mütter brachte gehäkelte Sterne mit und an die Spitze des Baumes hängten sie Feenhaar.

Als sie um den Baum herumstanden, fragte die maschengeschmückte Vera etwas, wobei sie sich fest an die Hand der Tante klammerte, worauf diese zur Antwort gab, sie würden niemandes Geburt feiern, die Geschenke würden alle von Väterchen Frost gebracht. Während sie antwortete, sah sie das Mädchen nicht an, sie fixierte vielmehr Edu. Wie die letztens zugenommen hat! Wir feiern keine Geburt, gar keine, wiederholte sie nachdrücklich, nunmehr dem Kind zugewandt.

Edus Körperumfang wirkte bald richtig bedenklich. Tante Edit rechnete kurz und erschrocken nach und erkannte, dass sich spätestens beim Baden am Wochenende alles herausstellen würde. Edu müsste laut Kalender an diesem Freitagnachmittag dem normalen Badezyklus fernbleiben und angekleidet warten, bis alle anderen mit dem Waschen fertig waren. Doch Tante Edit lugte ihrer Schwester vergeblich forschend ins Gesicht, Edu zeigte keine Anzeichen ihrer Tage, sie zog sich ruhig aus und stellte sich wie gewohnt in die große Waschschüssel. Die

Tante bürstete und trocknete den großen, plumpen Körper diesmal sorgfältiger als sonst ab, als könnte sie von außen irgendein Zeichen entdecken.

Sie verbrachte den Samstag und Sonntag mit verzweifeltem Herumraten und beschloss, am Montag auf jeden Fall einen Arzt im Krankenhaus aufzusuchen. Insgeheim hoffte sie, bis dorthin würde alles ins Lot kommen. Dieses eine Mal wäre es ihr ganz recht gewesen, wenn Edu ihr Leintuch beschmutzt oder sie mitten in der Nacht mit der Bitte um ein frisches Nachthemd aufgeweckt hätte, doch nichts dergleichen geschah. Edu schlief schnarchend, sie hatte die Decke ganz zurückgeschlagen. Vergeblich maß die Tante den großen, dampfenden Körper im Halbdunkel. Edu hätte nur dann antworten können, wenn sie fähig gewesen wäre, den Sinn der Frage zu erfassen. Wie aber hätte man überhaupt eine Frage danach stellen können, was noch niemand im Hinblick auf Edu gewagt hatte, war sie doch von jedem wie ein früh gealtertes, hässliches Kleinkind oder ein zahmes, doch ungeschlachtes Haustier angesehen worden. Nun aber bewahrheitete sich, dass Edu sehr wohl eine Frau war. Eine erwachsene, fruchtbare Frau. Als wäre Edus bislang noch nie infrage gestellter Status als Kind mit der Ankunft Veras in der Familie aufgehoben worden und als müsse man der peinlichen Tatsache unausweichlich ins Auge sehen, dass sie ein geschlechtliches Verlangen verspürte.

Tante Edit stand im Krankenhaus lediglich mit dem Oberarzt Doktor Benkő auf so gutem Fuß, dass sie ihn um Hilfe ersuchen konnte. Das aber warf nun weitere schwerwiegende Fragen auf, sie hatte nämlich keine Ahnung, wie sie Doktor Benkő erreichen konnte. Seinerzeit, als sie nach der Arbeit auf dem Berg die Stelle im Spital angenommen hatte, half sie neben ihrer Tätigkeit in der Küche in der

Abteilung Dr. Benkős als ungelernte Schwester aus. Aus dieser Zeit stammten auch die ausrangierten, nicht ganz legal erworbenen Spitalsbetten, die jetzt in der Küche als Bettstatt für die Artisten dienten. An ihrer Unterseite stand die verräterische Aufschrift: II. Interne Neonat. Gyn., die den Lantos beim Bettenschleppen vor Lachen brüllen hatte lassen. Die zwei jungen Männer, die Bettgeher, konnten nicht einmal ahnen, wie viele kreißende Mütter die Hände in die vergilbten Gitter der Kopfteile gekrallt, wie viele Fieberkurven in den vergangenen zehn Jahren am Fußende der Betten gehangen hatten.

Tante Edit, die nie eigene Kinder gehabt hatte, dachte gar nicht gern an diese Anfangszeiten zurück. Im Gegensatz zu den anderen Krankenschwestern interessierten die Neugeborenen sie nicht wirklich. Sie fühlte nur Mitleid mit den kleinen Fröschen, die ihre ältlichen roten Köpfchen in den engen Wickelpolstern drehten und wendeten. Da verstand sie sich mit den Größeren schon besser, darum hatte sie sich der Kinderabteilung zuteilen lassen.

Sie kannte Doktor Benkő noch vom Berg, vom Kinderheim. Er war jeden Monat einmal zu ihnen gekommen, um die Kleinen mit dem Stethoskop abzuhorchen, und er war es auch, der die medizinischen Karten für Kinder ausstellte, die von Pflegeeltern zeitweilig oder auf immer mitgenommen wurden.

Doktor Benkő aber war seit Herbst aus dem Spital verschwunden, niemand wusste etwas über seinen Verbleib. Es war nicht so, dass er nicht mehr gekommen wäre, weil sein Arbeitsverhältnis abgelaufen war, nein, er war einfach verschwunden. Man munkelte, seine eigene Familie habe auch nichts mehr von ihm gehört. Einige waren der Meinung, er hätte Republikflucht begangen, andere vermuteten ihn im Gefängnis. Tante Edit wusste so schnell auch niemanden, den sie hätte bitten können, sich nach dem Doktor zu erkundigen. In der Kinderabteilung konnte sie keinem vertrauen, das war einmal klar. Schließlich fragte sie am Freitagnachmittag, da sie nicht ganz unerledigter Dinge nach Hause gehen wollte, die jüngere kleine Ärztin, ob sie nicht Nachricht von Genossen Oberarzt Benkő habe, weil sie ihn gar so lange nicht gesehen habe. Die kleine Ärztin hob die dünn ausgezupften schwarzen Brauen in die Höhe, als wunderte sie sich sehr, da setzte die Tante fort, sie frage nur, weil sie voriges Jahr in seiner Abteilung zu arbeiten begonnen und nun den Herrn Oberarzt beziehungsweise Genossen Oberarzt seit einer Weile irgendwie nicht gesehen hätte und hoffe, dass er nicht krank sei. Die Frau Doktor, die in Anwesenheit ihrer Vorgesetzten meistens ein wenig verschreckt erschien, antwortete darauf, sie wisse nicht, was ihm fehle, es scheint, der Herr Oberarzt beziehungsweise Genosse Oberarzt suche seinen Arbeitsplatz nicht auf, doch gehe sie das nichts an, und sie begann ihre Papiere zu ordnen.

Der Tante blieb nichts anderes übrig, als ins Heim hinaufzugehen und sich dort die Telefonnummer von Doktor Benkő zu besorgen. Die dort müssten sie kennen, haben sie ihn doch in dringenden Fällen schon öfter zu Hause angerufen, hauptsächlich bei Epidemien. Tante Edit konnte aber nur nach der Nachmittagsschicht mit der Straßenbahn in die Berge um Buda hinausfahren und damit war dann der Dienstag vorüber. Als sie mit der Telefonnummer nach Hause kam, war es spät, nach acht Uhr schickte es sich nicht mehr, zu telefonieren.

Schon als sie von der Endstation der Straßenbahn den steilen Anstieg den Berg hinauf begann, senkte sich die winterliche Finsternis. Unten lag die Stadt mit ihren blinkenden Lichtern, den Rauchschwaden, die in den grauen Himmel stiegen, und den fernen Straßenzügen. Sie schien so weit entfernt wie das Leben vor kaum eineinhalb Jahren, in dem es noch keine Vera, keine Untermieter gegeben hatte und das mit seinen sich stetig wiederholenden Wochentagen unveränderbar fest gefügt erschien. Jetzt würde sie diese vergangene Zeit nicht mehr gegen die heutige eintauschen wollen, doch wenn sie an Edu dachte und daran, dass sie das Unheil eigentlich mit den Veränderungen eingeleitet hatte, verspürte sie heftige Gewissensbisse.

Zudem erkundigten sich die Heimangestellten gleich, wie es ihr gehe, und erst danach fiel es ihnen ein, nach dem kleinen Findelkind, der kleinen Veronka, zu fragen. Die Tante antwortete, es gehe allen gut, das Mädchen sei nur ziemlich dünn, und obwohl man es im Spital angeschaut hätte, würde sie es doch gern auch Doktor Benkő zeigen. Auf dem Stockwerk der Kleinen arbeitete ein neuer Erzieher, er fragte sie über allerlei Dinge aus, welches Verhältnis zum Beispiel sie zum Benkő gehabt hätte: Es war besser, sich nicht in den wahren Grund ihres Kommens zu verstricken.

Die Telefonnummer wurde ihr jedenfalls aufgeschrieben. Die nächste Frage war, von wo aus sie Doktor Benkő anrufen sollte. Vom Anschluss des Spitals war es nicht ratsam. Endlich entschloss sie sich für das Büro der Kultusgemeinde, womit sie den drei anwesenden Frauen ein Gesprächsthema für mehrere Wochen lieferte, denn die hörten nur so viel, dass jemand dringend untersucht werden müsse, und zwar am Bauch. Sie tippten auf das kleine Findelkind, allein die konnte etwas haben, denn Edu war nie krank und die Tante hätte sich niemals von einem Arzt anschauen lassen, es sei denn, sie müsste sterben. Sie hatte ihre Meinung über alle Ärzte, und wenngleich sie sie im

Krankenhaus mit großer Ehrerbietung grüßte und auch jetzt, siehe da, im höchsten Schrecken den Benkő auftreiben wollte, verhielt sie sich zu ihnen wie eingefleischte Atheisten zum lieben Gott. In der allerletzten Verzweiflung fiel ihr ein, dass es auch Ärzte auf der Welt gab, doch sobald sich die Dinge zum Besseren wendeten, wenn Edu jetzt beispielsweise ihre Tage bekommen hätte, hätte sie sich wegen dieser flüchtigen Schwäche gleich geschämt.

Die Benkős wohnten Luftlinie nicht weit von ihnen, man konnte in einem viertelstündigen Spaziergang in die Sziget-Straße gelangen. Doch die Welt jenseits des Lehel-Platzes, besonders die Straßenabschnitte zur Donau hin, galten als eine derart andere, als eine herrschaftliche Gegend, dass es ihr gar nicht in den Sinn kam, sie persönlich aufzusuchen.

Als das Telefon in der von Mitbewohnen freien Vier-Zimmer-Wohnung klingelte, fuhren alle zusammen. Seit geraumer Weile fürchtete sich die Familie nicht nur vor Anrufen, sondern eigentümlicherweise auch vor dem Telefonapparat selbst. Das schwarze Telefon mit dem Bakelit-Gehäuse stand auf einem Thonet-Tischchen im Vorzimmer. Unterhielten sie sich hier im Stehen oder auch in einem Winkel des anschließenden Wohnzimmers, dämpften sie ihre Stimmen oder sie schlossen automatisch die Tür, als befürchteten sie nicht nur, dass ihre Ferngespräche abgehört wurden, sondern dass ihr Telefon selbst ein großes Abhörgerät sei. Daher begegneten sie ihm mit einer gewissen Aversion, sie hielten ihre Gespräche möglichst kurz und legten den Hörer schnell wieder auf die Gabel.

Frau Benkő hatte den Anruf entgegengenommen. Zuerst freute sie sich, die Tante zu hören, doch gleich danach fiel ihr ein, dass diese Frau ja auch jetzt noch im Krankenhaus arbeitete und es möglich sein konnte, dass man versuchte, etwas über sie herauszufinden, also verhärtete sich ihre Stimme. Sie sagte, ihr Mann würde leider vorübergehend nicht praktizieren, doch könne sie einen anderen Namen mitsamt Telefonnummer angeben, gewiss würde sich auch der Genosse eignen, ein ausgezeichneter Kollege. Sie gab keine Erklärungen und verabschiedete sich nach drei Sätzen. Bei Tante Edit kam Beklommenheit auf, zudem spürte sie beim Sprechen, wie die drei scheinbar in Arbeit vertieften Frauen in ihrem Rücken auf ihre Antworten lauschten.

Um ihren Fragen auszuweichen, schnappte sie sich das Menagereindl und verabschiedete sich eilends. Sie trat an das Küchenfenster am jenseitigen Ende des Korridors. Seit Jahren schon hatte sie nicht geweint, doch jetzt wurde sie von einer hoffnungslosen Bitterkeit gewürgt, sie vermochte die Tränen kaum zurückzuhalten. Dass sie selbst in diesem finsteren Wirbel der Ungewissheit noch würde lächeln können, dass ein paar Wörter sie sogar in den Augenblicken vor der Katastrophe zum Lachen bringen würden, das hätte sie nie geglaubt. Doch genau das geschah.

Die griesgrämige Küchenfrau, von der die Tante Edit, die ja selbst in der Küche gearbeitet hatte, sehr wohl wusste, dass sie die übrig gebliebenen Portionen frech nach Hause mitnimmt, hatte einen Pappkarton mit einer handgeschriebenen Aufschrift an die Tür gehängt und jemand in der Warteschlange vor der Essensausgabe hatte den Text mit einem Satz ergänzt.

So stand jetzt an der Tür zum Esszimmer: Pro Kopf wird nur ein Gratis-Essen ausgegeben. Der Rest wird vergesellschaftet.

Das zweite Telefongespräch führte Tante Edit dann aus dem Verwalterbüro von Lantos, und zwar ziemlich wortkarg, denn der Lantos glotzte sie ständig an und zeigte immer wieder auf die Wanduhr: kurz, nur kurz, sie könnten jederzeit eintreten. Der Arzt, den Frau Benkő empfohlen hatte, arbeitete nicht in ihrem Krankenhaus, sondern in einer anderen Klinik. Er gab Tante Edit und Edu einen Termin für die nächste Woche. Im Büro des Verwalters empfand Tante Edit das noch als eine Art Aufschub, kann doch in einer Woche so mancherlei geschehen, doch zu Hause angekommen und nach einem Blick auf die dicke Edu erschien ihr die Zeit als erschreckender Verzug, für den sie alle bezahlen würden müssen.

Der Arzt wohnte in der Innenstadt. Er untersuchte Edu in einem zu einer Ordination umfunktionierten Zimmer der Wohnung hinter einem Leintuchvorhang. Die böse Ahnung Tante Edits bewahrheitete sich, sie war tatsächlich schwanger. Der Arzt streifte die Gummihandschuhe ab, wusch sich die Hände und erklärte, die Untersuchung der jungen Dame habe die Schwangerschaft eindeutig bewiesen. Zeitliche Angaben dazu konnte er nicht mit voller Gewissheit machen, doch Tante Edit wusste, dass Edu bisher nur eine Menstruation ausgelassen hatte. Freilich wurden Fälle kolportiert, in denen Frauen noch Blutungen hatten, während das Kind schon in ihrem Bauch gedieh, doch die Tante datierte den Vorfall auf die letzten zwei Monate, als Edu zwischen den Schichten im Krankenhaus in aller Selbstständigkeit kommen und gehen konnte.

Sie selbst zu fragen schien nicht zweckmäßig, sie begriff nicht so richtig, was ihr geschehen war, und sie sah die gynäkologische Untersuchung als ein ebensolches Ungemach an wie das Lungenröntgen vor ein paar Monaten.

Tante Edit legte ihr nur so viel ans Herz, sich nicht mehr mit dem Mann abzugeben, der solche Sachen macht, wenngleich sie auch keine Ahnung hatte, wer der Betreffende sein mochte. Überraschenderweise schien auch Edu selbst ahnungslos zu sein. Vielleicht war es ein einmaliger Vorgang gewesen und der Mann wollte nicht mehr riskieren, sich der nunmehr aufgeklärten, erschreckten Edu zu nähern, vielleicht aber hatte er die Lust am ungeschlachten, schwitzenden Körper verloren. Sicherheitshalber verdächtigte die Tante jeden. Sie nahm in Gedanken alle Pfleger und Krankenträger im Spital durch, die ihrer Schwester hätten nahe kommen können, und kurz argwöhnte sie auch, die Bettgeher wären schuld an Edus Zustand. Es gab da auch einen Krankenträger mit auffallend blauen Augen und rotem Gesicht, der selbst die schwersten Patientinnen mit Leichtigkeit hob und trug. Sie legten ihm die Arme um den Hals und er fasste sie unter der Kniekehle, rief: „Hopp, Engelchen, wir fliegen!" und hob sie vom Rollbett auf das Krankenbett oder zurück. Tante Edit, die an den zwei Internen Stationen und an der Chirurgie die ausgezehrten oder aufgedunsenen, manchmal in Windeln gepackten Erwachsenen und die zusammengenähten Körper keineswegs abstoßend fand, verspürte in dieser einen Bewegung und in der Anrede „Engelchen" immer etwas zutiefst Ungehöriges.

Das andere Gesicht, das ihr in der Vorstellung immer wieder als verdächtig erschien, gehörte dem jungen praktischen Arzt mit den Pickeln, den sie des Öfteren wichtigtuerisch in seinem grünen Umhang zum Bauteil C marschieren sah, wo er den Schwestern diverse Anweisungen erteilte; diese Kunst hatte er sich als Erstes angeeignet. Sogar die Stimme des Unglückseligen klang wie ein stetes Jammern. Sie konnte den überheblichen jungen

Hanswurst mit den hervorstehenden Zähnen nicht ausstehen. Benkő erachtete sie als richtigen Arzt, ihn, der keine Befunde, Röntgenbilder und kein Herumfummeln brauchte. Er schlussfolgerte meistens nur aus der Gesichtsfarbe, aus dem Weißen im Auge und aus dem Atem des Patienten und seine Diagnose war meistens richtig. Er war tief religiös und tugendhaft, aus seiner Zugeknöpftheit trat er höchstens Kindern gegenüber heraus. Tante Edit hatte ihn immer wieder beobachtet, wenn er mit seinem Stethoskop vor der langen Reihe der Heimkinder innehielt und sie mit einer unerklärlichen abgrundtiefen Traurigkeit anblickte, um sie dann sofort mit seinen ersten Worten zum Lachen zu bringen. Er war ein richtiger Arzt, zu dem dieser mickrige Kerl nie werden würde, dessen war sich Tante Edit sicher, während sie den jungen Assistenzarzt in Gedanken der heimtückischen Unkeuschheit bezichtigte und sich, mit einem Knoten in der Magengegend, vorstellte, wie dieser die unglückliche Edu unter dem Vorwand einer Untersuchung in einen leeren Verbandsraum lockte. Und da waren auch noch die Artisten, für die sie die Hand nicht ins Feuer legen wollte, in Gedanken hatte sie die anstößige Szene auch mit ihnen durchgespielt und zuweilen war ihr ein solches Geschehen glaubhaft erschienen. Als sie sie dann aber wieder traf und in ihre müden gelben Gesichter starrte, sah sie ein, dass es undenkbar war.

Nur ihre einfältige Schwester befragte sie nicht, es hatte keinen Zweck, die Arme zu quälen. Beim Baden am Wochenende rieb sie die weißen Hügel mit unveränderter, zärtlicher Entschlossenheit ab und sagte nur so viel, dass sie den Arzt im großen Haus mit dem Aufzug, zu dem sie letztes Mal mit der Straßenbahn gefahren seien, leider noch einmal aufsuchen müssten.

Freilich hatte sie auch schon daran gedacht, dass man das Kind ja behalten könnte, da sie ja selbst kein Kind haben konnte. Doch gleich danach spürte sie auch, dass sie sich mit keiner Faser nach einem solchen sehnte, und sei die Sünde, den armen Wicht schon in Gedanken abzulehnen, auch noch so groß, so empfand sie doch nicht die geringste Zärtlichkeit diesem keimenden Leben gegenüber.

Das konnte sie mit niemandem besprechen. Ihrem Mann konnte sie nicht sagen, dass Edu schwanger war, denn sie kannte ihn so gut, er würde in seinem ohnmächtigen Zorn sogleich sie dafür verantwortlich machen, und wenn er auch sonst nichts unternähme, würde er die Bettgeher sicher sofort rauswerfen.

Zum Rabbi konnte sie nicht gehen, um ihn zu fragen, denn der würde ungeachtet der ungünstigen Umstände für das Leben stimmen. Selbst wenn er in der Tiefe seiner Seele die Lage als komplizierter erkannte, konnte er nicht wissen, wem er Ratschläge gab und mit welchem Zweck er befragt wurde. Allein Doktor Benkő hätte Rat gewusst, der aber war nicht aufzufinden.

In ihrer letzten Verzweiflung fiel Tante Edit der grauhaarige Mann ein, von dem sie seinerzeit, als sie noch im Heim arbeitete, die Pilze gekauft hatte. Onkel Gabi besuchte sie damals mindestens einmal die Woche in der Küche. Er blieb in der Tür stehen, schloss die Augen und zählte die Zutaten auf. Kraut, sagte er nachdenklich. Rüben, setzte er fort. Sellerie, Zwiebel, Kohlrüben, meinte er beim Weiterschnuppern. Dann machte er mit aufmerksamer Miene die Runde um die großen Töpfe und kontrollierte seine Annahmen. Selten nur übersah er eine der Grundzutaten und noch seltener irrte er sich. Seine empfindsame, knorpelige Nase führte in seinem länglichen, faltenreichen Gesicht gleichsam ein eigenes Leben.

Über sich selbst erzählte er nie etwas, meistens gab er nur den Klatsch aus der Umgebung zum Besten: was war drüben im ehemaligen Nonnenkloster passiert, warum sind die begonnenen Asphaltarbeiten eingestellt worden, wird hier eine Bushaltestelle errichtet oder nicht. Nur nach und nach stellte sich heraus, wer er in Wirklichkeit war. Dass er kein Koch oder eventuell Kellner war, wie es anzunehmen gewesen wäre, aber auch kein Greißler, der die Qualität und Frische der diversen Waren auch mit der Nase kontrollierte, er war davor einfach ein Lehrer gewesen. Ein Lehrer für Deutsch und Englisch. Dass im Krieg alle seine Leute umgebracht worden waren, seine zwei Töchter, seine Frau, die Eltern, die Schwester. Nicht einmal das Wohnhaus war erhalten geblieben, bei seiner Heimkehr fand er nur eine Grube voller Schutt. Da war er hierher, auf den Berg, gezogen und hatte begonnen, Pilze zu verkaufen. Steinpilze und was er eben fand.

Onkel Gabi kannte den Ort, Diogenesdorf genannt, noch von vor dem Krieg, er wurde damals noch als Sommerfrischeort betrieben, mit seinen mit Holzschindeln gedeckten Häusern und Türmchen und den im Frühling aus der Stadt eintreffenden herrschaftlichen Familien. Damals war er ein paarmal hier gewesen, als junger Probelehrer, der stets weiße Hemden trug. Der Ort hatte seinen Namen von einem riesigen Holzfass, das in eine Hausmauer eingebaut war, und wanderte man quer über die Berglehne in Richtung der tieferen, unverbauten Leiten, war der Ort leicht zu erreichen. Die Wanderer aßen nach dem Ausflug in einem der nahe gelegenen Heurigen und ließen sich, auf ihren Sesseln nach hinten gelehnt, die durch das Laub gefilterten Sonnenstrahlen lange aufs Gesicht scheinen. Auf dem Hof der ehemaligen Gastwirtschaft standen ein Nussbaum und ein Apfelbaum. Ende des Sommers, wenn die

Äpfel reiften, plumpsten sie mit einem dumpfen Laut auf den kiesbestreuten Boden. Die fallenden Nüsse schlugen mit einem scharfen Knall auf, die Äpfel hingegen polterten plump, und wenn manche von ihnen auf der blechüberzogenen Tischplatte landeten, donnerte das Metall mächtig, als hätte eine schwere, warme Faust auf eine Trommel geschlagen. In dieser Jahreszeit pflegte der Wirt eine Tafel mit der Aufschrift: „Achtung, Fallobst!" aufzustellen, was unter den Ausflüglern zum geflügelten Wort wurde. Den Gästen oblag es, die Äpfel in das Maischefass unter der Traufe zu werfen, so sie sie nicht zu verzehren wünschten, was übrigens im Preis inbegriffen war. Die Nüsse gaben sie in den Weidenkorb auf der anderen Seite. Es schickte sich nicht, Nüsse oder Äpfel mitzunehmen. Wie der Heurigenwirt ursprünglich hieß, war in Vergessenheit geraten, man nannte ihn nur noch den Apfelwirt.

Die kleinen Kiesel bohrten sich in die Schale der heruntergeplumpsten Äpfel, das ließ sie wie pockennarbig aussehen. Bückte man sich nach ihnen, sah man nur die gesunde Hälfte, doch las man sie auf, offenbarte sich auch die andere, die verwundete und zuweilen von Ameisen dicht bevölkerte Seite. Onkel Gabi hob das Obst dann bedächtig an die Nase, er spürte dem Schnaps des kommenden Jahres nach, und sein Freund, der Arzt, pickte die winzigen Kieskörner mit großer Sorgfalt heraus, blies auf den oft schon fleckigen Apfel und verzehrte ihn mit zeremonieller Achtsamkeit.

Seitdem ist der Apfelwirt verstorben, wie auch ein Großteil der Siedlungseigentümer verschwunden oder republikflüchtig geworden ist, und Diogenesdorf verkam langsam zu einem Elendsviertel. Das riesige Fass stand noch eine Zeit lang auf dem Hof des Heurigen, dann zerlegte es einer der neuen Siedler und machte Feuerholz daraus. Zuerst erschienen einige kinderreiche Familien, die ihre Miete nicht zahlen konnten und sich vor der Delogierung hierher flüchteten, sie hatten sich im Gegenteil zum Namenspatron des Ortes ihrer Habseligkeiten nicht ganz aus freien Stücken entledigt, dann stießen einige einsame Menschen zu ihnen, so auch dieser Onkel Gabi und auch zwei Nonnen aus einem aufgelassenen Orden: Sie wollten vom Berg gar nicht wegziehen. Sie kannten die Welt nicht, ja, selbst die Stadt kannten sie kaum, was hätten sie dort unten mit sich angefangen? Sie gingen lieber zu wohlhabenden Familien in der Umgebung putzen und schnell verbreitete sich die Kunde, dass niemand so gut bügelte wie sie. Anfangs besuchten viele aus der Siedlung die Sipőczsche Gratisausspeisung, doch nach und nach fanden sie alle eine Arbeit. Die Vagyóczkis züchteten Schweine und die Piroska-Jungs fuhren mit dem Motorrad hinunter nach Pest in einen Betrieb zum Arbeiten. Der Jüngere half bei den Monteuren aus und der Ältere kehrte die Späne zusammen.

Tante Edit war schon öfter im Diogenesdorf gewesen. Vor der Zeit mit den Schweinen hatten die Vagyóczkis Gemüse angebaut und alles tief unter den Preisen vom Markt verkauft und der Tóni Piroska hat alles repariert, billiger als zum Beispiel der Lantos, dabei hat der das auch schwarz gemacht, allerdings musste man sich während der Reparatur den Blödsinn des Tóni Piroska von den Amphibienfahrzeugen und den aus Traktoren umgebauten Tanks anhören. Der redete in einem fort, der arme Kerl schien leicht gestört zu sein.

Den Kern der mit gelinder Übertreibung Dorf genannten Häusergruppe bildeten zwei basteiähnliche einstöckige Gebäude mit rundlaufenden Innengängen, diese Pawlatschen waren in der Mitte durch eine sonderbare

Eisenbrücke verbunden. An deren verziertem Geländer trocknete Tante Häubchen ihre Kleider, das Geländer gehörte nämlich nach stillschweigender Übereinkunft zu ihrem Gebiet. Onkel Gabi hatte sich in einem der weiter entfernten einzeln stehenden kleinen Häuschen mit Holzschindeln am Dach eingenistet. Das Wasser holte jeder vom Druckbrunnen und geheizt wurde mit eisernen Öfen. Tante Edit fand den Ort ausgesprochen heimelig, mit den umherlaufenden kleinen Kindern und den aus den offenen Türen strömenden Essensgerüchen.

Sie hielt Onkel Gabi für geeignet, ihr in dieser schweren Situation einen Rat zu geben, vielleicht nur, weil er dort oben wohnte und als könnte er vom Berg tatsächlich auf ihr Leben herunterblicken, oder vielleicht nur deshalb, weil er im Gegenteil zum immer kahler werdenden Jóska mit einer schönen, vollen Mähne ergraute. Sie standen sich nicht besonders nahe, der Alte kannte keine Details aus Tante Edits Leben, so viel aber wusste er, dass sie ein Mädchen aus dem Heim mit nach Hause genommen und dass sie selbst kein Kind geboren hatte. Er hatte auch Edu ein paarmal gesehen, noch seinerzeit in der Küche.

Nachdem Tante Edit ihre Schicht beendet und sich vom Mädchen und von Edu verabschiedet hatte, fuhr sie mit der Straßenbahn Nummer neunundfünfzig hinaus nach Diogenesdorf. Wenn sie zu dieser Jahreszeit auch keine Pilze von Onkel Gabi bekommen würde, einen Rat hätte er vielleicht für sie.

Das Zimmer war ziemlich klein, einen Großteil beanspruchte ein Tisch, bemessen für eine wesentlich größere Wohnung, mit sechs Stühlen rundherum. Onkel Gabi erzählte, den Intarsientisch habe ein Bekannter für sie aufbewahrt, genauer gesagt für ihn, so viel ist ihm von seinem Leben vor dem Krieg geblieben. Nichts weiter. Sechs leere

Stühle, drei für seine Frau und die Kinder, zwei für die Eltern und einer für die Schwester. Alle meine Toten haben Platz um den Tisch, sagte er mit einem Lächeln, und es war offensichtlich, dass er das nicht einem jeden sagte, der in sein Heim trat, dass er Tante Edit dadurch sozusagen als Vertraute betrachtete. Außer den sechs Sesseln hatte kaum noch etwas Platz im Zimmer, als hätte der anheimelnde, aber enge Raum die Funktion, seinen Bewohner an einen anderen, von Geistern bewohnten weitläufigeren zu erinnern.

Der persönliche Tonfall hatte Tante Edit ermuntert, und ohne die Person konkret zu benennen, wagte sie doch im Allgemeinen einen Rat für eine junge Frau zu erfragen, der etwas sehr Arges zugestoßen war.

Onkel Gabi kniete vor dem Ofen und guckte durch das Loch hinein. Das Robinienholz brannte schlecht und gab wenig Wärme, er musste öfter nachlegen. Es war so ohnehin besser, so brauchten sie einander nicht anzusehen.

Onkel Gabi sagte, die Zahl der Toten sei groß, die der Lebenden jedoch gering. Gott würde wollen, dass sie sich mehrten. Ein Kind sei immer ein Geschenk.

„Warum hat Gott dann zugelassen, dass so viele verreckten? Wo war er damals?“, fragte die Tante den Rücken und hatte dabei das Kinn an die Brust gepresst. „Warum wollte er damals nicht, dass ihre Zahl am Leben blieb?“

Der Rücken antwortete:

„Gott hat uns alle auf die Probe gestellt, wie Abraham, doch er will seine Härte wieder gutmachen. Vielleicht denkt er, es war ein Fehler, so viele Opfer von seinem auserwählten Volk zu verlangen.“

Die Tante schöpfte Verdacht. Gott kann keine Fehler machen, wenn er nun einmal vollkommen ist. Da passt das Ganze irgendwie nicht zusammen. Doch Onkel Gabi setzte unbeirrt fort:

„Wer ist der Vater dieses Kindes? Das muss als Erstes betrachtet werden."

Tante Edit tat daraufhin einen tiefen Seufzer, sodass sie gar nicht mehr antworten musste. Ihr Seufzen galt einerseits der Frage, andererseits der Situation. Nach dem vorherigen Satz, der sie gehörig verunsichert hatte, war sie sich nicht mehr so gewiss, am richtigen Ort um Rat gebeten zu haben. Irgendeine Antwort, die weder Fisch noch Fleisch war, hätte sie nur enttäuscht, doch angesichts dieser frevelhaften Erwiderung empfand sie eher Unmut.

„Dann wird es die junge Frau selbst aufziehen. Das gereicht ihr nur zur Ehre. Sicher wird es jemanden geben, der ihr dabei hilft."

Tante Edit wäre am liebsten aufgestanden. Das wagte sie nun aber doch nicht, sie dachte, es wäre nur schicklich, das Gespräch fortzusetzen, wenn sie es schon provoziert hatte.

„Und wenn die arme Frau das Kind nicht großziehen kann?", fragte sie zurück. Der Rücken bewegte sich etwas, endlich hatte Onkel Gabi in aller Deutlichkeit verstanden, worum es ging.

„Dann findet sich jemand, der sich um das Kind sorgt", lautete die Antwort.

„Wenn aber dieser Jemand sich nur so um das Kind sorgen kann, dass er ein anderes verlässt? Wenn er beide nicht zugleich versorgen kann und das eine opfern muss, was ist dann?"

Onkel Gabi schloss die eiserne Ofentür, doch richtete er sich noch nicht auf. Er schien seine Antwort abzuwägen.

„In diesem Fall muss meines Erachtens das lebende Kind gewählt werden. Das geborene statt dem ungeborenen Kind. Denn die Lebenden haben eine Aufgabe, sie sind deswegen geboren worden."

„Sie kennen sich aber aus", sagte die Tante wütend zum Gesicht, das von der Hitze gerötet war, und vermied so, Onkel Gabi direkt in die Augen zu sehen.

Der Mann musste die qualvolle Unsicherheit und die bitteren Vorwürfe in ihrer Stimme bemerkt haben, also setzte er fort:

„Haben wir zwischen zwei Übeln zu wählen, dann müssen wir die Angelegenheit gründlich bedenken. Alles hängt davon ab, wo wir das Buch zu lesen beginnen. Wo wir auch anfangen, das wird unser Schicksal sein."

Er blickte seine Hand nachdenklich an, als wären die Adern Weggabelungen und als wollte er so veranschaulichen, wie der richtige Pfad auszuwählen sei.

„Ich kannte jemanden, einen Arzt. Einen jüdischen Arzt. Er war aber in Sicherheit, er besaß gute Papiere. Er hätte auch das jüngere Kind im Krankenhaus unterbringen können. Doch in der Maros-Straße, wo es aufgenommen worden wäre, grassierte eine Seuche. Meine Frau fürchtete sich vor jeder Krankheit sehr. Auch der Größere wollte nicht, dass der Kleine von uns getrennt werde, er weinte, wir sollten den Kleinen nicht wegbringen."

„Und wenn Sie beide dort hingebracht hätten?"

„Das ging mit dem Großen nicht. Er hatte Asthma und wich nie von unserer Seite. Im Haus, wo wir einquartiert waren, wussten einige, dass wir Kinder hatten, vielleicht aber nicht, wie viele. Sie glichen einander sehr. Außerdem hat sich keiner damit beschäftigt, wir hatten selbst kaum Platz. Wir hätten ihn auch in die Mór-Wahrmann-Straße geben können, mir war aber die Maros-Straße lieber. Ich wollte unbedingt, dass er dorthin kam. Es war weiter weg, es schien sicherer zu sein."

„Dann brachten Sie den Kleinen doch ins Spital?"

„Ja, schließlich doch. Es wurden fast alle umgebracht."

Tante Edit traute sich nicht, nach dem Namen des Arztes zu fragen, doch ahnte sie plötzlich, was der Alte mit dem Heim zu tun hatte. Bisher hatte sie gedacht, er sei nur wegen der Nähe immer wieder zu ihnen gekommen.

„Und Ihre Frau? Und das größere Kind?"

Onkel Gabi schloss nunmehr ganz leise:

„Sie wurden aus dem geschützten Haus mitgenommen. Eigentlich hätten sie auch zusammenbleiben können, wie sie wollten. Es wäre ganz gleich gewesen. Was das größere Übel gewesen ist, das sieht man immer erst im Nachhinein. Man weiß nie, was richtig ist. Darein kann man sich beruhigt fügen. Und sich beruhigen kann man nur dann, wenn man sagt, ich habe so entschieden, denn dort und damals war es richtig so."

Tante Edit wusste ihm nichts zu antworten. Sie unterhielt sich nicht gern über solche Sachen, mit niemandem. Auf dem Markt, in der Straße, da hatte fast jeder irgendwen verloren, man konnte darüber nicht sprechen, und es schickte sich auch nicht, das war eine andere Welt und fertig. Sie war nicht gekommen, um diesen Mann zu bemitleiden, sie hatte selbst genug zu leiden. Und die sechs Stühle, die begriff sie schlussendlich überhaupt nicht: Die hätte er verkaufen können, wenn es schon keinen gab, der sich darauf setzte. Auf dem Heimweg, in der Straßenbahn, da war sie sich schon sicher, sie hätte die gewiss nicht aufgehoben. Und sie war sich auch sicher, es war keine gute Idee, jemanden um Rat zu fragen, der sechs solche Stühle hat. Sechs solche Stühle, an diesem engen Platz.

Für die Schwangerschaftsunterbrechung verlangte der Arzt im Allgemeinen dreihundert Forint, doch nachdem er Edu untersucht hatte, sagte er der Tante, er mache es für zweihundert und auch die müssten nicht sofort bezahlt werden. Das war eine große Erleichterung, das hieß, sie konnte die sowjetische Puppe für Vera kaufen, auch wenn die Edu operiert werden würde.

Die Abtreibung wurde in der Innenstadt vorgenommen, in der Wohnung des Arztes, im provisorisch zum Operationssaal umgebauten Hinterzimmer. Als sie am Kossuth-Platz beim Parlament aus der Straßenbahn stiegen, fiel der Tante ihr erster Winter in Budapest ein. Es gab viel Schnee damals, sogar ihre Eltern zogen die teuren, handgefertigten hohen Schuhe an, die sie sonst kaum trugen. Sie brachten die Kinder zur zugefrorenen Donau, damit sie sahen, wie breit sie war. Bislang hatte sie in Miskolc nur die Sajó gesehen, und auch die ohne Eisdecke, so fand sie den zugefrorenen Fluss märchenhaft schön. Edu war damals noch ein Säugling, das Eistreiben interessierte sie nicht, wie auch das Treiben in der Welt nicht. Die Arme, jetzt geht sie immer in handgemachten hohen Schuhen, weil einer ihrer Füße wesentlich kleiner ist als der andere.

Dem Hauswart war nicht zu trauen, also wartete die Frau des Arztes an der Ecke auf sie, als wären sie Gäste. Zwar lag ihnen die Vorstellung fern, Gäste dieser wohlhabenden Familie zu sein, doch vermieden sie damit zumindest jede Fragerei. Edu trat vorsichtig auf in ihren hohen Schuhen, sie hatte vom Eingriff, der ihr bevorstand, keine Ahnung. Tante Edit hatte ihr gesagt, man müsse etwas aus ihrem Bauch nehmen, was ja eigentlich der Wahrheit entsprach. Edu fragte nicht, wozu. Sie dachte, das sei auch noch wegen der Zigaretten nötig, ihr war damit so arg zugesetzt worden, bis sie das Rauchen aufgab. Sie bekam ein Sedativum und etwas Schmerzstillendes, doch der Arzt sagte, zu Hause könne er keine Vollnarkose machen, also würde Edu doch ein wenig Schmerzen verspüren. Damit aber hatte niemand gerechnet, dass sich die benommene

Edu im inneren Zimmer auf einmal vom Bett wälzte und mit nacktem Unterleib losmarschierte, weg von hier, während sich der Arzt hinter dem Leintuch-Vorhang auf die Abtreibung vorbereitete. Die Frau des Arztes, die sich als Assistentin bereits die Hände desinfiziert hatte, holte sie im Vorzimmer ein, und Tante Edit fühlte sich sehr versucht, das als ein Zeichen anzusehen. Wenn Edu die Kraft hatte, herauszukommen, dann fürchtete sich Edu, und Gott der Herr will aus irgendeinem Grund, dass dieses Kind drinnen bleibt, in der Gebärmutter dieser Armen. Hätte die Frau Doktor Edu nicht zurückbugsiert, hätte die Tante sicherlich die Flucht ergriffen und zugelassen, dass ihr das Steuer aus der Hand glitt. So aber hockte sie nur weiter auf dem unbequemen Stuhl und starrte in die Tiefe der Wohnung, als versuchte sie, den kaum hörbaren Lauten zu entnehmen, was sich drinnen abspielte. Der Eingriff selbst dauerte nicht lange, es war eher die danach folgende Zeit, die langsam verstrich. Die Frau trat heraus, nun schon ohne die weiße Haube, und sagte, es würde jetzt alles in Ordnung sein, Tante Edit könne hinuntergehen und irgendwo einen Kaffee trinken, wenn sie wollte. Später brachte sie ihr einige alte Tageszeitungen, die Népszava, doch die Tante konnte im Halbdunkel des Vorzimmers die Buchstaben kaum unterscheiden, also sah sie sich nur die Überschriften an. Man ließ Edu zwei Stunden ruhen, dann sagte der Arzt am frühen Nachmittag, jetzt könne die Tante sie schon mit nach Hause nehmen, Edu möge dann liegen.

Sie konnten kein Taxi rufen, so fuhren sie auch auf dem Rückweg mit der Straßenbahn, doch zum Glück gab es Sitzplätze. Die Schaffnerin sah sie mit stechendem Blick an, als wüsste sie, woher sie kamen. Edu sah im kalten Licht todesbleich aus und auch überraschend gealtert, als hätte alles Leben das welke Fleisch verlassen. Zu Hause legte die Tante sie ins Bett, dann machte sie ihr Kartoffelpüree mit Butter. Sie hatte sich nicht überlegt, warum sie gerade diese Speise zubereitete, doch ihr Entschluss wurde wohl auch davon geleitet, dass es ein Diätessen sein sollte, denn sie würde am Abend Onkel Jóska sagen müssen, dass die arme Edu Bauchschmerzen hatte. Onkel Jóska aber kümmerte sich nicht im Geringsten um sie, er fragte nicht, warum Edu Bauchweh hatte, er war den ganzen Tag damit beschäftigt, den Artisten aufzulauern, denn sie waren schon zehn Tage im Verzug mit der Miete. Sie legten sich spät zu Bett, Edu schlief bereits wie ohnmächtig, mit offenem Mund, zwischen den Beinen hatte sie den dicken, windelartigen Verband.

Onkel Jóska ging anderentags früh weg, und auch Tante Edit beeilte sich, ins Krankenhaus zu kommen, denn sie musste einerseits die Sachen des Mädchens für den Heimweg vorbereiten, andererseits wollte sie Edus Arbeit verrichten, sie wollte ihre Erkrankung nicht melden, wenn man sie nicht direkt danach fragte. Ein Tag Unpässlichkeit ging noch durch, Edu hätte erst am folgenden Abend in der Nachtschicht anfangen müssen.

Edu erwachte erst spät am Morgen, und auch da nur, weil ihr Leintuch durchnässt war. Sie hievte sich aus dem Bett, um das Bettzeug abzuziehen und zu wechseln. Sie bemerkte überrascht das geronnene Blut auf dem Fußboden. Erschrocken bückte sie sich, um es näher zu betrachten, und gleich darauf richtete sie sich wieder auf, denn ein heftiger Schmerz zog durch ihren ganzen Unterbauch. Sie rief nach Tante Edit, es war aber niemand in der Wohnung. Das hätte sie auch früher erkennen können, denn der Milchkaffee und das Kipferl waren auf dem Küchentisch vorbereitet. Sie drückte sich das blutgetränkte Tuch tiefer zwischen die Schenkel und legte den Morgenrock an. Vorsichtig spähte sie durch die Glasscheiben der Tür, ob die Artisten zu Hause seien, dann watschelte sie in die Küche, um das blutige Leintuch in den Wandbrunnen zu werfen. Dabei ließ sie überall Tropfen fallen, also klemmte sie sich in Ermangelung eines Besseren das Küchentuch zwischen die Beine und warf das blutgetränkte Tuch von vorhin neben das Leintuch.

Vornübergebeugt ließ sie das Wasser über die Tücher rauschen, denn ihre Erfahrung aus dem Spital hatte sie gelehrt, Blut gleich auszuwaschen, sonst waren die Flecken sehr schwer zu entfernen.

Es war ihr gerade gelungen, sich den Morgenrock anzuziehen, als ein neuer Schwall Blut aus ihr herausstürzte und ihr die Beine hinunterlief. Im gleichen Augenblick klopfte jemand an der Eingangstür. Edu blickte sich verzweifelt um, sie versuchte, die Blutflecken auf dem Steinboden mit dem Pantoffel zu verwischen. Sie war erschrocken, es hätten die Artisten sein können, die heimkamen. Dieser Jemand klopfte nun wieder, ging draußen auf dem Gang zum Zimmerfenster und guckte hinein. Edu entnahm den Umrissen der Figur, dass es sich um eine Frau handelte. Mehr konnte sie nicht erkennen, doch dachte sie, wenn es auch nicht die Tante sei, so könne sie sie um Hilfe bitten, es ist nicht so, als wäre einer der Untermieter oder der Onkel nach Hause gekommen. Sie wusste, es war nicht schicklich, vor Männern über die Monatsblutung zu reden, doch das eine hatte sie nicht begriffen, dass es nicht die gewöhnliche Blutung war, was ihr jetzt passierte.

Die Frau klopfte wieder, jetzt schon lauter, und sie rief nach Tante Edit. Edu schlurfte vorsichtig zur Tür, um das Tuch zwischen den Beinen nicht zu verlieren, und brummelte durch die Tür, niemand sei zu Hause. Die Stimme antwortete, sie würde trotzdem gern etwas hier lassen.

Edu machte die Tür einen Spalt weit auf und wollte dieses Etwas übernehmen, stellte aber überrascht fest, dass es ein großes Paket in der Art einer Kiste war. Die Frau war Marika, die Tochter der Frau Lantos. Sie drückte die Tür vorsichtig weiter auf und erblickte die blutende Edu. Schnell huschte sie herein, ließ die große Schachtel auf den Boden gleiten und riss die Augen erschrocken auf, als sie die Blutspuren auf den Steinfliesen sah.

Marika, die Tochter der Lantos, hatte eine geheimnisvolle Krankheit, die auf ihrem Gesicht in gewissen Abständen eine Art Maske erscheinen ließ, ihre Haut war dabei von rötlichen, höckerigen Ausschlägen übersät. Frau Lantos sagte zwar immer, das sei ein normaler Nesselausschlag, doch Tante Edit ahnte schon lange, dass dem nicht so war. Dass es etwas Ernsthafteres sein musste.

Seinerzeit hatte in Miskolc so eine junge Frau in ihrer Nähe gewohnt. Ihre Krankheit hieß Lupus, der rote Wolf, und niemand wollte sie heiraten, man befürchtete, ihre Kinder würden mit einem Fell geboren werden. Damals war Edu noch gar nicht auf der Welt. Und die Mutter Tante Edits sagte über die Frau, eine solche würde überhaupt nicht gebären können. Sie sollte nicht recht behalten, die Frau mit dem Lupus schenkte nacheinander drei gesunden Söhnen das Leben, doch wurden sie im Krieg alle umgebracht.

Auch jetzt zeigte Marikas Gesicht die beiden schmetterlingsartigen regelmäßigen Flecken, die ihre verdutzte, larvenmäßige Miene nur verstärkten. Edu jammerte, ihr würde der Bauch weh tun, und sie zeigte auf den Wandbrunnen, als wollte sie beteuern, es habe nur einen kleinen Unfall gegeben, doch sei sie schon dabei, die Küche in Ordnung zu bringen. Dann blickte sie hinunter und bemerkte, dass ihr das Blut an beiden Beinen in Strömen hinunterrann, und sie begann in erschreckenden gutturalen Lauten zu weinen.

Marika hieß sie sich niederzusetzen und suchte im Zimmer nach der Watte, fand sie im Schrank, dann fing sie an zu putzen. Sie sagte, das Leintuch und das Nachthemd müssten gewaschen werden. Auf dem Herd stand ein großer Topf. Tante Edit hatte am vorigen Abend darin die Kartoffeln gekocht und das Wasser aufgehoben, um das Bettzeug darin zu stärken. Marika wollte das gallertartige Wasser wegschütten, daraufhin heulte Edu auf, das dürfe sie nicht tun, und in diesen Topf dürfe sie auch die Wäsche nicht hineingeben, das würde ganz furchtbare Folgen haben. Sie jammerte so laut und unartikuliert, dass Marika schließlich die Geduld verlor und die blutigen Sachen in den Wandbrunnen zurückwarf. Sie wischte nur den Steinboden auf und half Edu dann, sich etwas anzuziehen.

Als sie gegangen war, brachte Edu den großen Blechtopf aus dem WC herein, sie packte die beschmutzten Tücher hinein und schleppte alles ins innere Zimmer, damit die Artisten nicht mitbekamen, was hier vorgegangen war.

Am Nachmittag brachte die Tante alles in Ordnung und begleitete Edu ins Krankenhaus, in die Nachtschicht. Sie antwortete jedem, der fragte, was ihre Schwester denn gestern gehabt habe, mit unbewegter Miene, ein kleiner Durchfall, alles sei schon wieder vorbei.

Auch nach einem halben Jahr antwortete sie bei der Verhandlung diszipliniert bis zum Schluss, und als man sie dem Doktor gegenüberstellte, sagte sie aus, der Fötus sei schon abgestorben gewesen und der Arzt hätte keinen Heller angenommen. Sie hatte keine Ahnung, wer sie angezeigt haben mochte. Zuerst hatte sie den Lantos verdächtigt, sie erinnerte sich nämlich an diesen zweiten Telefonanruf, den sie von dessen Apparat in der Arbeit aus geführt hatte. Als weitere mögliche Personen fielen ihr auch die Frauen im Büro der Kultusgemeinde ein, ja, auch die Schwestern im Krankenhaus. In ihrer Vorstellung tauchten viele Gesichter auf, und sie wog alle Regungen in diesen Gesichtern ab, wie sie seinerzeit überlegt hatte, wer dieser vermaledeite Mann sein konnte. Jetzt ging die selbstquälerische Suche weiter, das Grübeln, wer wohl der Mann – oder die Frau – sein konnte. Wer sind die Leute, die sich tagsüber hinter ihren eigenen Abbildern verstecken und weiterhin in ihrem Leben auf und ab gehen, ohne sich zu erkennen zu geben? Sie ließ sie in Gedanken immer wieder Revue passieren, doch das maskierte Gesicht der Marika Lantos mit ihrer entzündeten Haut war nie unter ihnen.

An Veras Geburtstag aber hatte noch niemand das kommende Unheil geahnt. Tante Edit hatte die vor einem halben Jahr entflohene Gans ersetzt und als Draufgabe diesmal sogar einen Strudel gebacken. Ursprünglich hatten sie nicht im Traum daran gedacht, die Artisten einzuladen, doch da sie sich nur in der Küche um den Tisch herumsetzen konnten, kamen sie nicht umhin, die jungen Männer zu bewirten. Zu ihrer Ehre sei gesagt, sie bedienten sich verhalten. Nach dem Abendessen zogen sie sich auch zurück, allerdings ermangelte es ihnen an Möglichkeiten, war doch die Küche gleichzeitig auch ihr Schlafzimmer.

Ob sich die kleine Vera so richtig über die Puppe freute, konnte man nicht wissen. Das Kind war irgendwie sonderlich. Es saß nur betreten da und lachte erst, als einer der Brüder Czajka mit der Puppe zu tanzen begann und sie siezte. Na, da musste der andere auch mitmachen, er protestierte mit der Stimme der Puppe, was soll die Anbiederei, sie ist eine Dame, ihr kann keiner so ohne Weiteres unter den Rock greifen. Jeder lachte laut, mit Ausnahme von Edu. Sie saß nur da, mit dem leeren Teller in der Hand, sie hielt ihn aber so, als wollte sie ihn von ihrem Schoß hinunterfallen lassen, also nahm ihr Tante Edit den Teller weg und stellte ihn zurück auf den Tisch. Später langte Edu bei den Resten zu und zog einen Knochen heraus, zum Abnagen, aber Onkel Jóska klopfte ihr auf die Hand. Es war an der Zeit, zu Bett zu gehen.

Für die Puppe machten sie das Bett in einem länglichen Korb am Fußende des großen Bettes. Als Decke bekam sie ein Kopftuch der Tante und unter ihren Kopf legte Vera ein kleines Lavendelkissen, das sie unter dem Kasten gefunden hatte. Sicher hatte es jemand beim Herumkramen fallen lassen. Die Haare der Puppe dufteten noch Jahre lang nach Lavendel und dieser Duft verband sich in der Erinnerung des Mädchens untrennbar mit diesem Abend. Sie hatten das Licht schon gelöscht, als die Kleine zwischen den beiden Erwachsenen hinauskrabbelte und nachschaute, was die Puppe wohl machte. Sie hantierte kurz am Bettende, dann kroch sie zurück. Sie meldete: „Die Puppe schläft."

„Freilich schläft sie", antwortete Onkel Jóska, „sie hat diese Augen. Legst du sie nieder, schließt ein Mechanismus ihre Lider."

„Sie schläft, weil es Nacht ist und sie schon müde ist", sagte die Tante friedfertig. Sie hörte, wie Edu sich im anderen Bett herumdrehte, wie sie schnaufte, ihren Platz suchte und dabei lauschte.

Als die Tante am Morgen aufwachte, schliefen die anderen noch. Auch die Artisten machten keinen Lärm in der Küche, also musste sie mit dem Kaffeekochen noch warten. Sie setzte sich auf, ließ die weißen Beine mit den Krampfadern von der Bettkante hängen und nahm ihre Perücke zur Hand. Nachdenklich fuhr sie mit den Fingern hinein, als unterhielte sie sich mit sich selbst. Der Onkel schlug die Augen auf, er sah, dass seine Frau noch nicht hinausgegangen war, also fragte er sie, ob sie schon gegangen seien. Er meinte die Jungs, die Tante hob nur den Finger an die Lippen. Da sah sie, dass auch Edu schon wach in ihrem Bett lag, sie starrte an die Decke. Viel konnte sie ohne ihre Brille nicht sehen, doch glotzte sie starr nach oben. Allein die Kleine schlief noch, in ihrem Nachthemd, aus einer Kombinage geschneidert, unter dem sie eine Trainingshose hatte anziehen müssen, damit sie sich nicht verkühlte; sie hatte sich abgedeckt.

So war mindestens eine Viertelstunde in aller Stille verstrichen, dann rührte sich die Tante, sie stülpte sich die Perücke über, die ihr Mann immer so verspottet hatte. Sie stieg aus dem Bett, daraufhin setzte sich auch Edu auf. Sie rauchte nicht mehr, doch musste sie am Morgen immer wieder husten. Krächzend tappste sie zum Fenstersims, über Nacht legte sie die Brille immer dort ab. Das Husten weckte Vera, sie krabbelte gleich zum Bettende, um nach der Puppe im Korb zu sehen. Tante Edit merkte erst jetzt, dass die Puppe die Wollquaste in der Hand hielt, die das Kind Männchen genannt hatte. Worin man sich beruhigt fügen kann, das ist die richtige Entscheidung, rief sie sich in Erinnerung, während sie den Morgenrock anlegte. Drüben standen endlich die Artisten auf, anscheinend hatte Edus Krächzen sie aufgeweckt.

Ein Knarren war zu hören, das hieß, sie setzten sich eben auf die Bettkante. Vera musste aufs Klo. Seitdem sie Mitbewohner hatten, hatten sie einen zweiten WC-Schlüssel angeschafft, damit sie in der Nacht nicht durch die Küche mussten. Onkel Jóska beteuerte, das könne man ertragen, doch das Mädchen sagte, sie könne es nicht mehr zurückhalten. So wickelte er die Kleine in eine Decke und öffnete das Fenster. Er trat in seinem gestreiften Pyjama majestätisch auf den Innengang des Hauses hinaus, dann hob er das eingemummte Mädchen zu sich heraus und stellte es auf dem Gang ab. Tante Edit reichte ihnen den Schlüssel. Auf halbem Weg wandte sich das Kind um und klopfte an das angelehnte Fenster.

„Was ist los?", fragte Onkel Jóska.

„Die Puppe muss auch", flüsterte Vera besorgt.

Onkel Jóska war kurz davor, das Kind anzufahren, doch schon reichte ihm seine Frau die Puppe hinaus. Es war Vorfrühling, am Morgen herrschte noch winterliche Kälte, die eisige Luft strömte durch das offene Fenster herein, sie brachte den Geruch nach dem Rauch der qualmenden Schornsteine mit.

Im April ist es dann so richtig warm geworden, wärmer als gewöhnlich. Die Artisten waren kaum zu Hause, sie arbeiteten an einer neuen Produktion und probten ständig. Edu hat sich ganz erholt, sie arbeitete im Krankenhaus in Doppelschichten und schlief deswegen dreimal die Woche dort. Vera lernte gut, sie brachte aus der Schule nur Lob mit. Sie übte zu Hause laut das Lesen, woraus folgte, dass Edu das ABC-Buch nach Ágnes Fedor nach einigen Wochen auswendig konnte.

Sie trug die Bettschüsseln und deklamierte dabei Die Krähen krächzen Krah-krah-krah, so schreibt man den Buchstaben K, und weiter Es muht die Kuh laut immerzu, so lernst du den Buchstaben U. Wenn die Kinder sie dabei zufällig hörten, baten sie sie, das Gedicht bis zum Schluss aufzusagen. Wenn Edu unterbrochen wurde, konnte sie die Fortsetzung nicht finden, sie musste immer vom Anfang an loslegen, sie setzte den Kübel ab, legte Bettwäsche oder Aufreibefetzen weg und begann vorzutragen: Der Affe frisst den Apfel da, er zeigt dir den Buchstaben A. Sobald sie weitergegangen war, schnappten hinter ihrem Rücken die Kinder in ihren Pyjamas vor Lachen nach Luft. Hier konnte man kaum jemanden zum Verspotten finden, Edu war das einzig mögliche Opfer, zudem war sie widerstandsfähig, jeder Spott prallte von ihr ab. So oft sie angesprochen wurde, spulte sie ihren Text gehorsam ab, als hätte sie eine Aufgabe erhalten. Die bettlägerigen Kinder stritten selten miteinander, als schonten sie instinktiv ihre Kräfte. In die Chronische Abteilung kamen meistens die schweren Fälle. Hier wurden die Nierenkranken untergebracht, und da es noch keine spezielle Krebstherapie gab, behandelten die Ärzte auch die kleinen Tumorpatienten hier so gut sie es eben konnten. Nicht selten konnte man auf den Gängen kleine Mädchen oder Buben sehen, bis auf die Knochen abgemagert, die auf den Gängen in schlotternden Pyjamas herumirrten oder kraftlos bei einem Gesellschaftsspiel saßen. Edus Blicke glitten über sie hinweg: In einem früheren Abschnitt ihres Lebens hatte sie so manchen abgezehrten Menschen getroffen. Für sie erschien das nicht als Vergangenheit, wie ihr auch die Gegenwart nicht gegenwärtig war, es geschah immer alles gleichzeitig, undurchsichtig, in einem glühenden, fremden Licht, jedoch ohne den lang hingeworfenen Schatten der Gefühle, der die bloße Erfahrung zur Erinnerung werden lässt.

Ende des Monats tobte schon eine richtige Hitzewelle. Die Werktätigen des Krankenhauses bereiteten sich mit mächtigen Transparenten auf den Aufmarsch zum Ersten Mai vor. Auch Edu hatte sich fein gemacht, sie zog mit den anderen Krankenschwestern mit, Fahnen schwenkend.

Die Tante ging hinter ihr, von Zeit zu Zeit hielt sie kurz inne und ließ argwöhnisch eine Abteilung der Krankenhausmitarbeiter vorbeigehen, dann beeilte sie sich wieder, um die Spitze des Zugs zu erreichen. Sie konnte den Gedanken nicht loswerden, dass dieser Dreckskerl hier irgendwo in der Menge mitmarschierte. Er konnte ja nur im Spital arbeiten, war doch Edu sonst nirgendwo gewesen, abgesehen von der Küche der Kultusgemeinde, wo sie aber alle kannte. Sie maß die Männer mit gerunzelten Brauen, die der Genossin mit einem breiten Grinsen antworteten, denn sie dachten, es handelte sich um eine interne Anwesenheitskontrolle. Sie skandierten die Losungen noch lauter und nannten Tante Edit in Gedanken eine ekelhafte Hexe. Nur einer fragte sie, ob sie die Edu suche, weil die ganz vorne mitmarschiere, doch dieser eine war der alte Pförtner, der bei Tante Edit von vornherein nicht auf der Liste der Verdächtigen stand. Der Krankenträger mit den blauen Augen schritt mit einem Transparent in der Hand aus, er würdigte die Leute von der Infektionsabteilung, so auch die Tante, keines Blickes. Der junge, zappelige Assistenzarzt war nirgends zu sehen, vielleicht hatte er sich unter die Ärzte gemischt und war im Umzug deshalb nicht auszumachen.

Auf dem Rückweg vom Heldenplatz hatten sie sich schon zerstreut, sie gingen in Kleingruppen aufgelöst nach Hause. Edus Gesicht verriet nichts. Sie war schweißgebadet, nahm die Brille immer wieder von der Nase und wischte sie ab, einmal hätte sie sogar die schweißnasse Stirn in der Fahne abgewischt, wenn Tante Edit sie nicht nach einem erschrockenen Rundblick davon abgehalten hätte. Wie es schien, war dieser gewisse Jemand gar nicht hier. Oder aber Edu selbst hatte ihn nicht erkannt, wer wüsste das zu sagen.

Das bedeutendste Ereignis des Sommers war, dass die Mitbewohner vorübergehend kündigten. Sie beteuerten beim Packen, sie würden nicht endgültig ausziehen, doch seien sie dem großen Glück begegnet. Sie banden ihre Kleider und die eine Pferdedecke, die sie mitgebracht hatten, mit Spagat zusammen. Eine Chance, die sie nicht auslassen dürften, erzählten sie, eine tschechoslowakische Truppe, Auslandstourneen, ein Fixvertrag bis Oktober. Tante Edit war einerseits erleichtert, sie durfte die alte Ordnung wieder herstellen, sie war ja bis zuletzt um ihr Küchengeschirr in Sorge, vergeblich hatten ihr die Jungs beim Einziehen versichert, sie würden nichts anfassen, andererseits aber fragte sie sich bange, wo sie nunmehr das fehlende Geld hernehmen sollte. Onkel Jóska beruhigte sie, kein Problem, die große Kälte sei schon vorbei, es müsse nicht mehr geheizt werden. Tante Edit konnte also die Küche wieder in Besitz nehmen. Edu zog zurück auf die alte Bettbank und Vera bekam ihren Platz im Zimmer, sie musste nicht mehr zwischen den beiden Erwachsenen schlafen. Das eine Spitalsbett ließen sie im Zimmer und das andere, das in der Küche war, schoben sie auf den Innengang des Hauses hinaus. Da stand es nun und versperrte den Weg, wie die Bänkchen unter den Fenstern der Bauernhäuser. Die beleibteren Hausbewohner murrten entsprechend, denn sie mussten sich am Bett vorbeidrücken, wenn sie aufs WC wollten. Tante Edit hatte die Matratze vom Bett genommen, bevor die Katzen sie bespritzen konnten, also musste der, der sich hinsetzen wollte, sich auf dem bloßen Betteinsatz niederlassen. Edu hatte bald gelernt, dass sie sich ein zusammengefaltetes wollenes Tuch unterlegen musste, und das haben dann die Frauen, die zur Tante kamen, brav nachgemacht.

Als Edu einmal draußen auf dem Spitalsbett saß, setzte sich das Mädchen zu ihr und bat sie, sie abzufragen. Edu nahm das Buch zur Hand, die kleine Vera rückte näher an sie heran, doch dann sprang sie, vielleicht von einer Eingebung angeleitet, auf das Bett und ratterte das Gedicht im Stehen herunter. Die Eisenfedern schwangen angenehm unter ihren hochschaftigen Schuhen mit der gekappten Spitze. Edu schwang mit, auf und ab, auf und ab, und versuchte, das Buch vor ihren Brillengläsern gerade zu halten.

Als sie dann nach einer Weile einen größeren Schwung nahm und sich hochwuchtete, um aufs Klo zu gehen, probierte Vera das Trampolin mit ihrem ganzen Gewicht aus. Es funktionierte fabelhaft. Es funktionierte so gut, dass es von da an zu ihrem höchsten Vergnügen wurde. Bald kamen auch die anderen Kinder aus dem Haus, der Elek und der kleine Karcsi vom Erdgeschoss. Obwohl Onkel Jóska die Hüpferei streng verboten hatte, denn was werden die Herren Artisten sagen, wenn sie im Herbst wiederkommen und der eine in einer Mulde schlafen muss, standen die Kinder am Ende des Innengangs auf der Lauer; war die Luft rein, sprangen sie sofort auf dem Federeinsatz herum.

Bald zeigten sich die Spuren ihres Springens, die Farbe war vom weißen Einsatzrahmen abgesprungen und das Netz hatte in der Mitte nachgegeben, es hing fast bis zum Boden herab.

Der Haupthüpfer war Misi Elek, der zudem seit dem Frühjahr so gewachsen war, dass er beinahe so groß war wie die arme Edu. Kein Wunder also, dass der Betteinsatz durchgerissen war, wenngleich niemand den konkreten Täter kannte. Selbst das konnte passiert sein, dass die Federn unter Edu nachgelassen hatten, jedenfalls saß sie eines Tages, als die Tante gerade aus dem Stiegenhaus trat, tief in die Mitte des Bettes gerutscht mit gegen den Himmel gestreckten Schuhen da, wie in einem Loch, und ließ die Blicke über die Hausdächer gegenüber schweifen. „Hast du dir wehgetan?", fragte Tante Edit besorgt, doch Edu schüttelte nur den Kopf. Flüchtig dachte die Tante daran, ob diese dumme Kuh nicht das Springen versucht haben konnte, doch fand Edu Dinge dieser Art nicht besonders anziehend, eher ließ sie sich von ihrer Naschsucht zu kleineren Übergriffen verleiten.

Einmal hatte der Karcsi Jakab sich ein neues Spiel ausgedacht. Er bat das Mädchen, ihre Puppe mit herauszubringen, weil sie ein Urteil fällen wollten. Da die kleine Vera keine Ahnung hatte, was Urteilfällen bedeutete, und das Wort eher als spannend denn als abschreckend empfand, brachte sie die Puppe folgsam mit, die hatte zu dieser Zeit schon einen Namen. Sie hieß Zsuzsi. Die kleine Vera nahm Zsuzsi in die Arme und die Buben überlegten, wo das Urteil gefällt werden sollte. Ursprünglich hatten sie an den Kohlenkeller gedacht, doch das Mädchen zierte sich, es dürfe dort nicht hinunter, und der Karcsi hatte Angst vor Ratten. Er erzählte, dass er im WC schon Ratten gesehen hätte, die seien so groß gewesen, und er zeigte es mit zwei sich voneinander entfernenden Händen. Der Misi Elek legte nach, er wäre imstande, Ratten egal welcher Größe zu töten, doch schließlich wurde doch das WC am Gang zum Ort des Urteilfällens erkoren. Misi meinte, sie würden auch noch einen Draht brauchen, worauf Vera beflissen erwiderte, sie besäßen Draht, er hänge zusammengerollt an der Wand unter dem großen Aluminiumtopf. So machten sie also beide WCs auf, die der Familien von Misi und Vera, doch schließlich führten sie das Verfahren, wie Karcsi es nannte, im WC der Familie von Misi durch. Sie setzten die Puppe Zsuzsi auf den geschlossenen WC-Deckel und Karcsi wickelte den Draht um sie, er fixierte die Arme fest an den Körper und zog und drehte die beiden Enden des Drahtes hinter der Puppe straff zusammen.

Dann forderte Karcsi Vera auf, sich zur Puppe zu setzen, die sei jetzt nämlich ihr Ehemann. Vera erwiderte sehr ernsthaft, das sei nicht möglich, denn die Zsuzsi sei ein Mädchen, aber die Jungs hießen sie schweigen. Schließlich gab Misi nach und schlug vor, die Puppe solle das Mädchen sein und Vera ihr Mann, der Julius Rosenberg. Die Puppe hieß nun Ethel und Misi spielte in einer Person Robert und Michael, die Kinder des Ehepaars Rosenberg. Die Imperialisten haben die Eheleute der Spionage beschuldigt und auf den elektrischen Stuhl gesetzt und Robert und Michael flehten, bitte tun Sie unserem Vati und unserer Mutti nichts. Das Flehen gelang nicht sehr authentisch, weil Misi schon selbst recht neugierig war, wie sie den Strom in die Puppe, das heißt in Ethel Rosenberg, leiten würden, doch Vera war des Spiels verständlicherweise überdrüssig geworden.

„Sie ist Zsuzsi und basta, keine Ethel. Wenn sie nicht Zsuzsi ist, spiele ich nicht mehr mit."

Misi blickte ratlos drein, er wäre kompromissbereit gewesen, doch Karcsi sagte, das kommt nicht infrage. Wenn sie nicht Ethel sei, würden sie auch in Vera den Strom einleiten, denn sie sei eine Spionin, und überhaupt, sie sei ja die Frau des Spions. Sie würden sie exekutieren. Vera erschrak, sie riss die Puppe an sich. Misi gab den Weg durch die Tür frei, aber Karcsi Jakab stellte sich in den Türrahmen. Vera erschrak, sie zog sich nach hinten zurück, zur WC-Schüssel, und der Karcsi packte ein Bein der Puppe und zerrte daran. Das Gezerre fand erst dadurch ein Ende, dass im Schloss des Nachbarabteils der Schlüssel quietschend umgedreht wurde. „Verdammte Bande, nicht einmal beim Scheißen hat man Ruhe vor euch!", fluchte jemand in der Nachbarschaft, dann ließ er verärgert einen fahren. Die kleine Vera nutzte die Gelegenheit und spurtete aus dem Abteil, sie rannte zu ihrer Wohnungstür, die sie dann von innen verriegelte und so auf den Innengang hinausschrie:

„Imperialistenschweine, Mörder! Der Karcsi Jakab ist ein Imperialist!" Die Leute im Haus, die das Geschrei hörten, erachteten es als einen Exzess der ideologischen Bildung in der Schule, sie schüttelten den Kopf, dem armen kleinen Findelkind ist wohl der viele Blödsinn zu Kopf gestiegen, mit dem es täglich gefüttert wird.

Vera horchte und sie wagte sich erst aus der Deckung der Tür heraus, als sie die Jungs laut stampfend die Stiege hinunterrennen hörte. Hätten sie hereingeguckt, hätten sie sie sehen können. Erst in diesem Augenblick merkte sie, dass das Bein der Puppe vom Knie an abgebrochen war und nur von einem schmalen hautfarbenen Band gehalten wurde. Hinter dem Knie hatte sich eine breite Spalte aufgetan, wenn sie die weiter aufzwängte, konnte sie in das Rohr hineinsehen. Sie begann nicht sofort zu weinen, sondern erst, als ihr klar wurde, dass die Buben die Zsuzsi kaputt gemacht hatten. Da aber weinte sie haltlos. Der Draht war noch immer um die Puppe gewickelt, sie wickelte ihn ab und warf ihn auf den Küchentisch. Sie heulte noch um neun Uhr, obwohl die Tante geschickt einen Strumpf über das verletzte Bein zog. Sie hatte aus ihrem eigenen Stützstrumpf einen Streifen abgeschnitten, den sie der Puppe bis über den Oberschenkel wickelte, doch Vera war damit nicht zu trösten. Erst nach zehn Uhr am Abend war sie endlich so erschöpft, dass sie einschlief.

Als die Tante am folgenden Tag beim Zusammenlegen der Leintücher den Unfall beklagte, fiel einer Krankenschwester ein, dass es da eine Reparaturwerkstatt für Puppen gab, in der Sándor-Fürst-Straße, in einem der inneren Höfe. Dort können sie Porzellan kleben, Puppen richten, was auch immer verlangt wird. Diese Vorstellung erfreute die Tante, gleich nach der Vormittagsschicht eilte sie mit der Nachricht nach Hause. Das Mädchen war schon da. Es war wohl erst vor Kurzem angekommen, denn ihr Schulbuch lag offen auf dem Küchentisch. Die Zsuzsi lag auch da, allerdings ohne den Strumpf, weil Vera nachgesehen hatte, ob die Verletzung vielleicht geheilt war, während sie in der Schule gesessen war. Die Tante sagte ihr, sie würden die Zsuzsi nun in das Puppenspital bringen, aber sie müssten sich sputen, sie hätten dort nur bis fünf Ordination.

Die Puppenreparaturwerkstatt befand sich tief hinten im hintersten Hof eines Mietshauses. Es war ein finsterer, voll geräumter Raum, erfüllt von würgenden Chemikaliengerüchen. Auf den Regalen saßen Unmengen von Porzellanpuppen, in der anderen, ebenfalls bis zur Decke mit Regalen ausgestatteten Hälfte reihten sich beschädigte Nippes aneinander. Da gab es den Pferdehirten mit dem hochsteigenden Ross, der schnauzbärtige Kopf des Hirten lag neben seinem Podest auf dem Regal, während er selbst sich umwandte und im Begriff war, mit der langen Hirtenpeitsche zu knallen, da gab es eine Tänzerin im weißen Ballettröckchen, der ein Arm fehlte, und einen bemalten Porzellanbären mit eingeschlagenem Kopf.

Auf den ersten Blick erschien von den beiden überladenen seitlichen Regalen das mit den Puppen am interessantesten. Die meisten hatten Porzellanköpfe, doch saßen in der Versammlung auch Fetzenpuppen und Teddybären mit ausgerissenen Bäuchen, die anzeigten, dass hier in der Tat Reparaturen aller Art ausgeführt wurden.

„Kunststoff", befand der Glatzkopf mit Brille, der sich sorgenvoll über die nackte Zsuzsi beugte. Er drehte das gebrochene Bein hin und her und steckte einen Finger in den Spalt. Vera sog scharf die Luft ein, sie befürchtete, gleich würde sich das ganze Bein ablösen. Dann bückte sich der Mann, er holte unter dem Pult einen riesigen Korb hervor und stellte ihn auf die Arbeitsplatte. Im Korb häuften sich rosafarbene Körper, denen allen etwas fehlte. Auch einige Köpfe lagen da, abgesondert, der Brillenträger meinte, Köpfe würden kaum verlangt. Die brauche man nur, wenn das Kind sie bekritzelt oder die Augen ausgestochen habe.

„Weil es nämlich schlimme Kinder gibt, die so etwas machen", sagte er nun direkt zu Vera gewandt. Die Kleine erschauerte.

„Ansonsten werden am häufigsten Arme und Beine gesucht", setzte der Mann fort, „die hier sind alle Spender."

Er holte eine größere, ziemlich mitgenommene Puppe heraus und verglich ihre Maße mit Zsuzsi, dann riss er bei der größeren Puppe unten etwas an. Die Beine waren in der Mitte durch einen Gummizug zusammengehalten, den durchtrennte er gekonnt und drehte die Beine heraus. Ihre Farbe war anders, viel dunkler als die der sowjetischen Puppe, zudem passte die Achse nicht in den Körper von Zsuzsi, bei der bereits ein Loch auf das Einpassen wartete.

„Mach dir keine Sorgen, wir werden sie schon heilen", tröstete der Brillenmann das Mädchen, das seine Bewegungen von der Höhe des Pults mit den Augen begleitete, denn er sah, dass es schon ganz nahe am Weinen war.

„Sie wird wieder gesund, aber sie muss ein paar Tage hier bleiben, in Ordnung?"

Das Mädchen nickte nur und dachte, es wäre besser gewesen, den Strumpf zu belassen, die hier werden das arme Bein nur noch weiter misshandeln.

Die Reparatur wurde für den kommenden Montag versprochen. Tante Edit war an diesem Tag im Krankenhaus für den Nachmittag eingeteilt und Edu hatte schon früh, um die Mittagszeit herum, Dienstschluss. Hatte sie an den beiden vorangehenden Tagen zwölf Stunden durchgearbeitet, durfte sie am dritten Tag schon um Viertel eins nach Hause. Sie nahm den Speisenträger und holte das Gratisessen, dann setzte sie sich um halb zwei zu ihrer eigenen Portion. Vera trat gerade ein, als Edu fertig wurde. Sie aß, wenn sie allein war, immer aus dem Topf, mit dem Löffel in der Faust. Während Edu den unteren Topf des Speisenträgerturms am Wandbrunnen ausspülte, bat das Mädchen sie, doch mit ihr zusammen die Puppe abzuholen, Zsuzsi würde sicherlich schon warten, man hätte versprochen, sie bis Montag fertigzustellen. Edu antwortete, sie wüsste nicht, wo die Sándor-Fürst-Straße sei, sie würden die Puppe morgen mit Tante Edit holen. Vera verfiel in ein lang hingezogenes Flehen:

„Zsuzsi wird denken, ich hätte sie dort gelassen und ich würde sie niemals holen!"

Das wirkte. Edu setzte sich mit sorgenvoller Miene auf den Hocker und fragte Vera, ob sie die Straße wieder finden würde.

Das nächste und noch größere Problem war das Geld. Edu hatte kein eigenes Geld, Onkel Jóska war nicht zu Hause und es war verboten, von wem auch immer im Haus Geld anzunehmen. „Niemand soll glauben, wir wären bedürftig", sagte Tante Edit immer in strengem Tonfall. Da fiel dem Kind ein, die Frau Magdi Lantos wäre mit Tante Edit befreundet, von ihr könnten sie sicher so viel ausborgen, wie sie für die Puppe in der Werkstatt brauchen würden. Da Edu nicht gewillt war, mit einem derartigen Auftrag zu den Lantos hinüberzugehen, ging das Mädchen selbst ins Nachbarhaus.

Die Magdi Lantos war überaus erstaunt, sie in der Tür zu sehen. Ihr erster Gedanke war, ihren Eltern sei etwas zugestoßen, vielleicht hatte man sie abgeholt oder so etwas und das Kind war jetzt allein. Sie wollte es schon hereinbitten, doch das Mädchen stand wie angewurzelt im Vorzimmer und haspelte in einem Atemzug herunter, was sie schon unterwegs vorformuliert hatte. Dass ihrer Puppe das Bein gebrochen war und sie das richten lassen mussten, doch heute sei es schon fertig, aber sie hätte kein Geld und dass bitte die Frau Magdi so lieb sein möge, das zu bezahlen. Sie ratschte ihren Satz so schnell herunter, dass die Frau denken musste, es handelte sich um eine Reklamation. Dass die das Mädchen als Gesandte vorgeschickt hatten, mit ihren windigen Ersatzansprüchen. Sie entgegnete blitzschnell, das sei die modernste sowjetische Puppe, die heutzutage hergestellt würde, die würde nicht so ohne Weiteres die Beine verlieren, nein, nein.

„Sie hat das Bein auch nicht von allein verloren, es war der Misi Elek, als sie ein Urteil fällten, da hat der Misi die Zsuzsi am Bein gezogen, doch die Tante Edit hat schon einen Stützstrumpf draufgetan, der hat aber leider nicht gehalten, doch jetzt ist die Puppe fertig, sie sollte heute abgeholt werden, aber die Tante ist nicht zu Hause."

Magdi Lantos verstand endlich, dass das Mädchen von niemandem geschickt worden war, dass es sich um eine selbstständige Aktion handelte, und sie rückte zwanzig Forint heraus, mit der Bemerkung, sie hätten selbst nicht mehr bis zum Monatsende und morgen früh wollte sie es zurück haben. Das Mädchen dankte schön und lief zurück zu Edu, die schon im Gang saß und wartete. Sicherheitshalber hatte sie einen Korb mitgenommen und hielt ihn mit ernstem Gesicht auf dem Schoß. Vera sagte ihr, den möge sie wieder hineinbringen, sie würden ihn nicht brauchen, sie würde die Zsuzsi tragen, dann nahm sie die hinkende Edu bei der Hand und führte sie, als wäre sie die Erwachsene und Edu das Kind.

Den Weg bis zum Lehel-Platz, der offiziell Platz der Aktivisten hieß, doch von niemandem so genannt wurde, fanden sie noch ohne Probleme. Bei der Kirche gingen sie auf die andere Seite hinüber, hier aber wurde Vera unsicher. Edu schlug vor, doch lieber zurückzukehren, doch dann bemerkten sie an der Ecke den staatlichen Handelsorganisationsladen und das rief Vera in Erinnerung, dass sie seinerzeit in dessen Richtung weitergegangen waren. Sie erkannte das Haus in der Sándor-Fürst-Straße schon von Weitem an seinen verzierten Balkonen, sodass sie eine Viertelstunde nach ihrem Aufbruch schon in der dunklen, auch bei Tag mit Glühbirnen erleuchteten Reparaturwerkstatt für Puppen standen. Eine Glocke über der Tür verkündete, dass sie den Raum betreten hatten, aber der Mann fuhrwerkte im Hintergrund hinter einem Vorhang herum und rief bloß heraus, sie mögen sich ein wenig gedulden, er würde gleich kommen. Es war schummrig, es stank nach Chemikalien, nur die Arbeitsfläche und die seitlichen Regale waren beleuchtet. Der arme Pferdehirt wartete noch immer auf seinen Kopf und auch der Porzellanbär mit dem Loch im Schädel, den jemand zur Sparbüchse umfunktionieren hatte wollen, stand noch an seinem Platz wie auch die einarmige Balletttänzerin in ihrem Tütü-Röckchen. Das Mädchen musterte die Porzellanfigurinen, Edu stand unbeweglich in der Raummitte. Da bemerkte sie den riesigen Korb auf dem Pult. Sie beugte sich darüber und erblickte das ungeheure Durcheinander von Armen, Beinen und behaarten Köpfen.

Der Mann trat hinter dem Vorhang hervor. Edu stürmte im selben Moment hinaus aus dem Laden, als hätte sie schon alles erledigt. Vera dachte, der Brillenträger hätte sie erschreckt. Sie reichte ihm schnell den Zwanziger und nahm die reparierte Zsuzsi in Empfang. Der Mann wollte gerade mit einer längeren Erklärung loslegen, er nahm das ausgetauschte, gebrochene Bein hervor und versuchte, etwas über den Mechanismus zu erläutern, doch Vera drückte ihm das Geld in die Hand und huschte mit einem „Küssdiehand" durch die Tür. Sie hörte gar nicht mehr, was ihr der Mann nachrief, nämlich dass es nur zehn Forint koste. Dieser klappte den Pultdeckel hoch und trat heraus, doch da waren die beiden nicht mehr im Hof.

„Nachrennen werd' ich euch nicht", brummte er und trat zurück, da läutete die Glocke über der Tür erneut.

Die kleine Vera erreichte Edu eine Ecke weiter, doch konnte sie kein einziges Wort aus ihr herauskriegen. Sie gingen in die Gegenrichtung, dann waren sie auf einmal auf der Ringstraße. Ganz plötzlich hatten sie ihre Orientierung verloren, sie hatten keine Ahnung, wie sie weitergehen sollten.

„Die Straßenbahn bringt uns bis zur großen Kirche", überlegte das Mädchen. Sie wollten einsteigen, doch der Schaffner ließ sie ohne Fahrschein nicht zusteigen, und mehr Geld hatten sie nicht bei sich. Dann entschlossen sie sich, die Schienen entlangzugehen, so würden sie früher oder später zum Platz zurückkommen. Beim Westbahnhof äußerte Edu den Verdacht, dass dieser Weg sie doch nicht nach Hause bringen würde, sie hätte die Gegend nie aus dem Fenster gesehen, wenn sie mit der Tante Straßenbahn fuhr. Sie sah für gewöhnlich etwas anderes. Nun erschrak auch das Mädchen, verzweifelt wendete es sich auf dem weiten, fremd anmutenden Platz hin und her. Der Verkehr war nicht besonders dicht, doch pfiff ein Polizist mit seiner Trillerpfeife sie an, sie standen dort, wo es verboten war. Da sie sich weiterhin nicht wegbewegten, trat der Mann zu ihnen und fragte, ob er der Genossin helfen könne. Zunächst hatte er angenommen, Edu sei die Mutter des Kindes, also richtete er seine Worte an sie. Edu stammelte, sie hätten sich verirrt und möchten zur Kirche zurückfinden, zu welcher Kirche aber, vermochte sie schon nicht mehr zu sagen. Als sich der Polizist nach ihrer Adresse erkundigte, erwiderten beide wie aus der Pistole geschossen, Mohács-Straße 17, und der Genosse hielt es für besser, sie persönlich heimzubegleiten. Als sie die Rudas-László-Straße heimwärts gingen, brütete das Mädchen darüber nach, welchen Verdruss sie deswegen zu Hause zu erwarten hatten. Edu dachte über gar nichts nach, sie bemühte sich, mit dem langbeinigen, ziemlich schnell ausschreitenden Polizisten Schritt zu halten.

Als sie in die Straße mit dem Katzenkopfpflaster einbogen, erklärte Vera, sie bedanke sich schön, von da an könnten sie schon allein nach Hause gehen, doch der Polizist versteifte sich darauf, persönlich für ihre Sicherheit zu bürgen, und jetzt sei es seine Pflicht, sie bis an die Wohnungstür zu bringen. Von der entgegengesetzten Seite näherte sich gerade Feri Lantos. Edu erkannte ihn ohne Brillen nicht, und das Mädchen traute sich nicht, ihm zuzuwinken, damit Onkel Jóska nicht von Lantos erfahren sollte, was geschehen war, und sie nicht zusammenschimpfen würde. Nun, dem konnten sie nicht entgehen.

Tante Edit trat in diesem Augenblick aus dem Haustor und umhalste sie weinend, sie umarmte beide zugleich.

Der Lantos sah der Szene von der anderen Straßenseite zu und spulte innerlich den gleichen Film herunter wie seine Frau vor eineinhalb Stunden: Anscheinend hatte man die Edit schon einvernommen und einstweilen auf freiem Fuß belassen und der Polizist brachte jetzt das Kind nach Hause.

Später suchte die Tante die Puppenreparaturwerkstatt noch einmal auf, zwanzig Forint sind nun mal zwanzig Forint, und als sie vor dem Pult stand, stellte sich heraus, dass es eigentlich gar keine zwanzig, sondern nur zehn Forint waren. Sie schimpften das Mädchen mit Nachdruck aus, insbesondere wegen des Ausleihens, dann auch noch wegen des Herumtreibens. Sonderbarerweise erwies sich diesmal Onkel Jóska als der Nachgiebigere, ja, er beruhigte die Tante sogar:

„Jetzt lass sie doch schon in Ruhe, das Wichtigste ist, dass sie da sind."

Vera wurde angedroht, sollte das noch einmal vorkommen, würde sie der Polizist mitnehmen und mit der Grünen Minna ins Kinderheim bringen, weil sie ein zweites Mal nicht verloren gehen dürfe. Und Edu wurde ermahnt, ohne Begleitung nur in die Küche der Kultusgemeinde und ins Krankenhaus zu gehen, sonst nirgendwohin. Sie nickte heftig, sie wollte ja nicht anderswohin gehen, der ganze Ausflug sei nicht ihre Idee gewesen. Trotzdem war sie dem Kind nicht böse, wie sie ja im Allgemeinen niemandem böse war. Nicht, weil sie so ein guter Mensch war, sondern weil diese extremen Gefühle ihr ganz einfach nicht zur Verfügung standen.

Sie hätte zu beiden Entscheidungen mehrere gedankliche Schritte tun müssen, sie stand jedoch unschlüssig in der Mitte, von Zorn und Verzeihung gleichermaßen entfernt, an einem genauso unbekannten Ort, wie es der schreckliche kleine Laden auf halbem Weg zwischen der Ringstraße und dem Lehel-Platz gewesen war.

Die Puppe sah ziemlich komisch aus, das muss man schon sagen. Da man in der Werkstatt lediglich die genormten Puppenbeine, das heißt die Beine der damals seriengefertigten Kautschukpuppen, einzeln ersetzen konnte, mussten beide Puppenbeine ausgetauscht werden. Auch das gute Bein. Ihrem Körper entsprechende Spenderbeine aber konnten nicht gefunden werden, so erhielt sie um eine Idee kürzere, leicht gekrümmte O-Beine, die ursprünglich wohl zu einem Riesenbaby gehört hatten. Die Gliedmaßen waren um zwei Zentimeter kürzer als die Originalbeine, das veränderte die Proportionen der Puppe und verlängerte ihren Oberkörper unverhältnismäßig. Das größte Problem aber war, dass sie nicht mehr stehen konnte, die neuen Beine waren nämlich nicht dafür geeignet. Das Gehen klappte noch weniger, es war, als hätte sie sich plötzlich zum Baby zurückentwickelt. Sitzen konnte sie auch nur in einem bestimmten Winkel, sonst neigte sie sich zur Seite oder fiel hintüber. Onkel Jóska betrachtete sie vom Küchentisch her, er schüttelte nur den Kopf. Auch ihm gefielen die neuen Proportionen nicht, doch die Tante sagte, so sei es immer noch besser, als hätte sie nur ein Bein oder gar keine Beine. Dagegen war schwer etwas zu sagen, alles war tatsächlich besser als das. Onkel Jóska hatte den Genieblitz, ihr einen bodenlangen Rock nähen zu lassen, wie ihn die Romamädchen trugen.

Er fischte dann auch aus der Schachtel unter der Liege einen roten Lumpen hervor, dessen sauberes Ende Stoff genug für den Rock ergab. Später sollte die Puppe auch noch ein Brautkleid erhalten, doch darauf musste sie Jahre warten. Vorerst war sie noch lange nicht im heiratsfähigen Alter, lernte die Arme doch erst einmal sitzen.

Edu waren die Einzelheiten des Unfalls nicht bekannt, doch so viel wusste sie, dass der junge Misi für das Unheil verantwortlich war, also empfand sie ein vages Gefühl der Solidarität mit dem Mädchen. Der Misi war also verantwortlich für den ganzen missglückten Ausflug. Daher ließ sie die Buben nicht mehr auf dem Trampolin springen, und wenn sie sie herannahen sah, stellte sie sich drohend vor die Tür und funkelte sie hinter ihren dicken Brillengläsern entschlossen an.

Der Sommer war drückend heiß. Die Kinder aus dem Haus planschten in einem Schaff, das neben die Teppichstange in den Hof gestellt worden war, sie trugen kurze Hosen aus schwarzem Kloth-Stoff, sprangen auf dem Pflaster aus gelben Keramit-Ziegeln herum und spritzen alles nass. Die Größeren gingen ins Schwimmbad Dagály. Die Tante wollte aber vom Baden nichts hören, denn, wie sie sagte, wimmelte es am Strand nur so von Bazillen. Sie hatte selbst vor Fliegen einen Horror, sie vertilgte sie mit Fliegenpulver.

Von Onkel Gabi hatte sie gehört, dass immer mehr Kinder im Heim Kinderlähmung bekommen hätten, ein achtjähriges Mädchen sei daran schon gestorben, weil ihre Lunge gelähmt wurde. Onkel Jóska lag schlaflos da, geplagt von Sorge und Hitze, er fragte Vera ungewöhnlich oft, ob sie keine Kopfschmerzen oder Schwindelgefühle habe. Die Tante gewöhnte sie daran, jedes Mal nach dem Heimkommen, nach dem WC und vor dem Essen ihre Hände in die große Waschschüssel zu tauchen, in der sie eine Lösung aus violettem Hypermangan vorbereitet hatte.

Um Edu hatten sie weniger Angst. Die Epidemie gefährdete vor allem Kinder im Entwicklungsstadium, und sie nahmen von vornherein an, Edu wäre durch ihre geheimnisvolle Immunität vor Übeln dieser Art gefeit, sie müsse lediglich vor Zigaretten geschützt werden. Die Tante war der Ansicht, das Strandbad Dagály wäre eine richtige Brutstätte für Krankheiten, und wenn auch die Zeitungen die Bevölkerung zu beruhigen versuchten, die Krankheit würde nicht in jedem Fall eine bleibende Lähmung zur Folge haben, hatte Tante Edit an der Chronischen Abteilung wahrlich genug steif gewordene kleine Arme und dünne Beinchen gesehen.

Somit kam das Strandbad absolut nicht infrage, den Sommer verbrachte Vera auf dem Innengang des Hauses und der Margaretheninsel. Onkel Jóska schimpfte auf die Hitze, er trug zumeist ein Ruderleibchen und hatte stets ein Glas Sodawasser in der Hand, doch seine Frau erinnerte ihn daran, dass sie damit wesentlich besser dran waren, als wenn es im Winter kein Brennholz gab, und da musste er einsehen, dass sie recht hatte. Edu schwitzte genauso wie ohne die Hundshitze, doch sie beklagte sich nicht, wenn auch ihre Hände von der ständigen Desinfektion zu Hause und im Krankenhaus gerötet und voller Ekzeme waren.

Sie warteten darauf, dass die Artisten im Herbst zurückkämen, doch hatten die sich nicht zurückgemeldet. Tante Edit hingegen wurde zur Polizei geladen. Bald darauf musste auch Edu hingehen, zudem wurde sie allein, ohne Beisein ihrer Schwester einvernommen, die musste draußen auf dem Gang warten. Es war unmöglich, dort auf der langen Bank ruhig zu sitzen. Tante Edit sprang immer wieder auf und trat an die Tür, sie horchte. Kam jemand, setzte sie sich wieder hin, danach ging sie wieder auf und ab, mit der kantigen Handtasche, die sie sonst selten verwendete. Sie trug ein hochgeschlossenes schwarzes Häkelkleid mit einem Kragen und dunkle Halbschuhe, in denen ihre Füße stark anschwollen. Ihr kam in den

Sinn, die dort drinnen könnten vielleicht die Geräusche ihrer Schritte hören und daraus ableiten, sie habe Angst. Dass sie sich zu Recht fürchtete. Sie ging zur unbequemen Bank zurück und setzte sich.

Edu konnte die Abtreibung nicht gestehen, denn sie hatte keine Ahnung, was genau mit ihr geschehen war. Sie wusste nur so viel, dass da etwas in ihrem Bauch war, das ihr wehgetan hatte, und dass man etwas mit ihr gemacht hatte, doch danach tat ihr das auch weh. Wann das gewesen sei, darauf konnte sie keine Antwort geben. Lang her. Im Frühling? Im Frühling. Oder im Winter? Im Winter. Der Offizier, der sie verhörte, verlor die Geduld und fuhr Edu an.

„Also bitte, Genossin, Sie müssen sich jetzt schon entscheiden, wann der bewusste Eingriff vorgenommen wurde! Im Winter?"

„Im Winter."

Der Offizier befand sich am äußersten Rand seiner Geduld. Er schrie:

„Also jetzt, hat man bei Ihnen eine Schwangerschaftsunterbrechung durchgeführt, ja oder nein?"

Edu wiederholte die Frage gleichsam in Zeitlupe, vielleicht verstünde sie so besser, was man von ihr wollte:

„Hat man bei Ihnen eine Schwangerschaftsunterbrechung durchgeführt? Also jetzt?"

Das Verhör lief Gefahr, in Gelächter zu verebben, wenn nicht die eine Partei, der Offizier nämlich, dem Nervenzusammenbruch schon so nahe gewesen wäre. Es war für ihn nicht fassbar, dass diese Frau keine Angst hatte. Er konnte sich nicht entscheiden, ob sie nun total blöde oder bis zur Absurdität entschlossen war, jedenfalls vermochten sie weder leise Drohungen noch anhaltendes Anschreien aus der Fassung zu bringen, sie blinzelte bloß. Es war offensichtlich, dass es keineswegs zweckführend war, sie anzufahren. Sie hatten ihre Akte schon durchgelesen, ja, womit hätten sie die Unglückliche denn erschrecken können? Die Tante hatte viel mehr Angst. Die wussten alles über die Adoption.

„Was glauben Sie, Genossin", wurde sie gefragt, „mit welchem guten Beispiel können Sie diesem Kind vorangehen? Wie wollen Sie es im Sinne der sozialistischen Moral erziehen, wenn Sie selbst in einem derartigen Sumpf leben, wenn Sie weder vor Lügen noch vor Mord zurückschrecken? Wenn Sie in einer derart schmutzigen Geschichte ohne nachzudenken als Komplizin fungieren, wie soll Sie der Staat als geeignet ansehen, ein so unglückliches, für alles empfängliches menschliches Wesen zu erziehen? Denn der Staat hat Ihnen sein Vertrauen ausgesprochen, als er Ihnen dieses Kind mit seinem aufblühenden Verstand in Pflege gab, Sie aber, Genossin, haben dieses Vertrauen skrupellos missbraucht."

Die Halbschuhe standen unter dem Tisch auf dem Parkettboden diszipliniert beieinander, doch bei dem halbkreisförmigen Schluss quollen die schweren, an Stützstrümpfe gewohnten Füße immer mehr heraus.

Onkel Jóska hatte es am einfachsten, er wusste nämlich wirklich nichts von dem Eingriff. Er nannte die ganze Sache einen ausgemachten Unsinn und forderte die einvernehmenden Genossen auf, die Edu doch nur einmal anzusehen. Das hatten die Genossen schon getan. Ein medizinischer Sachverständiger des Innenministeriums hatte sie sich innen und außen angesehen, und was er gesehen hatte, stand mit seinem Siegel gestempelt im Akt. Onkel Jóska knickte erst dann ein, als ihm gesagt wurde, seine Frau hätte schon alles gestanden. Man zeigte ihm das Papier mit ihrer Unterschrift. Dann verteidigte er sich damit, dass die arme Edu, so sich die Sache auch zugetragen hätte, nichts von der Operation mitgekriegt hätte, könne sie doch mit ihrem Hirn nichts begreifen. Er bat sie, ihnen das kleine Mädchen nicht wegzunehmen, doch der Offizier sagte, bis zur Verhandlung würden sie das in Schwebe halten. Sie müssten ernsthaft erwägen, was in Kenntnis der Ereignisse die richtige, die zielführendste Lösung für eine gesunde Entwicklung des Kindes sei.

Bei der Verhandlung sagten der Arzt und Tante Edit aus, dass der Fötus schon tot gewesen war. Dass es sich nicht um eine Schwangerschaftsunterbrechung, sondern um einen medizinisch indizierten Abortus handelte, und nach Verstreichen von so vielen Monaten wäre das Gegenteil schwer zu beweisen gewesen. Allerdings war es auch nicht leicht, die Behauptung zu beweisen. Auf jeden Fall wurde dem Arzt Berufsverbot auferlegt und er wurde zu fünf Jahren Freiheitsstrafe verurteilt, ohne Bewährung. Tante Edit durfte ihren Posten im Krankenhaus zwar behalten, doch wurde sie ermahnt: Man würde die gesamte Tätigkeit der Genossin im Bereiche des Gesundheitswesens mit erhöhter Aufmerksamkeit verfolgen und von da an, und das betonten sie noch, könne der geringste Regelverstoß, das kleinste Vergehen gegen die sozialistische Staatsordnung sie ihre Stelle kosten. Vera wurde nicht in das Erziehungsheim zurückgebracht, doch als die Richterin sie durch ihre Brille ansah, sie wartete nämlich mit Edu auf dem Gang, da erachtete sie es für notwendig, zu bemerken:

„Die Ärmste. Was kann die sich schon erwarten?"

Das interpretierte Edu so, dass man auch das Kind vernehmen werde, und sie ermahnte es vorsorglich, dass es von einem Arzt untersucht werden würde, es müsse sich dazu ausziehen. Und wenn man es frage, machte Edu sich weiter wichtig, solle es nur sagen, sein Bauch habe ihm wehgetan.

„Mir hat der Bauch aber nicht wehgetan", antwortete Vera erschrocken.

Doch dann fiel ihr das Klosett ein, wo sie in die Ecke gedrängt versucht hatte, die Puppe Zsuzsi dem Karcsi aus der Hand zu reißen. So also ist es, wenn Erwachsene in Wirklichkeit Urteile fällen.

Tóni Piroska hielt unter den Bewohnern von Diogenesdorf als Einziger die Verbindung zu Onkel Gabi aufrecht. Er war, wie auch die Artisten, Bettgeher geworden und besuchte seine Mutter, die immerfort jammernde Frau Piroska, nur an Wochenenden. Nicht einmal ihre Nachbarn wussten ihren Vornamen. Tóni hatte den Betrieb, wo er mit seinem älteren Bruder gearbeitet hatte, nach einigen Monaten verlassen und seitdem versuchte er, sich mit dem Sammeln von Buntmetall über Wasser zu halten.

Jetzt, da er wieder auf dem Berg erschienen war, schickte ihn Frau Piroska zum Alten hinüber, er möge nach dem mehr schlecht als recht funktionierenden Ofen schauen, damit der liebe Mensch nicht im Schlaf erstickte; ihnen fehlte nichts anderes, als dass die Zeitungen den Fall hinausposaunten und sich darüber ausließen, wie lebensgefährlich das Dorf sei. Man wollte die Häuser auch so schon dauernd niederreißen, als gehörten sie nicht auch zur Arbeiterklasse. Wo denn sonst ist die Arbeiterklasse, regte sich Frau Piroska immer auf, wenn nicht gerade da, hier rundherum ist die pure Arbeiterklasse, bitte sehr.

Tóni reparierte den qualmenden und rußenden Ofen schnell und Onkel Gabi unterhielt ihn im Gegenzug mit der Lebensgeschichte des antiken Diogenes, während er sich mit dem Handbesen daran machte, die Flugasche und die Schlacke zusammenzukehren, die aus dem Ofenloch herausgefallen waren. Er sprach im selben leisen und geduldigen Tonfall, in dem er Tóni und seinem Bruder seinerzeit Geschichten erzählt hatte, als sie als Kinder herübergekommen waren, um sich um den großen Esstisch zu lagern, Würfelzucker zu knabbern und Tierfabeln zu lauschen. Diogenes habe sich nicht dem Schicksal ergeben, betonte Onkel Gabi, vielmehr habe er es sich selbst geschaffen und er war mit seinem Werk so richtig zufrieden. Verglichen mit diesem Los erschien das für die Nacht gemietete Bett fürwahr als echter Luxus, wenngleich Tóni recht wenig mit Philosophie am Hut hatte, zudem hatte er sich im Zuge der kleinen Montage- und Reparaturarbeiten unzählige, wenn auch vollkommen unbrauchbare persönliche Gegenstände angeeignet.

Onkel Gabi legte ihm die Weisheit des Diogenes dar, der formuliert hatte, dass Glück nichts mit eitlem Besitz zu tun habe, und er sich dieser Erkenntnis gemäß auch von allen Gütern, die nur Fesseln bedeuteten und den Geist unterjochten, befreit hätte. Tóni machte nur „Hm hm", er zog einen zusammengeknüllten Lappen durch das Ofenrohr hin und her, dann blies er auch das abmontierte Rohr durch. Er teilte Onkel Gabis Meinung nicht ganz, er hätte sein Vermögen sicher nicht verteilt, so er etwas besessen hätte, doch das Zwiegespräch zwischen dem Philosophen und Alexander dem Großen hatte ihn tief beeindruckt.

„Er hätte alles von ihm verlangen können?", fragte er ungläubig, wobei er den Ruß mit dem Handrücken im Gesicht verschmierte.

„Alles", bestätigte Onkel Gabi nickend und reichte ihm einen sauberen Lappen.

Tóni beschäftigte sich neben dem Sammeln von Buntmetall auch mit Öfen, zwar musste er sie meistens nicht reparieren, sondern nur zerlegen. Das Innere ausbauen und die Ummantelung herunterreißen. Die noch intakten keramischen Fliesen konnte er verkaufen, wie er auch die verzierten Metalltüren zu Geld machte. Den Rest aber, der als Schrott zählte, übernahm die staatliche Abfallverwertungsstelle MÉH.

Einmal hatte er eine Adresse in der Innenstadt bekommen. Die Wohnung befand sich im ersten Stock des Abbruchhauses, fast alles, was sich fortschaffen ließ, war bereits fortgeschafft worden, Türstöcke und Türschwellen inbegriffen. Tóni holte die alten, zerbrochenen Schamottziegeln aus dem Ofen und ertastete dann noch etwas in der Tiefe. Er griff tiefer hinein und erstöberte im Loch eine Handvoll verdreckten Goldschmuck. Erschrocken befingerte er den Schatz und sein erster Gedanke war, das alles sei vielleicht gar nicht echt, sonst hätte es schon längst jemand mitgenommen. Oder aber alles war echt und ein Familienmitglied suchte bereits verzweifelt nach dem Schmuck. Er ließ sich durch den Kopf gehen, wie viele Leute vom Abbruchhaus und vom Ofen wussten und wer ihn wohl wegen des Schmuckes zur Verantwortung ziehen könnte. Allzu viele, befand er bange. Er wollte aber auch wissen, was der Fund wert war, wenigstens so ungefähr. In Gedanken hatte er schon das lang ersehnte Motorrad gekauft und er legte sich den Satz zurecht, mit dem er die übel riechende und laute Bettmiete kündigte.

Zuerst suchte er seinen Bruder auf, der noch immer im Zerspanwerk arbeitete. Tóni wartete ab, bis sich die große, nach Maschinenöl riechende Halle geleert hatte, dann trat er zu seinem Bruder. Er holte die schon gesäuberten Ketten, Armreifen und Ringe aus seiner Hosentasche, darauf bekam er von seinem Bruder sofort eine ins Genick, mit voller Wucht, sein Bruder sah sich um, ob der Vorarbeiter oder sonst jemand sie gesehen hätte. Er habe immer schon gewusst, zischte er, dass der Tóni im Gefängnis enden würde, na, jetzt sei es so weit, jetzt würden sie ihn tatsächlich einsperren.

„Und dann brauchst du nicht zu mir zu kommen, du Depp", knurrte er Tóni finster an, als er ihn zum Pförtnerhäuschen geleitete.

Im zweiten Anlauf begab sich Tóni zu Onkel Gabi, der den unverhofften Glücksfall viel abgeklärter wertete und mit aller Gewissheit behauptete, dass von den Leuten, die den Schmuck im Ofen versteckt hatten, niemand mehr am Leben sei. Als Tóni ihn weiter befragte, beruhigte er ihn neuerlich, es werde sich niemals jemand wegen dieser Sachen melden, Tóni möge sich über plötzlich auftauchende fordernde oder nachforschende Familienmitglieder keine Gedanken machen, vielmehr solle er diese Handvoll Gold als eine Chance ansehen, als ein Geschenk des Schicksals. Chancen aber müsse man wahrnehmen, wandte Tóni ein, er wisse nicht, was er anfangen, an wen er sich wenden könne, hätte ihm doch sein eigener Bruder gesagt, man würde ihn deswegen einsperren.

„Du musst den Teufel nicht an die Wand malen", antwortete Onkel Gabi dem verschreckten Jungen, lupus in fabula. Du musst die Dinge nicht überkomplizieren, du bringst das alles einfach zu einem Zahntechniker, der wird schon wissen, wie er daraus legal Geld macht."

Tóni hörte auf ihn, er spazierte mit dem Schmuck in der Hosentasche in die Werkstatt des ersten Zahntechnikers, dessen Aushängeschild er erblickte. In der kleinen Werkstätte im Souterrain reihten sich Gebissabdrücke aus Gips auf dem Tisch aneinander und der Mann im weißen Mantel wollte gleich wissen, welche Art von Zahnersatz Tóni sich machen lassen wollte.

Vom Märchen über den Familienschmuck glaubte er kein Wort, das war augenscheinlich. Er untersuchte die

Punzen mit einer Lupe, um zu erfahren, wie alt die Gegenstände waren und welche Legierungen er vor sich hatte, indessen grinsten die rosafarbenen Gebissmuster auf dem Tisch Tóni unheilverkündend an, wie herrenlose Unter- und Oberkiefer aus einer Exhumierung.

Schon am folgenden Morgen machte die Polizei ihren Besuch bei Tóni, sie ließen dem Jungen nur so viel Zeit, sich den Mantel überzuwerfen. Noch ein Glück, dass sie sich nicht auf den Berg zu Frau Piroska begaben, die Arme hätte vor lauter Schreck einen Herzstillstand erlitten. Tóni verteidigte sich damit, dass er das gefundene Gut nicht veräußern wollte, er habe nur von einer berufeneren Person einen Rat einholen wollen, und ursprünglich habe er die Fundstücke ebenso abliefern wollen, wie das der Genosse Zahntechniker – ganz richtig – getan habe. Der Zahntechniker hatte, und das konnte Tóni freilich nicht wissen, bloß die Kette und eines der Armbänder abgeliefert, wie auch sicherheitshalber die Adresse des Jungen. Er war sich sicher, man würde dem Kerl nicht glauben, was auch immer er sagen würde. Nicht einmal eine angemeldete Arbeitsstelle hatte der, wie er selbst verraten hatte.

Als Tóni dann nach einigen Wochen doch herausgelassen wurde, führte ihn sein erster Weg in die winzige Souterrainwerkstatt, doch er fand sie geschlossen vor, nur die Gebisse grinsten auf dem Tisch, er sah sie, als er durch das schmale Fenster spähte.

Die Artisten kamen nicht zurück. Die Matratze, die die Familie zusammengerollt in einen Sack gesteckt und in den Kohlenkeller hinuntergetragen hatte, hatte in den regnerischen Monaten des folgenden Jahres Schimmel angesetzt. Sie merkten es rein zufällig. Das Mädchen nässte seit der Verhandlung manches Mal ins Bett. Onkel Jóska sagte ihm zwar, es könne sich des Nachts ganz ruhig auf den emaillierten Nachttopf hocken, dessen Platz unter dem Bett war, doch wachte es einfach nicht auf, wenn es musste. Wenn dann das Malheur angerichtet war, rieb Tante Edit die Matratze mit Seifenlauge ab, danach mit Salmiak, doch der Fleck blieb, er begann auch noch zu stinken. Da fiel ihnen ein, sie hatten ja noch die andere, sie mussten sie nur aus dem Keller holen. Die Matratze, die sie oben hatten, war durch einen Urinfleck mit gewellten Rändern verunziert und die im Keller durch den aus winzigen Kreisen bestehenden Schimmelbefall in der Mitte. Als föchten Generäle verborgener Mächte ihre Kämpfe an verschiedenen Geländetischen aus, an dem einen breitete der Pilz, an dem anderen das gelbe Nass seine Machtbereiche aus. Der Schimmel ließ sich jedenfalls leichter in die Flucht schlagen, die Matratze trocknete dann in der geheizten Wohnung gut durch. Der Urinfleck erwies sich als hartnäckiger.

Die nun anbrechende Kältewelle hatte den Vorteil, dass die Seuchengefahr vorbei war, laut den Zeitungen ging die Zahl der Paralyseerkrankungen jedenfalls deutlich zurück. Angeblich arbeiteten sowjetische Wissenschaftler bereits an einem Impfstoff, doch erschien die Lösung so weit, die Gefahr andererseits so nahe, dass Tante Edit sich nicht vom ständigen Händewaschen mit dem Desinfektionsmittel abbringen ließ.

Der Winter verging wie der vorige, mit dem Unterschied, dass sie Vera in der kalten Jahreszeit nicht ins Krankenhaus schickten. Sie trauten sich nicht. Auf der Chronischen Abteilung erschienen immer wieder kleine Paralysepatienten, die man von den Ansteckenden zur Nachbehandlung hierher verlegt hatte, und die Tante meinte, das Mädchen solle sich lieber verkühlen, als sich irgendetwas einfangen.

Sie ist dann auch heil durch den Winter gekommen, ein einziges Mal nur hatte sie Fieber, doch auch in diesen wenigen Tagen bereitete die Frage Probleme, wer mit ihr zu Hause bleiben sollte. Die Familie Lantos war in letzter Zeit irgendwie komisch. Traf Tante Edit einmal zufällig mit Magdus zusammen, grüßte diese sie gerade noch, dann eilte sie aber schon weiter. Onkel Jóska ging auch nicht mehr zum Schachspielen zu Feri Lantos hinüber, dabei hätten sie früher keine Woche ausgelassen. Der Feri rief ihn nicht und er ging nicht. So erklärte er die Sache, und seiner Frau sagte er dazu, dass die Familie Lantos in diesen unklaren Zeiten eben ungern mit Leuten befreundet sei, die mit der Polizei zu tun gehabt hatten. Schließlich studierte die Marika ja in der Sowjetunion, mit einem staatlichen Stipendium. Wenn diese Argumentation die Tante Edit auch schmerzte, kam sie ihr doch annehmbar vor, also forcierte auch sie die Annäherung nicht. Die Situation klärte sich dann nach einem Jahr von selbst, die Lantos sind nämlich unerwartet weggezogen. Angeblich nach Buda hinüber, in eine Villa – den Bezirk und die Adresse wusste niemand.

Tante Edit ist ihnen dann im Jahr sechsundfünfzig wieder begegnet, ganz zufällig. Unbekannte hatten das Möbellager bei den Schienen am Lehel-Platz aufgebrochen und die Leute trugen weg, was sie nur konnten. Sie kam vom Lehel-Markt her, nicht, als hätte man auch nur irgendetwas kaufen können, doch sie hatte versucht, etwas Schmalz zu ergattern, weil auch das schon zur Neige gegangen war. Da bemerkte sie den Feri Lantos, er schleppte gerade mit einem anderen Mann eine Kommode in Richtung Brücke der Aktivisten. Tante Edit grüßte ihn, doch er drehte den Kopf weg, als suchte er nur einen besseren Halt an der Kommode. Wer's glaubt. Onkel Jóska zuckte zu Hause nur die Achseln, vielleicht war er es gar nicht, was sollte er hier in der Gegend tun, wenn er schon einmal in Buda wohnte, worauf Tante Edit maliziös bemerkte, was wohl, er schleppt die Kommode nach Buda, anscheinend kann man das in Pest billiger bekommen.

Doktor Benkő tauchte wieder im Krankenhaus auf, wo totales Durcheinander herrschte. Tante Edit grüßte ihn nur flüchtig, sie fragte gar nicht, wo er so lange gewesen war, was mit ihm passiert sei, und der Arzt war erleichtert, weil er nicht verschweigen musste, was geschehen war. Einmal gingen sie nebeneinander zum Buffet im Spital, das war ein winziger Pavillon am Kreuzungspunkt der inneren Gehsteige, mit einem Fenster, das sommers auch nach außen aufging, und mit Blechtischen, die man bei schönem Wetter auf das Gras hinausstellte. Sie eilten vornüber gebeugt auf die kleine, heizbare Bude zu, doch wechselten sie während der zweihundert Meter, die sie im Wind zurücklegten, kaum ein paar Worte miteinander. Benkő war dankbar dafür, dass jemand ihn in der Stille des anhaltenden Argwohns mit einer komplizenhaften Wortlosigkeit beschenkte.

Später erzählte Onkel Gabi, dass er, gleich nachdem er herausgekommen war, angefangen habe, die Auswanderung zu planen, aber er schaffte es erst Jahre später, mit der ganzen Familie wegzugehen, denn einmal bekam die Frau keinen Reisepass, dann wieder die Kinder nicht. Und als sie dann hätten gehen können, während der Revolution, lag seine Frau mit dem dritten Kind gerade in den Wehen. Der andere Arzt, der Edu operiert hatte und gegen den schließlich auch Tante Edit die Zeugenaussage unterschrieben hatte, war im Gefängnis verstorben. Angeblich hatte ihn eine Herzattacke getötet. Was aber die Herzattacke ausgelöst hatte, darüber sprach Onkel Gabi nicht.

Die Familie blieb weiterhin in ihrer Innenstadtwohnung, die Ordination lösten sie auf.

Onkel Gabi erzählte auch, dass der Tóni Piroska ins Ausland geflohen sei, er habe seiner Mutter und seinem Bruder geschrieben, dass er Amerika schon erreicht habe.

Tante Edit hatte vom ganzen Aufruhr nicht viel verstanden. Daran, dass die einmal weggehen, glaubte sie keinen Augenblick. „Dass die gehen, das gibt es einfach nicht", sagte sie zu Onkel Jóska nach dem Lichtlöschen. „Die kann man nicht einmal vertilgen, die kommen zurück. Sie sind wie die Wanzen."

Sie sollte recht behalten, und oft sprach sie in den finstersten Monaten aus ihren Gedanken heraus, in der Küche mit dem Tranchiermesser hantierend, sie habe es vorausgesagt – wieso, was hätte man denn gedacht, warum sie weggegangen wären, verrecken sollen sie.

Im November erwachten sie in der Nacht von Klopfgeräuschen am Gangfenster. Edu schrak als Erste auf. Sie saß in ihrem Bett, horchte, doch sie rührte sich nicht. Dann schlug auch die Tante die Augen auf, starr vor Schreck. „Ich bin es", klang es vom Fenster her, der Schatten klopfte weiter, sein gepresstes Flüstern ließ nicht erkennen, wer das „Ich" war. Onkel Jóska guckte hinaus, dann öffnete er die Tür vorsichtig einen Spalt weit und zog den jüngeren Czajka herein in die Küche.

Der Junge bat darum, über Nacht bleiben zu dürfen. Er versprach, am Morgen zu gehen, nur möge man ihn ein paar Stunden schlafen lassen. Er war unrasiert und verschreckt. Edu blinzelte ihn blöde an. Onkel Jóska kratzte sich unschlüssig. Er hatte Angst um das Mädchen, diesen Czajka-Buben hatte er noch nie recht gemocht. Was suchte der hier mitten in der Nacht, warum trieb er sich gerade hier herum. Mit diesen Gedanken packte er Edus Bettzeug und trug es auf das Bett des Kindes. Und die Kleine, die selbst davon nicht aufgewacht war, fasste er sachte unter und trug sie ins große Bett, wo sie in der ersten Zeit geschlafen hatte. Sie war seitdem nicht viel schwerer geworden, er hatte den Eindruck, sie hätte gar kein Gewicht.

Die Tante schlüpfte in die Hausschuhe und warf eine Decke über die Liege in der Küche. Sie machten kein Licht, sie fragten den Jungen im Halbdunkel aus, ob er gesucht werde, ob ihn jemand beim Betreten des Hauses gesehen habe. Und was mit dem anderen Czajka los sei. „Er ist weg", antwortete der jüngere Czajka, der alle seine Nummern im Tandem mit seinem Bruder aufgebaut hatte und der diesmal, ganz im Gegensatz zu allen früheren Erfahrungen, ziemlich stank. Er zog die Knie an, rollte sich auf der Liege zusammen wie ein Kind und schlief sofort ein.

Er hielt sein Versprechen, er war im Morgengrauen schon weg, und zwar mit der Kappe Onkel Jóskas, das Gesicht von einem Schal umhüllt; sollte jemand auf den Gang hinausschauen, möge er denken, es sei der Alte.

Nach der Revolution ging alles im alten Trott weiter. Das Mädchen konnte wieder die Schule besuchen. Onkel Jóska ging in die Arbeit, die Tante und Edu spülten im Krankenhaus das Geschirr und wuschen Blut aus. Edu erhielt sogar eine Gehaltserhöhung und die Tante nahm sie und das Kind mit in die Konditorei. Die Kleine nahm kaum etwas von ihrer Süßspeise, sie stocherte mit der Gabel in den Schomlauer Nockerln herum, Edu aber fraß mit Hingabe, ihr musste der Mund mit der Papierserviette abgewischt werden, sogar auf dem Kinn klebte ihr das Schlagobers, wie ein Vollbart.

In letzter Zeit alterte sie rapide. Immer schon hatte sie Zeichen einer frühen Alterung im Gesicht, als hätte man ein Kind ungeschickt zu einem Erwachsenen umgezeichnet, jetzt aber begann sie plötzlich ihrer Großmutter zu ähneln. Tante Edit erinnerte sich aus ihren Jahren in Miskolc sehr gut an die schwerfällige alte Frau mit dem breiten Kopf und den tief sitzenden Augen, in die sich Edu langsam verwandelte. Unzählige Male stellte sie sich vor, wie dieses nicht geborene Kind ausgesehen hätte, und so oft sie daran dachte, erschien ihr immer ein unglückseliges Geschöpf mit dem stumpfen Gesicht Edus im Kleinformat. Aus irgendeinem Grund war das immer ein Mädchen, nie ein Junge. Wenn auch der Fötus, der aus der armen Edu herausgeholt wurde, so viel hatte der Arzt noch verraten, ein kleiner Junge gewesen wäre.

Sechs Stunden später wurde der jüngere Czajka an der Grenze erschossen. Die Kappe Onkel Jóskas, die ihm von vornherein ein wenig zu groß gewesen war, flog ihm vom Kopf, als er niederstürzte. Tante Edits Familie glaubte noch Jahre später, dass er lebte, und sie rätselten herum, ob er wohl wieder im Tandem mit seinem Bruder auftrete.

Onkel Jóska hatte nach der Verhandlung nie, kein einziges Mal, nachgefragt, was denn die ganze Sache mit dem Kind gewesen sei, denn er hätte sich geschämt, das Geschehen um Edu aufs Tapet zu bringen. Auch daran dachte er nur ungern, dass Vera irgendwann einmal ein großes Mädchen sein würde, dass man auf sie aufpassen müsse, und er hatte keine Ahnung, wie sie sie beschützen sollten, wenn sie heranwuchs. Und vor wem sie beschützt werden sollte, noch weniger.

Es gefiel ihm zum Beispiel nicht, wie sich das Mädchen im Spiegel betrachtete. Er murrte: Was muss sie sich so anschauen! Gegenüber am Innengang wohnte ein alter Schuster, der in einer mehrstöckigen Holzschachtel mit aufklappbarem Dach viele winzige, für das Mädchen geheimnisvolle Dinge aufbewahrte, wie Holzstifte, Schnallen, Agraffen und Sporen. Wenn ihn das Kind besuchte, stellte er ihm die Schachtel hin, da, mach Ordnung, sie durfte die falsch abgelegten Teile mit ihren kleinen Fingern aufpicken und in das richtige Fach legen. Die Kleine konnte stundenlang neben dem Alten sitzen. Dabei redete dieser nicht mit ihr, er gab nur ab und zu eine Anweisung, indem er sich über ein nach Kleber riechendes Werkstück beugte. „Na, das wird noch für zehn Jahre ein Schuh sein", brummte er zufrieden, wenn es ihm gelungen war, einen ganz abgetragenen Schuh zu reparieren. Er erwartete keine Antwort, vielleicht hörte er gar nicht, was das Kind sagte, denn ihm hingen immer Wattebäusche aus beiden Ohren heraus.

Einmal kehrte das Mädchen nach einem Nachbarschaftsbesuch dieser Art mit einem ungewöhnlichen Schmuckstück zurück. Die Halskette sah aus, als sei sie von einem Eingeborenen für eine Einweihungszeremonie aus dem Abfall der zivilisierten Welt hergestellt worden, der keine Ahnung von der ursprünglichen Bestimmung der Gegenstände hatte. Auf ein braunes Schuhband waren der Größe nach Ringe, Spitzeisen, herausoperierte Ösen und mit dem Kneif abgetrennte Lederstückchen aufgereiht. Die einzelnen Teile waren von Knoten aus verschiedenfarbigen Bändern voneinander getrennt.

Das Schmuckstück versetzte Edu nicht gerade in Aufregung. Sie beugte sich darüber, besah es sich und sagte, es sein schön, nicht aber, weil es ihr gefallen hätte, sondern weil sie gelernt hatte, es sei üblich, das in solchen Fällen zu sagen. Blumen und Schmuck sind schön, der Hund ist bissig, das Essen schmeckt gut, Fische verderben leicht, Einkaufen auf dem Markt ist teuer, aus, basta.

Die Tante war gerade am Kochen, sie hatte nur einen Blick auf die Halskette geworfen und sagte, Vera solle sie ablegen, was werden die Nachbarn sagen, wenn sie mit so etwas um den Hals herumgeht. Im Übrigen sei es gut, dass sie nach Hause gekommen sei, wandte sie sich vom Herd wieder an das Kind, so könne sich zumindest zuschauen, wie faschierte Laibchen gemacht werden. Mit dieser Faschiermaschine wird das Brot zerkleinert, so, so, dreh nur am Hebel. Das geht jetzt so leicht, weil nichts in der Maschine ist. Vera besah sich die Schüssel auf dem Tisch und fand die aufgequollenen Brotreste ziemlich abstoßend. Die Tante mischte noch eine klein gehackte Zwiebel hinein und ein Ei und bat das Mädchen, es möge die Masse gut zusammenkneten. Währenddessen wusch sie sich die Hände, nahm die Klumpen in die Hand und gab sie in das heiße Gänseschmalz. Das Fett zischte auf, die Küchentür musste auf- und die Zimmertür zugemacht werden, damit der Geruch auf den Gang abzog.

Vera fand das Kochen schrecklich langweilig. Ihr geisterte noch immer das Wort „Indianer“ im Kopf herum und sie wäre viel lieber neben einem Wigwam am Lagerfeuer gesessen als hier in dieser engen und stickigen Küche an der Seite der Tante. Sie wollte, dass zumindest die Kinder im Haus ihren Schmuck sahen, also bat sie, bis zum Aufdecken in den Innenhof hinuntergehen zu dürfen. Sie stellte sich an den Pfosten der Klopfstange und wartete. Leider war niemand unten, nur die Mutter vom Misi Elek kam nach Hause, doch sie würdigte Vera keines Blickes. Küss die Hand, grüßte das Mädchen enttäuscht und ging wieder in den ersten Stock hinauf. Sie setzte sich unter das Fenster, auf den Betteinsatz. Im ganzen Haus roch es schwer nach gebratenen Zwiebeln und heißem

Schmalz. Edu wartete im Zimmer auf das Abendessen, weil die Tante es nicht leiden konnte, wenn sie dauernd im Weg stand und von allem naschte. Sie durfte nur zum Tischdecken herauskommen, sie sollte die Servietten in Dreiecke falten.

Onkel Jóska winkte dem Mädchen schon im Heimkommen zu. Als Vera neben ihm stand, fragte er sogleich, was denn das sei, dort um ihren Hals. Die Kleine antwortete, das sei Schmuck, sie habe es vom Onkel Schuster bekommen, und das sei ein Geschenk auf immer.

Alles Weitere geschah so schnell, dass die Tante keine Zeit hatte, es zu begreifen, und Edu lief auf den Gang hinaus und jammerte laut, wobei sie sich von einem Fuß auf den anderen wiegte.

Onkel Jóska hatte das Mädchen nämlich am Arm gepackt, stieß es in die Küche, von dort ins Zimmer, und er hörte erst dann zu schlagen auf, als das Kind schon am Boden lag und nur wiederholte, nie wieder, nie wieder, nie wieder werde es zum Schuster hinübergehen. Vera weinte nicht, zumindest flossen keine Tränen, sie schluchzte nur trocken, als hätte sie Schluckauf. Als sie seinerzeit wegen der Puppe Zsuzsi geweint hatte, war das ganz anders gewesen. Jetzt war sie bloß leichenblass, alles Blut schien aus ihrem Gesicht gewichen und sie starrte mit der Wildheit eines Tieres vor sich hin.

Inzwischen hatte sich auch Onkel Jóska beruhigt, er schlurfte in die Küche und schlug die Hände vors Gesicht. Die Tante befahl Edu, den Tisch zu decken. Sie trat ins Zimmer und nahm das Kind auf den Schoß. Sie hätte gleichwohl einen Sack in die Arme nehmen können: Das Mädchen legte den Arm nicht um ihren Hals, es antwortete nicht, es starrte nur vor sich hin. Den Halsschmuck hatte es nicht mehr um, den hatte der Onkel abgerissen.

Niemand hatte Appetit, allein Edu schmatzte selbstvergessen. Sie räumte dann auch den Tisch ab, während Tante Edit drinnen das Kind ins Bett legte. Es hatte sich die Halskette für die Nacht wieder umgebunden, am Morgen war der Abdruck auf der Haut zu sehen. Nur beim Ankleiden band es die Kette wieder ab, um nicht damit in die Schule zu gehen, während es finstere, vorwurfsvolle Blicke auf den Onkel warf.

Und noch am selben Nachmittag fragte Vera die Jungen nach den Indianern aus. Misi sprach gern darüber und sagte, zu Hause hätten sie auch Indianer-Bücher, doch das interessiere Mädchen ohnehin nicht. Ein Mädchen könne nie Indianer werden, höchstens, wenn es einen Indianer zum Vater gehabt habe. Vera dachte im Bett noch lange darüber nach. Wie sie sich aber auch anstrengte, sich etwas aus den Jahren vor dem Kinderheim in Erinnerung zu rufen, es gelang ihr nicht, dieses gewisse Gesicht aus der Vergangenheit hervorzuheben, immerzu wurde es vom Phantomgesicht eines Mannes unbestimmten Alters mit Adlernase und Federkopfschmuck verdrängt.

Vera brachte dem Alten die Halskette zurück, der verstand nicht, was geschehen war, und wiederholte in der für Taube typischen Lautstärke, von ihm aus könne das Kind sie behalten, ihm würde all der Krimskrams sicher nicht fehlen, er habe ihn nur aufgehoben, weil er ihn nicht wegwerfen wollte. Das war freilich nicht wahr, er hatte sich schon am Vormittag geärgert, weil er nur unpaarige Hohlnieten hervorkramen konnte, gleichzeitig freute er sich aber auch, dass sich das Kind so gut beschäftigt hatte, während er arbeitete. Es war nicht ungeschickt, für ein Mädchen, es hätte sogar das Zeug zu einem Schuster. Der Alte zuckte die Schultern, nahm die Kette entgegen, und als das Kind die Tür hinter sich geschlossen hatte, fing er an, alle Knoten aufzumachen. Das war nicht leicht, seine vernarbten schwarzen Fingerkuppen hatten es schwer mit den festgezurrten winzigen Knoten.

Er vermutete, die Frau habe das Mädchen aufgefordert, den Schmuck zurückzubringen. Das war eine strenge Frau, so viel war sicher, die konnte keinen Putz ausstehen. Der alte Schuster hatte an ihr, seitdem sie hier wohnten, nicht einmal einen bunten Schal gesehen. Sie trug höchstens ein Kopftuch mit Spitzen, an Feiertagen.

Onkel Jóska hat dann in den folgenden Monaten und Jahren das Kind nie mehr geschlagen, nur später einmal, als es schon eine junge Frau war. Das lag aber noch weit in der Zukunft, vorerst begannen sich ihre Brüste erst zu wölben. Die beiden kleinen Hügel schmerzten, Tante Edit machte ihnen am Abend nasse Umschläge, was Onkel Jóska verschämt versuchte, nicht zu bemerken. Sie breiteten das Handtuch immer über das Nachthemd aus und manchmal legten sie die Wickel auch schon am Nachmittag auf, sobald die Kleine aus der Schule zurück war. Einmal rief sie sogar auf den Gang hinaus, sie könne jetzt nicht auf den Hof zum Spielen hinunter, weil ihre Brüste in Umschlägen steckten, worauf die Buben vor lauter Lachen fast erstickten, wenn das so ist, dann verschwinden sie bis morgen ohnehin, man müsse sie gar nicht viel wickeln. Das beruhigte die Kleine ein bisschen, es handelte sich also um eine Sache, die vorüberging. Das hätte sie am meisten gefreut, das Anwachsen der Brüste ging nämlich in ihrem Kopf mit der erschreckenden Vorstellung einher, ihr Körper würde früher oder später werden wie der von Edu oder ihrer Tante, ausladend, plump, von violetten Adern verunziert. Deren Nacktheit war für Vera immer erschreckend.

Nicht, dass sie sie nicht geliebt hätte, aber sie selbst wollte eine ganz andere Art junge Frau werden. Eine, die man in den Modeblättern sehen konnte, mit geschweiftem Mantel und Hut, mit Lippenstift.

Im Büro der Kultusgemeinde saß eine stets lächelnde Frau, die sagte ihr immer, so oft sie die mit dem Menagereindl einherschlurfende Edu zum Essenholen begleitete, also kleine Vera, du bist schon wieder gewachsen, wenn du groß bist, wirst du so schön wie die Sophia Loren. Einmal erblickte Vera, als sie mit der Tante dort ankam, bei den Blumentöpfen am Fensterbrett einen weißen Stein mit einem Loch in der Mitte. Wie die fremde Frau mit dem Haarknoten sagte, stammte der Stein vom Strand des Schwarzen Meeres, sie drückte ihn Vera in die Hand und sagte ihr, sie dürfe den Stein mit nach Hause nehmen. Das Geschenk und das Kompliment haben in Vera einen bleibenden Eindruck hinterlassen. Sie stellte sich das Schwarze Meer tatsächlich tintenschwarz und unendlich vor und die Frau, mit der sie verglichen wurde, überirdisch schön und aus irgendeinem Grund: goldblond. Jahre später empfand sie im Kino Ipoly, während sie auf die Leinwand mit Schneegestöber starrte, eine bittere Enttäuschung, das also ist die Sophia Loren! Sie sah eine knochige Frau mit starken Augenbrauen und einem Pferdegesicht, sie rannte schreiend auf einem staubigen Weg dahin. Vera fand sie hässlich und den Film zu laut.

Neunzehnhundertsechzig aber hatte sie noch keine Ahnung, wie diese Frau mit den vollen Lippen und den großen Ohrringen aussah, sie wusste nur das Eine mit Bestimmtheit: dass sie auf keinen Fall als Erwachsene der Tante oder Edu gleichen wollte. In ihrer Vorstellung war die allem ausgelieferte, ständig schwitzende Korpulenz mit Armut verbunden, die Frauen im Haus und in der

Kultusgemeinde waren fast alle dick, mit Ausnahme der Ila, die aber immer einen Turban trug, als hätte man ihr gerade die Haare gelegt. Sie sah kränklich aus und verstarb auch bald an Krebs. Und diese Ila war auch nicht in der Weise dünn wie die Reichen in den Zeitungen, sondern in einer ungelenken Art. Sie roch aus dem Mund, ihre Zähne waren schwarz und die Augen eingefallen. Die Reichen trugen ihre Körper locker, irgendwie fehlte ihnen das Angestrengte der Frauen in Veras Umgebung, deren Beschwerlichkeit immer durch die erbärmliche Eleganz wie Schweiß durch glänzende Stoffe drang. Wenn Vera hätte wählen können, wäre sie am liebsten ein Junge gewesen, damit sie nie mehr im Leben geschlagen würde, aber wenn sie schon als Frau zur Welt kommen musste, dann am liebsten reich und blond. Beides schien ziemlich unerreichbar zu sein, doch meinte sie, mit hellen Haaren könne ihr selbst der Reichtum gelingen, oder umgekehrt, sie würde zuerst reich werden und sich dann die Haare färben lassen, so wie die Schauspielerinnen.

Vera war dreizehn Jahre alt, fast einen Kopf größer als ihre Klassenkameraden und ausgestattet mit spitzen Brüsten, einem spitzen Kinn und spitzen Ellbogen. Schon jetzt hatte sie größere Füße als Edu oder die Tante. Abgelegte Schuhe oder Sandalen in ihrer Größe gab es nicht, vergeblich ging die Tante von Zeit zu Zeit hinauf auf den Berg, damit man etwas für sie aus den Hilfspaketen weglegen möge, die für die Heimkinder geschickt wurden. Unter den schiefgelatschten Mädchenschuhen gab es kaum achtunddreißiger, und wenn doch, dann wurden sie schnell von irgendeinem Erwachsenen weggeschnappt. Die umgeänderten Kleider standen Vera immer schlecht und die dunklen Haare, die sich an ihren knochigen Beinen zeigten, störten sie sehr. Sie fühlte sich hoffnungslos hässlich, hässlicher, als sie in Wirklichkeit war, denn ihre Backfischzeit gestaltete sich schwieriger als bei den meisten ihrer Altersgenossen.

Eines Nachmittags, als gerade niemand zu Hause war, Edu und die Tante waren noch nicht aus dem Krankenhaus heimgekommen und Onkel Jóska half in einem Kurz- und Meterwarengeschäft aus, damit beschäftigte er sich neuerdings, saß Vera allein im Zimmer. Die Tante hatte sie gebeten, das Mittagessen zu holen und dann die Bettwäsche zum Lüften hinauszuhängen.

Es war einer der ersten warmen Frühlingstage. Das Stückchen blauer Himmel, das vom Innengang aus zu sehen war, versprach, es würde keinen Regen geben. Sie schlug die Decke auf dem großen Bett zurück, nahm die beiden mächtigen Federbetten und legte sie auf die Fensterbank. Dann trat sie durch die Küchentür auf den Innengang und hob die weißen Packen hinüber, auf das Geländer. Da merkte sie erst, dass das Gitter ganz verdreckt und verrostet war, also wischte sie schnell mit einem Küchentuch über das Eisen. Hier breitete sie auch das Bettzeug Edus aus, das stank am meisten. Ihm entströmte derselbe ekelerregende, bittere Geruch, der am Tag nicht aus der Küche ausgelüftet werden konnte und auch Edus Schmutzwäsche anhaftete. Als Vera mit allem fertig war, ging sie zurück ins Zimmer und legte sich angekleidet auf das leere Bett, so starrte sie durch das offene Fenster hinaus. Es war still im Haus, niemand schlug das Tor zu. Gegenüber beim alten Schuster waren die Holzjalousien heruntergelassen. Er war schon seit Monaten krank, und da es niemanden gab, der ihn hätte pflegen können, war er von entfernten Verwandten in das Armenkrankenhaus gebracht worden. Tante Edit hatte ihn einmal besucht und jammerte seitdem, wer wohl nach ihm einziehen würde, sollte der Unglückliche etwa sterben.

Die kühle Frühlingsluft und die Ruhe machten Vera so schläfrig, dass sie eindöste. Aus der Ferne, von sehr weit her, kam über die Häuser der Lärm der Straßenbahn, doch kein anderes Geräusch störte die Stille des Hauses. Ihr war kalt, sie zog die Decke über sich und verspürte selbst im Halbschlaf, wie muffig und verstaubt sie roch. Den Zierpolstern entströmte der stechende Geruch von Onkel Jóskas billigem Haarwasser, in ihrem Inneren knisterte die Füllung.

Plötzlich weckte sie ein Geschrei. Jemand wiederholte unten im Hof einen klagenden Singsang. Zunächst erfasste sie dessen Sinn gar nicht.

„Ich kaufe Federn, aus Federbetten, Verlassenschaften, ich kaufe Federn, Pölster, Deckbetten, aus Federbetten, Verlassenschaften, ich kaufe Federn!" Vera setzte sich auf, schlüpfte in ihre Pantoffeln und trat auf den Gang hinaus.

Die Zigeunerin im Hof fixierte genau ihr Fenster, genauer: die ausgehängten Federbetten, und so wiederholte sie ihre Litanei. Die Szene kam Vera plötzlich so schwindelerregend vor, in allen Details so bekannt, dass es ihr, als sie sich mit dem Bettzeug im Arm ins Zimmer zurückdrängte, schien, als würde sie sich in der Zeit zurückdrängeln, in ein noch weiter innen gelegenes, noch lichtloseres Zimmer, wo sich das alles schon einmal, genauso, ereignet hatte. Diese Frau stand auch damals unten im Hof, neben der Klopfstange, die Frühlingsluft war genauso scharf und Vera blickte genauso vom Gang hinunter.

Dieser Nachmittag aus alter Zeit drang überraschend heftig in ihre Erinnerung ein. Sie mochte sieben oder acht Jahre alt gewesen sein, sie sah die Fremde an, dann lief sie ins Zimmer und holte unter dem Schrank ihre geheime Schachtel hervor, in der sie ihre Schätze aufbewahrte. Da gab es einen Stein mit einem Loch in der Mitte, den sie einmal im Büro der Kultusgemeinde bekommen hatte, ein besticktes Taschentuch und eine lange weiße Feder. Damals, an diesem Nachmittag vor Jahren, hatte sie die Feder genommen, war damit in den Hof hinuntergelaufen und hatte sie der Frau aufgeregt unter die Nase gehalten, wie viel geben Sie dafür?

Später erzählte der Onkel den Leuten in der Straße lachend die Szene, doch Tante Edit wurde sehr ernst.

„Warum wolltest du diese Gänsefeder verkaufen, warum? Wozu brauchst du denn ein Geld?", fragte sie später, als sie im Krankenhaus auf dem Gehsteig Richtung Ansteckende Abteilung gingen.

„Damit ich reich werde", antwortete das Kind ganz natürlich. Die Tante blieb stehen und blickte Vera sehr ernst in die Augen, als wollte sie einen wichtigen, lebenslang gültigen Sachverhalt aussprechen.

„Reich?! Aber wir sind doch arm! Wer arm ist, der wird niemals reich. Niemals. Höchstens ein Armer, der Geld hat. Reich wird ein Armer nie. Merk dir das!", sagte sie eindringlich und drückte dabei Veras Hand.

Vera erinnerte sich jetzt an diesen Nachmittag, an den Gehsteig, an die sandfarbenen Schuhe der Tante mit den gestanzten Löchern, an ihren Tonfall, und während sie die Bettdecken wieder ausbreitete, dachte sie, jawohl, so eine Arme wollte sie werden, so eine, die Geld hat. Eine getarnte Arme: eine, die reich ist.

Sie war fünfzehn, als sich eine der vorigen gespenstisch ähnelnde Bilderfolge wiederholte, die sich dann zu einer in ihrer Art ebenfalls bemerkenswerten Szene verdichtete. Die Hausierer, die die gebrauchten Federn aufkauften, erschienen jedes Frühjahr, wie auch der Altwarentandler, der die schartigen Teller, kaputten Matratzen und mottenbefallenen Teppiche mitnahm, und in einem Frühling auch das unbrauchbar gewordene Spitalsbett von unter dem Fenster. Diese wandernden Trödler blieben mit ihren Handwagen immer in der Mitte des engen Hofes mit den gelben Keramit-Steinen stehen, von dort riefen sie zu den Hausparteien hinauf. Genau dort, in der Mitte, stellte sich auch der Jalousienmann hin, wenn er mit seinem zweirädrigen Karren voller Gurte ankam, und von da brüllten der Mann mit dem Sodawasser und der mit den Eisblöcken wie auch der Müllkutscher hinauf, als erspürten sie durch ein geheimnisvolles Zeichen im Innenhof jenen geometrischen Ort, auf den man aus jeder Wohnung hinuntersehen konnte.

An jenem Herbstnachmittag geschah etwas Ähnliches. Die Frau mit den schiefgetretenen Pantoffeln hatte unten neben der Klopfstange Wurzeln geschlagen, von dort heulte sie durch den Trichter ihrer Hände hinauf, sie würde die Weiningers suchen, die Frau Weininger selbst, die angeblich hier wohne. Sie schrie, den Kopf in den Nacken geworfen, blindlings hinauf, sie richtete ihre Worte an den ganzen hallenden Hof. Mehrere Leute schauten hinaus, jemand zeigte auf eine Tür im ersten Stock und Onkel Jóska trat auf den Gang hinaus. Er trug einen Hausmantel, zog den Gürtel fester und erkundigte sich, was sie wolle. „Mit ihr reden."

Onkel Jóska warf den gestreiften Mantel ab, den er nach der Heimkehr über der Straßenkleidung anlegte, und schlurfte in den Hof hinunter. Tante Edit grübelte indessen in der Wohnung darüber nach, was diese Frau von ihnen wollen konnte, und wenn sie etwas wollte, warum sie sie nicht im Spital aufsuchte. Das Bett mit dem Federeinsatz hatten sie schon verkauft, das konnte sie nicht haben wollen, und etwas anderes zu verkaufen besaßen sie nicht. Verwandte hatten sie auch nicht, die ihnen vielleicht etwas mitzuteilen wünschten. Von den nahen Verwandten lebte niemand mehr und die entfernteren, die aus Miskolc, hätten andere Möglichkeiten einer Mitteilung gefunden. Ein diffuses böses Gefühl wandelte Tante Edit an, sodass sie Edu und dem Mädchen befahl, brav hineinzugehen und nicht herauszukommen, bis sie sie riefe, und sie stellte die Teller schnell an ihren Platz zurück. Sie hatte die Zimmertür gerade rechtzeitig geschlossen, denn mittlerweile war die Frau mit Onkel Jóska heraufgekommen. Beim Stiegensteigen klagte sie, wie stark ihre Knie schmerzten, sie könne schon nicht mehr arbeiten deswegen. Seit sechs Monaten könne sie keine Arbeit annehmen, sie gehe von einem Arzt zum anderen, es könnte sein, ächzte sie, dass es sich nicht um ein herkömmliches Rheuma handle, sondern um irgendeine Geschwulst.

Sie war nicht alt, kaum über vierzig, aber ihr fehlten schon mehrere Zähne. Sie hatte noch immer nicht verraten, wer sie eigentlich war. Ihr dunkles, grobes, strähnenweise ergrautes Haar hing ihr in einem zerzausten Pferdeschwanz auf den Rücken. Sie hatte geschminkte Lippen und schwang eine Handtasche aus Lackleder mit Schnappverschluss am Unterarm, die überhaupt nicht zu ihrem Aufzug passte, weder zu dem gelben Stoffrock noch zu dem grünen Pullover mit den Ziehfäden und den Pantoffeln. Sie drehte sich in der Küche hin und her, als wollte sie die Handtasche irgendwo ablegen, sie wollte „das Mädel“ sehen. Vera bekam durch die Türverglasung nicht viel von der Szene mit. Sie hockte an der Bettkante neben der schnaufenden Edu.

Sie rührten sich nicht einmal, als wäre der Schrecken der Tante plötzlich auf sie übergesprungen. Edu war die alte Geschichte eingefallen, als ihre Schwester auf dem hallenden Gang auf sie gewartet hatte, während der vernehmende Offizier drinnen, der die Geduld verloren hatte, sie mit rotem Kopf anschrie, und jetzt glaubte sie, das Erscheinen der Fremden sei eine unerklärliche und späte Fortsetzung jener nie ganz durchschauten schrecklichen Geschichte. Vera argwöhnte eher eine Krankenhaussache, besonders als die Frau aus ihrer Handtasche ein Papier herausfischte und aus der Küche zu vernehmen war, dass von Unterstützungen und Geldsummen die Rede war. Schließlich drückte ihr Onkel Jóska Geld in die Hand, das konnte Edu, die in der Bettmitte saß, durch die Scheibengardine besser sehen, in der Küche wurde nämlich der frühen Dunkelheit wegen Licht gemacht; die Frau zählte die Scheine sorgsam mit befeuchteten Fingern nach, dann steckte sie sie unter Danksagungen weg.

Damit war sie eigentlich zum Schluss gekommen. Sie klagte noch kurz wegen der Knie, doch da ihr niemand antwortete oder sie bemitleidete, ging sie mit seitlichen Schritten langsam Richtung Tür, sie warf noch einen prüfenden Blick in die Küche und zum inneren Raum hin. Die gläserne, sandgestrahlte und getüpfelte Schiebetür der Kredenz war der Länge nach geborsten, Tante Edit steckte die Rechnungen hinter die verschiebbare Glasscheibe. In diesem Kasten standen die milchigen Töpfe, im anderen, ebenfalls grün gestrichenen offenen Regal die fleischigen. Von den ölgrünen Hockern waren drei unter dem Tisch herausgezogen, doch niemand hatte der Frau einen Platz angeboten. Sie verabschiedete sich, warf noch einen Blick auf den zugedeckten Topf auf der Herdplatte. Die Tante bemerkte, dass sie vom Innengang her noch einmal ins Zimmer schauen wollte, was sie aber unterließ, da die Gardinen zugezogen waren.

Es war schon ganz dunkel, Edu und Vera mussten noch lange Minuten drinnen bleiben, als sei die Gefahr noch nicht völlig vorüber, dann riss Onkel Jóska auf einmal die Zimmertür auf und sagte in recht bestimmtem Ton, jetzt sei es aber wirklich an der Zeit, zu Abend zu essen.

Vera und Edu erfuhren nichts über die Besucherin. Onkel Jóska bemerkte lediglich nach dem Lichtlöschen, er glaube es einfach nicht, dass diese Frau die Mutter der Kleinen sei. Die Tante schwieg, dann erwiderte sie nüchtern: „Sie sieht ihr aber ähnlich. Nur ist die Vera schöner. Zum Glück."

Die Tante konnte sich nicht entscheiden, was das Richtige war: Sollte sie dem Kind etwas über die Frau sagen oder vorerst schweigen? Sie erinnerte sich daran, in welchem Zustand Vera seinerzeit auf den Berg gebracht worden war, allerdings hatte sie da schon zwei Wochen in irgendeinem Heim verbracht. Sie brachte es nicht fertig, dieser Frau zu zürnen, besonders jetzt nicht, da sie sie gesehen hatte. Sie konnte den zahnlosen, geschminkten, von einem dunklen Bartflaum überschatteten Mund mit den aufgesprungenen Lippen einfach nicht vergessen, die breiten Backenknochen, die verschlagenen, hin und her wandernden Augen. Auf den zweiten Blick hatte sie auch noch entdeckt, dass die Ohrläppchen der Frau gedehnt waren, als hätte sie irgendwann vor Zeiten schwere Ohrringe getragen, und ihre Nägel wirkten unter dem Nagellack schmutzig. Das hätte von der Arbeit herrühren können, wenn nicht die Frau selbst gesagt hätte, dass sie seit sechs Monaten unfähig gewesen sei zu arbeiten.

Einige Wochen später erschien sie wieder, sie wollte wieder Geld. Frau Jakab hatte es im Torbogen ausgeplaudert, dass diese Frau schon früher hier gewesen sei, an einem Vormittag, doch habe sie damals niemanden zu Hause angetroffen. Sie habe auf dem Innengang ein wenig gewartet, habe sich in der Hitze die geschlossenen Türen angesehen, dann sei sie gegangen. Doch jetzt wusste sie schon, wohin sie gehen musste, und sie erschien von Neuem. Onkel Jóska bot ihr auch diesmal keinen Platz an, er war, wenn möglich, noch weniger freundlich zu ihr, und als er sie hinunterbegleitete, trat er in der Treppenkehre jäh näher an sie heran, als hätte er bloß das Gleichgewicht in der Kurve verloren. Er starrte ihr ins Gesicht, aber nicht in die Augen, sondern auf den kleinen, stacheligen Schnauzbart. Er flüsterte ihr mit fast sanftmütiger Miene, mit gepresster Stimme zu, er wolle sie nie mehr in diesem beschissenen Leben hier erblicken, das solle sie sich merken, und wenn sie doch noch herkäme, würde er sie an den Haaren packen und hinausschmeißen, das könne er ihr versprechen. Die Frau erachtete es für besser, keinen Lärm zu machen, doch unten, bei der Wandzeitung angelangt, warf sie noch einen Satz zurück:

„Wäret ihr doch alle verbrannt, in Ohspitz. Scheißbagage."

Und das Tor fiel mit einem lauten Knall hinter ihr zu.

Vera fand an einem Nachmittag Ende April auf dem Heimweg neben den Müllcontainern ein Leinensäckchen. Sie war guter Laune, in Hochstimmung, denn nun folgten einerseits mehrwöchige Schulferien, andererseits bereiteten sie sich auf das Maifest auf der Margaretheninsel vor. Sie verharrte kurz, bückte sich und öffnete das Säckchen. Es war voll mit glänzenden Ösen, als hätte jemand den Schmuck einer Puppe in den Müll geworfen. So erfuhr Vera, dass der Schuster gestorben war. Die Pfrieme und das Ledermaterial sowie das wenige noch brauchbare

Mobiliar wurden weggebracht, das restliche Kleinzeug von den Nachbarn mitgenommen, und das, was niemand wollte, kam hierher, neben die Abfallcontainer. Es gab Leute, die selbst von da noch Sachen mitnahmen, vielleicht ließe sich später noch etwas davon verwenden. Vera hatte sich hingehockt und wühlte in dem verdreckten Leinensäckchen herum, dem der gleiche starke Leimgeruch entströmte, wie sie ihn aus der Wohnung und der Werkstatt des Alten erinnerte.

In den Leimgeruch mischten sich der lauwarme Dunst des gärenden Mülls und der kühlere Geruch nach Moder, der vom Kellerabgang herwehte, gewürzt mit dem Gestank der Kater, die die Alu-Container fortwährend anpissten. Auch das Säckchen musste schon einer angespritzt haben, die Schnur war klebrig.

Angeblich war das Sterben des alten Schusters schwer gewesen, er hatte lange gelitten und in seinen letzten Monaten kam ihn niemand mehr besuchen. Jahre später, als Vera das erste Mal das Wort „Schusterbrust" hörte, dachte sie an diesen drückenden Frühlingsnachmittag, an die in der Toreinfahrt mit den Salpeterflecken hängen gebliebenen würgenden Gerüche und an das beklemmende Gefühl der Todesnähe, das sie verspürte, als sie mit den Knien gegen die Brust gepresst bei den ausgestreuten Sachen hockte.

Onkel Jóska schilderte den übel riechenden Korridor des Armenkrankenhauses mit trauriger, entrüsteter Miene, wie auch das in eine Ecke geschobene, durch ein Paravent verdeckte, verpisste Bett des Alten, als wäre der Schuster nicht jahrzehntelang ihr höchst eigener Nachbar gewesen, als hätte nicht er selbst ihn einen beschissenen Wüstling genannt, einen alten Satyr und verschlagenen Ziegenbock. Anscheinend hatte er in letzter Zeit im Geschäft das Geschichtenerzählen liebgewonnen, und jetzt steigerte er sich so in die Erzählung über den armen, braven Schuhmacher hinein, als wollte er die erst vor zehn Minuten erhaltene niederschmetternde Todesnachricht an die Kunden weitergeben.

Die Tante meinte noch, man könne sagen, was man wolle, der Alte sei ein anständiger Mann gewesen, wer weiß, wer an seiner Stelle kommen würde. Gut möglich, dass man ihm noch nachweinen würde. Doch vorerst stand die Wohnung leer, es regte sich nichts am anderen Ende des Innengangs.

In jenem Frühling bereitete sich Vera auf die Matura vor. Nachmittags, als die Sonne für eine kurze halbe Stunde zu ihnen kam, auf den gepölzten Gang, stellte sie den Küchenstuhl hinaus und hielt das Gesicht ins Licht.

„Was brauchst du dich zu sonnen, hörst du?“, knurrte Onkel Jóska zornig, wenn er sie draußen vorfand. Doch kam er meistens spät nach Hause, denn man schob ihm alle Extraarbeit in diesem mickrigen Laden zu, wie er sagte, wenn er sich auch den sechzig näherte.

In den letzten Jahren war er ziemlich grau geworden und hatte zugenommen, besonders in der Bauchgegend. Dabei aß er auch jetzt nicht mehr als sonst, nur war seine Arbeit ganz anders als vorher beim Betrieb TÜZÉP, Brenn- und Baumaterial, dort musste er sich mehr bewegen. Im Meterwarengeschäft, wo er nun arbeitete, stand er den ganzen Tag hinter dem hochklappbaren Ladentisch, und wenn keine Kundschaft kam, ließ er sich auf einen Hocker nieder. Er trug einen braunen Arbeitsmantel und unterhielt sich gern mit den Frauen, die hereinkamen und alles zu teuer fanden, doch dann alles kauften. Im Geschäft glaubten ihm die Kollegen nicht, dass er keinen Handelsschulabschluss hatte, ihm ging alles von der Hand, als hätte er sein Lebtag nur im Verkauf gearbeitet, so geschickt legte er die Stoffe über das Verkaufspult, so vertraut hantierte er mit den bunten Rollen, so genau passte er den Messstab an die glatt gestrichenen Stoffenden an. Musste er von den Knöpfen welche auswählen, die an einer Schautafel an der Wand hingen, fand er auf Anhieb den richtigen und er führte auch der Kollegin Jucika unzählige Kunden zu, die kurzfristig und inoffiziell Strümpfe zum Repassieren und Posamentierarbeiten annahm.

Onkel Jóska sagte abends, wenn er heimkam, immer, er hätte von Anfang an in einem Geschäft arbeiten sollen, denn so bekam er ohne entsprechenden Fachabschluss zwar weniger Gehalt, aber die Leute aus der Umgebung kamen gern und immer wieder zu ihm. Insgeheim rätselten sie darüber, wie es angehen konnte, dass dieser fesche, gut aussehende Kerl der Ehemann der Edit war. Der vierschrötigen, dicken Edit mit den zusammengewachsenen Augenbrauen, die immer so zeremoniell feilschte, selbst um einen Büschel Petersilie, dass die Marktweiber sich geradezu langweilten, wenn sie vormittags nicht mit ihrem Korb erschien.

Das Meterwarengeschäft befand sich an der Ecke des Lehel-Platzes, gut fünfzig Schritte vom Markt. Tante Edit kam oft auf einen Sprung vorbei, sie grüßte, setzte sich keuchend, streckte die vor Wasser angeschwollenen Beine ein wenig von sich und befingerte versonnen die Leinenballen. Bei diesen Gelegenheiten kontrollierte sie auch den Atem ihres Mannes. Roch sie Alkohol, schüttelte sie nur den Kopf, bei Wurst und Speck aber zischte sie grausig und verlangte mit schmalen Lippen, dass Onkel Jóska sich den Mund auswasche. Edu, die oft mit ihr mitkam, blieb manchmal da und machte hinter dem Pult Bereitschaftsdienst, während der Onkel seine Rundreise durch Indien, zum Ende des Ganges absolvierte und den Mund ausspülte. Bedienen konnte sie zwar nicht, aber die Kunden zum Bleiben bewegen schon. Sie las ihnen das ganze Sortiment und die Preisliste vom Blatt vor, ja auch die Feuerschutzvorschriften, was manche derart in Verlegenheit brachte, dass sie mit einem um Verzeihung heischenden Lächeln weiter auf den Onkel warteten.

Blieb er mit Edu allein, ging der Onkel in Wirklichkeit niemals aufs Klo, das hätte er hinten im Laden auch tun können, im ständig rinnenden WC mit der vergilbten Muschel, er besuchte vielmehr fluchtartig die Garküche des Marktes gegenüber. Es kam auch vor, dass ihn der eine oder andere Bekannte von dort oder aus dem Espresso an der Ecke besuchte. Dann prosteten sie sich zu und stellten auf dem Pult ein Reiseschachspiel auf. An einem Abend im Frühsommer, es war ein Werktag, kam Tante Edit herein, um ihren Mann abzuholen, um mit ihm zusammen das Eisenrollo herunterzuziehen, wenn er das Geschäft zusperrte, und dann zusammen nach Hause zu gehen. Allein Onkel Jóska war wieder nicht allein.

An der Außenseite des Meterwarenpults stand ein zweiter Hocker. Auf dem Hocker saß Jenő, der sich den ganzen lieben Tag zwischen den Marktbuden herumtrieb und vermutlich auch dort wohnte, in einer der mit Teerpappe gedeckten Buden.

Man konnte Jenő bitten, so man ihn am Vormittag noch nüchtern erwischte, die volle Einkaufstasche nach Hause zu schleppen. Die Marktfrauen ließen ihn die schweren Körbe heben, die Grünzeugtandler ihre Kisten, der Melonenmann ließ seine Melonen von ihm vom Lastwagen werfen und schlichten. Einmal hatte man ihn auch noch als Melonenwächter für die Nacht eingeteilt, doch er hatte sich als Nachtwächter nicht bewährt, er hatte sich unter die Plache zurückgezogen und sich nicht einmal vom nieselnden Sommerregen aufwecken lassen.

An jenem Abend versuchte Jenő, sich die Grundschritte im Schachspiel anzueignen, was sich nicht nur deshalb schwierig gestaltete, weil er kein Genie war, sondern auch weil Onkel Jóska, der ihm das beibringen sollte, die Ellbogen auf dem Pult aufgestützt neben dem Schachbrett eingeschlummert war. Als die Tante den Gehsteig, den die Fleischhauer für den Abend mit Wasser aufgespritzt hatten, entlangging und vor dem Geschäft zwischen dem Essigbaum und der runden, gusseisernen Plakatsäule stehen blieb, verlor der zwei Meter lange, selbst im Sitzen schwankende Jenő drinnen gerade die Geduld. Er verlangte vom dösenden Onkel mit weinerlicher Stimme, jetzt möge er doch bitte wirklich erklären, wie König und Dame gezogen werden.

Die Tante stellte sich kämpferisch hin und teilte Jenő mit, dass hier sie die Dame sei, dann wandte sie sich gar nicht ladylike an Onkel Jóska:

„Komm, Alter, wir machen dicht."

Im Frühjahr neunzehnhundertfünfundsechzig war kein Tropfen Regen gefallen, Mitte Mai aber wurde es plötzlich kalt, die frei flatternden Papierservietten der Garküchen und die beim Fleischhauer für die losen Grammeln auf dem Pult vorbereiteten Papierstanitzel wurden von Windstößen die Straße entlanggejagt. Der Himmel verdunkelte sich rasant und der Regen brach los, als habe sich nicht nur die Tages-, sondern auch die Jahreszeit verändert.

Es schüttete aus Kübeln und am folgenden Tag wurde es so kalt, dass Tante Edit sich gezwungen sah, die gestrickten Sachen von den Mottenkugeln zu befreien. Sie hängte die blaue Jacke und das Berlinertuch zum Lüften unter die Traufe, doch sie lüfteten nicht aus, im Gegenteil, sie stanken in der feuchten Luft nur noch mehr und verbreiteten auf dem ganzen Gang den Geruch von Mottenkugeln.

An der linken Seite des Lehel-Marktes hängte der Gebrauchtwarenhändler die Wintermäntel wieder neben den Eingang. In die abgegriffenen Kleiderbügel waren verschiedene Monogramme eingebrannt, die Initialen der Namen von seinerzeitigen Besitzern. Es waren Wohnparteien aus der Gegend, die seitdem auch ihre Körper abgelegt hatten, doch wurden ihre ausgebeulten Jacken und Wollröcke mit dem ausgeweiteten Futter noch von Leuten gekauft, die sich anschickten, zu Begräbnissen, Hochzeiten oder bloß auf Verwandtenbesuch zu gehen. Der Händler mühte sich mit den Lodenmänteln ab, er versuchte, sie bei den auffrischenden Windböen unter das Vordach zu hängen. Er hatte schon gedacht, die würden heuer nicht mehr weggehen, doch wurde es plötzlich so kalt, dass er auch noch Damenhandschuhe verkaufen konnte. Den blauen Mantel mit dem gestreiften Futter, der innen voller Flecken war, hängte er nicht hinaus, er legte ihn auf die große, mit Löschsand gefüllte Kiste bei seinem Laden, wer ihn brauchte, mochte ihn von dort mitnehmen.

Jenő, der sich den ganzen Vormittag lang im Espresso aufgewärmt hatte, fand den Mantel hier. Ursprünglich hatte er wegen der jäh hereingebrochenen Kälte zwei Sakkos übereinander angezogen, doch sah er sofort, dass der Mantel besser isolieren würde, also schlüpfte er gleich hinein und legte das zweite Sakko auf die Kiste. Vielleicht kommt das noch jemandem zupass. Die Ärmel schienen dem langen Jenő, der auch ein Bäuchlein hatte, ein wenig zu kurz, als sollten sie dreiviertellang sein, doch das wirkliche Problem war, dass der Mantel keinen einzigen Knopf mehr hatte. Und auch keinen Gürtel, der ihn zusammengehalten hätte.

Jenő schaute an sich hinunter und fand, das sei ein feiner Mantel. Fände er einen Knopf für die Mitte, brauchte er gar keinen besseren.

Er streckte sich ein bisschen, tat ein paar Schritte in der Budenzeile, dann marschierte er über die Straße, geradewegs in die gegenüberliegende Kurzwarenhandlung. Ursprünglich wollte er nur eine Schnur oder einen Strick haben, doch als er die Mustersammlung der Knöpfe neben der Tür erblickte, entfachte sie seine Begehrlichkeit. Juci blickte auf, sie saß gerade an einer Repassierarbeit an dem Pult, in der Deckung eines Textilienrestes, und fixierte statt eines Grußes die Lache, die sich um den Ankömmling bildete.

„Jenő! Ich habe gerade aufgewaschen."

Der Besucher wartete standhaft, dass die Frau den Blick wieder hob, ein wenig höher als die Lache. Seine Erwartung wurde erfüllt, denn Juci bemerkte das neue Kleidungsstück.

„Wie ich sehe, hast du dir einen Mantel zugelegt."

Jenő schaute hinunter, als bemerkte er es erst jetzt, ach ja, ich habe doch etwas Neues an, erst dann antwortete er:

„Ein feiner Mantel. Aber er hat keinen Gürtel."

„Und warum knöpfst du ihn nicht zu?", fragte Onkel Jóska, wobei er schon den Blechkübel und den Wischfetzen heranbrachte. Er wischte den Boden um Jenő auf, während dieser auf die Knopfleiste zeigte, um das Fehlen der Knöpfe zu verdeutlichen.

Onkel Jóska trug den Kübel wieder nach hinten. Er wrang den Fetzen aus und rief heraus, eher an Juci adressiert als an Jenő:

„Such dir einen Knopf aus, die Juci wird ihn dir annähen!"

Er kam zurück, stellte sich hinter das Pult und setzte von dort fort:

„Du bleibst aber nur so lange, bis sie damit fertig ist, klar? Kein Schach, kein Lied, mein Herz ist kein Blumengarten, verstanden? Wenn du fertig bist, gehst du, du stinkst nämlich."

Jenő neigte den Kopf und trat zur Knopfwand hin.

„Ich stinke nur, weil es hier warm ist. Draußen stinke ich nicht", antwortete er. Inzwischen hatte er einen blauen Knopf an der Mustertafel ausgewählt und zeigte darauf. Onkel Jóska kam hinter dem Pult hervor und warf einen Blick darauf.

„Der wird zu klein sein. Du brauchst einen größeren. Stell dich doch auf den Fetzen hier, ich habe ihn extra dafür hergelegt!"

Jenő wählte einen anderen Knopf aus, einen, wie ihn sein Vater gehabt hatte, als Jenő klein war. Der glänzende schwarze Knopf war in vier Teile geteilt, als wäre er zusammengesteckt.

„Dann diesen?"

Juci hielt inne im Repassieren:

„Der gehört auf einen Ledermantel. Ein Fußballknopf."

Dieses Wort gefiel Jenő unheimlich. Fußballknopf. Jetzt wollte er schon unbedingt diesen haben. Er untersuchte das Knopfloch an seinem Mantel, indem er den Finger hineinsteckte. Onkel Jóska zuckte die Achseln, kramte in einem der nummerierten Schublädchen herum und reichte der Kollegin den Fußballknopf. Juci nähte den Knopf an, indem sie das Kleidungsstück weit von sich weghielt. Dann wollte sie den Zwirn durchbeißen, doch sie besann sich schnell.

Onkel Jóska schob ihr die Meterwarenschere hin, damit sie den Zwirn damit abschneide. Jenő stank nicht nur, er war auch lungenkrank, daher war sein Gesicht so rot.

Als der Knopf angenäht war, zog er sich den Mantel an und knöpfte ihn am Bauch zu. Zum Dank wollte er das Lied Das kleine Schiff steht fertig nun zur Reise zum Besten geben, doch Juci half ihm hinaus und schloss die Tür hinter ihm. Als seine unbeholfene Gestalt sich entfernt hatte, riss sie die Tür wieder auf, sie musste lüften. Die hereinströmende Kälte war beinahe herbstlich, mit ihr kam auch der Geruch nach Langosch und Bratwürsten von der Garküche her.

Jenő sinnierte noch immer über das Wort Fußballknopf. Ihm war seine Kindheit eingefallen, das Match gegen die Schweiz, 1931, das er mit seinem Vater am Radio verfolgt hatte. Er war noch so klein, dass er hohe Schnürschuhe an den Füßen hatte und der Übertragung auf dem Schoß seines Vaters lauschte. Dann kam ihm ein längst vergangener Sonntag in den Sinn, die Schießbude, wo es ihm gelungen war, gleich vier Stäbchen von der oberen Reihe zu treffen. Mittlerweile war er in die Budenzeile zurückgekehrt, er wischte sich mit dem Handrücken den Regen und den Schweiß von der Stirn. Er ging am Laden des Gebrauchtwarenhändlers vorbei, der schaute heraus, ob es noch regnete, und beeilte sich, Jenő wegen seines feinen Mantels zu loben. Im Gegenzug stellte ihm Jenő, den frühreifen Babykopf schief geneigt, die obligate Frage, wie denn heute das Geschäft gehe, worauf der Händler nur abwinkte.

„Warum machst du keine Schießbude auf?“, fragte ihn Jenő unvermutet.

Der Trödler blickte ihn verdutzt an, dann zeigte er mit einer breiten Handbewegung auf den regennassen grauen Lehel-Platz:

„Hier?! Mein lieber Jenő, wer hätte hier schon Lust, herumzuschießen?“

Die Frauen waren geradezu versessen darauf, zu Onkel Jóska ins Geschäft zu gehen, er konnte nämlich simplen Tratsch mit der eleganten Diskretion eines Gentleman so weitergeben, dass banales Geschwätz zu einer vertraulichen Mitteilung veredelt wurde, zu einer unverzichtbaren Nachricht aus erster Hand. Und indem er den glatten, klein gemusterten Kartonballen anhob, verstand er die Stoffe so anzupreisen, dass das chice, geschweifte Sommerkleid geradezu vor den Augen der Kundschaft schwebte. Sie sagten auch, die Vera könne sich glücklich schätzen, einen solchen Modeberater zu haben. Wie überrascht sie gewesen wären, wenn die Tante ihnen erzählt hätte, dass Onkel Jóska für die Frauen in seinem Haushalt niemals etwas aus dem Bestand des Ladens kaufte, nicht einmal Stoff für ein Geschirrtuch, dass er ausschließlich Taschentücher mit nach Hause brachte und dass die Kleine im ganzen Leben noch nie ein eigens für sie geschneidertes Kleid besessen hatte, wie auch die übrigen Mitglieder der Familie nicht, denn Onkel Jóska hielt so etwas für überflüssige Geldverschwendung. Als einfache Arbeit hingegen sah er es an, die Frauen zu überzeugen, Leinen für eine Schürze oder ein Köperband zu erstehen, Komplimente geschickt anzubringen oder ihnen Popelinestoffe um die Mitte zu legen.

„Wer sie nimmt, wird sie auch anziehen“, sagte er immer über Vera. Trotzdem war er einigermaßen konsterniert, als ein solches Nehmen das erste Mal aufs Tapet kam.

Eine beleibte Frau mit einem Haarknoten kam regelmäßig in den Laden, sie wollte, wie sich im Zuge des langen, endlosen Auswählens herausstellte, ihren eigenen einfältigen Sohn mit Vera zusammenbringen. Onkel Jóska kannte den großen, stets schwitzenden Jungen mit den

Senkfüßen, der die Mama selbst noch als Zwanzigjähriger beim Einkaufen begleitete und gehorsam zwischen den Händlern in der Menschenmenge mit den Paketen lavierte. Das war ein verträumter Bursche, zur Fettleibigkeit neigend. Die Leute in der Umgebung wussten über ihn nicht viel zu sagen. Man hörte zwar keine üble Nachrede über ihn, doch so richtig bemerken konnte man ihn auch nicht, und auch Onkel Jóska dachte nie an ihn, wobei es der Unterhaltung ausgesprochen dienlich war, wenn er sich bei den Kunden namentlich nach der lieben Verwandtschaft erkundigte. Die Mutter brüstete sich damit, dass ihr Sohn bereits eine Anstellung bei den Städtischen Verkehrsbetrieben BESZKÁRT hatte und dass es wohl an der Zeit sei, dass er eine Familie gründete. Onkel Jóska überhörte die Anspielung und sagte zur Neuigkeit nur so viel, die Verkehrsbetriebe seien ein guter Arbeitsplatz mit Pensionsanspruch, und dass zu je einem Meter Renforcé-Baumwollstoff zwei Zentimeter dazugerechnet werden müssen, weil er beim Waschen eingehen würde.

Zu Hause aber entrüstete er sich bei Tante Edit, dass er das Mädchen nicht für einen Schaffner aufgezogen habe, ja was denken die denn. Er wusste gar nicht, was der Junge beim BESZKÁRT machte, er hätte ja sogar Straßenbahn- oder Busfahrer sein können, Onkel Jóska sah ihn jedenfalls in seinen Visionen in einer blauen Uniform und war von diesem Anblick mitnichten hingerissen. Dass Vera im klassischen Sinne nicht schön genannt werden konnte, das wusste er selbst, doch dessen war er sich sicher, dass kein Schaffner der Verkehrsbetriebe dazu geboren worden war, diese spezielle – wie er es nannte: italienische – Besonderheit, die er am Mädchen gesehen hatte, in ihrer irisierenden, geheimnisvollen Farbenpracht zum Erglänzen zu bringen.

Vera hatte bis zur Matura die Körpergröße von hundertdreiundsiebzig Zentimetern erreicht, damit war sie unter den Mädchen ausgesprochen groß. Allerdings war nicht nur sie selbst groß, sondern auch ihre Hände und Füße und leider auch ihre Nase und Ohren, die aber in ihren wohlgeformten, vollen Lippen und ihrem glänzenden, dunklen Blick ein angenehmes Gegengewicht fanden. Früher erlaubte ihr die Tante nur einen strengen Zopf oder geflochtene Haare, deswegen guckten die rosigen oberen Rundungen von Veras leicht abstehenden Ohren oft unter den dunklen Locken hervor. Als großes Mädchen aber lernte sie bald, ihre Haare zu einem lockeren Pferdeschwanz zu binden, so waren die Ohren vollkommen verdeckt. Sie machte ihre schlanke, grazile Gestalt gern mit Stöckelschuhen noch höher, damit war sie einen halben Kopf größer als Onkel Jóska und einen ganzen Kopf größer als die ohnehin nicht besonders groß gewachsene Tante Edit. „Du wächst wie der Kukuruz", sagte die Tante immer, die wahrscheinlich ihr Lebtag nie auf einem Maisfeld gewesen war, aber bei ihnen hatten die Eltern das immer gesagt, wenn die Cousinen und Cousins kamen, in anderen Familien verglich man das Wachstum der Kinder mit dem der Schwammerln. Die Cousins und Cousinen Tante Edits konnten übrigens nie ihr außersprachliches, wirkliches Wachstum vorzeigen, denn sie erlangten noch vor dem allmählichen Erreichen ihres endgültigen Erwachsenenkörpers einen anderen, einen gasförmigen Körper und ihr Angedenken wuchs nie weiter, sie blieben immer so groß, wie sie von den verblassenden Fotos mit den gezackten Rändern bewahrt wurden.

Der törichte Vergleich mit dem Kukuruz ärgerte Vera maßlos, sie hätte es lieber gehabt, wenn man in ihr ein Mannequin gesehen hätte. Des einen war sie sich jedenfalls sicher: Der zu ihr passende Mann müsse groß, blond und vor allem reich sein. Statt eines weißen Pferdes verpasste sie dem Traumbild unerklärlicherweise weiße Schuhe sowie weiße Zwillichhosen und Handschuhe. Als sie sich vor dem Toilettentisch zurechtmachte und die Haare in lockeren Wellen über die Ohren fallen ließ und der scheinbar auf nichts achtenden Edu, die immer wieder rhythmisch über die Bettdecke strich, als wollte sie sie vollkommen faltenlos machen, den Mann ihrer Träume beschrieb, blickte diese unerwartet auf und erklärte mit Speichelblasen in ihrem Grinsen, dass das der junge Obduktionsgehilfe von der Zweiten Internen sei, der immer zu ihnen komme, der große Blonde.

Vera starrte sie an, doch da es nicht gebräuchlich war, Edu einen Trottel zu heißen, antwortete sie ihr, während sie ihre Haarbürste säuberte, nur so viel, das sei nicht wahrscheinlich, es sei denn, er besitze ein Auto. Edu verwendete später viel Energie darauf zu erfahren, ob der Obduktionsgehilfe ein Kraftfahrzeug habe, doch da alle im Krankenhaus sie auslachten, wurde ihr bange, sie könnten annehmen, der junge Mann gefiele ihr selbst, außerdem befürchtete sie, Tante Edit würde sie wegen der Fragerei ausschimpfen.

Sie hatten Mitte Sommer, Veras Matura war überstanden und auch die Maturafeier, und Vera hatte ihr erstes, doch noch maßgeschneidertes und geschweiftes Glockenkleid, und sie hatte auch das Aufnahmegespräch bestanden, nach dem sie ab September in der Patientenaufnahme des Krankenhauses arbeiten durfte, eine Büroarbeit. Jetzt aber herrschten noch Trockenheit und glühende Julihitze, die über den Buden und den mit Vorhängeschlössern gesicherten Verkaufspulten des Marktes noch spät am Abend den Geruch nach vergorenem

Grünzeug und in den Abfall geworfenen Fischköpfen schweben ließ.

Onkel Jóska sperrte den Laden wieder erst spät zu. Der Abend dämmerte schon, als er das eiserne Rollo des Geschäftes herunterließ und sich auf den Heimweg machte. Am Ende des engen Gässchens ging die Sonne gerade unter. Lange Schatten lagen auf dem dunkel glänzenden Katzenkopfpflaster. Aus den offenen Fenstern waren Geräusche von Familien beim Abendessen und Radio zu hören, zwischen den narbigen Häusermauern standen die Luft und der Speisengeruch aus den Küchen. Onkel Jóska war hungrig, er hoffte, man würde mit dem Abendessen auf ihn warten, wenngleich es ihn nicht überrascht hätte, wenn Tante Edit bei seiner Ankunft schon die Teller abgeräumt hätte, um seine Portion mit stummen Vorwürfen im Nachhinein zu wärmen.

Die Tür zum Gang stand weit offen. Tante Edit öffnete die Tür beim Kochen öfter, um Dampf und Fettgeruch abziehen zu lassen, nach Einbruch der Dunkelheit aber ließ sie die Tür nie offen. Ein Hocker hinderte sie am Zufallen, Onkel Jóska schloss daraus, dass seine Verspätung zu Hause auch heute missbilligt wurde. Als er aber in die Küche trat, stellte sich heraus, dass es nicht nur und hauptsächlich um seine Verspätung ging. Vera war nämlich auch noch nicht heimgekommen und man wusste nicht, wo sie war. Binnen Augenblicken schwenkte Onkel Jóska von der unterwürfigen Rolle des späten Heimkehrers um in die eines Verärgerten, sodass er Edu gleich anfuhr, nicht so viel herumzutrödeln, sondern aufzudecken, denn sie würden keine Minute länger warten. Er schaffte es, die Mischung echter Besorgnis und leisetreterischer Erleichterung am einfachsten mit Strenge zu tarnen, womit er Edu einen gehörigen Schrecken einjagte. Die Arme deckte den Tisch ungeschickt, mit lautem Klappern. Die Tante schwieg, sie hatte so schnell keinen Satz zu sagen gefunden, der die Spannung nicht angefacht, sondern gelöst und sich nicht indirekt auf Vera bezogen hätte. Als sie auch die Griesnudeln schon verspeist hatten, wandte sich Onkel Jóska zu den Frauen und fragte, was sie eigentlich dächten, wo in aller beschissenen Welt die Vera zu dieser Zeit sei, zum beschissenen Teufel nochmal. Edu, schon bis jetzt durch das unheilschwangere Schweigen fürchterlich gequält und nebst dem ungewohnten Anblick der offenen Tür noch durch das wortlose Löffeln an den Rand des Weinens getrieben, versetzte wie aus der Pistole geschossen, sie glaube, Vera treffe sich mit dem Obduktionsgehilfen mit den weißen Schuhen. Tante Edit blickte erschüttert drein und Onkel Jóska hob die Brauen in die Höhe und ließ sie auch so, in der Mitte seiner Stirn, bis Vera um zehn Uhr abends nach Hause kam. Gleich beim Eintreten in die Küche bekam sie von Onkel Jóska die zweite Ohrfeige ihres Lebens.

Das Geschrei fand dann schon bei geschlossener Tür statt. Vera, die gar nicht vorhatte, die Eltern in die aufkeimende Liebe einzuweihen, und sich schon eine Mär von einer erkrankten Klassenkameradin zurechtgelegt hatte, musste nun detailliert über ihren ganzen Abend berichten. Edu hatte mit dem Obduktionsgehilfen, wie man so sagt, die Karre in die Scheiße gefahren. Vera musste nicht nur klarstellen, dass der Betreffende kein Obduktionsgehilfe und auch kein Krankenpfleger war, sondern dass er Lali hieß und, ja, einen richtigen Beruf hatte. Onkel Jóska besaß ganz genaue Vorstellungen von dem, was ein richtiger Beruf sei. So beruhigte er sich nicht und ließ noch um Mitternacht das Licht brennen, er schenkte sich vom Schnaps nach und brabbelte etwas über diese beschissene

Welt und dieses beschissene Leben und dass er seine Tochter nicht für einen Affen von Krankenpfleger oder einem Straßenbahnschaffner mit Senkfüßen aufgezogen hatte.

Im Sommer war der Umsatz im Meterwarenladen stark zurückgegangen. Die Zeit der Maturafeiern und Hochzeiten war vorüber, im Sommer ließ niemand nähen, die Kunden holten sich höchstens Geschirrtücher und Meterware für Tischtücher. Nylon war die große Neuigkeit, aber in den umliegenden Haushalten konnten es sich nur wenige leisten, die alten Vorhänge gegen modernen, durchscheinenden Kunststoff zu tauschen. Wer das Geld dafür hatte, ließ sich Meterware aus Jugoslawien bringen, so etwas gelangte kaum auf die Verkaufspulte. Nicht einmal Jersey wurde gekauft. Nein, im Verkauf gab es keine Normen, die Verkäufer erhielten dasselbe Gehalt, auch wenn es keinen Umsatz gab, doch freute sich Onkel Jóska, als Tante Edit ihm Kunden brachte, die für die ganze Familie nähen ließen. Für die Gattin und die zwei Töchter und auch für das Söhnchen, für alle zusammen.

Die Familie Dr. Benkős wählte lange und nachdenklich unter den Stoffen. Juci mischte sich nicht in ihre Bedienung ein, Onkel Jóska scharwenzelte um sie herum. Er erachtete es als seine persönliche Aufgabe, die besten Textilien auszuwählen. Als sie fertig waren, bot er sogar an, den Einkauf zu liefern, weil die Benkős danach noch einen Spaziergang auf der des Abends angenehm kühlen Margaretheninsel machen wollten. Liefern gehörte nicht zum Service der staatlichen Geschäfte, Juci hatte auch noch niemals gehört, dass Onkel Jóska irgendjemandem diesen Dienst angeboten hätte, wenn es auch unter seinen Stammkunden die eine oder andere vollbusige schöne Frau mit aufgetürmtem Haarknoten gab.

Als der Onkel am Abend mit der in Seidenpapier verpackten Meterware anläutete, lud ihn Benkő ein, aus dem Vorzimmer weiterzukommen, er bat ihn, im Geschäft nicht viel über den familiären Großeinkauf zu reden, das könnte man vielleicht missverstehen, man könnte denken, sie seien an eine größere Summe Geldes gekommen oder dass es um einen besonderen Anlass gehe, dabei wachsen die Kinder nur, ganz einfach, sie brauchten je ein neues, netteres Gewand. Onkel Jóska lächelte höflich, wenn auch ein wenig unverständig. Wenn jemand wusste, was eine Sensation war, dann war er es, und was die Benkős nun kauften oder nicht kauften, interessierte wirklich niemanden, und auch nicht, in welchen Sachen sie ihre adretten Kinder herumgehen ließen. Soeben kam der Kleinste herein, ein etwa neun- oder zehnjähriger Junge, und erkundigte sich, ob er dem Gast das Aquarium zeigen dürfte.

Onkel Jóska trat vom Perserteppich herunter und stand auf dem Parkettstreifen. Schnell erwiderte er, er sei kein Gast und er wolle gewiss nicht stören, doch das Kind sah fragend auf seinen Vater, dieser nickte, freilich ja, er dürfe es zeigen.

Die ineinandergehenden Zimmer der Wohnung erschienen unwahrscheinlich geräumig und hoch. Der Junge mit den kurzen Hosen machte sich auf in Richtung des innersten Zimmers, das durch eine verglaste Flügeltür von den anderen Räumen getrennt war. In der einen Hälfte standen ein Pianino und ein Bücherkasten, die andere Hälfte war ausschließlich das Reich des Kindes. Onkel Jóska blickte im Vorbeigehen voller Hochachtung auf den Bücherschrank der Benkős im Wohnzimmer, wo ihre Hausbibliothek stand. Er schätzte, so viele Bücher gebe es selbst in der Betriebsbibliothek des Spitals nicht, allerdings hatte er nie hinter den Raumteiler gesehen, möglicherweise setzten sich die Regale dort fort. Die Edit hatte recht, dieser Benkő ist ein weiser Mann.

Die Hauptattraktion des mit weißen Möbeln bestückten Kinderzimmers war ein neu installiertes Aquarium.

Der Kleine hatte bei seinen Eltern schon seit zwei Jahren gebettelt, sie möchten eines kaufen. Nun hatte er es endlich bekommen. Die Eltern wagten es nicht, ihm zu sagen, was die Familie plante und warum sich ein Aquarium so gar nicht in diesen Plan einfügte. Dann entschieden sie sich, es mache nichts, wenn das Kind mit dem Geschenk prahlte: So hegte zumindest niemand Argwohn. Und einen Fisch hierzulassen, war etwas ganz anderes als, sagen wir, einen Hund.

Im riesigen Glaswürfel, den sie schließlich erstanden hatten, schwamm nicht ein Fisch, sondern viele Fische herum und zwischen den Wasserpflanzen lag ein bis ins kleinste Detail präzise ausgearbeitetes Schiff, die Titanic en miniature. Auf dem Schiffskörper saßen winzige Luftbläschen, erzeugt von der Belüftungsmaschinerie und den Wasserpflanzen, die ließen alles im Kristallglanz schimmern. Die Fische schwammen um das Schiffswrack herum, dann wendeten sie sich den zwei menschlichen Gesichtern zu, die sie durch das Glas anglotzten, sie glitten danach mit einer neuerlichen Drehung nach links oder nach rechts, auf die gläsernen Ecken zu. Onkel Jóska hatte sich so lange in der Hocke befunden, dass nicht nur alles Blut aus seinen Beinen gewichen schien, als er sich aufrichtete, er meinte auch, von der Miene Benkős ablesen zu können, dass sein Besuch sich über Gebühr ausdehnte.

„Ein Tropfen des Meeres“, sagte der Arzt höflich, seine Ungeduld war kaum zu merken, als wollte er vor ihrem Gast die kindliche Entzückung rechtfertigen. Der Kleine erläuterte die Wichtigkeit des Sauerstoffs und die der

Wasserpflanzen für das Gleichgewicht und dass das Aquarium regelmäßig gereinigt werden müsse, aber freilich nicht in der Badewanne. Dabei schielte er bedeutungsvoll zu seinem Vater, woraus ersichtlich war, er wiederholte eine öfter vorgegebene Regel. Doktor Benkő nickte und legte die Hand auf den Kopf des Kindes. Er lenkte es sanft in Richtung Diele und Vorzimmer, damit wollte er erreichen, dass sich Onkel Jóska vom Anblick des Aquariums trennte und zur Tür begab.

Die Mädchen hatten inzwischen die Kleiderstoffe schon ausgepackt und flüsterten im anderen inneren Zimmer insgeheim darüber, wer welche neuen Kleider haben würde, wenn sie dann dorthin, in jenes Land, gingen, über das sie nicht reden durften und wo jeder lauter solche bunten, modischen, neuen Kleider trage, nach Amerika.

Auch dieses Haus besaß einen Innengang, jedoch waren nirgends Türen zum Gang hin offen, von nirgendwoher kam der Geruch von Speisen oder Geschrei. Die Wohnungen standen in einer vornehmen Entfernung voneinander, vor den zum Gang hin zu öffnenden Fenstern schützten dicke Vorhänge die Zimmer vor neugierigen Blicken.

Onkel Jóska stieg in den Aufzug. Selbst dieser war mit Spiegeln und Holz ausgekleidet und recht geräumig und das Stiegenhaus war weiß und glänzte vor Sauberkeit. In der Toreinfahrt roch es nicht nach Müll und Katzenpisse, die breite weiße Marmortreppe lief bis zum verglasten Eingang hinunter, wie eine grandiose, strahlende Operettenszenerie. Man wartete geradezu darauf, dass die Hanna Honthy sogleich oben erschien und singend die Treppen herabschritt.

Tante Edit wischte beleidigt über den Tisch, die Vorstellung von einem Aquarium entsetzte sie maßlos. Das wäre ja noch in Ordnung, meinte sie, dass die Benkős sich mit so etwas amüsierten, aber dass es auch Onkel Jóska gefiel, das wollte überhaupt nicht in ihren Schädel. Sie zeigte theatralisch rundum in der Küche und gleich über die Wand hinweg, als bezöge sie auch das Zimmer in diese Bewegung mit ein, dann fragte sie, wo genau eigentlich hier ein noch so winziges Aquarium Platz hätte. Sie empfahl ihrem Mann bitter, wenn er schon so gern das Herumschwimmen anschauen würde, so solle er sich nach Ladenschluss zum Szepi ins Fischgeschäft hinüberbegeben und den Karpfen nach Belieben zusehen. Die Familie sei ja ein so alter Kunde von ihm, dass der Szepi ihrem Mann sogar noch einen Stuhl anbieten würde, zum Fischeschauen, wenn ihm schon das Alter die Vernunft genommen hatte. Also so was! Noch beim Abwaschen murmelte sie weiter und schüttete das Wasser mit den Fettringen so wütend in den Wandbrunnen, als kippe sie die Fische in den Abfluss. Dabei mochte sie ja Doktor Benkő. Sie kannte jene Straße und wusste, was für Gebäude dort standen. Es war eine andere, eine fremde Welt, Tante Edit erreichte selbst die Klinken nur mit Mühe, als wären die Proportionen der Eingänge für ranke, schlanke, feine Herrschaften geschaffen worden.

Sie entschloss sich, das Gespräch in andere Bahnen zu lenken und diese Laune nicht zur Kenntnis zu nehmen. Sie befragte ihren Mann, bei wem die Benkős nähen ließen. Doch Onkel Jóska, der noch dem seltsamen Bann verhaftet war, hörte die Frage gar nicht. Er erforschte durch das Prisma seines Sodawasserglases die aufsteigenden Blasen. Als er den Ellbogen wieder auf den Tisch setzte, wiederholte er, was Doktor Benkő gesagt hatte:

„Ein Tropfen des Meeres."

Wollte Vera Lali weiterhin treffen, blieb ihr nichts anderes übrig, als ihren Verehrer zu Hause vorzustellen. Genau das war es, was sie bis jetzt zu vermeiden versucht hatte, sie wollte ihn nicht in dieses nach Katzenurin stinkende Haus, in die enge, stickige Küche mitnehmen, sie wollte ihn nicht zur Tante mit den Stützstrümpfen, zum jovialen Onkel und zur schlürfenden Edu setzen.

Lali, den Onkel Jóska seit dem ersten persönlichen Treffen nur den Gartenzwerg nannte und nicht ausstehen konnte, war Drechsler. Er arbeitete in einem Betrieb und nach der Facharbeiterausbildung wollte er in der Schule der Werktätigen auch die Matura ablegen. Ein strebsamer junger Mann, sagte die Tante über ihn, die von der Sache mit der Schule kein Wort glaubte, doch sie sagte Vera, es sei egal, ob einer die Matura habe oder nicht, heutzutage könne jeder alles werden. Aaaaalles, wiederholte Onkel Jóska höhnisch, woraus herauszuhören war, dass er so ungefähr seine Meinung über die Obergrenze dieses Alles hatte. Daran vermochte nichts etwas zu ändern, auch nicht, dass Lali beim Mittagessen sehr nett zu Edu war und dass er Vera jedes Mal rechtzeitig nach Hause brachte, was sie ihn hatten versprechen lassen.

Dass der junge Mann nicht ausgesprochen gut aussehend war, sah auch Tante Edit ein, doch hielt sie es für eine überflüssige Stänkerei, dass Onkel Jóska bei einem Abendessen von Vera wissen wollte, wie viele Zentimeter denn dieser Drechsler eigentlich groß sei.

„Dann ist er genau sechs Zentimeter kleiner als du", hielt der Onkel fest. „So du ihn heiraten solltest, würde er diese sechs Zentimeter einmal sicherlich beanstanden. Ich hatte eine Kundschaft, die mit dem schon fertigen Rock zurückkam und sagte, der Stoff wäre nicht lang genug gewesen, der Meter sei nicht voll gewesen, sonst hätte er ihr bis zum Knie gereicht. Und das waren keine sechs Zentimeter, das kannst du mir glauben. Ich verstehe mich aufs Messen. Das wird er dir nie verzeihen.“

Er erachtete den Unterschied in der Körpergröße zwischen Mann und Frau für einen wichtigen Umstand, denn, wie er sagte, wo gebe es das, dass der Bräutigam den Kopf auf die Schulter der Braut lege. Die Tante bemerkte leise, dass Vera sich dann bei den Basketballspielern umsehen müsse, doch der Onkel gab zurück, dass es sehr wohl gut gewachsene, wohlgestaltete Herren gebe, man müsse sie nur am richtigen Ort suchen. Eine Drechslerwerkstatt war in seinen Augen jedenfalls nicht der richtige Ort, im Gegenteil.

Im September begann Vera im Krankenhaus zu arbeiten und Ende Oktober bekam sie ihr erstes eigenes Gehalt. Es war nicht viel, achthundert Forint, der Familienkasse aber half es sehr. Vera plante bereits, sich ein Paar neue Schuhe zu kaufen, die sie sich im Haus der Mode schon ausgesucht hatte, und Onkel Jóska ermahnte sie, teuer dürften die Schuhe schon sein, aber keinesfalls mit hohen Absätzen. Nicht seinetwegen, ätzte er, sondern des armen kleinen Drehers wegen. Der Blick Tante Edits ließ ihn sofort verstummen.

Woher die Alte erfahren hatte, dass Vera das erste Mal in ihrem Leben ein Gehalt bezogen hatte, blieb für immer ein Rätsel, doch sie erschien am Abend des folgenden Tages bei ihnen in der Wohnung. Onkel Jóska war noch nicht zu Hause, auch Vera kam später als üblich, denn man hatte aus dem Büro der Kultusgemeinde bei der Patientenannahme angerufen, es seien Kleiderpakete gekommen und sie könne kommen, sich etwas auszuwählen. Vera ging dann nach der Arbeit mit Edu hin, die für sich zwei Trainingshosen – kaum noch als Aufreibfetzen geeignet – aus dem Paket gezogen hatte, dann aber nur noch unter Herzeigen ihrer kariösen Zähne auf einem Stuhl sitzend gähnte. Vera hingegen fand ziemlich viele Sachen, auch solche, die sich die Frauen schon herausgefischt hatten, die sie aber nicht wagten, nach Hause mitzunehmen, denn ihnen dämmerte, dass sie diese Kleidungsstücke bei keiner einzigen Gelegenheit würden tragen können. Vera wählte ein bodenlanges blaues Nachthemd aus, einen rosafarbenen Kurzarmpulli mit Kapuze und eine Bluse aus einem völlig durchsichtigen Material, wie Glas. Die Bluse war längs gestreift, aber trotz der dünnen Streifen wirkte sie beinahe transparent. Vera dachte, ein Hemdchen darunter anzuziehen, doch zu Hause überkam sie gleich die Lust hineinzuschlüpfen. Sie zog sich die Bluse nur über den Büstenhalter an, um sich im Spiegel im Zimmer besser ansehen zu können. Die Eingangstür war sperrangelweit offen geblieben, Edu hatte sie nach sich nicht zugezogen und Vera war mit den in Papier eingewickelten Anschaffungen beschäftigt. Eine Hauspartei hatte die Alte beim Tor hereingelassen und oben musste sie nicht einmal anklopfen. Sie trat in die Küche, blickte Edu an und fragte, ob sie allein zu Hause sei. Vera kam aus dem Zimmer, als sie sie sprechen hörte.

„Was ist mit dir los? Wie siehst du denn aus?“, fragte die Alte, statt sich vorzustellen.

„Das ist Nylon“, rechtfertigte sich Vera der Fremden gegenüber, die sie nur von der Stimme her kannte. Sie sah in der neuen Bluse aus, als wäre sie in Zellophan zum Einsieden gehüllt.

Edu wiederholte schnell, das sei Nylon, gleichsam als Erklärung und Entschuldigung. Sie fand Vera ziemlich sonderlich in der Bluse, doch gehörte es nicht zu ihren Angewohnheiten, ihre Meinung darzutun. Ihre eigene

Kleidung wurde ja auch von ihrer Schwester für sie zusammengestellt.

Bis Tante Edit zu Hause ankam, saßen bereits alle drei um den Tisch herum, und wer wüsste zu sagen, wie, aber die Alte hat den rosafarbenen Kurzarmpullover aus dem Paket als Geschenk erhalten, was die Tante nur mit einem verächtlichen Verziehen der Mundwinkel quittierte. Sie konnte sich nicht vorstellen, wer so etwas anziehen würde. Sie blickte Edu, Vera und den Gast wütend an, doch warf sie die Alte nicht hinaus, sie sprach sie nur kaum einmal an. Und wenn doch, dann nur über die Achsel, beim Packen. Das schien die Alte nicht besonders zu stören, sie unterhielt sich mit Edu über deren Lieblingsspeisen und stand erst dann vom Tisch auf, als auch Onkel Jóska ankam, da begann sie wieder zu klagen, wie ihr doch noch immer die Knie schmerzten, sie wisse gar nicht, wie sie heimgehen werde.

„Hast du ihr Geld gegeben?", fragte Tante Edit Vera, als der Besuch gegangen war.

Vera gab es zu, ja, sie habe ihr fünfzig Forint gegeben. Unter Berufung darauf, dass diese Frau doch ihre Mutter sei, oder was, und außerdem schien sie ganz goldig zu sein, wo liege das Problem? Und dass es ihr eigenes Gehalt sei, sie habe ihren eigenen Teil hingegeben. Also das war nur Öl ins Feuer. Onkel Jóska schnappte sich den WC-Schlüssel und rannte hinaus, als wollte er sich vor seinem Zorn, der sich bald entladen würde, ans Ende des Ganges retten. Tante Edit sagte bloß ziemlich geheimnisvoll so viel, Vera würde noch sehen, was da auf sie zukomme, und dass sie goldig sei, ja, Vera könne es mit den eigenen Augen sehen, wie goldig sie sei, aber dann würde es schon zu spät sein. Sie hätte gar nicht mit den Andeutungen aufgehört, wäre nicht Edu unerwartet in Tränen ausgebrochen und hätte sie dem eben zurückkommenden Onkel Jóska nicht beteuert, dass nicht sie die Frau hereingelassen hatte. Sie sei einfach von allein hereingekommen, weil die Tür offen stand.

„Und warum war die beschissene Tür offen, wenn ich fragen darf?"

Die arme Edu, die Schreierei und der Besuch der Alten hatten in ihr die Erinnerung an den letzten zerstrittenen Abend wachgerufen, wie auch den an einen früheren, noch immer nicht deutbaren Fall, als jeder genauso geschrien hatte. Sie befürchtete, wieder einmal etwas falsch gemacht zu haben.

„Na, ist schon gut", knurrte Onkel Jóska und bat Vera nur, das nächste Mal der Alten zu sagen, sie habe kein eigenes Geld, weil sie ihr Gehalt zu Hause abliefern müsse. Über den rosafarbenen Pulli wurde nicht mehr gesprochen und Vera wagte es nicht, in dieser gespannten Stimmung die Nylonbluse zu erwähnen.

Als sie sie das nächste Mal trug, entfuhren ihrem soeben eingelangten Verehrer ganz genau die gleichen Worte wie zuvor der Alten:

„Wie siehst du denn aus?"

Vergeblich beteuerte Vera, dies sei die neue amerikanische Mode, Lali erklärte, er sei nicht gewillt, mit ihr auch nur bis zum Kino Ipoly zu gehen, wenn sie sich nicht zumindest einen Pulli mit kurzem Arm darunter anzöge.

„Einen Pulli? Unter eine Bluse?"

Im Kino saß Vera verdrossen neben dem Jungen. Den Film fand sie langweilig und sie schwitzte stark, die Nylonbluse ließ keine Luft durch und zwischen den Sitzreihen herrschte saure, staubige Hitze.

Kaum waren sie zu Hause angekommen, überfiel Onkel Jóska die beiden mit dem Plan des Aquariums. Es war peinlich, zumindest für Vera. Er trippelte in seinen karierten Tuchpantoffeln umher und erläuterte seinen Plan mit ausladenden Handbewegungen, als hätte er endlich ein verständiges Publikum gefunden. Lali hörte sich interessiert an, welche Materialien noch zu besorgen wären, und nickte ständig, ja, ja, er sei auch der Meinung, dass der Toilettentisch für den Platz wie geschaffen sei. Das dunkelbraune Möbelstück, das aus zwei kleinen Kastenteilen, einem ovalen Spiegel und einem Regal zwischen den zwei Teilen bestand, war wirklich nicht unentbehrlich, nur der Spiegel wurde regelmäßig benützt. Die beiden kleinen furnierten Türen wurden monatelang nicht geöffnet, und wie es der Plan vorsah, würden sie auch später zugänglich bleiben. Onkel Jóska hatte sich ausgedacht, die beiden Kästchen oben mit einem breiteren oberen Regal zu verbinden, und auf diesem mit Nägeln fixierten und polierten Brett würde dann das Aquarium stehen, hinter dem dann solcherart das untere Drittel des ovalen Spiegels noch sichtbar sei.

Edu meinte gleich, das sei gut, die Fische könnten sich dann selbst zuschauen, worauf Onkel Jóska entgegnete, sie würden das aber wirklich absichtlich tun. Er habe in Fachbüchern gesehen, dass man hinter die Hinterwand des Aquariums einen Spiegel einpasst, es sei ein Glück, dass der Zufall bei ihnen das Platzangebot gerade so gestaltet habe. Lali erbot sich, am kommenden Sonntag bei der Montage zu helfen, womit er beim Alten zum ersten Mal seit ihrer Bekanntschaft doch noch ein klein wenig Sympathie für sich zu wecken vermochte.

Sie waren so tief in die Details des Aquariums versunken, dass Onkel Jóska Vera erst betrachtete, als er sich umständlich aus der knienden Haltung neben dem Toilettentischchen erhoben hatte.

„Und du, wie siehst du denn aus?“, fragte er angesichts der durchscheinenden Bluse entgeistert. „Hast du dich als Kosmonaut verkleidet?“

Vera hatte die Frage nach ihrem Aussehen an jenem Tag schon zum dritten Mal gehört und musste feststellen, dass in diesem Winkel von Budapest die amerikanische Mode noch nicht angekommen war.

Der Onkel trug neuerdings ständig Fensterkitt bei sich. Er nahm ihn auch ins Geschäft mit, in Pergamentpapier gewickelt, dann nahm er den Kitt in der Mittagspause hervor und knetete ihn kurz durch. Lief er nur kurz hinüber in die Garküche, um zu Mittag zu essen, hielt er den Kitt in der Hand. Juci, deren Mann immer zum Angeln an die Donau ging, dachte, der Knödel sei ein Köder für die Fische, mit Paprikapulver, denn seine Farbe war genau die gleiche, bloß entströmte ihm massiver Ölgeruch. Onkel Jóska erklärte, man müsse Mennige und Leinöl in den Kitt für Aquarien mischen, damit er nicht hart werde, selbst wenn er austrocknete. Zwar existierte das Aquarium, das verkittet werden sollte, noch gar nicht, doch es war zweckführend, die Masse in voraus durchzukneten, damit sich die Zutaten später innig vermengten. Diese Sache mit dem Vermengen hatte derselbe Glasermeister Onkel Jóska erklärt, der auch die kratzfreien Glasplatten versprochen und sie Ende des Monats für dreißig Forint geliefert hatte.

Bis dorthin hatte sich nicht nur der Kitt innig vermengt, auch Onkel Jóska war klüger geworden und erzählte jedem, dies sei nur der erste kleine Schritt zum Zusammenbauen des Aquariums, die wichtigsten Zutaten seien nämlich Geduld und Genauigkeit. Alles andere komme erst danach, die Reihenfolge müsse eingehalten werden. Wer hastig und ungenau arbeite, dessen Pflanzen würden nie schön werden und dessen teure Fische würden eingehen.

Nach dem Auskitten der Winkelprofile folgten die Dekorationsfelsen im Inneren. Der Zement musste weitere zwei Wochen lang austrocknen. Im Zimmer verbreitete sich ein Geruch, als hätte man, ohne die Möbel wegzurücken, insgeheim renoviert. Edu hörte sich geduldig Abend für Abend an, was alles noch in den Vorder- und Hintergrund kommen sollte, und Tante Edit fragte dann dazwischen, ob es eventuell auch Fische geben würde, denn sie wolle wirklich nur wissen, wann die Fische kämen. In Ermangelung einer besseren Zuhörerschaft trug der Onkel Edu die Details vor, da ihm auch Vera nicht so richtig zuhörte. Dabei sorgte er sich um sein entstehendes Aquarium eben wegen Edu am meisten.

Ihn quälte eine leidige, immer wiederkehrende Zwangsvorstellung, über die er zu niemandem gern gesprochen hätte. Im Aquaristikbuch hatte er gelesen, Zierfische seien gegen Nikotin außerordentlich empfindlich, schon fünf Milligramm pro Liter können den gesamten Fischbestand vernichten. Und obwohl er wusste, dass die arme Edu seit Jahren nicht mehr rauchte, spielte ihm der verborgene automatische Projektor seines Gehirns immer wieder das Bild der dicken Edu vor, wie sie sich über den Behälter beugte und den Rauch ins Wasser blies. Ein anderes qualvolles Bild flimmerte oft vor dem Einschlafen hinter seinen geschlossenen Lidern, nachdem Edu ihre schwarzen, von Schuppen verklebten Haarnadeln aus den Haaren genommen und sie neben ihrer Brille abgelegt hatte. Da stellte sich der Onkel in allen selbstquälerischen Einzelheiten vor, wie Edu eine der Nadeln ins Wasser fallen ließ und die sich aus der Haarnadel herauslösenden Metalle dann langsam und unmerklich begannen, das Wasser zu vergiften. Diese Vision brach manchmal mit einer schmerzlichen Wirklichkeit über ihn herein, die ihn veranlasste, die Nachtlampe anzuknipsen und zu kontrollieren, ob etwas zwischen die vorbereiteten trocknenden Felsen gefallen sei. Wenn die Tante sich ihm zuwandte und fragte, was los sei, antwortete er, es gebe hier nicht genug Luft, und er rieb sich den Brustkorb durch den Pyjama.

Im Meterwarengeschäft flogen über den ausgebreiteten Stoffen Pflanzennamen hin und her. Ähriges Tausendblatt, Dichtblättrige Wasserpest, Karolina-Haarnixe, Schwimmendes Laichkraut. Elodea, Bacopa, Nuphar. Edu war fasziniert. Da es überhaupt nicht möglich war, die Tante irgendwie in die Vorbereitungen einzubeziehen, sie wiederholte nämlich jeden Abend, seitdem ihr Mann sich mit Aquaristik beschäftige, er sei nicht mehr richtig im Oberstübchen, konnte der Onkel nicht umhin, Edu mit der Aufgabe zu betrauen, ihm aus dem Krankenhaus einen Meter PVC-Schlauch zu bringen. Nicht rot, nicht schwarz, nur durchsichtig und ganz dünn, wie man ihn zum Katheterisieren verwendet. Edu nickte fleißig, sie war ja wichtig. Sie hatte keine Ahnung, wo die Katheterschläuche verwahrt wurden, also bat sie in der Abteilung sofort ihre eigene Schwester, sie möge ihr doch bitte einen Meter abschneiden, vom dünnen. Die Tante bemerkte gallig, wenn der Onkel ins Aquarium pischen möchte, könne er das auch direkt tun, er brauche dazu keinen Katheter, und wenn er etwas wolle, könne er auch sie darum bitten, dann wickelte sie den Schlauch schwungvoll zusammen und ließ ihn in die Kitteltasche Edus gleiten, sie möge doch die Bedeutung ihres Auftrags spüren. Das eine vermochte die Tante nicht zu begreifen, warum der Alte den roten Schlauch nicht wollte, der hätte besser ausgesehen und es gab auch mehr davon. Vom roten hätte sie locker zwei Meter abschneiden können, da hätte der Alte auch noch eine Reserve gehabt.

Der Schlauch war für die Luftzufuhr gedacht. Onkel Jóska hatte einen Teil der Einrichtungen fertig gekauft, das übrige anfertigen lassen, das kleine Glasrohr zum Beispiel für die Membranpumpe vom Glasbläser am Bethlen-Platz, der auch die kratzfreien Seitenteile geliefert hatte und der auch gewillt war, nach der unbeholfenen Zeichnung des Onkels das Glasröhrchen mit Doppelbohrung herzustellen. Er sagte, man könne aus Hajdúszoboszló gratis Kleinfische bekommen. Wo das Thermalwasser sich in den Bootsteich ergieße, würden sich die Kleinfische für das Aquarium nur so tummeln, weil ihnen die Temperatur dort gerade entspreche. Onkel Jóska rechnete aus, was es kostete, mit dem Zug nach Hajdúszoboszló zu fahren, und fand, das lohne sich nicht. Das Zubehör aber bestellte er beim Glaser. Möglicherweise hätte man das alles zusammen auch fertig bekommen können, und möglich, dass die Einrichtung des Aquariums, das er in der Sziget-Straße gesehen hatte, etwas besser war als die seiner um vieles häuslicheren Variante vom gleichen Volumen, doch der Wert der verwirklichten Details lag eben in der investierten Energie und Planung. Nachdem der Boden fertig war, konnten die Wasserpflanzen angesiedelt werden. Das Wasser musste erst weich gemacht werden, damit das Leitungswasser nicht gleich am Anfang alles ruinierte, dann langten an einem Donnerstag die Pflanzen ein. In der Wohnung wurden keine anderen Pflanzen gehalten, und wie Edu treffend bemerkte, mussten diese wenigstens nicht gegossen werden. Das Einsetzen der Pflanzen in den vorbereiteten Grund bedeutete zugleich auch, dass Onkel Jóskas Wahnsinn über alle rationelle Überlegung gesiegt hatte.

Die mickrigen kleinen Fäden wiegten sich beim abendlichen Licht der kleinen Lampe im Wasser. Onkel Jóska sagte noch einmal den Namen jeder einzelnen Pflanze auf, als stellte er die blassen Gewächse der Familie vor. Als er in der Aufzählung bei der Schusterpalme ankam, hob Tante Edit den Kopf. Also das gehört wenigstens hierher, dachte sie bei sich. Das Wort klang viel freundlicher als Aspidistra, der wissenschaftliche Name der Pflanze, der von den Lippen des alten, an der Bettkante sitzenden Mannes unbeholfen und doch großsprecherisch klang. Genauso unbeholfen wie bei den Spitalspatienten, die ihren betretenen und ratlosen Besuchern den lateinischen Namen ihrer tödlichen Krankheit, so wie sie ihn von den Ärzten gehört hatten, wichtigtuerisch nachbeteten.

Tóni Piroska war sich nicht sicher, ob er in die richtige Richtung zur Division Street unterwegs war, also kontrollierte er die Querstraße noch einmal. Der vergangene Monat hatte ihm nicht gereicht, sich an die Entfernungen in New York zu gewöhnen, und es überraschte ihn immer wieder von Neuem, dass er für die kurzen Entfernungen auf dem Stadtplan zu Fuß oft mehr als eine Viertelstunde brauchte. Er kam zu spät, wie fast immer in dieser Stadt, aber diesmal stieß sich niemand daran.

Leszek Wrotkasky, der Pole, wie er bei den ungarischen Einwanderern hieß, hielt sich unten auf, im Keller, der als Lager diente. Er organisierte gerade eine Lieferung mit zwei anderen Männern, so antwortete er Tóni nur so viel, ja, er sei es, ohne zu fragen, in welcher Angelegenheit ihn Tóni aufsuche. Hierher kamen fast alle um eine Arbeit und er ahnte, dieser Mann mit dem Bürstenhaarschnitt und den abgetragenen Kleidern wollte dasselbe. Der Pole beherrschte außer seiner Muttersprache nur Französisch, in Englisch kannte er lediglich die wichtigsten Wörter, so viel, wie eben notwendig war, um zurechtzukommen. Und dazu brauchte es wirklich nicht viel, denn er machte seine Geschäfte meistens mit anderen Polen, die Ungarn, die sich an ihn wandten, schickte er mit zwei Worten in einen der Läden oder der Lager.

Als er sich endlich Tóni zuwandte, haspelte der Junge schnell auf Englisch herunter, dass er von Lukasivitz geschickt würde. Die meisten wurden von Lukasivitz geschickt, somit machte die Protektion dieses gut aussehenden, großen Burschen einen ziemlich lächerlichen Eindruck. Der Pole war zu müde, um Fragen zu stellen und herauszufinden, ob der Junge den Lukasivitz überhaupt persönlich kannte, also winkte er nur ab, gut, gut, aber er möge lieber sagen, was er könne. Tóni Piroska hatte sich diese Szene ganz anders vorgestellt, wie auch den Polen, von der Umgebung ganz zu schweigen. Er dachte, jemand, der schon so lange hier war, der sei sicher nicht so abgerissen wie die meisten der Emigranten, der sei elegant, halbwegs schon ein Amerikaner. Der struppige, unfreundliche Mann machte ihn verlegen, ihm kamen die vorher in Gedanken zusammengestellten Worte nicht in den Sinn. Er griff in die Tasche seines Mantels, um seinen Schummelzettel hervorzuholen, doch als er dem Polen ins Gesicht blickte, hielt er es für besser, das Papier wegzustecken. Er dachte, er zeigte ihm besser, was er konnte. Er stellte sich in die Grätsche und tat, als ließe er das Motorrad zwischen den Beinen ein paarmal aufbrummen. Der Pole wiegte nur den Kopf und wandte sich wieder den Säcken zu. Tóni fiel blitzschnell ein, dass der Junge, von dem er die Adresse bekommen hatte, in einem großen Bürohaus als Reinigungskraft arbeitete. Ja freilich! Statt das Motorrad darzustellen, wiederholte er jetzt das

Wort für Fenster auf Englisch und zeichnete dazu schlanke, hohe Wolkenkratzer mit den Händen in die Luft. Der Pole blickte ihn unverständig an, daraufhin sprang Tóni, der Hoffnung nunmehr verlustig gegangen, wieder auf sein Fantasiemotorrad. Der Pole beobachtete die Pantomime verdutzt. Da keiner von ihnen Englisch sprach und Tóni, wie es der Pole verstand, fortlaufend das Wort Witwe wiederholte, wurde der Pole nachdenklich. Er zog die Augen zusammen und setzte eine ernste Miene auf. Tóni erachtete diese Pause der Ungewissheit als Nachdenken und fing wieder mit seiner Vorstellung an.

Hätte es im Raum Fenster gegeben, hätte sich alsbald herausgestellt, dass Tóni sich als Fensterputzer verdingen wollte, so aber, als Wrotkasky seinen kreisrunden, streichelnden Bewegungen zusah, entstand bei ihm der düstere Verdacht, dass dieser hübsche und freche Junge ihm anbot, Witwen zu trösten, was aber, wiewohl er sich vom Wein angefangen bis zu Textilien mit allerlei befasste, überhaupt nicht in sein Interessengebiet passte. Zudem schien ihm Tóni auch zu verstehen gegeben zu haben, er würde die Frauen erst geschickt hin und her fahren und dann, wenn die Witwen schon warm geworden seien, dann könne, wohlan, das Streicheln kommen. Zuerst mit einer Hand, dann mit beiden. Pfui! Er maß den ekelhaften Strizzi mit verächtlichen Blicken und antwortete ihm auf Polnisch, er solle sich eine ehrlichere Arbeit suchen, wenn ihm der Schöpfer schon so kräftige Schultern gegeben habe. Dann ging er die Treppen hinauf, das Gespräch war für ihn beendet, und schickte den Jungen, ohne zurückzublicken, dorthin, wo der Pfeffer wächst.

Tóni Piroska hatte von der ganzen Situation keinen Deut verstanden. Was für Wrotkasky eine ehrliche Arbeit war, darüber hätte man diskutieren können, der Bogen spannte sich für ihn vom Alkoholschmuggel über manch anderes bis zur Vermittlung von Schwarzarbeitern, da er aber sonst ein tiefgläubiger Mann war, hielt er sich konsequent von Huren und Zuhältern fern. Tóni, der bis zuletzt an Fensterputzen gedacht hatte, konnte gar nicht ahnen, dass er soeben eine völlige, empörte Abfuhr erhalten hatte. Er übersetzte sich das Gespräch so, dass der Pole momentan keine Zeit habe, er aber sehen wolle, was er für ihn tun könne. Dann dachte er auch noch weiter, dieser Wrotkasky hätte ihn ruhig auf einen Drink einladen können, wie ihn auch der Lukasivitz eingeladen hatte, wenngleich er ihn ebenfalls das erste Mal im Leben getroffen hatte, als er ihm diese Adresse übergeben hatte. Er blickte die verdreckten Ziegelfassaden hoch, dann auf den Himmel und nach einer plötzlichen Eingebung ging er nicht dorthin zurück, woher er gekommen war, sondern in die entgegengesetzte Richtung, um sich diese unbekannte Gegend ein wenig näher anzusehen.

Es war später Nachmittag, doch wimmelte es auf dem Gehsteig vor Menschen, als wollte jeder jetzt zur Arbeit. Die enge, schmutzige Straße war voll von bärtigen, dem Polen gleichenden Männern, mit Kindern und Frauen, die allerlei Schachteln und Pakete schleppten, sie machten den Eindruck, als zögen sie mit ihren großen Familien gerade irgendwohin um. Ihre schlaffe, schlechte Haut, ihre tief liegenden Augen und ihre Körperhaltung erinnerten ihn an die Bewohner von Diogenesdorf in der Heimat, dabei haftete ihnen auch etwas Fremdartiges und Unbekanntes an. Diese Fremdheit wurde durch den sonderbaren Geruch, der in der ganzen Umgebung hing, nur noch vervielfacht; Tóni kannte ihn, er kam von den billigen Waschlaugen, von den gerade noch erschwinglichen Reinigungsmitteln, und er quoll nicht nur aus den engen

Wohnungen, sondern auch aus den Tiefen der Abwasserkanäle, er unterspülte die Gehsteige und die Häuser mit den verdreckten Fassaden, dieser an Wäschereien erinnernde Mief durchdrang alles, wobei jedoch alles genauso schmutzig, abgestanden und grau blieb und täglich nur dann für eine kurze, trügerische Minute erglänzte, wenn die Sonne, eingezwängt in die langen, engen, lauten Häuserzeilen, schließlich unterging.

In dem für diesen Tag bestimmten langsam auflebenden Glanz betastete Tóni seine Hosentasche. Bis jetzt achtete er auf jeden Cent, doch nun bemächtigte sich seiner unerwartet eine kindliche Gelöstheit. Er beschloss, sich ein Bier zu gönnen. Er wollte sich irgendwo an der Straße hinsetzen, um die Passanten beobachten zu können. Ihm kamen die sanften Lehnen des Berges von Zugliget in den Sinn und das Gasthaus des Apfelwirts, mitsamt den dort erlebten geruhsamen Sonnenuntergängen. Zu Hause hatte er dieses durch Rauch verunreinigte orangefarbene Licht nie gesehen, doch erfasste ihn die gleiche Ruhe wie seinerzeit, unterwegs von der Stadt nach Hause. Als hätte er insgeheim gespürt, er würde hier mit Sicherheit keine Arbeit bekommen, dieser Wrotkasky wollte ihn nicht einmal mehr sehen, das heißt, vielleicht war er nun endlich richtig angekommen.

Er blieb beim ersten Wirtshaus stehen, das eine freundliche Atmosphäre ausstrahlte. An den Tischen vor dem Lokal saßen überall Leute, doch drinnen, an der Schank, konnte er einen Stehplatz ergattern. Er bestellte ein Lucky Lager, doch es kostete mehr als angenommen. Ungeschickt zählte er das Kleingeld in seiner Handfläche und plötzlich fühlte er sich wieder sehr erbärmlich. Gern hätte er sich gesetzt, also nahm er den Bierkrug und ging vor den Eingang, vielleicht war mittlerweile ein Platz frei geworden. Als er sich an den Schultern vorbei nach draußen drängelte, vorsichtig, damit sein Bier nicht ausschwappte, berührte ihn jemand am Arm.

„Du bist Ungar, nicht wahr?"

Tóni sah den untersetzten blauäugigen Mann an, der viel eher amerikanisch wirkte als ungarisch. Die Freude darüber, dass ihn jemand unbekannterweise ansprach, vermischte sich mit einer gewissen Verstimmung: Siehe da, er fiel selbst in dieser bunt zusammengewürfelten Menschenmenge auf als einer, der kaum ein Bier bezahlen konnte.

„Woher weißt du das?", gab er die Frage zurück.

„Ich habe dich gehört, als du vorhin gezahlt hast. Es gibt drei Sachen, die man in seiner Muttersprache macht."

Sie gingen hinaus, setzten sich zu den Freunden des Blauäugigen und der Mann zählte auf, was diese drei Sachen seiner Meinung nach waren. Tóni nickte ernsthaft und nahm einen Schluck von seinem Bier, als verstünde er alles bestens. Die drei Männer gegenüber beugten sich zueinander und ihre Köpfe verdeckten die riesige glühende Sonne, die eben am Ende der Straße unterging. Tóni hob den Krug von den Lippen und fragte sie, um auch etwas Kluges zu äußern, ob sie wüssten, was Alexander der Große zu Diogenes gesagt hatte.

Onkel Gabi traf früher im Trauungssaal ein als die Hochzeitsgesellschaft, weil er sich ein großes Zeitpolster zugestanden hatte, als er vom Berg losging. Dabei hatte er sich oben noch lange umgesehen, denn die Siedlung wurde gerade in diesen Tagen abgebrochen. Auch so kam er so früh an, dass er in die Fotoaufnahmen zur vorherigen Hochzeit hereinplatzte. Der Gehilfe des Standesamtes wies das junge Paar laut und bestimmt ein, er bat die beiden, sich genau vor den Spiegel zu stellen, denn so würde das Gedicht von einem Brautkleid am schönsten wiedergegeben und auch der kleine, feine Haarknoten wäre von hinten auf dem Bild zu sehen.

Die Braut war entweder recht mollig oder guter Hoffnung, jedenfalls spannte das weiße Kleid unangenehm um ihre Mitte und zeigte sie so, als wäre sie bereits verfettet. Onkel Gabi machte eine Kehrtwendung und trat auf die Straße hinaus. Der speckige Bauch der Frau hatte ihm die Laune verdorben und der sich laut gebärdende Fotograf ebenfalls. Er machte sich seine Gedanken, es war ja offenkundig, dass die Todesangst selbst in diesen bemitleidenswerten Menschen stärker war als das Verlangen danach, zu leben, ihr einfaches, von Bagatellsorgen durchsetztes Leben zu leben. Er war überzeugt, die Menschen würden aus Todesangst Kinder zeugen. Sie wollten sich im Voraus versichern, Faksimiles herstellen, weil es ihnen davor graute, dass ihnen ebenfalls dieses banale und obszöne Missverständnis passieren sollte, das ihren Eltern und allen rundherum zugestoßen war: Sie begannen, noch in ihre lebendigen Körper gesperrt, vor sich hin zu altern und zu verrotten. Freilich kannte er auch Menschen, die in ihrer eigentümlichen Art diesem Missverständnis entkommen waren und ihre jungen, noch gut funktionierenden Körper verlassen hatten, wenn auch nicht ganz aus freien Stücken. Onkel Gabi sah seit geraumer Zeit jeden erwachsenen Mitmenschen als Überlebenden an und er unterschied unter den Überlebenden solche, die sich aus Todesangst vermehrten, und solche, die das – ebenfalls aus Todesangst – nicht taten. Von seinem Gesichtspunkt aus vertraten diese Letzteren doch irgendwie eine Intelligenz höherer Ordnung, die dem Tod indirekt ein Schnippchen schlugen, wiewohl er nicht daran zweifelte, dass hinter der hartnäckigen Vermehrung und der hartnäckigen Weigerung der Vermehrung ein und dieselbe Angst am Werke war. Als versuchte die Seele, sich in neuere, jüngere Verkleidungen geschlüpft hinüberzuretten und sich dort zu verstecken, vielleicht würde die Zeit sie, zurückgezogen in ihr verderbliches Fleisch, ja vergessen. Er kannte alternde Männer, die nach ihrem vierzigsten Jahr immer neue, ja, auch außereheliche Kinder zeugten, weil sie Angst hatten. Und er kannte Frauen, die, ebenfalls von Todesangst getrieben, immer neue, den Tod weiter nährende menschliche Körper aus sich herauspressten, bis zur Erschöpfung.

Solche Gedanken beschäftigten ihn, während er eine immer heimtückischere Müdigkeit und Ungeduld verspürte, als endlich die beiden geschmückten Hochzeitsautos vor dem Standesamt vorfuhren. Das erste Auto, ein schwarzer Moskwitsch 402, wurde von einem Arzt gelenkt, neben ihm saß die stolze Tante Edit und im Fond Vera und Onkel Jóska. Unmittelbar hinter ihnen bremste ein Taxi Marke Warszawa, in dem der Bräutigam neben dem Fahrer saß. Hinter ihnen hatte die sehbehinderte Großmutter des Bräutigams zur Linken von Edu Platz genommen, sie sahen von Weitem aus wie eine dicke Mutter mit ihrer plötzlich faltig verwelkten, ganz in schwarz gekleideten kleinen Tochter. Brautvater und Brautmutter kamen zu Fuß an, in Begleitung zweier anderer Verwandter mit Hut, die Onkel Gabi auf den ersten Blick als Brüder des Bräutigams ansah, sie waren genauso untersetzt wie er. Als sie sich gleichzeitig den ankommenden Autos zuwendeten, war die Ähnlichkeit zwischen den drei Gesichtern augenscheinlich.

Vera war kaum zu erkennen. Zunächst einmal war sie goldblond, was ihre Züge gleichsam härter machte, als sei ihr Teint ein wenig dunkler geworden. Sie trug ein gerade geschnittenes, elfenbeinfarbenes, knielanges Ecru-Kleid mit U-Boot-Kragen und weiße Stöckelschuhe. Als der Bräutigam sich aus dem hinteren Auto gewunden hatte und zu ihr trat, damit sie sich bei ihm einhakte, ging er ihr bis an die Nase. Vera reichte ihm ergeben den Arm, doch sie suchte dabei mit den Augen die Familie. Die verhutzelte Großmama mit den krummen Beinen, die sich so schwer dreinschickte, dass die Kinder keine richtige kirchliche Hochzeit machten, trippelte an der Seite des Brautvaters in den Raum. In der Tür des Trauungssaales machte sie das Kreuzzeichen, dann setzte sie sich heftig blinzelnd zwischen ihren Sohn und ihre Schwiegertochter, dorthin, wo man es ihr gezeigt hatte. Sie freute sich nicht besonders über dieses ganze Getue, doch war es ihr im Moment nicht gegeben, dies mit jemandem zu erörtern. Der Stuhl, mit senffarbenem Samt bezogen, war ihr zu hoch, ihre Füße in Lackschuhen und dicken Strümpfen baumelten in der Luft. Neben ihr saß die freudlose Brautmutter in einer violetten Mantilla, frisch vom Friseur, sie musterte die Ankömmlinge mit argwöhnischen Blicken, ihr waren Misstrauen und Kränkung wegen reihenweise erlittenen Ungemachs anzusehen. Der schnauzbärtige Brautvater aber schien ausgesprochen stolz zu sein, immer wieder sprang er auf und sah sich um oder er rief den weiter weg stehenden beiden Brüdern zu, sich doch endlich irgendwo einen Platz zu suchen. Den beiden Söhnen aber mochte scheinen, die Eltern hätten sich unschicklich zu früh gesetzt, als würde sich die Menschenansammlung in der Reihenfolge ihres Einlangens zu einer beginnenden Theaterdarbietung hinsetzen und als wollten sie sich in der ersten Reihe gleich die beste Sicht auf die Bühne sichern. Sie warteten lieber stehend ab, bis die Familie der Braut in der anderen Reihe Platz genommen hatte.

Edu trug Schwarz und ihre gewöhnlichen braunen orthopädischen Schuhe, für die gab es nämlich keine schwarze Variante. Zum schwarzen Kleid hängte sie sich eine von Vera ausgeliehene Glasperlenkette um, die ihr bis zum Gürtel reichte. Diese Kette sah sie immer wieder an, als wollte sie sich vergewissern, dass sie noch da war. Die Tante hatte den Ausschnitt des Kleides zusammengesteckt, zusammengenäht hat sie ihn nur deshalb nicht, weil Edu dann nicht aus dem Kleid gekommen wäre. Sie selbst saß unbehaglich da in ihrer weißen Bluse, schwarzem Rock und schwarzem Spitzentuch, am Vortag hatte sie bis zum Morgengrauen gekocht und gebraten, es sollte Huhn und Fisch geben und auch eine Mehlspeise. Ihr schmerzten die Füße ganz fürchterlich, sie schaffte es selbst mit dem Schuhlöffel kaum, die Sonntagsschuhe anzuziehen. Auch der Rock drückte sie, deswegen konnte sie nicht ruhig sitzen bleiben. Sie suchte mit den Augen nach Vera, sie konnte sich mit dieser neuen blonden Frisur so gar nicht anfreunden.

Die blonden Haare schienen auch Onkel Jóska nicht besonders vorteilhaft, doch er führte großzügig aus, von nun an müsse Vera nicht ihnen gefallen, sondern dem Bräutigam, und dem gefielen sie sicher, warum sonst würde er sie zur Frau nehmen. Diesen weisen Gedanken wiederholte er mehrmals, bis Edu anfing zu murren, diese Haare stünden Vera überhaupt nicht gut, doch dem Bräutigam gefielen sie sicher, warum sonst würde er sie zur Frau nehmen, nicht wahr? Daraufhin schauten beide Edu zornig an. Nun galt es endlich, still zu werden, das Stimmengewirr im Saal verstummte. Vom Tonbandgerät ertönte Musik. Der Bräutigam blickte den Standesbeamten unsicher an, ob sie sich in Bewegung setzen sollten, woraufhin dieser sachte, kaum wahrnehmbar nickte. Es war immer dasselbe, jedes Paar verfehlte an diesem Tag den Rhythmus beim Einzug. Sie waren nicht fähig sich zu merken, wann sie den Teppich betreten sollten.

Die Braut schritt langsam in ihren unbequemen Pumps aus, der kurze Schleier auf ihrem Kopf zitterte im Takt ihrer Schritte. Sie schwammen langsam durch den hell erleuchteten Saal und in Onkel Jóskas Kopf ging der Gedanke herum, dass Vera in diesem Kleid einem Schleierschwanzguppy glich, und Tante Edit dachte, sie hätte den Fluden doch nicht im Voraus aufschneiden dürfen. Es hätte locker gereicht, ihn erst mit dem Eintreffen der Gäste aufzuschneiden. Und für das Abendessen hätte man doch einen besseren Platz finden sollen.

Die Frau, die bisher hinten, neben der Wand herumgestanden war, bemerkte, dass es am Rand neben Onkel Jóska einen freien Sitzplatz gab. Sie spazierte in ihrem grünen Mäntelchen kurz entschlossen hinter dem Paar, das schon auf den Standesbeamten zuging, nach vorne und sackte auf dem Stuhl am Rand der ersten Reihe nieder. Tante Edit blickte sie an, dann ihren Mann, mit hochgezogenen Brauen, dieser hob nur leicht die Schulter. Diese Frau war von Vera eingeladen worden. Da konnte man nichts machen, nur entschlossen so tun, als wäre sie gar nicht da. Zum Glück wurden auch Fotos geknipst, bei denen der Fotograf beide Familien in der Linse versammeln wollte, so war er gezwungen, die Person am Rand abzuschneiden, zu sehen war nur die Hand der Frau mit dem grünen Mäntelchen, die eine Handtasche hielt. Sie haben dann von diesem Bild fünf Abzüge bestellt.

Edu wusste nicht, wie sie sich richtig verhalten sollte, denn die Tante hatte ihr in den vergangenen Tagen so oft ans Herz gelegt, von den vorbereiteten Platten nicht alles wegzufressen, dass sie, als die Gäste endlich ankamen, ganz verschüchtert war. Sie spielte mit der ausgeliehenen

Halskette und tat jedem Ankömmling kund, das WC sei dort, am Ende des Ganges. Sie hatten auch auf den Innengang des Hauses Stühle hingestellt, sodass sich alle, die in der Küche keinen Platz fanden, für die kurze Zeit hier, unter dem Fenster, hinsetzen konnten. Die Brüder des Bräutigams lagerten an der Hintertreppe, mit je einer Pogatsche in der Hand. Onkel Jóska war besorgt, was die Hausparteien sagen würden, hier gebe es normalerweise keinen so großen Wirbel, doch Tante Edit schüttelte bloß den Kopf, die würden schon nichts sagen, sie wüssten, dass Hochzeit gefeiert wurde.

Die Braut war zu Tode erschöpft, zudem hatten die an diesem Tag das erste Mal getragenen Pumps ihr die Fersen aufgescheuert. Die Strümpfe klebten in den Blasen, das versuchte sie im Zimmer irgendwie in Ordnung zu bringen. Der Vorhang war weggezogen, sie hatten auch noch das Fenster geöffnet, damit die Luft nach dem gestrigen großen Aufkochen zirkulieren konnte. Sie saß auf dem Bett unter dem Fenster, auf ihrem alten Bett, und bewegte ihre tauben Zehen. Draußen in der Küche hatte man die Platten schon vorbereitet, um geschlossen in das kleine Beisl am Markt hinüberzugehen. Sie hatten ausgemacht, die Verwandtschaft des Bräutigams sollte sich dort einfinden, die würde für Bier, Wein und Schnaps aufkommen, und der Wirt sollte die Teller zur Verfügung stellen. Tante Edit hatte die Zubereitung der Hühner beaufsichtigt, am eigenen Fisch und am Fluden aber hatte sie festgehalten. Die Gäste konnten außerdem Suppe bestellen, doch es zeigte nur ein Einziger auf, als die Suppen aufgeschrieben wurden.

Auch Edu schleppte eine große Platte, mit einem Küchentuch bedeckt, und Onkel Jóska trug eine Korbflasche. Braut und Bräutigam gingen mit leeren Händen, vergeblich hatten sie darauf gepocht, auf diesen zweihundert Metern ebenfalls etwas tragen zu wollen. In der Kehre wurden sie von den Hausparteien mit Reis beworfen, man lobte Veras schönes Haar und den kräftigen, breitschultrigen Bräutigam, den man schon vom Sehen kannte. Dann, als die ganze Gesellschaft gegangen war, bemerkte man hinter verschlossenen Türen, der sehe aber ziemlich bedürftig aus. Die Vera hätte leicht unter vielen Besseren wählen können, meinten sie. Und dass die Arme gewiss von ihrer mürrischen Pflegemutter aus dem Haus gejagt würde, darum habe sie diesen klein geratenen Mann geheiratet. Ein Dreher oder was.

Solche Sachen sagten die Reiswerfer, in der Hoffnung, es würde für morgen noch etwas an Mehlspeisen oder Wein übrig bleiben, und dass der Jóska sie nötigen würde, zuzugreifen. Sie würden ihnen doch diese wenigen Reste nicht neiden.

Das Beisl war binnen Minuten voll, dabei hatten sie nur die engste Verwandtschaft benachrichtigt. Im Fall Onkel Jóskas hieß die engste Verwandtschaft nur die Familie. Sie hatten nur die Juci aus dem Meterwarengeschäft und Onkel Gabi eingeladen, dann zwei Frauen vom Büro der Kultusgemeinde und freilich den Herrn Oberarzt. Der Herr Oberarzt konnte leider hierher nicht mehr mitkommen, hingegen hatte Jenő hereingeschaut, der sich zu dieser Zeit immer auf dem Marktplatz herumtrieb. Er hatte gleich Platz genommen, er war der Einzige, der Suppe bestellt hatte. Der Arme roch so schlimm, dass er später diskret in die Nähe der Tür gesetzt wurde, damit er nicht allen den Appetit verdarb.

Vonseiten des Jungen waren mehr Gäste gekommen. Neben Eltern und Großeltern waren die beiden Brüder da sowie wenigstens zehn weitere krummbeinige, rotäugige und blinzelnde Verwandte. Sie trugen allesamt Wänste vor sich her und waren klein, Frauen sowie Männer. Veras Schwiegermutter lief andauernd in die Küche hinaus, weil man nichts rechtzeitig hereinbrachte, nie gab es genügend Teller, genügend Gläser. Juci half drinnen mit aus und draußen beklagte sie sich bei den Kellnern, wie man diesen Herumtreiber hier habe hereinlassen können, schließlich sei das doch eine Hochzeit, er würde mit seinem Gestank alles verpesten. Jenő aber störte niemanden, außerdem konnte man nach einigen Stunden vor Rauch kaum mehr atmen und die geladenen Gäste redeten mit immer ausladenderen Gesten und immer lauter über das Tischtuch hinweg aufeinander ein, als hätte die bedrückende Schicht aus menschlichen Ausdünstungen, Speisendampf und Zigarettenrauch auch die Stimmen gedämpft und als gelangten die Sätze schwerer zu den gegenüber Sitzenden. Der bis elf Uhr angeheuerte Geiger hatte das Geld vermutlich nicht für ausreichend empfunden, denn nach einer Weile setzte er sich an den Gästetisch und spielte kaum noch. Ihn hatten die Brüder des Bräutigams hergebracht, er war nicht von hier. Zwar kannte er alle Lieder, deren Titel ihm zugerufen wurden, doch gelang es ihm kein einziges Mal, die durcheinanderredende, laute Tischgesellschaft zu einem gemeinsamen Lied zu bringen.

Die Kellner öffneten die Hintertür, um einen Luftzug zu erzeugen. Vera hatte bohrende Kopfschmerzen, sie zog also ihren Stuhl zur Tür, um sich ein wenig an der hereinströmenden Kühle zu erfrischen. Die Stille von draußen prallte auf der Linie der Tür auf das weinselige Getöse. Stand jemand draußen, unter dem gestirnten Himmel, wie die beiden Brüder des Bräutigams mit ihren Weingläsern in der Hand, konnte er aus dem Stimmengewirr von drinnen kaum vollständige Sätze heraushören, drinnen aber, besonders neben der Tür, war jeder Ton, jeder Laut von draußen klar zu vernehmen.

Veras Kopf drohte zu zerspringen, ihre Füße glühten. Der Brauttanz gestaltete sich in der Enge eher zu einem symbolischen Gewiege. Mehr als das hätte sie ohnehin nicht geschafft, denn ihre kleinen und großen Zehen wiesen seit dem Morgen richtiggehende Wunden auf. Von Zeit zu Zeit wechselte sie Blicke mit dem Bräutigam, der seinerseits der Feier liebend gern ein Ende gemacht hätte, doch unterhielt er die versammelten Leute weiterhin eifrig. Edu war ganz überspannt, der Bräutigam hatte auch mit ihr getanzt, das heißt, er war mit ihr an Ort und Stelle kurz herumgetorkelt. Edu wollte später von diesem Torkeln einen Nachschlag bekommen. Sooft sie Musik hörte, zog sie ihren Stuhl näher an den Tisch und wiegte den Oberkörper vor und zurück. Auch die Braut hatte sich auf ihrem Stuhl zurückgelehnt, sie war drauf und dran, im Sitzen einzuschlafen. Ihr kurzer Schleier war mit einer Friseur-Haarklammer an ihrem Haar befestigt und diese Klammer drückte sich jetzt vom Türstock her in ihre Kopfhaut. Sie schob die Klammer höher, versuchte, die frei gewordenen Locken zusammenzuklammern, als sie die zwei Stimmen von draußen vernahm:

„Wenn die blond ist, bin ich es auch."

„Du, was glaubst du, sind die Juden?"

„Ach was. Wie sollten die Juden sein? Schau sie bloß an! Keiner von denen hat eine Hakennase. Ich erkenne Juden immer. Die sind arme Schweine, sag ich dir."

„Dann hat das Weibsbild sicher Zigeunerblut in den Adern."

„Das mag sein. Zigeunerblut kann sie haben", antwortete der Ältere. Dann war es still, sie tranken.

Wahrscheinlich hatten sie dann draußen nichts mehr,

keinen Wein, keine Zigaretten, weil sie kurz darauf hereinkamen. Sie erblickten die Hochzeitsgäste, die sich im dicken Rauch stritten, den Bräutigam, der Edu mechanisch immer wieder nachschenkte, und die neben der Tür in sich zusammengefallene Braut mit den Ringen unter den Augen, da klatschten sie in die Hände und stimmten ein Lied an:

„Es war einmal eine Frau, wie die Rose weiß, deren Küsse waren wie das Feuer heiß!"

Einige Gäste hoben den Kopf und wollten mitsingen, blieben aber bald stecken, sie kannten den Text nicht. Onkel Jóska wollte viel lieber eine Operette singen. Daraus wurde aber auch nichts, denn Jenő, den man abgesondert hingesetzt hatte, hatte sich verschluckt und bekam einen Hustenanfall. Er stürzte beinahe vom Stuhl, wurde vom Husten geschüttelt und fiel mit dunklem, violettem Gesicht auf seinen Teller. Nichts half ihm, vergeblich gab man ihm zu trinken, vergeblich schlug man ihm auf den Rücken. Zum Schluss musste er hinausbegleitet werden, indessen begannen die Gäste nach und nach aufzubrechen.

Onkel Jóska wusch das große Einmachglas zum dritten Mal ab. Er trocknete es, beugte sich nahe hinunter, doch noch immer roch er den Geruch nach Gurken. Die Tante wiegte nur den Kopf, das riecht doch nach nichts mehr, und wenn doch, muss man es mit Essigwasser durchspülen. Aber ja, der Alte plantschte aufgebracht im Glas unter Wasser, das fehlte noch. Für die Fische ist es noch immer besser, wenn sie im Gestank leben, als dass ihre zarten Schuppen vom Essigwasser verätzt werden. Dabei durchlöcherte er mit einem Messer einen Schraubdeckel. Damit die Fische Luft bekämen. Auf die Frage der Tante, warum er den guten, brauchbaren Deckel durchlöcherte, antwortete er, sonst würden die Guppys auf dem Heimweg ersticken. Die Tante schüttelte nur den Kopf, sie blickte Edu an, als wäre selbst Edu fähig einzusehen, was das für ein Blödsinn war, und als sei das mittelbar die Bestätigung dessen, was sie schon seit Langem ahnte, nämlich dass dem Onkel der gesunde Hausverstand abhandengekommen war, dann rief sie aus:

„Ja, wie sollten sie ersticken, wenn sie bis zuletzt im Wasser sein werden, du!?"

Der Onkel schwieg kühl. Er hielt den Deckel zum Fenster, sah durch die Löcher, als sehe er gerade durch seine Frau hindurch. Er überlegte, ob die Sauerstoffzufuhr so genügte. Dann legte er das vorbereitete Glas in einen Korb und polsterte diesen beidseitig aus, damit das Glas nicht umkippte. Er hatte vor, zunächst vier Regenbogenguppys und vier Zwergkärpflinge nach Hause zu holen. Der Verkäufer in der Gogol-Straße hatte gesagt, für den Anfang sollte das reichen, es werde sich bald herausstellen, wie sie den neuen Platz vertragen. Die frisch eingesetzten Pflanzen grünten jedenfalls schön im Wasser, in dem von der Lüftung Luftbläschen aufstiegen, sie zeigten in den vergangenen zwei Tagen keine Anzeichen von Unwohlsein. Darum hatte Onkel Jóska am Morgen feierlich verkündet, dass das Wasser entspreche, dass also das Aquarium bereit sei, die Fische zu empfangen, sie müssten nur noch hergebracht werden.

Er ließ sich schon um vier Uhr im Geschäft freigeben, um rechtzeitig sein Zubehör von zu Hause zu holen, dabei schloss der Aquaristik-Laden in der Gogol-Straße erst um sechs. Er aber wollte sichergehen, er hatte sich den Donnerstag als letzte Frist gesetzt, Freitagmorgen wollte er schon so aufwachen, dass er ein wenig Meer sah, wenn er sich im Bett zur Seite drehte.

Das Fernziel war ein tiefschwarzer Gestreifter Fadenfisch. Während Onkel Jóska mit dem gepolsterten Korb über den Platz schritt, sann er darüber nach, dass der Gestreifte Fadenfisch aussah wie eine dunkelhäutige Tänzerin mit vollen Lippen. Den Fadenfisch zu besitzen, war für ihn, als tanze eine dunkelhäutige Schönheit für ihn allein, den ganzen Tag lang, in einer Glasschachtel. Im Fachgeschäft für Aquaristik konnte er dem herumschwimmenden Fadenfisch-Paar minutenlang zusehen, bis ihm die Knie schmerzten, die Fische standen nämlich weiter unten, auf dem unteren Regal. Der Verkäufer sagte ihm zwar, dass nicht der bunte das Männchen sei, doch Onkel Jóska war sicher, er selbst wusste es besser. Er überquerte die Straße am Zebrastreifen und blickte auf seinen Korb hinunter. Er überlegte, ob wohl dasselbe Einmachglas geeignet sein würde, die Dunkelhäutige mit nach Hause zu nehmen.

Im Laden stand nicht der Verkäufer, mit dem Onkel Jóska Anfang der Woche verhandelt hatte und der sich seiner Meinung nach bei den Fadenfischen nicht auskannte, sondern eine hässliche junge Frau, die ihn des Öfteren fragte, ob er sonst sicher nichts wollte.

„Getrocknete Flöhe? Oder etwas Vitamin?"

Das ließ Onkel Jóska denken, die Frau würde ihn von oben herab behandeln, dass sie die Guppys und die Zwergkärpflinge für nicht interessant genug hielt. Auf einmal bedrückte ihn das Einmachglas mit dem Gurkengeruch, das Dämchen konnte das Transportmittel für lächerlich oder gar für unfachmännisch erachten. Doch zielte die Frau auf nichts dergleichen ab, im Gegenteil, sie zeigte bei der Auswahl der Exemplare auf einmal auf seinen Korb:

„Kann ich dann das Glas haben?"

Die vier Regenbogenguppys und vier Zwergkärpflinge landeten einer nach dem anderen im Glas und beim Weggehen warf der Alte noch mit gespitzten Lippen den Fadenfischen ein Küsschen zu, als zwinkerte er einer schönen Frau zu, damit andeutend: Mehr als das konnte er sich momentan nicht erlauben, doch würde er bei Gelegenheit hierher zurückkommen.

Sein Gang mit dem Glas dauerte beinahe zweimal so lange wie der Herweg. Juci, die gerade das Rollo im der Auslage des Textilgeschäftes herunterließ, sah am anderen Ende des Platzes Onkel Jóska einen Fuß vor den anderen setzen, und sie bemerkte für sich, er würde trippeln, als hätte er in die Hose gemacht.

Onkel Jóska schwitzte, ihm schien das Glas mindestens zehn Liter Wasser zu fassen. Er balancierte den Korb keuchend und rot im Gesicht in den ersten Stock hinauf. Edu wollte die Fische gleich herausnehmen, aber damit musste sie noch warten. Der Alte setzte sich in der Küche, öffnete das Glas, damit die neuen Mitbewohner sich mit der Zeit beruhigen konnten. Er wischte sich noch immer die Stirn und redete ihnen leise zu, nur die Ruhe, sie seien schon zu Hause, sie dürften sich nicht ängstigen, bald würden sie einen gläsernen Palast haben wie die Könige.

Die Tante sah sich den Umzug in den Königspalast nicht an, weil sie die Nockerln frisch in die Suppe hobeln wollte. Sie fuhr mit dem Kochlöffel entschlossen über die Löcher des Hobels und rief ins Zimmer hinein, Edu solle ihr endlich etwas zur Hand gehen. Edus Begeisterung, die sie selbst im Krankenhaus ständig allen von den Fischen vorschwärmen ließ, so auch der Frau Oberärztin, machte die Tante nervös. Das Wort Guppy tropfte Edu von den immer feuchten Lippen wie eine unbewusst und beharrlich wiederholte Obszönität, deren Peinlichkeit nur schwerlich in einem einzigen Satz erklärt werden konnte.

Edu faltete die Servietten sehr sorgfältig zusammen, schnitt sie dann in zwei Hälften, dann zog sie die drei Hocker unter dem Tisch hervor und wartete.

Onkel Jóska kam nicht, sie riefen ihn vergeblich. Die Tante wollte erst Edu ins Zimmer schicken, dann zog sie den Topf vom Feuer und ging selbst hinein.

Der Onkel saß zur Hälfte an der Bettkante, als wollte er sich eben hinlegen, doch sein Oberkörper lag verdreht, zwischen Bett und Tischchen gerutscht, und sein Kopf war gegen die hintere Wand gedrückt. Das große Einmachglas stand auf dem Teppich, die Fische schwammen schon im Aquarium und sondierten das Terrain. Dass das Panorama sich an der anderen Seite des Glases plötzlich verfinsterte, störte sie nicht, es kam vom Körper der Tante, sie krümmte sich schwer, als sie den Onkel hin und her zerrte und versuchte, ihn auf das Bett zu schieben, während sie ihn vorwurfsvoll ausschimpfte, was machst du, was machst du denn da. Sie brachte es nicht fertig, den Körper auf das Bett zu ziehen, im Gegenteil, er rutschte mit seinem ganzen Gewicht auf den Boden und riss die Bettdecke und die Zierpölster mit sich. Da lag er nun auf dem Parkett, schwer, mit offenen Augen, sein rechter Fuß in Socken zeigte zur Kastentür und zum Einmachglas, der linke zur Zimmerecke. Die Tante hob in ihrer Ohnmacht das Glas mechanisch auf, nur damit es nicht mehr dort stand, sie reichte es der eintretenden Edu, die es dann auch folgsam entgegennahm, wie eine Urinprobe im Spital.

Die Guppys schwammen in die ausgestaltete kleine Felsengrotte, dann kamen sie an der anderen Seite wieder zum Vorschein, sie glitten durch die wiegenden Pflanzen. Offensichtlich fühlten sie sich wohl.

Zum Begräbnis waren verhältnismäßig viele Menschen gekommen. Neben den Hausparteien waren einige Kunden da, hatte man doch im Meterwarengeschäft den Partezettel ausgehängt, und auch von den Verkäufern am Markt waren alle gekommen, die Onkel Jóska gekannt hatten. Von der Abteilung im Krankenhaus waren ebenfalls viele gekommen, zum Beispiel Doktor Benkő mit seiner Frau. Tante Edit empfand eine vage Gereiztheit, sooft sie ihn anblickte. Sie wusste zwar, dass der Schlaganfall Onkel Jóskas und sein Tod in keinerlei unmittelbarem Zusammenhang mit dem Aquarium standen, doch musste sie immer daran denken, dass das Unglück eigentlich mit dem Besuch bei den Benkős seinen Lauf genommen hatte, dass etwas, das zu diesem Donnerstagabend führte, an jenem unglücklichen Nachmittag begonnen hatte. Freilich konnte sie nicht einmal ahnen, dass bald auch das Aquarium in der Sziget-Straße keinen Besitzer mehr haben würde und dass die Benkős es keinem Bekannten anzubieten wagten, damit niemand Verdacht schöpfte, ja, dass selbst das kleinste Kind nicht wusste, was geplant war, nur die größeren Geschwister.

Vera stand mit ihrem Mann vorne, die unwahrscheinlich blonden, schneenassen Haare mit einem Tülltuch zusammengebunden, die Frauen aus dem Büro der Kultusgemeinde warfen abschätzige Blicke auf ihr Haar und bemerkten untereinander, das arme Mädchen sei noch immer so spindeldürr, das habe sie nicht auswachsen können. Lali, der junge Ehemann, hatte seine Eltern mitgebracht. Sie standen hinten in der Menge herum, mit den beiden Brüdern, die die Trauergemeinde, die später auf dem Pfad zum Grab vordringenden Bekannten und Onkel Gabi, der von gegenüber heraneilte, mit ihren Blicken musterten. Sie waren noch nie bei einer jüdischen Beerdigung gewesen und berieten, ob das ein Problem sei, dass sie keinen Hut am Kopf hatten, weil ja bei denen alles verkehrt war, selbst die Bücher lasen sie von hinten herum. Sie erörterten zwischen den Zähnen auch die Frage, ob nun hier alle Juden waren oder nur die mit Hut, und woher der arme Lali wissen würde, wann er was zu tun habe.

Vera konnte nicht weinen, wenn sie auch fühlte, dass es sich schicken würde. Sie fühlte sich nicht traurig, eher völlig erschöpft, sogar zum Trauern zu müde. Die letzten Monate waren mit Streit und dem Ordnen ihres neuen Lebens vergangen, das ihr fremd und schon öde erschien, beinahe so stickig wie die ständig nach Essen riechende Wohnung, die sie hinter sich gelassen hatte, mit Edu und der immerzu keifenden Tante und Vater Jóska, der seit zwanzig Jahren dieselben Scherze wiederholte.

Es war ihr unmöglich, sich die Wohnung ohne ihn vorzustellen, zu denken, wenn sie nach Hause ging, würde jetzt immer nur die nach ranzigem Schweiß riechende Edu da sein und die ewig etwas putzende Tante. Unmöglich, sich den sommerlichen Innengang vorzustellen ohne laufendes Radio, das die Tante nie eingeschaltet hatte, an das sich Onkel Jóska aber immer nach dem Abendessen gesetzt hatte.

Darüber grübelte Vera, während sie einmal Edus Arm im Tuchmantel drückte, dann wieder ihre schneebedeckte Schulter umfasste, als wollte sie sie stützen. Der Gedanke durchfuhr sie, dass die Tante diesen gepolsterten Rücken auch weiterhin jeden Freitagnachmittag abwaschen würde und dass sich nur so viel ändern würde, dass von jetzt an sie selbst das Badewasser hereinschleppen und das saubere Wasser eingießen würde, und dass sie den großen Aluminiumtopf im WC an den Nagel hängen würde. Wie viele Jahre wohl noch? Und was sein würde, wenn sie das nicht mehr machte? Unmöglich, nicht daran zu denken, dass von nun an alles passieren konnte, dass die Zeit kommen könnte, dass niemand am Abend Edu anschaffen würde, die Teller zum Abendessen vorzubereiten, dass sie den Tisch abdecken, saubere Strümpfe anziehen und das Bettzeug abziehen solle. Niemals hatte sie vorher daran gedacht, dass das, was sie hinter sich gelassen hatte, diese ärmliche Kulisse, nicht ewig währen würde; starben in ihrer Umgebung oder im Haus manchmal Menschen, schienen ihr die Zieheltern doch unantastbar und zeitlos zu sein, als wären sie niemals jung gewesen, doch als würden sie von da an auch nicht altern. Sie würden, in der stickigen braunen Luft der ewigen Gegenwart gebeizt, fortgesetzt dieselben Sätze wiederholen.

Während des Kaddisch knatterte in Tante Edits Gedanken ein vorwurfsvoller und gottloser Satz: Was hast du mit mir gemacht, was hast du mit mir gemacht? Ob nun der Satz nach unten, in die Grube, oder nach oben gerichtet war, blieb ungewiss. Als habe ihr Mann sie und ihren bisherigen Bund dadurch verraten, dass er sie mit der langsam in den dicken Kinderkörper hineinalternden Edu hiergelassen hatte.

Während das Begräbnis seinen Lauf nahm, erschien im Krankenhaus an der Pforte eine Frau, die dem alten, kahlen Pförtner vom Sehen her schon bekannt war. Die Frau ging nicht weiter, sie bat nur darum, dass man die Vera in der Patientenaufnahme anrufe, weil die Klari-Oma sie suche. Sie wusste wohl, dass Vera nicht mochte, wenn sie an ihrem Arbeitsplatz erschien, dass sie eher geneigt war, herunterzukommen und ihr ein wenig Geld zu geben, als sich vor ihren Kollegen in Erklärungen zu ergehen. Die Frau trug auch jetzt denselben grünen Pullover und den schäbigen gelben Stoffrock wie bei ihrem ersten Besuch.

Sie hatte seit der Hochzeit begonnen, vielleicht dadurch ermutigt, dass auch sie eingeladen war, möglicherweise aber auch als schiere Erpressung, sich „Klari-Oma“ zu nennen, und wenn Vera sie auch nie so genannt hatte und niemals, um kein Geld der Welt zugegeben hätte, dass diese Frau ihre Mutter war, meldete sie sich seither an der Pforte konsequent unter diesem Namen an. Das letzte Mal hatte sie es vergeblich versucht, weil der junge Vormittagspförtner die Werktätigen in der Patientenaufnahme nicht namentlich kannte und der verehelichte Name Veras noch nicht in die Namensliste in der Zellophanhülle übertragen worden war. Jetzt war der alte Pförtner im Dienst, doch er zuckte nur mit den Schultern. Die Vera sei heute nicht im Haus, sie habe zu einem Begräbnis gehen müssen.

Die Alte nickte erschüttert, ja freilich, sie habe den alten Jóska gut gekannt. Sie schätzte, dann würden dort am Abend sicher viele zusammenkommen, die würden bestimmt eine schöne Trauerfeier ausrichten oder etwas Ähnliches, und wenn, dann würden sie die Klari-Oma nicht wegschicken.

Tante Edit hatte vom Spital eine Woche Urlaub bekommen, aber sie konnte nicht so richtig Schiwa sitzen, weil sie immer wieder wegen der Papiere von zu Hause weg musste. Nichts geschah so, wie es ordnungsgemäß hätte vor sich gehen müssen. Sie konnte sich nicht einmal von dem Toten verabschieden, denn der Amtsarzt, der den Todeseintritt bestätigt hatte, ließ ihnen nur so viel Zeit, dass sie ihn umkleiden konnten. Vera hatte es gar nicht nach Hause geschafft, vergeblich hatten sie sie angerufen, und vergeblich waren auch alle Anstrengungen Tante Edits, wobei sie den Ausgang fast versperrte, der teure Herr Doktor möge ihr endlich glauben, hier wohnten lauter Werktätige in Gesundheitsberufen, was freilich nicht der Wahrheit entsprach, besaßen sie doch beide keinen Abschluss, und vergeblich erwähnte sie auch die Chronische Abteilung und die Namen ihrer Chefs, in vierzig Minuten standen schon die Totenträger bereit, angetan mit Kappen und Gummihandschuhen.

Als man jetzt das Grab zuschaufelte, wurde sie wieder von demselben Gedanken gequält wie damals, als sie mit dem zugedeckten Toten auf dem Innengang dahinschritten und der gelbe Fuß des Alten unter der Decke hervorschaute. Vorher hatte sie noch das Gesicht ihres Mannes schön abgewischt, den lauwarmen Brustkorb gestreichelt, wie sie es noch im Leben gewohnt war, dann zog sie dem großen Körper das Sonntagshemd an. Andere Socken waren aber nicht da, nur die über und über gestopften, die er an jenem Donnerstagabend getragen hatte. Die dunklen Socken, die ursprünglich zu den schwarzen Schuhen passten. Da war kaum noch etwas an ihnen zu stopfen, durch die Fersenteile konnte man geradezu durchschauen. Die Socken waren so hässlich, dass sie sie ihm lieber auszog, im Bewusstsein dessen, dass man ihm im Friedhof ohnehin weiße anziehen würde. Jetzt aber litt sie unter dem Gedanken, dass er so doch barfuß mitgenommen wurde und dass sie ihm zumindest die Nägel hätte schneiden sollen, ein letztes Mal. Seinen Schnauzbart hatte er noch in der Vorwoche richten lassen, der war zumindest in Ordnung, wie auch seine Haare, wenn die dem Armen ohnehin nur noch als Kranz um den Schädel wuchsen, die wurden durch die Kappe, die ihm zum Begräbnis angelegt wurde, sowieso vollständig verdeckt.

Lali wusste nichts zu sagen, wusste es nicht zu erklären und hatte auch nicht wirklich Lust dazu. Seine Eltern wollten nach dem Begräbnis einfach nicht heraufkommen. Und seine Brüder auch nicht. Was aber war so schlimm daran? Nichts. Beim Grab waren sie alle da gewesen, hatten auch einen teuren Kranz mitgebracht, dann hatte es sich herausgestellt, dass sie das gar nicht brauchten, das war nicht üblich. Tante Edit war aber trotzdem beleidigt, sie sagte mehrfach, es sehe so aus, als würde Vera sich ihrer schämen, wollte sich hier nicht wegen der großen Zores genieren. Was die Tante wohl getan hätte, wenn sie doch noch heraufgekommen wären? Vielleicht wollte sie sich nur unterhalten, weil Vera ihre tausendmal gehörten Geschichten schon über hatte. Und vor Lali mochte sie diese vorläufig noch nicht zum Besten geben. So ging sie nur auf und ab zwischen Küche und Zimmer, berührte den Tisch, dann richtete sie die Zierpölster und wiederholte, sie hätten doch kurz heraufkommen können, wenigstens, ging es doch um den Papa. Um den armen Jóska. Die Vorwürfe waren freilich in erster Linie an Vera gerichtet, ihr Inhalt besagte: Sieh nur, was hast du dir doch für einen schlechten Mann ausgewählt. Denn das kann kein anständiger Mensch sein, der so eine Familie hat, die da nicht einmal heraufkommt. Sie strich von Neuem über die Tischplatte, legte ein frisches Tischtuch auf, kochte Kaffee und fragte sie wieder, ob sie etwas essen mochten. Nur Edu antwortete mit Ja, sie faltete schon die Servietten und verstand nicht, warum die Teller nicht zum Vorschein kamen.

Sie empfand es nicht so tief, dass sich etwas in ihrem Leben verändert hatte. Fast heiter hockte sie auf der Küchencouch und versuchte, etwas Klebriges zwischen den Zähnen herauszubekommen. Sie war erleichtert, nach so vielen unbekannten Leuten endlich wieder zu Hause, in der gewohnten Umgebung zu sein, und es war ihr überhaupt nicht klar, was das Problem mit den Verwandten war. Den Lali mochte sie ausgesprochen, seitdem er sie bei der Hochzeit zum Tanzen geholt hatte. Auch jetzt hatte er ihr Hustenzuckerln gegeben, wie einem jungen Hund, und Edu versuchte eben, ein Stück des hinten klebenden zerkauten Bonbons mit dem Zeigefinger zu erwischen. Vera beobachtete mit Abscheu, wie Edu sich zusammenrollte wie ein ungepflegtes Haustier und mit nach hinten geneigtem Kopf in ihrem Mund herumbohrte. Vera wartete darauf, dass die Tante Edu ermahnte. Oft schon hatte sie in den vergangenen Monaten gedacht, sich schlecht entschieden zu haben, doch jetzt, als sie dicht an dicht in der ungelüfteten Küche saßen und sie die abgeblätterte Kupfervitriol-Farbe an der Wand ansah, den Lampenschirm voller Fliegendreck und den schäbigen Sparherd, empfand sie echte Übelkeit und Atemnot.

Die Tante ging ins Zimmer und holte von hinten, hinter dem Regal mit Unterwäsche, ein dunkelrotes Buch hervor und legte es vor sie hin. Darin steckten alte Fotos mit gezackten Rändern, mit den Ecken in dem schwarzen Kartonpapier. Die meisten zeigten unbekannte Verwandte und den jungen Onkel Jóska. Ein dunkelhaariger Mann mit einem großen Schnurrbart posierte auf den winzigen Bildern, ohne den Wanst, mit dem ihn Vera noch als Kind kennengelernt hatte. Lali nickte gelangweilt, während er sich anhörte, wann die Bilder aufgenommen worden waren. Ein Atelierbild aus der Kinderzeit Onkel Jóskas war auch noch erhalten geblieben: Zwei betreten wirkende hässliche kleine Menschen hatten den weinerlich dreinblickenden Knaben im Sonntagsstaat in die Mitte genommen. Die Frau mit dem Spitzenkragen glotzte mit leerem Blick ins Magnesiumlicht, als hätte die Zeit ihr die Augen auf dem Bild ausgestochen. Der Mann mit den buschigen Brauen erinnerte Lali dunkel an seinen Schwiegervater, doch sah er kleiner und dümmer aus, seiner Miene fehlte der für den Alten so charakteristische komplizenhafte, kampflustige Zug. Diese Bilder hatte Vera schon tausendmal gesehen. Am liebsten hätte sie die Tür aufgerissen. Das musste sie aber nicht, es klopfte gerade.

„Na also“, wandte sich Tante Edit an ihren Schwiegersohn, „deine Eltern sind doch heraufgekommen.“

Damit öffnete sie die Tür. Auf dem Innengang aber stand jemand anderer.

„Ich bin die Klari-Oma“, die Alte breitete die Arme theatralisch aus, zuerst an Vera, dann an Tante Edit gewandt. Nachdem ihr beide nur auf die Schulter klopften, landete sie im dritten Anlauf bei Lali, sie fiel ihm um den Hals und klopfte ihm voller Anteilnahme auf den Rücken, dabei jammerte sie, oh weh oh weh, was ist dem armen Jóska passiert ist. Sie sprach über ihn, als wäre zumindest ihr Bruder oder ihr eigenes Kind verstorben, und ließ sich auf die Küchencouch neben Edu nieder. Edu musste nun die Jagd nach dem ohnehin schon zusammengeschmolzenen Stückchen Bonbon aufgeben und dem Gast Platz machen. Sie setzte sich auf, schaute sie an und erblickte verblüfft echte Tränen in Klari-Omas Augen. Die Alte zückte ein dreckiges, zerfetztes Stofftaschentuch und begann tatsächlich zu weinen, doch hinderte sie Tante Edit geistesgegenwärtig daran, sich zu entfalten. Kaum hatte die Alte, ihr Taschentuch leidenschaftlich zerknüllend, den Blick rundum schweifen lassen und mit zitternder Stimme die Frage gestellt, wie sie in dieser schwierigen Lage helfen könne, antwortete die Tante, es gebe da mehrere Möglichkeiten. Zum Beispiel, indem sie diese beschissenen Fische mitnehme. Alle.

Als die Leichenträger weg waren, hatte sie sie in ihrer Verzweiflung schon einmal alle rausschmeißen wollen, doch wusste sie nicht, wie sie das anfangen sollte. In die Waschschüssel wollte sie dieses widerliche Wasser nicht hineinschütten, da wuschen sie sich ja, und mit dem Schöpflöffel aus der Küche konnte sie die Fische auch nicht einzeln, wie aus einer Suppe, herausfischen. Das WC war zu weit entfernt, und sie in den Wandbrunnen zu kippen, das fand sie zu eklig. Vielleicht wären sie gar nicht durch die Löcher im Abfluss gegangen, also selbst daran zu denken, war schlimm genug.

Klari-Oma war überrascht, sie fiel auch gleich aus der Rolle des Klageweibes. Sie erklärte sogleich, sie würde keine Fische putzen, sie finde schon ihren Geruch widerlich, es solle sich jemand mit ihnen abplagen, der sie mochte. Edu warf ein, es handle sich eigentlich um Guppys, worauf die Alte erwiderte, von ihr aus könnte es sich um fliegende Fische oder gar um Aale handeln, sie würde sicher keine Fische putzen. Edu nickte und sagte noch, Fische seien außerdem sehr heikel, man müsse sie immer auf Eis halten. Lali war es, der das Problem löste. Er öffnete kurzerhand die Zimmertür und zeigte Klari-Oma das Aquarium in der Ecke. Edu erfasste die Situation, sie stand schwerfällig auf und hielt eine improvisierte Fremdenführung:

„Ein Tropfen des Meeres. Hier unten lag der Onkel Jóska. So, hier“, sagte sie, ernst geworden, und zeigte mit beiden Händen auf den Parkettboden.

Die Alte erkundigte sich, was diese Fischlein essen würden, doch konnte ihr das niemand sagen. Einzig der Verstorbene hätte antworten können, der das Säckchen mit den getrockneten Wasserflöhen in dem außer Dienst gestellten verschließbaren Aluminiumaschenbecher Edus versteckt hatte, als hätte er befürchtet, die Daphnien könnten sich, selbst im getrockneten Zustand, im Zimmer verstreuen und Tante Edit könnte sie in den Ritzen des säuberlich eingelassenen Parketts finden.

„Die essen nicht viel“, machte Edu der Klari-Oma Mut, die sich vor dem Aquarium hingehockt hatte, „sie essen eigentlich wenig.“

Tante Edit war in die Küche zurückgegangen, sie überlegte, was sie anfangen könnte, was mit großem Lärm einherging, sich aber doch nicht nach Tischdecken anhörte, vielleicht würde dieser Blutegel dann gehen. Als die drinnen schon seit fünf Minuten beratschlagten, machte sie die Tür energisch zu und bemerkte gallig, sie könnten sich ein wenig leiser unterhalten, schließlich sei hier jemand verstorben.

„Die Leichenträger haben ihn aber schon weggebracht“, erklärte Edu unschuldig.

Vera kam in die Küche zurück. Sie drehte und bückte sich, sie suchte das große Einmachglas mit dem durchlöcherten Deckel. Tante Edit hatte den schon weggeworfen und sagte, es komme nicht infrage, dass sie noch einen ihrer Deckel vergeudeten. Die Klari-Oma werde halt aufpassen müssen, dass das Wasser nicht herausschwappt und die Kaulquappen, oder was die sind, nicht hinausspringen. Mittlerweile hatte Lali die Luftpumpe und die Diffusoren herausgenommen und auch die Steine und das winzige Schiffswrack, dann leerte er das Wasser samt seinen Bewohnern in den Aufwaschkübel. Er meinte, die Frau solle das Ganze so mitnehmen, auch er habe die Köderfische so transportiert, als er noch angeln ging.

„Mein bester Kübel!“, rief Tante Edit entrüstet. Den würde sie nicht hergeben, sicher nicht. Also verblieben sie beim Einmachglas und noch ein Deckel wurde vergeudet. Lali bestand darauf, den Deckel zu durchlöchern. Er schlug kräftig mit dem Fleischklopfer auf einen Nagel, am Nudelbrett der Tante. Da musste Tante Edit plötzlich wieder weinen, sie wiederholte, der arme Papa, der arme Papa, wie geschickt er all das Scheißzeug hier zusammengebaut habe, er habe sich ja auf so viel verstanden. Lali befürchtete, die Tante würde wieder weinen, dabei wollte er nun nicht mehr bis zum Ende assistieren. Er bot lieber Klari-Oma seine Hilfe an, er würde ihr die Fische bis nach Hause tragen, wenn sie wollte. Sie wehrte zuerst ab, dann fragte sie, wenn sie schon so nett seien, ob sie ein Paar Pflänzchen ins Glas geben dürfe, damit die Fische unterwegs etwas zum Grasen haben. Tante Edit entgegnete, von ihr aus könne sie das ganze Zeug mitnehmen, je früher, desto besser.

Es war dunkel geworden, sie ging hinaus, um das Licht im Stiegenhaus einzuschalten, Klari-Oma bat Lali, er möge das Gefäß, das Aquarium nämlich, tragen. Der Mann ging also vorne, mit dem Aquarium, in dem alles an Zubehör samt den Gummischläuchen in Fetzen gewickelt lag, hinter ihm Vera mit Klari-Omas schäbiger Handtasche und ihrer eigenen und als Letzte kam die Alte, sie balancierte das Gurkenglas mit dem gelochten Deckel.

„Der arme Papa, wie gern mochte er Gurken", seufzte die Tante versonnen.

„Und die Fische", ergänzte Edu.

Es war ein kühler Abend, der Herbstanfang war zu spüren. Das Licht brannte am unteren Gang, es beleuchtete den kleinen Innenhof und die Reihe der Blumentöpfe, die immer im Frühling von den Hausparteien im Erdgeschoss am Fuß der pockennarbigen Mauer für den Sommer hinausgestellt wurden, spätestens im Oktober stritten sie sich dann um die Pflanzen. Die Tante hatte keine in der Wohnung. Einmal, vor langer Zeit, als sie noch in der Säuglingsabteilung gearbeitet hatte, bekam sie einen Blumenstock geschenkt, doch der ist bald darauf eingegangen. Die Lantos haben die zurückgeschnittene Pflanze mitgenommen, vielleicht würde sie noch austreiben.

Der junge Karcsi war eben erst nach Hause gekommen, der wohnte noch immer da, bei seiner Mutter. Frau Jakab hatte ihn schon in der Tür unten erwartet. Als sie hinter ihm absperrte, blickte sie hinauf in den ersten Stock und sagte zu ihrem Sohn, für den armen Jóska sei es besser so. Noch ein Glück, dass seine Frau im Krankenhaus arbeitete. Sie habe gesehen, dass ihr Schwiegersohn und ihre Tochter heute die teuren geliehenen medizinischen Apparaturen ins Spital zurückbrachten: Der Arme habe nur noch durch Schläuche atmen können.

Tante Edit ging wieder hinein, sie richtete die Decke auf dem Doppelbett, dann trat sie wieder auf den Innengang hinaus. Sie stützte sich auf das Geländer und starrte in den schmalen dunkelblauen Streifen Himmel. Sie sollte beten, dann Edus Platz in Ordnung bringen, doch sie brachte es nicht über sich, die Wohnung zu betreten. Sie schaute bloß diese arme Frau an, sie stand beim Geländer und lehnte den Fuß mit dem orthopädischen Schuh dagegen, das elektrische Licht vom Parterre hob ihre plumpe, zeitlose Figur aus dem Schatten. Plötzlich bemitleidete die Tante nicht nur sich selbst, sondern auch diesen Einfaltspinsel. Ihre Blicke hingen noch immer an der Tür der Jakabs, doch sie legte die Hand auf die weiche, hässliche Hand Edus und flüsterte:

„Der Lali kann wenigstens etwas. Er hat einen richtigen Beruf, nicht so, wie dieser Karcsi. Was kann der schon? Den Halbstarken spielen."

„Ja, der kann nur das. Und auf das Brennholz pissen."

Es war eine windstille, schon recht kühle Nacht. Edu schlief erst nach Stunden ein und dann wälzte sie sich ächzend unter der Decke herum. Tante Edit lag mit offenen Augen da, ihre Hand ruhte auf der anderen, ungemachten Seite des Doppelbettes. Das Grau des frühen Morgens sickerte ins Zimmer herein, das Dämmerlicht überzog langsam den Innenhof. Zwischen den zwei Blöcken der schäbigen Häuserzeile ging die Sonne langsam und mühselig auf, sie warf ein schräges Licht auf die unregelmäßigen Granitwürfel des Katzenkopfpflasters.

Auf dem Markt packten die Händler schon ihre Waren aus, die schläfrigen Marktfrauen zogen die Plachen der Reihe nach von den Kisten. Szepi, der Fischhändler, schlug die Pulte krachend herunter, der Sodamann packte seine klingelnden Flaschen und der durchfrorene Jenő wälzte sich noch einmal im hinteren Raum der Grünzeugbude herum, wo sein Bett stand. Er musste aufstehen. Er hatte dem Grünzeughändler versprochen, beim Ausladen der herbstlichen, von Wasser schweren Melonen zu helfen.

In der Garküche hatte die Kellnerin den ersten frischen Mokka aus der Maschine in zwei dickwandige achtkantige Kaffeegläser verteilt, dann setzte sie sich mit dem einen an den Tisch. Es war kalt. Sie rieb sich die Gänsehaut am Arm, stand auf, schaltete das Radio ein, um aufzuwachen. Bald traf der Chef ein, sie rauchten stumm ihre Zigaretten im Halbdunkel, dann ging die Frau hinaus, um die foliierten Teigklumpen für die Langosch auszupacken.

Karcsi Jakab trat eben durch das Tor der Brenn- und Baumaterialhandlung TÜZÉP. Er umrundete die zwei Lastwagen Marke GAZ und ging nach hinten zur teerpappegedeckten Bretterbaracke am Fuß der Feuermauer, der Vorderteil der Baracke war das Büro, hinten war der Umkleideraum. Er pfiff den Hund herbei und band ihn an. Tagsüber musste er an der Kette bleiben. Dann ging Karcsi nach hinten, um sein Arbeitsgewand anzuziehen, denn er musste bald mit dem Laden beginnen. Auf dem Seil neben der Baracke hingen Putzfetzen, in der kühlen Herbstluft trockneten sie aber nicht bis zum Morgen, sie leckten feucht über seine Schulter, als er unter ihnen durchschlüpfte. Auch drinnen empfingen ihn Kühle und Ölgeruch. Hier lagerten die Chauffeure die Treibstoffkanister. Etwas klopfte rhythmisch. Karcsi blickte sich um: Es war der Hund, der mit dem Schweif wedelte, er hoffte noch immer, losgebunden zu werden, sein Schwanz schlug im Takt gegen die Bretterwand. Das Geräusch wurde in der großen Stille des frühen Morgens verstärkt, das Echo zwischen den schlafenden Häusern mit den zugezogenen Vorhängen hörte sich an, als trommle eine ungeduldige, riesige Hand an einer mächtigen Tischplatte.

Edu versuchte sich im Traum durch einen engen Korridor zu pressen. Am Ende des Korridors befand sich ein kleines Fenster, dorthin sollte sie es schaffen, doch ihr Körper blieb zwischen den Seitenwänden stecken; so sehr sie auch zu fliehen versuchte, ihre Flucht wurde quälend verlangsamt. Edu konnte sich weder umdrehen, noch zum kleinen Fenster weitergehen, sie bemühte sich daher, mit einem dumpfen, tiefen Weinen dem Zwang des Traumes zu entkommen.

Tante Edit erwachte von diesem unterdrückten Weinen. Sie war überrascht, doch noch ein wenig geschlafen zu haben. Für den Bruchteil einer Sekunde, bis sie die Augen aufgeschlagen hatte, war alles beim Alten. Edu weinte, Vera schlief auf dem Bauch, Onkel Jóska rührte sich, drehte sich auf die andere Seite und schnarchte. Wenn Tante Edit die Morgenschicht hatte, teilten sie im Krankenhaus jetzt die Fieberthermometer aus und meistens wurden auch die kleinen Toten von den Krankenträgern auf den Rollbetten in das andere Gebäude, in die Prosektur, hinübergeschoben. Die Aussicht war geringer, auf dem frühmorgendlichen Krankenhaushof auf ambulante Kranke oder Besucher zu treffen, und so sahen die Kinder in den Krankensälen auch nur die leeren Betten, als sie aufwachten. Tante Edit versuchte, sich jetzt an den Familiennamen des zuletzt verstorbenen Mädchens zu erinnern, doch sie war dazu einfach nicht imstande. Karsai? Kardos? Sie erinnerte sich nur an das Gesicht der Eltern, daran, wie sie am Morgen ankamen und bei der Glastür im Eingang jäh innehielten. Dann gingen sie in den Krankensaal und betrachteten das leere Bett, vergebens hatte man sie davon schon telefonisch benachrichtigt, als wollten sie kontrollieren, dass es tatsächlich um ihr Kind ging, ob nicht vielleicht das Kind anderer Leute gestorben war, wie sie es insgeheim gehofft hatten, bis sie an die Glastür kamen.

Tante Edit blickte auf und legte die Hand hinüber, an die andere Seite des Bettes. Sie war leer, so kühl, als wäre die Decke etwas durchfeuchtet, sie hatte sozusagen die Kühle der Wand übernommen. Der ovale, ausgesparte Teil der Decke, der von keinem Überzug bedeckt war, brannte ihre Hand mit seidiger Kälte.

Sie sinnierte über ihre Perücke, die sie neben das Bett abgelegt hatte, über ihr ganzes Leben und über die arme Edu. Wie es nun weitergehen würde mit ihnen. Die Perücke lag an ihrem altgewohnten Platz und Tante Edit beschloss, sie nie wieder anzulegen. Solange Onkel Jóska gelebt hatte, hatten sie sich immer nur über sie gestritten. Ihr Mann beteuerte immer wieder, für Gott sei nicht das wichtig, was man draußen trägt, sondern was man innen hat. Er war nicht einmal gewillt, in die Synagoge zu gehen. Er sagte immer, wenn es an ihr läge, würde sie ihm sogar einen Kaftan anlegen, er aber treibe keinen Mummenschanz und überhaupt, jetzt lebe man im Kommunismus.

Er sagte weiters, dass auch in der Síp-Straße, in der Kultusgemeinde, die Bilder von Rákosi und Stalin aufgehängt und dann wieder schön abgehängt wurden, als man sie abhängen musste. Ihm brauche niemand etwas zu sagen, er habe schon genug gesehen. Für die Armen sei es einerlei, was sie am Kopf trügen, es reiche, wenn sie sich nicht in die Politik mischten, damit sollten sich die Reichen beschäftigen. Solche Sachen sagte er immer, wenn seine Frau ihn auf die Palme brachte. Jetzt gab es keinen mehr, mit dem sie darüber hätte streiten können.

Tante Edit bettete den Kopf mit den grauen Stoppeln anders auf das Kissen und beschloss, sich nach der Trauerzeit nie mehr die Haare schneiden zu lassen. Auf dem Toilettentischchen gähnte leer der Platz des Aquariums, ihren Augen fehlte der glänzende Glaswürfel bereits, den sie so gehasst hatte. Der ovale Spiegel war mit einem schwarzen Berlinertuch bedeckt, dessen Fransen bis zum Regal herunterhingen. Vergeblich hatten die mit Kitt und Mennige ausgestrichenen Winkelprofile so gut isoliert, auf dem Regal des Aquariums war ein quadratischer Umriss verblieben, der in der momentan herrschenden Beleuchtung gut auf der glänzenden Oberfläche zu sehen war. Er schien der Grundriss eines geheimnisvollen Gebäudes zu sein, das rundum doppelte Wände, jedoch weder Fenster noch Türen besaß.

III.

Vera war schon seit zwei Jahren verheiratet, als Lali den Entschluss fasste, eine eigene kleine Werkstatt zu gründen. Er würde Lampenfüße und Ziergegenstände drehen und Gestelle für kunstgewerbliche Spiegel. Letzteres hatte Tante Edit besonders erbost, sie fragte mehrmals, was ihr Schwiegersohn wohl denke, wie viele kunstgewerbliche Spiegel mit gedrechselten Gestellen in diesem elenden Land verkauft werden könnten. Doch Lali gab nicht nach. Er hatte Gefallen an dem Ausdruck gefunden, er sah darin die herrliche, spitzengeklöppelte Zukunft verwirklicht, und da für den Vertrieb echter Kunstgewerbegegenstände eine nur mühsam zu erlangende Genehmigung erforderlich war, hatte sich sein Gefühl als ganz richtig erwiesen, dass die maschinell gedrechselten, jedoch per Hand bemalten Produkte mit diesem modischen Ausdruck verkauft werden konnten. Er behauptete, die Leute würden diese kleinbürgerliche Scheiße geradezu anbetenswert finden, und einer seiner Ex-Kollegen, der jetzt Marktfahrer war, der würde dieses Zeug den Polen tonnenweise andrehen. Und die handgestrickten Pullover, die würden auch gut gehen. Da aber Vera vom Stricken nicht einmal hören wollte – seinerzeit hatte Tante Edit ihre Handarbeiten für die Schule genäht –, blieb nur das Drechseln übrig.

Die Werkstatt lag in der Stadt, in der Nähe des 7. November-Platzes, im Keller eines Mietshauses, der zuvor einer Druckerei gehört hatte. Lali hatte das Ganze schön ausweißen lassen, die Maschinen hineingestellt und stellte den ganzen Tag lang Garderobehaken, Handlauf-Kugelköpfe und Lampen her. Die Lampenfüße gingen besonders gut weg, die beiden schafften es kaum, sie in Schachteln zu packen. Es stellte sich heraus, dass der Junge, der sie von Lali bestellte, zu Hause von seiner Mutter und seiner Schwester Schirme auf die Füße setzen ließ und die fertigen kleinen Lampen von den Kunden wie wild gekauft wurden. Im Staatlichen Kaufhaus und bei der Elektrofirma KERAVILL war die Auswahl wahrlich nicht besonders groß, die gedrechselten Füße und bunten Schirme boten eine nette Abwechslung gegenüber den langweiligen Serien der Aluminium-Lampenkörper und den weißen Glaskugeln. Das einzige farbige Stück, das sich im Verkauf befand, war eine orangefarbene Tischlampe ostdeutscher Provenienz mit verstellbarem Kopf, die aber kaum zu den Möbeln einer herkömmlichen Wohnung passte.

An der Werkstatt mochte Vera einzig die Holzspäne. Der Keller duftete intensiv nach rohem Holz, sie musste durch die Späne waten wie durch die Lagen von Herbstlaub im Wald. Einmal hatte sie, nur so zum Spaß, ein sonderbares hohles Holzstück vom Boden der Werkstatt aufgeklaubt. Sie wusste nicht, wozu das zu gebrauchen war, für eine Pfeife war es zu klein, doch erzeugte es das wohlige Gefühl, dass danach gesucht werden würde. Erst nach Monaten warf sie das Stück irgendwo in einem Park weg, weit weg, in das richtige Laub der Bäume.

Der Lali kam mit der Idee, was wäre, wenn Vera im Spital, in der Patientenaufnahme, aufhörte und auch Lampenschirme klebte, zu Hause. Für die Verkabelung wüsste er schon jemanden. So würden sie viel mehr verdienen und Vera würde sich dort nicht den ganzen Tag lang für wenig Geld den Hintern breitsitzen. Die Lampen würden nach Stückpreis auch dann mehr einbringen, wenn sie nur zehn pro Woche schaffte. Zehn Lampen schienen ziemlich viel zu sein.

Vera wollte nicht, sie mochte die Patientenaufnahme nicht verlassen. Sie berief sich darauf, dass sie von da leichter in Karenz gehen könne, wenn sie einmal ein Kind haben würden. Hätte sie die Sache mit den Schirmen angenommen, hätte sie den ganzen Tag lang in der Plattenbausiedlung zu Hause sitzen müssen, hätte keinen Vorwand gehabt hinauszugehen. So bewegte sie sich doch etwas freier. Musste sie in die Werkstatt und hatte sie sich im Krankenhaus früher freigenommen, dann nahm sie am Blaha-Lujza-Platz die Straßenbahn und stieg zwei Stationen vor dem Ziel aus, damit sie die Auslagen anschauen konnte. Ohne ihren Arbeitsplatz wäre ihr selbst dieser kleine Spaziergang abhandengekommen, sicher würde der Lali sie hinbringen, vielleicht dürfte sie sich nicht einmal eine Monatskarte kaufen. In ihrer Qual schlug sie vor, Edu zu fragen, ob sie nicht Lust habe, Schirme zu kleben, statt im Krankenhaus Bettschüsseln herumzutragen und auszukehren.

Lali fand die Idee genial.

„Schließlich lässt man die Trotteln ja auch Sackerln picken, oder?“, fragte er ganz elektrisiert. „Man muss ihr nur die Aufgabe zeigen und ihr dann auf die Finger schauen, ob sie sie ordentlich macht.“

Tante Edit gestikulierte mit dem Sparschäler, als wollte sie ihren Schwiegersohn damit erstechen oder zumindest schälen. Im Krankenhaus hatten ihr die Krankenschwestern gesagt, wenn Edu austrete und zu jemandem im Privatsektor gehe, würde sie die kleine Altersrente verlieren, die im Lauf der Jahre zusammengekommen war. Vergeblich erklärte ihr Lali, dass das schon lange nicht mehr so sei, dass das schon geändert worden sei, die Tante nannte ihn einen verdammten und verantwortungslosen Blutsauger und wollte ihn noch einen Abenteurer schimpfen, doch dieses Wort fiel ihr partout nicht ein, und sie schwor Stein und Bein, solange sie lebe, würde Vera ihre feine kleine Arbeitsstelle nicht aufgeben, auf was hinauf, auf das große Nichts, von der Edu ganz zu schweigen.

Edu hatte das Schirmkleben schnell heraus. An den Tagen, an denen die Tante Nachmittagsdienst hatte, fand sie sie am Abend bei den an diesem Tag fertiggestellten Schirmen. Manchmal schaffte sie zehn Stück am Tag, sechs bis acht schaffte sie aber selbst an schlechteren Tagen. Später erlernte sie auch die Schnurverzierung und ließ die Klebestellen unter Zackenlitzen verschwinden. Lali brachte die Stoffe und die Versteifungen für die Schirme jeden Mittwoch und nahm die fertigen Schirme mit, um sie in der Werkstatt zusammenzustellen. Was fertig war, wartete in der Küche auf der Couch auf ihn, und wenn dort kein Platz mehr war, dann im Zimmer, auf dem Parkettboden. Wenn Edu Dienstagabend noch am Kleben war, setzte sich auch Tante Edit zu ihr und half ihr mit den Zackenlitzen. Doch es kam auch vor, dass sie mit allem fertig war und vor dem Tisch, der mit Zeitungspapier abgedeckt war, auf die Tante wartete. Die brachte immer ein Abendessen aus dem Krankenhaus mit. Wenn Edu nicht arbeitete, machte sie auch kein Licht, sie streckte nur die Beine unter den Küchentisch, legte die Hände auf die Tischplatte und guckte in die Luft.

„Was sitzt du da im Dunklen?“, fragte sie die Tante beim Eintreten in die kalte Wohnung. Ihre Frage hätte auch witzig sein können, wenn jemand sie hörte und

Edu erblickte, wie sie inmitten der vielen nebeneinander aufgereihten Lampenschirme in ihren ausgebeulten Trainingshosen wartete.

Neben den Lampen erfreuten sich auch die Handlauf-Kugelköpfe einer starken Nachfrage, sodass Lali einen Mann anstellte und nach einigen Monaten noch einen. Als der zweite Angestellte sich einmal schüchtern erkundigte, ob auch seine Frau in das Kleben der Schirme einsteigen dürfe, sie sei sonst Hausfrau, nickte ihm Lali großzügig zu, freilich ja. Jeder durfte einsteigen, wenn er nur rechtzeitig liefern konnte, zu dieser Zeit wälzte Lali bereits höherfliegende Pläne.

Er wollte mit seinem Bruder am Ufer des Venediger-Sees eine Langoschbude aufmachen. Das Startkapital hatten sie ja, und die Frau seines Bruders war gewillt, das Backen zu übernehmen, in das sie auch Vera einbeziehen konnten. Was dann mit der einfältigen Edu passieren sollte, die auf die Lampenschirme abgerichtet war und das ganze letzte Jahr im benebelnden Kleberduft gesessen war, wenn auch für das Doppelte ihres Verdienstes im Krankenhaus, daran dachte er nicht einmal. Vera machte ihn auf diese Kleinigkeit aufmerksam, was ihn so gar nicht freute. Schließlich verblieben sie so, dass die Edu bleiben und halbe-halbe mit der jungen Frau machen durfte, die die Schirme auf die Füße montierte.

Tante Edit fragte nach, warum der Lali nicht am Plattensee oder beim Warmbad Hévíz eine Bude aufmachte, wenn es ihn so sehr danach gelüstete. Doch als ihr Schwiegersohn darauf argumentierte, vom Venediger-See könne man leichter heimfahren und die Vera sei dann auch nicht so weit weg, wenn sie im Sommer helfen kam, war sie beruhigt. „Der Venediger-See ist schon in Ordnung“, sagte sie. Und als sie im Büro der Kultusgemeinde den Frauen erzählte, dass Vera und ihr Mann eine Langoschbude aufmachen würden, führte sie selbst ins Treffen, dass die Kinder dann nicht so weit fahren müssten, die Touristen würden schön brav selbst vor Ort erscheinen, wenn die Geschichte erst einmal allgemein bekannt war. Sie sprach von der zukünftigen Langoschbude wie von einer Sehenswürdigkeit.

Sie sagten Edu nicht, dass die Schirmherstellung möglicherweise zu Ende ging, doch sie verstand aus dem Wortwechsel und dem Streit, dass zwischen Lali und der Tante nicht alles in Ordnung war und dass der Konflikt irgendwie mit der Arbeit zusammenhing, die sie Woche für Woche präzise, mit geleckten Fingern und herausgeschobener Zunge verrichtete. Sie selbst betete Lali bedingungslos an, also sagte sie ihrer Schwester, um Frieden bemüht, als er gegangen war, sie werde schöner kleben, der Lali könne nichts dafür, dass die Tube manchmal ein wenig fließe. Und als dann beschlossen war, dass die Arbeit zwar geteilt würde, doch sonst alles beim Alten blieb, umgab sie sich mit der neuen Lieferung und arbeitete wie eine Maschine. Tante Edit fand sie am Abend mit einem roten Lampenschirm auf dem Kopf vor. Sie saß da in der Dunkelheit wie ein müder Derwisch, der nach einem ganzen Tag Tanzen nur noch auf Ruhe aus war. Sie hatte sogar ihre Brille weggelegt, doch zuvor hatte sie die rote Tube mit Technokol Rapid sorgfältig weggepackt, die ihre Schwester, die ebenfalls immer schlechter sah, das letzte Mal mit der Gulaschcreme-Tube verwechselt hatte. An jenem Tag hatte sie zwölf Lampenschirme fertiggestellt, an keinem einzigen war die Klebestelle verwischt und man hätte es sich unter der Lupe anschauen können, wie genau der Zierstreifen passte.

Tóni Piroska hatte seinen ersten Brief an Vera im Frühjahr neunzehnhundertfünfundsechzig aus Philadelphia geschrieben, um danach noch einen Koffer voll zu schreiben. Die Adresse hatte er von Onkel Gabi erfahren, der noch immer gewillt war, von Zeit zu Zeit zu kontrollieren, ob die von den Piroskas gesammelten Pilze essbar waren. Sie vertrauten ihm mehr als dem Mann vom Marktamt, der zudem noch für jede Untersuchung zehn Forint verlangte.

Tóni erinnerte sich viel besser als Vera an jenen Nachmittag aus ihren Kindertagen, weswegen er sich zum Briefschreiben entschlossen hatte. Vera war damals gerade einmal zehn Jahre alt gewesen. Es war nicht das erste Mal, dass sie draußen war, in der Siedlung, denn die Tante hatte sie schon früher ein paarmal mitgenommen, doch den Piroska-Brüdern wurde sie erst damals vorgestellt. Der Jüngere hantierte an einem Motorrad, das auf dem vergilbten Gras stand. Vera blickte ihn an, er stand auf und führte sie zwischen den Häusern herum. Sie aßen Würfelzucker mit Brot, das blieb ihr aus der ganzen Szene an besten in Erinnerung. Irgendwie gelangten sie in eine schummrige, kühle Küche und der Junge bat sie, während er sie an sich drückte, sie möge ihn auf den Mund küssen. Vera erinnerte sich eher an die sonderbare, nicht gerade unangenehme, doch starke Ausdünstung des Jungen als an sein Gesicht. Tónis Hand an ihrem Gesicht roch nach Metall und Maschinenöl.

Tante Edit suchte sie lange nicht, und als sie wieder erschienen, war sie sehr überrascht, dass sie so gut miteinander konnten, denn bis dahin hatte sie diesen Tóni-Buben als nicht ganz normal eingestuft. Vera schwieg, sie erwähnte diesen klebrigen Kuss auch später niemandem gegenüber. Nur Edu hatte sie ins Ohr geflüstert, dass man Würfelzucker auch mit Brot essen könne.

Die Diogenesdorf genannte Siedlung wurde nach langen Jahren der Diskussionen doch geschleift, die Einwohner erhielten Gemeindewohnungen in der Stadt, meistens bessere als ihre vorherige Unterkunft. Die Bulldozer wurden sogar in der Wochenschau gezeigt. Frau Piroska war zu ihrem älteren Sohn übersiedelt. Mit Ausnahme der Vagyóczkys waren alle in Budapest geblieben und vom Berg heruntergezogen, nur die unnachahmlich gut waschenden ehemaligen Nonnen nicht, die ein bisschen weiter hinauf übersiedelt waren. Sie dankten und nahmen die zugewiesenen Wohnungen nicht in Anspruch, denn sie hatten ein noch besseres Angebot erhalten und waren geradewegs ins Himmelreich gezogen. Viele in der Gegend rätselten darüber, wie sie es wohl gemacht hatten, dass sie beinahe zur gleichen Zeit, mit kaum einem Monat Unterschied, verstarben, doch dieses Geheimnis hatten sie mit sich genommen. Seitdem weiß niemand mehr, wie man Flecken, selbst solche von Fett und Paprika, aus allen Materialien restlos entfernt.

Auch Vera wusste das nicht, dabei hatten die schneeweißen Bettlaken und Tischtücher im Haushalt der Tante vor Stärke geradezu gekracht. Sie hatte noch alles gestärkt und gebügelt. An Papiertaschentücher musste sie erst gewöhnt werden, sie hielt sie für Verschwendung, und wenn Vera und Onkel Jóska nicht hingeschaut hatten, klaubte sie nach dem Essen die Servietten, die sie noch für brauchbar hielt, zusammen. Vergeblich sagten sie ihr, Waschseife und Bügeln zusammen würden viel mehr kosten als die nichtigen Servietten, es tat ihr leid, sie wegzuwerfen, vor allem, wenn sie gemustert waren. In Sachen Taschentücher aber war sie unbeugsam geblieben, sie meinte, es sei widerlich, den Rotz in Papier einzuwickeln wie ein Bonbon, wenn es doch richtige Taschentücher gab. Und die hatte es gegeben, denn Onkel Jóska brachte, dank der Vergünstigung für die Werktätigen im Meterwarenladen, jedes Jahr einige Schachteln davon mit nach Hause. Zum Teil waren sie nicht einmal geöffnet worden, sie standen hinten im Kasten, hinter der Unterwäsche. Tante Edit wollte sie nach der Hochzeit Vera aufdrängen, doch Lali ließ es nicht zu. Er meinte, nur Proleten würden ein Schnäuztuch verwenden. Schließlich bekamen die Totengräber je ein ungeöffnetes Paket, statt des Trinkgelds. Zuerst zuckten sie nur mit den Schulten, dann steckten sie sie doch ein, sie meinten, irgendeinen Wert würden die auch haben.

„Der liebe Gott hätte sie alle von der knausrigen Mama vollweinen lassen."

Die sorgfältig zusammengepackten Hosen und Hemden Onkel Jóskas wurden von Edu in einer großen karierten Reisetasche ins Büro der Kultusgemeinde geschleppt. Sie wackelte mit ernster Miene dahin, die Henkel der Tasche mit beiden Händen fassend. Unterwegs fragten sie gleich mehrere Leute, wohin sie fahre.

„Geht's vielleicht gar auf Kur, Edulein?"

Die Tante trug den säuberlich gebürsteten Sweater mit den großen Taschen, den Wintermantel, der nach Lavendel duftete, und die Unterwäsche hinüber auf den Lehel-Platz. Sie hinterließ den in Papier eingewickelten Packen im Meterwarengeschäft, man möge ihn dem Jenő geben, es werde ihm für den Winter gut zupass kommen. Der von der Garküche könne sich auch etwas davon nehmen, wenn er möchte, doch würden ihm die Sachen zu groß sein. Von da an trug Jenő den gestrickten Sweater mit den großen Taschen tagaus, tagein, er schleppte den Korb der Tante, wenn sie zum Großeinkauf auf dem Markt erschien. Wer sie von der Ferne sah, konnte glauben, Onkel Jóska würde sie begleiten, nur hätte er neuerdings den Schnurrbart abrasiert.

Niemand von den Bewohnern in der Umgebung wusste, dass vor vielen, vielen Jahren auch Jenő für kurze Zeit einen Oberlippenbart getragen hatte. Seiner war allerdings nicht so dicht und ehrfurchtgebietend gewesen wie der des Onkel Jóska.

Jenő trug damals, vor langer Zeit, als er siebzehn war, nur ein kleines, fahles Bärtchen, das den Namen Bart kaum verdiente. Er ließ ihn dennoch wachsen und log, er sei achtzehn, nur damit er sich unter die bewaffnet herumlaufenden Erwachsenen mischen konnte. Jenő, also nicht jenes hundertsiebenundachtzig Zentimeter große Riesenbaby mit dem roten Gesicht, das sich den ganzen Tag lang auf dem Markt herumtrieb, sondern der gut gewachsene, junge Jenő Horváth hatte damals mit einem feierlichen, verlegenen Lächeln die Waffe geschultert, geradezu befangen, wie man sich die erste Krawatte umbindet. Das Gewehr war viel schwerer, als er es sich vorgestellt hatte. Die in der Alma-Straße fröstelnd aufgereihten Unbekannten standen mit dem Rücken zu den dunkel Gekleideten. Die meisten von ihnen trugen Spitalsnachthemden. Vor dem schwarzen Hintergrund des matschigen Gehsteigs zeichneten sich die dünnen, bleichen Beine ab. Von zwei größer gewachsenen Jüngeren abgesehen waren sie alle widerwärtige, schlaffe Alte, die aus ihren Schlupflöchern aufgestöbert worden waren, weil sie in den Monaten der Belagerung christlichen Kindern den letzten Bissen vom Mund gerissen hatten, um in ihren alten Tagen hier prassen und Gänseleber fressen zu können. Jenő zürnte ihnen aus voller Kraft und stellte sich vor, wie sie sich in eine Ecke zurückzogen und das restliche Schmalz in sich hineinstopften, während andere Menschen Hunger litten.

Er war bestrebt, so zu zielen, dass er die dauernd nach hinten blinzelnde Alte mit dem Doppelkinn, die er unter allen anderen für die widerwärtigste hielt, neben dem alten Mann in Pantoffeln mit den Beingeschwüren herausschoss. Das gelang ihm auch. Die hellen Figuren purzelten eine nach der anderen nur so und die dunklen sprangen über sie hinweg und rückten in den schneebedeckten Garten vor. Sie mussten kontrollieren, ob sich nicht doch noch jemand in den geleerten Sälen versteckt hatte. Der junge Jenő lief ihnen nicht nach, denn seine Hände zitterten noch immer vor Aufregung. Dort, an der Straßenecke, im Jänner, dort fühlte er sich das erste Mal als Mann. Er war eine Wache, die auf die Toten aufpasste, damit keiner von ihnen aufsprang und weglief. Eben war etwas passiert, als hätte er seine Jungfräulichkeit verloren. Er hatte einen seit Langem schon herbeigesehnten, oft imaginierten Bewegungsablauf in schweißnasser, keuchender Erregung durchgezogen, aufgrund derer ihm jetzt die Muskeln kaum gehorchen wollten. Er hatte gezielt, abgedrückt und getroffen. Denn die Schöpfung und das Auslöschen des Lebens waren – so empfand er das in jenem Augenblick des Taumels – gar nicht so weit voneinander entfernt, wie das die dazwischen verkeilten langen, beschwerlich gelebten Leben manchmal denken ließen.

Tóni adressierte die Briefe auch weiterhin an Tante Edit, hatte ihm doch Vera keine andere Adresse genannt. Tante Edit ahnte, dass sie vergessen hatte, die Heirat zu erwähnen, dass sie von den wichtigen Ereignissen seit Tónis Weggang nur vom Ableben Onkel Jóskas berichtet hatte, wenn auch Tóni den Onkel gar nicht kannte. Eigentlich kannte er auch Vera nicht so richtig, wiewohl er die Bildrahmen jener flüchtigen Begegnungen in Gedanken mehrmals umkoloriert und umgezeichnet hatte, und jetzt glaubte er ernsthaft daran, dass Vera die einzige für ihn in diesem Leben bestimmte Frau sei. Dass Tóni seit Jahren keine richtige Freundin aus Fleisch und Blut gehabt hatte, bestärkte diese Annahme lediglich. Nicht, dass es keine jungen Frauen gegeben hätte, doch immer zeigte sich an ihnen im Nachhinein ein störendes Detail, das ihn zurückschrecken ließ. So saß bei der einen zum Beispiel eine winzige verschorfte Wunde im Mundwinkel. Die andere trat aus ihrem Schuh, während sie an der Bar auf ihren Drink warteten, und Tóni erblickte an ihrer Ferse die Abschürfung, die ihm die Lust am weiteren Verlauf des Abends nahm. Doch auch das kam vor, dass er mit einer weiter gekommen war, und er strich mit der flachen Hand am Bein des Mädchens entlang, bis er plötzlich die neu herausgewachsenen Stoppel spürte. Da war nichts zu machen, er zahlte das Motel für die Nacht und verbrachte die Nacht bis zum Morgengrauen neben dem wach daliegenden, beleidigten Mädchen, bis es seine Siebensachen zusammenraffte und ging.

Und jetzt, da er endlich ein Foto erhalten hatte, bemerkte er, dass er sich in diesem abstrakten inneren Bild ein wenig getäuscht hatte: Zu dem in seiner Vorstellung beharrlich wiederholten Namen und zur neu geschaffenen, umkolorierten Erinnerung gesellte sich ein bislang unbekanntes Gesicht. Die aus dem Umschlag gleitende Ateliersaufnahme zeigte eine Blondine, während er sich bis zu diesem Tag an eine Brünette mit gewellten Haaren erinnert hatte. Die blonde Frau hatte volle Lippen und ein wenig abstehende Ohren. Tóni Piroska steckte das Bild vorsichtig weg und zeigte die Frau daraufhin seinen Freunden schon am Nachmittag als seine zu Hause, im fernen Ungarn zurückgelassene Braut. Die Männer reichten das Foto ehrfürchtig herum. Insgeheim beneideten sie alle Tóni wegen dieser fernen, hässlichen, aber offensichtlich sehr verliebten Frau, die offenbar gewillt war, ihre Heimat zu verlassen und hierher zu kommen, ins Ungewisse, zu ihrem Verlobten. Sie hatten meistens nur vorübergehende Bekanntschaften, Frauen, die man nicht ernst nehmen konnte.

„Sie wartet nur darauf", erklärte Tóni den anderen, während das Bild die Runde machte, „dass ich ein geregeltes Einkommen habe, und dann kommt sie gleich."

Das im Gegenzug heimgeschickte Bild war ein Schwarz-Weiß-Foto, das Tóni in einem Monteurgewand mit vielen Taschen zeigte, er stand vor einem großen weißen Auto und rauchte. Er blickte fröhlich von unten nach oben in die Kamera, Varga hatte das Bild geschossen und Tóni machte wegen der Froschperspektive den Eindruck eines hochgewachsenen Filmschauspielers. Seine beginnende Glatze wurde von der Schirmkappe verdeckt, die er in der Werkstatt übrigens nie trug, die hatte er sich nur für das Foto aufgesetzt.

Tante Edit steckte die Kopie des Atelierbildes von Vera mit den blonden Haaren hinter das Glas der Kredenz in der Küche, um sie vor Spritzern zu schützen, unmittelbar neben das zerknitterte, zwanzig Jahre alte Foto von Onkel Jóska, was Vera das Gefühl vermittelte, selbst schon verstorben zu sein, wobei sie doch nur weggezogen war. Sie bat die Tante auch immer, das Bild von dort wegzunehmen, denn so sehe es ganz so aus wie ein Foto des Verstorbenen und seiner Gattin auf dem Grabstein. Mit Tante Edit konnte man nicht diskutieren, genauer gesagt, es wäre sinnlos gewesen. Sie bemerkte bei diesen Gelegenheiten immer wieder mit bitterem Nachdruck:

„Du brauchst gar nicht zu reden."

Vera übernahm von ihr jeweils am Freitagnachmittag den jüngsten Luftpostbrief, dann setzte sie sich in die Küche und wartete, solange Edu badete. In dieser Zeit las sie immer wieder von Neuem, was ihr Tóni geschrieben hatte, dann steckte sie das Kuvert weg, damit es nicht nass wurde.

Sie kontrollierte die Klebestelle vor dem Öffnen jedes Mal und hegte von Zeit zu Zeit den Verdacht, Tante Edit hatte die Umschläge aufgemacht. Nur sie kam infrage, von Edu konnte man sich das kaum vorstellen. Sie war sicher, dass die zwei Bleistiftstriche an der Klappe des Briefumschlags zueinander passen mussten. Diese Sicherheitsstriche waren von Tóni in den ersten Monaten eingeführt worden und in den ersten Monaten passten die beiden Hälften der Striche bei jeder Sendung schön zusammen. In letzter Zeit aber bildeten die beiden Teile nicht immer eine Linie. Vera sagte kein Wort, sie warf nur argwöhnische Blicke auf die Tante. Noch nie hat es in dieser verdammten Wohnung einen Winkel gegeben, der mir allein gehört hätte, und jetzt macht sie noch meine Briefe auf.

Als sie drinnen fertig waren, schleppte sie die Waschschüssel aus dem Zimmer, leerte das Wasser aus und trug den Topf zurück, nach hinten, zum Ende des Ganges. Früher war das die Aufgabe Onkel Jóskas gewesen, nun hatte Vera sie übernommen, so hatte sie zumindest einen Vorwand, freitags heraufzukommen. Zur Winterszeit, wie jetzt, war es nicht leicht, frei zu bekommen, doch später durfte sie nicht eintreffen, denn die Tante bestand darauf, Baden und Hausarbeit vor Einbruch der Dunkelheit zu beenden. Drinnen schnaufte Edu bereits im Bademantel auf der Bettkante sitzend und in der Küche las Vera den

Brief noch einmal durch. Um vier war es schon so dunkel, dass man Licht machen musste, in dieser Sache hatte die Tante zumindest nachgegeben, früher hätte sie das nicht durchgehen lassen.

Vera war den engen, vollgestopften Raum nicht mehr gewohnt. Seitdem sie nicht mehr hier wohnte, stieß sie öfter mit dem Kopf gegen die Tellerlampe aus Aluminium, die über dem Tisch hing. Auch jetzt bewegte sich der schwankende Fleck auf dem Brief hin und her wie der Schatten eines immer langsamer geschüttelten Kopfes, der auf die verlockenden Zeilen Nein-Nein, Nein-Nein antwortete. Jeder einzelne Satz Tóni Piroskas war eine Versuchung. Er schrieb, dass er eine Zwei-Zimmer-Wohnung gemietet habe, dass er einen Farbfernseher besitze und dass das Patent des Varga bald eingetragen werden würde und dann auch er Geld in Hülle und Fülle haben werde. Sicherlich genug, um damit eine Familie anständig zu erhalten. Das heißt, Vera zu erhalten, denn er denke nur noch an eine gemeinsame Zukunft mit Vera.

Sie versuchte, sich die Hand vorzustellen, die diesen Brief geschrieben hatte. Erinnern konnte sie sich nicht daran, also stellte sie sich die Hand lieber so vor, wie sie sich gern an sie erinnert hätte: groß, breit und warm.

In den Briefen der letzten zwei Jahre kam die Erfindung öfter vor, doch hatte Tóni immer nur recht geheimnisvoll geschrieben, er dürfe noch keine Details verraten. Jetzt, da die Idee bereits geschützt war und alle Elemente der Konstruktion ausgearbeitet waren, deckte er endlich auf, dass das Patent ein Bestandteil des Sicherheitsgurtes war, mit dem die Länge des Gurtes eingestellt werden konnte.

Die Länge des Gurtes? Vera war ziemlich enttäuscht. Sie hatte von einem viel größeren, aufregenden Patent geträumt, wenigstens so groß wie eine Mondrakete oder zumindest wie ein Personenkraftwagen und so wichtig wie das Rad. Sie konnte sich nicht vorstellen, wie der Junge und der Ingenieur namens Varga mit diesem kleinen Metallding, von dem Tóni am Ende des Briefes eine kleine, unbeholfene Skizze beigelegt hatte, das große Geld machen würden.

Tóni hatte Varga noch in seinen ersten Monaten in New York kennengelernt. Varga hatte ihn überredet, die Matura abzulegen und dann Mechaniker zu lernen. Er war acht Jahre älter als Tóni, zu alt, um sein Kumpan zu sein, zu jung, um als Ersatzvater zu fungieren. Er verhielt sich Tóni gegenüber wie ein älterer, erfahrener Bruder, der den Werdegang des Kleinen in jeder Beziehung unterstützte, wohl wissend, dass ihm dieser junge, stramme, mit Grips ausgestattete Kerl im Gegenzug für den freundschaftlichen Ansporn und die Ratschläge noch so manchen Nutzen bringen würde.

Die Konstruktion, die den Sicherheitsgurt anspannte und seine Länge regulierte, war Vargas Idee, doch beim Durchdenken der Details hatte ihm Tóni geholfen. Der Ingenieur Leslie arbeitete als Beauftragter einer Autofabrik, und er beschäftigte sich in erster Linie mit den Gummidichtungen der Türen, mit deren Zusammensetzung, Querschnitten und Haftfähigkeit, sowie mit der Feinmechanik der Türschlösser. „Autotüren sind keine Klotüren", pflegte er zu wiederholen. Für ihn stellte es ein wichtiges Indiz dar, wie eine nach Hause gebrachte Frau aus dem Auto ausstieg und wie sie die Tür hinter sich schloss. Eine Frau, die Autotüren zuknallte, kam für ihn nicht infrage. Und er hielt Vera aufgrund des Fotos für genau so eine Frau, die den Schlag hinter sich aus voller Kraft zuwarf. Er war überzeugt davon, dass die vollen Lippen und die markante Nase im Gesicht einer Frau ein gewalttätiges Naturell verrieten, und er unterstützte die eigenen Erfahrungen mit allerlei pseudowissenschaftlichen Zeitungsartikeln. Tóni diskutierte nicht gern mit ihm, schon deswegen nicht, weil er den Großteil dieser Artikel gar nicht genau verstand, doch einmal erwähnte er, dass in Filmen meistens die Männer die Autotür für die Frauen aufhielten. Leslie erwiderte, dass man die Tür nur für jene Frauen aufhielte, die es verdienten. Daraus ging hervor, dass seiner Meinung nach blondierte Frauen mit großen Nasen nicht zu diesem Typ gehörten.

Tóni hatte ihm einige Briefe gezeigt, aus denen hervorging, dass Vera näher an die dreißig als an die fünfundzwanzig war. Leslie fand es widerlich und aufgesetzt, dass diese Frau in ihren Briefen kleine Kreise über die Buchstaben setzte, anstelle der Umlaute. Er meinte, das sei infantil und dumm, und als er von den Plänen seines Freundes hörte, wiegte er nur bedenklich den Kopf. Er konnte ja nicht ahnen, dass Vera ausschließlich in den an Tóni gerichteten Briefen diese dummen kleinen Kreise verwendete und dass sie zuerst jeden Brief einmal ins Unreine schrieb, wie einen Schulaufsatz, und dann erst die zweite, ins Reine geschriebene Variante schön mit den kleinen törichten Kreisen anstelle der Punkte verzierte. Leslie war der Meinung, dass Tony, denn so hieß der jüngere Piroska bereits, sich eine Amerikanerin oder eventuell eine Asiatin auswählen sollte. Die Ungarin mit dem Pferdekopf gefiel ihm überhaupt nicht. Er hatte dann seinem Freund einige junge Damen aus seiner Bekanntschaft vorgestellt, doch Tony kam mit den richtigen Frauen nicht zurande. Wenn sie es auch irgendwie bis zum Bett geschafft hatten, ließ er sich nach einigen ungeschickten Sätzen und noch ungeschickteren Bewegungsabläufen erschöpft und kraftlos auf ihren nackten

Körper fallen, während er an Vera dachte, an seine wahre Liebe, mit der das alles ganz anders ablaufen würde.

Zu dieser Zeit ekelte sich Vera bereits vor ihrem schnell verfetteten und jung kahl werdenden Mann, sie versuchte nun ebenfalls, sich jenes kurze Treffen in Diogenesdorf in Erinnerung zu rufen, und sagte sich immer wieder, sie sei nur deshalb noch da, weil das Glas noch nicht voll sei, aber schön langsam werde es voll. Dass sie überall hingehen könnte, selbst nach Amerika, sie müsste sich bloß entscheiden.

Sie saß da in der Patientenaufnahme im Spital, kopierte die Namen, dann schlug sie zwei kleine Löcher in die obere Seite des Kartons und heftete das Papier ab. Über den handgeschriebenen Buchstaben befanden sich nirgends kleine Kreise, nur einfache Punkte.

Als sie sich aber ein Schulheft gekauft hatte, schrieb sie ihren Namen mit ebendieser selten verwendeten kindlichen Schrift auf das Etikett und schrieb darunter: Englischheft.

„Ja, bist denn du blöd?“, fragte der Lali am Abend leise, mit einem drohenden Unterton in der Stimme. Er hatte sogar den Löffel weggelegt, doch blieb sein Tonfall vorläufig noch ruhig. „Jetzt einmal im Ernst, bist du verrückt geworden? Du willst wirklich Englisch lernen?! Jetzt, wo du am meisten gebraucht wirst? Wir sperren Ende Mai auf, du blöde Gans. Ich scheiß mich an mit dir und deinen Ideen. Was wäre gewesen, wenn ich dieses verdammte Abendessen in Ruhe hätte essen können, was wäre denn gewesen? Wenn du wenigstens nicht mittendrin angefangen hättest, was? Hättest es nicht ausgehalten, bis ich gegessen habe?“ Das Ende schrie er schon in einer steil ansteigenden Tonlage heraus, dann versagte ihm die Stimme und er wurde puterrot. Er trat näher heran und schlug Vera die Faust mit voller Kraft ins Gesicht.

Vera sah ihn nur an, sie brach nicht in Weinen aus, sie blinzelte nicht einmal. Sie war ganz einfach aus ihrem Körper hinausgetreten. Sie wusste, irgendwo, irgendwann war ihr das alles schon einmal geschehen, es wiederholte sich jetzt nur und es wird mit geringen Veränderungen immer wieder aufs Neue passieren, wie eine tausendfach geträumte Bühnenprobe. Und sie schwieg von Neuem, obwohl sie ihren Text konnte. Ihr fiel einfach nichts ein, als hätte sie die Zunge verschluckt, als wäre dieses längliche, zum Formen der Wörter benötigte Stück Fleisch aus ihrem plötzlich trockenen Mund verschwunden, verloren wie ihre Sprache, ihre Muttersprache.

Andererseits, war denn dieses verstockte Schweigen ihre Rolle? Sie überlegte, wie lange sie dafür brauchen würde, um so gut Englisch zu lernen, dass sie jedem eine gehörige Abfuhr erteilen konnte. Ihrem Chef, zum Beispiel. Diesem Mistkerl, diesem Lali. Dem beschissenen Stinktier. Dass sie ihm sagen könnte, krepier', du Hurensohn, verschwinde auf immer und ewig.

Vera lächelte durchgeistigt, unter ihrem geschlagenen Auge entstand ein schmaler Spalt, die geplatzte Haut glänzte. Du Vieh, du Dreckskerl, du blödes Arschloch, die Wörter kamen eines nach dem anderen heran, doch sie sprach sie nicht aus.

Schimpfen kann man nur in der Muttersprache, wie auch beten.

Lali sagte, für fünfzigtausend könnte man die ganze Bruchbude renovieren lassen, und da seien auch die Genehmigungen schon drinnen.

„Wieso, muss man für die Genehmigungen extra zahlen?“, fragte Vera, als sie über die Eisenbahnschienen rumpelten. Lali winkte nur ab, er wollte keine langwierigen

Erklärungen abgeben, die Vera muss nicht alles verstehen, es reicht, wenn sie tut, was ihr gesagt wird.

Im Frühling wirkte das matschige Seeufer öd und leer, das sommerliche Getriebe hatte keine Spuren hinterlassen. Das kleine Haus, das annonciert worden war, stand nicht unmittelbar am Ufer, sondern im unteren Abschnitt der Straße, die zum See führte, ein paar Häuser hinter dem Konsum-Laden. Als Vera den Konsum erblickte, meinte sie besorgt, wenn jemand Hunger oder Durst hat, würde er wahrscheinlich dort hineingehen, um sich Gebäck und Limonade zu kaufen, statt sich vor der Langosch-Bude anzustellen und doppelt so viel zu bezahlen. Lali wehrte ab, ein Langosch sei ein Langosch, ein Langosch sei kein Salzstangerl oder ein Liter Milch, einen Langosch würden die Leute mit hinunter zum Wasser nehmen, wie auch die Palatschinken, auf einem Pappteller. Sie würden alles mitnehmen, da unten sei doch das Freibad, auf der ganzen Strecke. Und einkaufen würden sie dann am Heimweg, im Laden, Vera würde es schon sehen, sie solle bloß aufhören, im Voraus zu jammern. Er wisse schon, was er mache. Dabei suchte er die Hausnummern mit zusammengekniffenen Augen ab, dann bremste er plötzlich vor einem Haus mit Zeltdach und vernagelten Fenstern.

Der winzige Garten stand voller Unkraut, die Fassade unter den Holzfaserplatten, die die Fenster verdeckten, war schwarz, als wäre das Haus innen ausgebrannt. Als sie eintraten, stellte sich heraus, dass genau das geschehen war. Die Decke war grau vor Ruß, und als Lali hinaufgriff, um sie zu betasten, löste sich von der Berührung gleich ein mächtiges Stück Deckenverputz und fiel herunter. In der kleinen Küche standen die Türen der Kredenz sperrangelweit offen, drinnen lagen Abfall, Schutt und Mäuseleichen. Der Betonboden sah aus, als hätte man ihn mit

Öl aufgegossen. Das Linoleum im Badezimmer war zwar erhalten geblieben, doch zeigte sich der Streifen, der zur Badewanne führte, bis zum Estrich abgewetzt. Das Glas der Fenster und der Türen war zerbrochen, jemand hatte versucht, den Kachelofen abzutragen, was ihm nicht gelungen war: Die zerschlagenen keramischen Kacheln lagen in einem großen Haufen in der Zimmermitte. Lali war im Geist schon bei den Vorschriften der Gesundheitsbehörde, er überlegte, wo die Küche ausgestaltet und wo die Durchreiche nach außen durchgebrochen werden sollte: unmittelbar zur Straße oder nach hinten, zum Grundstück hin? Dann könnte man eventuell ein paar Tische aufstellen, zum Verzehren an Ort und Stelle. Das würde den Umsatz richtig heben. Den hinteren Teil würden sie schön mit Kalksplitt aufstreuen, ein, zwei Thujen setzen und ein großmächtiges Reklameschild aufstellen, das man auch vom Ufer aus sah. Man könnte Metalltische nehmen, plante er laut. Mindestens drei.

Vera trat auf die hintere Terrasse. Das Geländer aus Vierkantrohr war umgefallen und der Beton der Treppen war aufgebrochen, stellenweise ragte die Eisenarmierung heraus, doch konnte man noch darauf gehen. Nicht weit von der untersten Stufe lag ein weggeworfener emaillierter Henkeltopf in den Brennnesseln. Rechts neben dem Drahtzaun reihten sich Haselnusssträucher, weiter weg stand ein respektabler Holunderbusch.

„Der muss weg", Lali gestikulierte auf der Treppe. „Der wird irrsinnig groß und die Vögel scheißen schwarz von den Früchten. Das brauche ich wirklich nicht, dass sie mir hier alles zusammenscheißen."

Unter den Haselnusssträuchern summten grüne Schmeißfliegen in einer Wolke. Vera dachte, sie seien auf eingetrocknete Speisereste im Topf gekommen. Sie stieg in den Garten hinunter, um nachzusehen, was im Topf verblieben war, und erblickte die Kette. Ein Ende war mit einem Ring am Zaunpfahl festgemacht, das andere endete irgendwo unter den Sträuchern. Sie berührte die Kette, die erzitterte, doch sie bewegte sich nicht. Vera beugte sich tiefer, schaute unter die Äste und erblickte den Hund.

Er war schon am Verwesen. Er lag auf der Seite, die Haut klebte an seinen Rippen, als hätte man einen Haufen Knochen in einen engen schwarzen Fellsack gestopft. Bevor der Hund verhungert war, hatte er in seiner Qual unter sich eine große Grube gescharrt, unmittelbar unter den Haselnusssträuchern. Vielleicht hatte er gehofft, unter dem Zaun zum Nachbarn hinüberzukommen, vielleicht hatte er nur vor lauter Hunger gescharrt, so weit ihn eben die Kette ließ.

Vera richtete sich auf. Sie schaute hinunter, auf den dreckigen kleinen Topf in den Brennnesseln, dann wieder hinauf, auf Lali, der auf der Terrasse stand. Sie stolperte bis zum eisernen Pfosten hin, beugte sich vor und erbrach sich.

Sie würgte lange und spie richtiggehende Knoten aus, als wollte sie mehr erbrechen, als sie jemals in ihrem ganzen bisherigen Leben gegessen hatte. Inzwischen war ihr mehrmals, als habe sie sich schon erleichtert, doch so oft sie sich auch aufrichtete und der laue Gestank der Verwesung sie von den Büschen her anwehte, stieg ihr der Ekel neuerlich in die Kehle.

Lali beobachtete sie befremdet. Er trat vorsichtig an den Pfosten heran, reichte seiner Frau ein Taschentuch und redete dabei auf sie ein, sie möge sich deswegen doch keine Sorgen machen. Dass es hier dann ein, zwei Thujen geben würde, dass das Ganze toll aussehen würde. Jetzt könne man sich das noch schwer vorstellen, setzte er fort, der Ort sei jetzt tatsächlich noch ziemlich mies beieinander, deswegen müsse sie aber wirklich nicht so einen Zirkus machen. So einen beschissenen Zirkus müsse sie wirklich nicht machen.

Als Vera sich aufrichtete und ihn ansah, voller Ekel, wie sie nur den Kadaver des elend zugrundegegangenen Hundes hätte ansehen können, wenn sie überhaupt fähig dazu gewesen wäre, den Blick noch einmal hinzuwenden, sagte Lali versonnen:

„Vielleicht könnte man irgendwo noch eine Hollywood-Schaukel aufstellen."

Diese Hollywood-Schaukel kam Vera dann später noch öfter in den Sinn. In den Sekunden, wenn der Abscheu sie bis zum Überfließen erfüllte und sie spürte, allein der Tod des Mannes könnte diesen extremen und aussichtslosen Ekel etwas lindern, oder nicht einmal das, dann erschien ihr immer wieder und in aller Schärfe das Bild mit dem Drahtzaun und dem angeketteten verendeten Hund. Sie datierte den Widerwillen, den Lali ihr verursachte, nicht auf die Zeit der ersten und auch nicht auf die der späteren Schläge. Sie wusste ganz genau, dass er sich in dieser Sekunde und an diesem Ort in ihr eingenistet hatte und dann zu einem Ekel angewachsen war, der ihren ganzen Körper erfüllte und in späteren, atemlosen Momenten vielfach verstärkt wieder aufstieg und, als die Langosch-Bude schon fertig war und Vera unter Würgen öfter auf die Treppe hinausschlich, um den Kopf ein wenig auszulüften, den Geruch nach abgestandenen Blutwürsten und Öl zum lauwarmen Geruch nach Aas wandelte.

Ende Juni ging die Langosch-Bude in Betrieb. Am Anfang bedienten nur Lalis Bruder und dessen Frau, dann, in der Urlaubssaison, auch Vera. Ende August gab es schon Stammgäste und Lali erkannte nach und nach die Grundbesitzer an ihren Gesichtern. Er machte die Bekanntschaft eines Mannes vom örtlichen Rat, der zusätzlich zum Geld, das er während der Bautätigkeit eingesteckt hatte, an Wochenenden tablettweise Marmeladepalatschinken mitnahm, weil Vera, wie er sagte, sie besser machte als seine Frau. Vera habe die Palatschinken mit ihren wunderbaren langen Fingern so wohl geformt. Das wiederholte er mehrmals und maß Vera dabei mit vielsagenden Blicken von oben bis unten, Lali nickte dazu heftig und beteuerte, die Palatschinken mit Kakao seien noch viel besser, die müsste Genosse Vesenczi erst einmal kosten!

Vorerst wollte Vera im Krankenhaus nicht kündigen, sie hatte daher für den Sommer unbezahlten Urlaub genommen. Lali, von den Ladenschluss-Bieren entspannt, bedrängte seine Frau abends mit breiiger Stimme, sie möge ihm doch verraten, was zum Teufel sie noch in dieser Scheißpatientenannahme wolle, wenn sie doch hier mit der Bedienung kaum zurande kämen, worauf sie nur Pst machte, weil der Schwager und seine Frau im Raum bei der Terrasse schliefen. Im Allgemeinen gelang es Vera, Lali zu besänftigen, nur streiten durfte sie nicht mit ihm. Wenn sie doch argumentierte, dann immer damit, dass sie aus dem Krankenhaus auf Karenz gehen könne, von dort würde sie das Karenzgeld bekommen, was ihr als Privatangestellte nicht zustünde. Der Mann erwiderte darauf, schon halb vom Gartenstuhl gerutscht, ja, Vera sei seine verfickte Privatangestellte, und wenn dann darauf keine Antwort kam, schwieg er. Dann legte er das nächste Mal wieder los, immer von vorne, immer mit denselben Worten. Gegen Ende des Sommers ließ er sich Koteletten wachsen. Breit und betont, wie sie Kapitän James Onedin im Fernsehen trug, während die neue Gesichtsbehaarung Vera viel eher an den Genossen Vesenczi erinnerte.

Edu war ganz hingerissen gewesen, als Lali sie das erste Mal mit dem Auto ans Seeufer mitgenommen hatte. Die Tante saß hinten, weil sie im Auto Angst hatte. Edu aber saß vorne, um zumindest für diese eine Stunde den Platz Veras einnehmen zu können und um den Fahrer mit tiefen Grunzlauten anzufeuern, alle beschissenen Trabants zu überholen. Edu sprach mit derselben Verachtung von den Trabantfahrern wie der Lali, und sie war mindestens so sicher, dass die Langosch-Bude eine Goldgrube war, deren Wert Vera und die Tante zunächst einmal noch nicht erfasst hätten, wie sie sicher war, dass das Anfertigen von Lampenschirmen echte Kunst war. Lali hatte ihr gesagt, sie könne stolz auf ihre Schirme sein. Edu rutschte hin und her, sie gebärdete sich laut und stopfte sich Hustenzuckerln in den Mund und das Auto überholte fortwährend.

Vera stand hinter dem Verkaufpult, als sie ankamen. Edu bestellte sogleich eine Palatschinke mit Kakao und eine mit Marmelade und die Tante studierte die Preisliste, sie wiegte nur den Kopf und sagte, in der Garküche am Lehel-Platz würde man für ein Paar Würstchen viel mehr verlangen. Sie überschlug, dass Lali und Vera so nicht einmal die Baukosten hereinbekämen, aber sie wollte ihnen nicht dreinreden, auf eine dumme alte Frau würde ja ohnehin niemand hören.

Vera schlug vor, einen Spaziergang hinunter zum Seeufer zu machen, so lange würde Lali sie vertreten. Der nahm den Vorschlag erleichtert an, Edus Anhänglichkeit und ihre ständige speichelsprühende Begeisterung gingen ihm bereits leicht auf die Nerven. Jetzt redete sie zumindest nicht, solange sie sich Palatschinken in den Mund schob.

Da es im Freibad keine Umkleidekabinen gab, bestand die Tante darauf, noch hier, im Zimmer, die Badesachen anzuziehen, damit sie sich nicht dort hinter Handtüchern verstecken mussten. Sie fischte auch Edus Badeanzug heraus. Beide waren unmodische schwarze Einteiler mit Körbchen. Als die beiden mit hochgestecktem Haar und dem Badetuch um die Mitte in ihren Pantoffeln hervorschlurften, stellte Vera entsetzt fest, wie sehr sie einander glichen. Bisher war ihr das irgendwie nicht aufgefallen. Niemals hatte sie Edu als Frau betrachtet, wenngleich sie sie in ihrer Kindheit unzählige Male beim Baden und auch danach hatte beobachten können, im Bademantel oder des Nachts, mit hochgerutschtem Nachthemd, die Decke zwischen die behaarten Beine gestopft. Jetzt aber zeigte es sich klar, Edu war nicht das ewig dahinwelkende Mädchen, für das sie sie jahrelang gehalten hatte, sondern eine alternde Frau mit Zahnlücken und schlaffem Fleisch, die nun schon eher die Schwester der Tante als ihre Tochter zu sein schien. Die Tante hatte Vera viel seltener unbekleidet gesehen. Angesichts der sich schlängelnden Krampfadern, der Besenreiser, der violett gefleckten Knöchel und der teigig zerfließenden Oberarme wurde sie fast verlegen. Auch Lali mochte es so ergehen, denn er versprach, ohne sie anzuschauen, er würde, sobald es möglich sei, an den Strand nachkommen und ihnen etwas Feines mitbringen.

„Zum Beispiel", sagte Edu feixend, „ein feines Bierchen."

Tante Edit hatte im Schatten einer Pappel Platz genommen und bat Edu, nicht mit Sand an den Füßen auf das Badetuch zu treten. Dann kramte sie aus ihrer Tasche eine schwarze Gummibadehaube hervor, die zerrte sie ihrer Schwester über den Kopf und begleitete sie ans Ufer, dabei legte sie Edu ans Herz, ja nicht über die Bojen hinaus ins Wasser zu gehen.

Ihre Sorge erwies sich als unbegründet. Im Freibad gab es eine einzige ausgebaute Treppe. Auf diesem blau gestrichenen, rostigen Abgang trat Edu von einem Fuß auf den anderen, sie stieg mal eine Stufe höher, dann wieder tiefer. Selbst auf der tiefsten Stufe reichte ihr das Wasser nicht bis an die Knie. Hier stand sie, wiegte sich vor und zurück und klammerte sich an das Geländer. Alle, die ins Wasser wollten, mussten sich um sie herumdrücken. Tante Edit gestikulierte und rief ihr zu, sich doch ruhig tiefer vorzuwagen oder herauszukommen, woraufhin Edu zurückrief, sie wolle sich nicht die Blase erkälten.

„Ich gewöhne mich ans Wasser."

Vera schob sie sacht zur Seite, watete bis zum tiefen Wasser vor und schwamm mit erhobenem Kopf ein paar Runden. Weiter weg, am Rand des Schilfgürtels, produzierte sich Genosse Vesenczi: Er kraulte drei, vier Meter mit schwungvollen Armtempi, dann stellte er sich in den Schlamm und holte japsend Luft. Danach warf er sich wieder ins Wasser, schwamm in die entgegengesetzte Richtung. Draußen hockte seine Frau mit eingedrehten Haaren neben seinem zweijährigen Enkel auf einer Decke, doch Tante Edit kam am Strand gleich dahinter, dass die Darbietung in erster Linie nicht an die Familie gerichtet war, wenngleich sie gewiss auch der Erbauung des kleinen Enkelsohnes diente.

Den Brief, den sie mitgenommen hatte, getraute sie sich vorerst nicht zu übergeben. Einerseits hatte sich noch keine Gelegenheit geboten, unter vier Augen mit Vera zu reden, andererseits hätte diese den Brief gar nicht wegstecken können, hatte sie doch nur eine Strandtasche mit ans Ufer genommen. Dass sie jedoch etwas bei sich hatte, das sie zustellen musste, das wollte Tante Edit auf jeden Fall andeuten. Als Vera vor Wasser triefend und mit harten, durch das Oberteil hervorstehenden Nippeln aus dem See kam und die Haare nach hinten warf, wobei sie sich pikiert über den in Ufernähe übenden Vesenczi äußerte, richtete die Tante das Badetuch. Sie wurde ernst, kehrte unsichtbare Sandkörner weg und entgegnete:

„Also du, du brauchst gar nicht zu reden."

Dann winkte sie Edu heran, die vor lauter Herumstehen auf der Treppe schon violette Lippen hatte, und sagte, sie hätten für ihren Teil genug vom Strandleben und der Genosse dort drüben hätte sich offenbar auch genug amüsiert. Somit könnten sie genauso gut gehen. Und Vera, versetzte sie, könnte sich einen Einteiler kaufen, weil sie hier nicht die Brigitte Bardot, sondern die Frau des Langosch-Buden-Besitzers Lali sei.

Auf dem Heimweg, als sie um die ausgetrockneten Froschleichen herumgingen, setzte sie noch nach, dass nicht jeder immer alles sehen müsse. Damit meinte sie nicht nur die schlanke Figur und die langen Schenkel Veras, sondern auch die grün und blau verfärbten Flecken. Sie stellte einen Zusammenhang zwischen den insgeheim übergebenen Briefen und den Spuren von Schlägen her und befand, so etwas müsse man wirklich nicht allgemein zur Schau stellen, das gehe keinen etwas an. Aber die fast schon schwarzen blutunterlaufenen Stellen an Veras Bauch und Schenkeln sagten ihr, dass nicht nur sie über Tóni Piroska Bescheid wusste. Da hatte sie sich aber geirrt: Lali hatte keine Ahnung von der Korrespondenz. Die Schläge galten nicht einer unsichtbaren dritten Person, sondern ausschließlich seiner Frau, was die Berechtigung der Hiebe selbst vor der Tante infrage gestellt hätte, wenn sie über so etwas überhaupt geredet hätten. Das taten sie aber nicht, auch jetzt nicht, sie schwangen nur stumm ihre Handtücher. Das Schweigen der Tante, getaktet durch das Klatschen ihrer Flip-Flops, teilte Vera mit, dass sie keine Komplikationen wünschte. Was auch immer geschähe, sie könnte nie mehr nach Hause zurück. Es teilte weiters mit, flip-flop, dass Vera sich ihre Probleme selbst eingehandelt habe, flip-flop, und dass sogar dieser Lali besser sei als der Tóni Piroska. Und es ließ sie weiterhin wissen, flip-flop, ein wenig nachgiebiger, dass dieser Lali ein Niemand war, flip-flop, aber immerhin Veras Ehemann. Dann, als sie sich der Langosch-Bude näherten, fand die Tante die Sprache wieder:

„Jeder muss die Suppe auslöffeln, die er sich einbrockt."

Diese Weisheit mochte sich auf den Lali beziehen, vage aber auch noch auf Tóni Piroska, der, dessen war sich Tante Edit sicher, insgeheim bestimmt eine amerikanische Frau hatte.

Vera entgegnete mit finsterer Miene, nicht so ganz auf diese Bemerkung, sondern auf die von vorhin, dass sie normalerweise nach der Arbeit immer zum Strand mit Eintritt hinüberradelten, der Lali habe dort Freunde in der Ausleihe, hier aber würden sie eigentlich nie baden. Nur dieses eine Mal, da sie doch Gäste hatten, habe sie gedacht, es sei besser, in der Nähe zu baden und nicht zum Bezahlstrand hinüberzugehen. Und einen Einteiler besitze sie schon, nur sei der ganz ausgeleiert. Wenn es nicht sein müsse, würde sie den nicht anziehen, seinerzeit habe sie genug in ausgeleierten Sachen herumlaufen müssen.

„Geh du schon mal voraus und trockne dir die Haare. Nicht dass die Kunden dich so sehen", keifte die Tante. Beim Umziehen gelang es ihr dann endlich, den Luftpostbrief zu übergeben.

Vera hatte die Englischstunden Ende April begonnen. Sie ging zweimal die Woche zu Onkel Gabi, der sich weigerte, für die Stunden Geld anzunehmen. Er erklärte es damit, dass er eigentlich nicht mehr so gut Englisch spreche, er habe in den letzten Jahren viel vergessen. Die Grundlagen könne er aber vielleicht noch vermitteln, mit diesen würde Vera schon zurechtkommen.

Vera gab zu Hause verworrene Erklärungen ab, warum sie begonnen habe, Stunden zu nehmen. Ihr Hauptargument war, Englisch würde ihr in der Langosch-Bude sehr nützen. Dass sie im Sommer schon eröffnen wollten, sie würden bis Herbst Langosch und Fische backen, und sie wolle sich nicht vor den Touristen schämen. Vergeblich war Onkel Gabis dringender Rat, dann doch lieber Deutsch zu lernen, es kämen doch viel eher die Deutschen hierher auf Urlaub, Vera blieb unbeugsam.

Zweimal wöchentlich war nicht viel, doch selbst das zu organisieren, war kompliziert genug, sie musste sich in der Patientenannahme freinehmen und eine Umsteigekarte bis zum Blaha-Lujza-Platz kaufen.

Das neue Heim Onkel Gabis war ein ehemaliger geräumter und umgebauter Gemischtwarenladen in einer der engen, nach Katzenpisse stinkenden Gassen der Josefstadt. Man betrat die winzige Wohnung nicht durch die Einfahrt, sondern gleich von der Straße her. Der Innenraum, das einzige Zimmer, war hoch, roch sonderbar und besaß eine Galerie, auf der man nur gebückt gehen konnte, da sie früher ausschließlich als Lagerraum gedient hatte. Anfangs hatte Onkel Gabi dort geschlafen, doch er fühlte sich im Bett wie in einem Sarg, also siedelte er nach den ersten Wochen die Essgarnitur mit den sechs Sesseln um, hinauf auf die Galerie, und verwendete unten als Esstisch einen einfachen kleinen runden Tisch mit einem einzigen Stuhl davor. Auch die Liege kam nach unten, neben die Wand, und auch der große, verglaste Bücherschrank fand hier seinen Platz, Onkel Gabi schob ihn vor die ehemalige Auslage, damit man von der Straße nicht hereinschauen konnte. Sonst hätte jeder ungehindert hereinblicken können, wie in eine gläserne Schachtel. Neben den Bücherschrank hatte er noch einen gusseisernen Kleiderständer platziert, der die winzige Wohnung aussehen ließ wie eine neu eröffnete, recht anheimelnde kleine Bücherei-Zweigstelle, wo man sich sogar Bücher ausleihen konnte. Manche Leute traten denn auch ein, als sie das Licht brennen sahen, grüßten und fragten, was hier anstelle des alten Ladens eröffnet worden sei. Onkel Gabi bot jedem hereinschauenden Interessenten, auch den im Morgengrauen dem Branntweiner zustrebenden Alkoholikern mit blutunterlaufenen Augen, an, sich ruhig ein Buch mitzunehmen, es würde reichen, wenn sie es nach ein paar Tagen zurückbrächten. Die Angesprochenen blinzelten erschrocken. Man hielt den alten Herrn, der in aller Frühe im Ruderleiberl Turnübungen machte, für leicht sonderlich, doch gewöhnte man sich langsam daran, dass er um sechs Uhr herum bei offener Tür herumhampelte. Der Hausmeister zuckte nur die Schultern, er meinte, dem einen habe der Krieg ein Bein geraubt, dem anderen den Verstand.

Nach einigen Monaten hatten es alle zur Kenntnis genommen, dass unter Nummer vier kein Geschäft mehr betrieben wurde und drinnen nichts Interessantes zu finden war, der Onkel lebte allein. Das einzige Rätsel war die zweimal wöchentlich erscheinende junge Frau. Man erwog, ob Vera die Tochter oder die Geliebte des Alten sei. Wegen des langen blonden Haares wurde dann entschieden, sie sei seine Geliebte, und damit verliehen die Leute in ihrer Fantasie der Stunde, die Onkel Gabi mit der unbekannten jungen Frau auf der Galerie verbrachte, ein wenig Aufregung.

Denn sie gingen immer dort hinauf, so viel konnte man vom gegenüberliegenden Gehsteig auf Zehenspitzen erkennen. Der schmale Streifen oberhalb des Bücherschrankes gewährte einen kleinen Einblick in die Geschäftswohnung, da guckten sie hindurch und rätselten, was wohl drinnen vor sich ging. Aufrecht stehen konnte man auf der Galerie nicht, aber sitzen schon, und Onkel Gabi hielt es für viel schicklicher, Vera dort oben zu empfangen, abgesondert vom allzu intimen unteren Teil der Wohnung. Oben konnte man sich der Illusion hingeben, auf den ausgeblichenen Samtstühlen eines bürgerlichen Esszimmers zu sitzen. Vera musste sich oben tiefer bücken als Onkel Gabi, der kleiner war als sie und sich im Raum viel besser auskannte. Die ersten Male hatte sie sich, oben an der Treppe angekommen, den Kopf angeschlagen. Sie wäre lieber unten, am kleinen Tisch geblieben. Zudem staute sich oben die Hitze des kleinen Eisenofens, so war es selbst dann noch schweißtreibend warm, wenn sich unten Kühle ausgebreitet hatte.

„Mind the head."

„Yes."

„Das kannst du ruhig mit nach Hause nehmen."

Vera weigerte sich, das Sprachbuch mitzunehmen, dabei hatte Onkel Gabi immer wieder angeboten, ihr das Buch zu leihen. Sie kopierte lieber alle Aufgaben und Dialoge in ihr Heft, ja, auch die Lösungsanweisungen, und schrieb für das nächste Mal die Lösungen mit Bleistift in die freigelassenen Stellen.

Der nach Mottenkugeln riechende Alte verursachte ihr gelindes Unbehagen, indem er die Stühle richtete, ihr aus dem Mantel half, diesen auf einen Kleiderbügel hängte und noch einmal zurechtzupfte. Sie wollte wirklich nicht, dass dem alten, in Packpapier eingeschlagenen Sprachbuch zu Hause eventuell etwas zustieß. Dass es vielleicht einen Fleck abbekam. Oder dass der Lali, Gott behüte, den Buchrücken brach und schüttelte, es in Fetzen zerriss.

Die englische Grammatik reichte Onkel Gabi nicht, er blieb meistens unten an der Treppe stehen und sagte noch etwas Interessantes, das nicht zum Lehrstoff gehörte. Zum Beispiel fragte er Vera, ob sie wüsste, dass ihr Name eine Formvariante des griechischen Namens Berenike sei und die Siegbringende bedeute. Das heißt, Vera würde siegen, was auch immer sie im Leben anfing, und es stehe dafür, sich dessen in allen Lebenslagen zu besinnen. Und dass Vera auf Lateinisch die Wahrhafte bedeute, ja, das sei vielleicht noch wichtiger als der Sieg.

Er hielt die Stunden in Sakko und Krawatte und fünf Minuten vor Ablauf der Zeit erinnerte er sie, dass sie aufbrechen müsse. Vera brachte in einer Schachtel Teegebäck mit, um den Unterricht doch irgendwie zu honorieren, oder sie gab Ratschläge für die Inneneinrichtung. Einmal kam sie mit der Idee, den Esstisch doch nach unten zu übersiedeln und das Bücherregal hinauf auf die Galerie zu schleppen, dann wollte sie das Bett Onkel Gabis unten in den engen Raum zwischen dem WC und der Duschkabine schleifen, wo sich dereinst ein aus Brettern zusammengefügtes Lagerregal befunden hatte. So musste zwar der eiserne Ofen, den Onkel Gabi vom Berg mitgenommen hatte, versetzt und das Ofenrohr verlängert werden, doch das Bett konnte mit einem Vorhang vom übrigen Raum abgetrennt werden.

„So haben Sie gleich ein eigenes Schlafzimmer“, erklärte Vera und das nächste Mal brachte sie eine winzige Lampe mit gedrechseltem Fuß mit für die Schlafkoje und auch einen der ausgesonderten Lampenschirme Edus. Onkel Gabi nickte höflich. Für ihn war es sowas von egal, wo das Bett stand, und wenn er auch den Ofen nur ungern verschob, verbuchte er gern, dass Vera Freude am Umstellen hatte.

Nie konnte er verstehen, warum das wichtig sein sollte, doch kannte er noch mehr Leute, die die Welt durch das entschlossene Hin- und Herschieben von Möbeln bewohnbar machen wollten. Besonders bei Frauen hatte er das schon öfter beobachtet. Und immer kam er zu dem Schluss, dass sie alle heimatlos waren, wie sonst sollte man sich dieses ständige Herumschleppen erklären? Er wusste, dass es Vera gleichgültig gewesen war, als Tante Edit beschlossen hatte, sie bei sich aufzunehmen. Vera war bereits bei ihrer Geburt an einen üblen Ort geraten. Solche Menschen werden nie nach Hause kommen, sie können sich von vorneherein nirgends heimisch fühlen; vergeblich forschen sie nach einem weiteren Winkel der Welt, den sie mit Ausweißen, Aufreiben oder Zusammennähen in Besitz nehmen können. Wo sie wohnten oder wie sie ihre Möbel anordneten, änderte aber nichts an ihrem Schicksal, wirklich gar nichts. Früher oder später, dachte Onkel Gabi, wird sie in ihrem Sinnen und Streben noch ein Kind gebären. Ein ihr genau gleichendes Äffchen mit abstehenden Ohren. Und sie wird nicht einmal erklären können, wozu. Wozu der ganze Rummel, wozu das lächerliche Streben.

„Gib acht auf den Kopf", sagte er immer, wenn er sich steif mit dem ganzen Oberkörper zu ihr umwandte, bevor Vera hinter ihm die oberste Treppenstufe erreichte.

Der Englischunterricht dauerte nicht länger als drei Monate, sie waren nicht einmal bis zur Past Continuous Tense gekommen. Vera musste ab Juli hinunter an den See, das Geschäft war angelaufen, und im Herbst konnte sie die Stunden nicht mehr fortsetzen, denn Ende August hatte sich herausgestellt, dass sie schwanger war. Tante

Edit band eine Schnur um den Vulkanfiberkoffer voller Briefe und hievte ihn auf den Kasten hinauf, dann hinterbrachte sie Onkel Gabi die gute Nachricht. Der Alte nickte, freilich, ja. Er nahm die Sprachbücher aus dem verglasten Schrank, damit Vera zu Hause weiterlernen könne, doch die Tante sagte, das würde nun nicht mehr nötig sein, es wäre überflüssig, Vera das Buch zu schicken.

Was später geschehen war, das brachten die Wohnparteien mit dem Ausbleiben der Besuche Veras in Zusammenhang. Denn es musste ja eine Erklärung geben. Sie waren zu dem Schluss gekommen, offensichtlich habe sie den Alten satt gehabt, und das sei auch völlig verständlich, was wollte so ein alter Tattergreis noch. Das viele Herumspringen und der Hokuspokus vor der offenen Tür, bitte sehr, wozu sollte das alles gut sein.

Klari-Oma war im Laufe der Wochen bei Vera und Lali ein regelmäßiger Gast geworden. Vera konnte es nicht ausstehen, wenn die Oma sie am Arbeitsplatz im Krankenhaus aufsuchte und sich von der Pforte her schon lauthals anmeldete, und es ärgerte sie noch mehr, wenn man die Besucherin, trotz eines ausdrücklichen Verbots, zu ihr heraufkommen ließ und Klari-Oma vom Flur aus in alle Büros hineingrüßte, deswegen erklärte Vera den Dienstag zu ihrem Besuchstag. Es war für alle besser, wenn Klari-Oma nicht überfallsartig auftauchte, sondern zu berechenbaren Zeiten. An diesen Dienstagen kam der Lali ohnehin spät nach Hause, meistens dann, wenn Klari-Oma im Aufbruch befindlich oder gar schon weggegangen war.

Da nun Lali genau wusste, dass es Dienstag war, blieb er bis spät in den Abend fort, um nicht auf seine Schwiegermutter zu treffen. Kam er heim, schnüffelte er herum wie das Ungeheuer im Märchen und behauptete, es würde in der Wohnung nach den verdreckten Taschen der Alten stinken. Er sorgte dann für Durchzug, selbst im Winter brachte er es fertig, alle Fenster zu öffnen. Klari-Oma hielt sich nicht gern lange auf, wenn sie auch nie von einem „Geruch nach Lali" sprach. Er war ihr aber nicht besonders geheuer und sie bestand nicht unbedingt darauf, ihn zu treffen. Es war ihr auch zuwider, wenn die Kleine wach war und sie ihr etwas vorbrabbeln musste. Einmal brachte Vera das Kind heraus in die Küche und Klari-Oma, der nichts Besseres eingefallen war, legte sich ein kariertes Geschirrtuch über den Kopf, das sie dann schreiend wieder herunterriss: „Der Wolf ist da, der will dich fressen, hamm hamm!" Damit hatte sie durchschlagenden Erfolg, die Kleine lachte laut, sie wiegte sich in ihrem Bärchenpyjama auf dem Stuhl vor und zurück. Dann wollte sie gar nicht mehr schlafen gehen, sie verlangte von Klari-Oma die Wiederholung der Produktion und bestand darauf, gefressen zu werden. Schließlich trug die Mutter sie auf dem Schoß weg und saß noch gute zwanzig Minuten bei ihr im Zimmer, unterdessen war es draußen ganz dunkel geworden. Erschien Vera endlich wieder, steckte Klari-Oma die zwei Zwanziger, die Vera ihr gab, nach kurzer scheinbarer Abwehr weg und schon zog sie die Schuhe an. In der Tür klagte sie noch ein bisschen über den Verkehr und lobte die Wohnung. Das ließ sie nie aus, die Zentralheizung hatte es ihr wirklich angetan. Bei ihrer Tochter musste nie im Ofen nachgelegt, die Asche musste nie herausgeschaufelt werden. Außerdem ließ sie das Wort Zentral bei der Heizung irgendwie an die Parteizentrale denken, und sie meinte zu spüren, dass die Partei sich wirklich um die Menschen kümmerte und wie die Hitze aus einer großen, warmen Zentrale in die Wohnungen der jungen Leute strömte. Selbst in die von Leuten wie diesem Mistkerl Lali.

Manchmal kam es vor, dass die beiden Frauen sich in der Zeit verschätzten und Lali Klari-Oma noch antraf. An einem dieser Dienstagabende kam er gerade mit einer Lieferung Lampenschirme heim, die er im Aufzug nur mit Müh und Not balancierte. Klari-Oma hatte ihm die Tür aufgemacht und die beiden Schirme aufgeklaubt, die beim Eingang heruntergestreift worden waren. „Danke", sagte Lali und dabei fiel ihm ein, dass eigentlich auch die Klari-Oma mithelfen könnte. Von ihrer Zeit her ginge das locker, und Geld hatte sie ohnehin nie, sonst würde sie nicht Vera und ihn anpumpen, nicht wahr. Also erwähnte Lali, während er die Schachteln im Vorzimmer von sich schob, dass die Klari-Oma die zweiwöchentlichen zwei Zwanziger, die sie bekam, so er es richtig wusste, gleichsam mit ein bisschen Herumkleben begleichen könnte.

Die Alte hielt ihre Lacktasche in der Hand und studierte den Rufknopf des Aufzugs, als überlegte sie das Angebot. Sie ging immer zu Fuß hinunter, jetzt wollte sie nur Zeit schinden. Sie wollte das gute Verhältnis zu Lali nicht offen verderben, doch das eine wollte sie auf jeden Fall vermeiden: dass ihr eine regelmäßige Arbeit aufs Auge gedrückt wurde. Sie war instinktiv höchst abgeneigt, eine Aufteilung ihrer Zeit zu dulden, vor allem aber im Zusammenhang mit einer Arbeitsleistung und wegen der früher oder später unvermeidlich gereizt eingeforderten Rechenschaft. Schließlich ging sie mit einem Achselzucken noch für fünf Minuten hinein in die Wohnung, die Aufgabe sollte nicht an ihrem guten Willen scheitern. Die Tür hatte sie offen gelassen, damit es klar war, sie widmete der Angelegenheit tatsächlich nur eine Minute. Das Klacken der ankommenden Liftkabine war zu hören, dann wurde der Aufzug wieder weggeholt. Lali zeigte ihr an den fertigen Werkstücken, wie das Material in Deckung gebracht und am Stoß fixiert wurde, wie dann die Zackenlitzen daraufzustreichen waren, damit die Klebestelle verschwand, die später durch den beleuchteten Stoff durchscheinen würde. Zwei jeweils dem Umfang des Schirmes entsprechende Zierbänder seien abzuschneiden, das machte er vor, dann empfahl er Klari-Oma, die ganze Rolle Zackenlitzen doch mit nach Hause zu nehmen und dort auszuprobieren, wie sie damit zurande kam. Sie müsse hier und jetzt nicht damit herumscheißen, dazu sei es schon zu spät.

Dass die beiden Schirme nie mehr zurückkommen würden, hatte er in Kauf genommen. Lali sagte sich, fort mit Schaden, die sind ja im Stiegenhaus eh schon einmal runtergefallen. Das bisschen an Rohmaterial hätte er wirklich gern geopfert, wenn Klari-Oma zu diesem Preis aus ihrem Leben auf immer und ewig verschwinden würde, doch noch mehr hätte er sich gefreut, wenn die Alte gegebenenfalls begreifen würde, dass sie, um Geld zu verdienen, nicht unbedingt an irgendeinem Arbeitsplatz erscheinen musste, was ihr ohnehin nie gelungen war.

Nach zwei Wochen drehte und wendete Lali die fertigen Stücke verdattert in der Hand. Das Ergebnis übertraf alle Erwartungen. Klari-Oma wartete mit dem Hochmut des Künstlers, zurückgenommen und mit gewisser Herablassung auf die Reaktion. Sie war von vornherein darauf vorbereitet, dass Lali die Werke nicht verstehen und nicht schätzen würde, also hatte sie gar nicht vor, sich auf eine Auseinandersetzung einzulassen und noch weniger auf ein etwaiges Argumentieren. Sie hatte geplant, die kritisierten Werkstücke ohne viel Federlesens zurückzunehmen und einfach abzugehen.

Doch Lali gab sie nicht sofort zurück, nein, er verhörte die Alte detailliert, für welches Umfeld sie diese Leuchtkörper genau gedacht hatte, denn sie musste sicherlich eine Vorstellung gehabt haben, wo sie stehen sollten. Klari-Oma kannte Lali nicht gut genug, so kam sie auch nicht dahinter, dass der kaum vernehmbare Taktwechsel im geneigten Interesse, das unbemerkbare Umschlagen der Erkundigung in gereizte, wiederholt gestellte Fragen die sicheren Vorzeichen eines Zornausbruchs waren. Sie antwortete mit unschuldiger Miene, so ganz konkret habe sie sich nichts vorgestellt, Ehepaare könnten so etwas kaufen, wie zum Beispiel der Lali und die Vera, oder Vergnügungslokale.

„Zum Beispiel Hurenhäuser?", erkundigte sich ihr Schwiegersohn sanft.

Einer der Schirme zeigte ein mit naiver Hand ausgeführtes Bacchanal. Ringsum auf dem Schirm jagten in einem sonderlichen Reigen Männerfiguren mit erigiertem Schwanz Frauen mit spitzen Brüsten. Klari-Oma hatte die aus Karton ausgeschnittenen Schattenfiguren von innen in den Schirm geklebt, was die Lampe grundsätzlich unbrauchbar gemacht hätte, vorausgesetzt, sie wäre zu einem übermütigen Wiederverkäufer gelangt. Das andere Musterstück war etwas einfacher gestaltet, hier streckten furchtbare Teufelsfratzen ihre Papierzungen heraus und klobig gezeichnete Teufelshände griffen mit ihren Krallen zum oberen Rand des Lampenschirms. Die Augenschlitze hatte Klari-Oma mit der Nagelschere ausgeschnitten, damit sie das Licht durchließen. Lali betrachtete die Figuren mit unheilschwangerer Ruhe und kratzte mit dem Fingernagel winzige Stücke der gewissenhaft aufgeklebten Innendekoration ab, womit er zuerst die sorgfältig ausgearbeiteten Motive und dann die beiden Schirme vernichtete. Dabei knurrte er, die liebe Oma sei leider nicht ganz normal, was er auch so formulieren könne, sie sei eine Irre, der man ins Hirn geschissen habe und die er schon lange dorthin hätte schicken müssen, wo der Pfeffer wächst, doch wenn er das bisher unterlassen hatte, so hole er es unverzüglich nach, denn es sei jetzt an der Zeit – hier brüllte er schon und bugsierte die Alte an ihrem Ellbogen zur Tür – und er empfehle, dass die liebe Oma ihre Warzenvisage hier nie wieder zeige, doch wenn sie das trotzdem tue, dann in seiner Abwesenheit, denn sonst würde man ihn wegen Mordes einsperren, und der Herrgott möge es nicht geben, dass es die liebe Oma wäre, der er den dreckigen Hals umdrehe und sicherheitshalber auch noch abschneiden würde, der Herrgott möge es nicht geben!

Die Alte schrie von unten, aus dem nachhallenden Stiegenhaus noch herauf, dass der Lali von den Zeichnungen der griechischen Vasen keine Ahnung habe, weil der Lali nämlich ein Trottel sei, ein blöder Trottel. Ein Nachbar trat auf den Gang, ihm erklärte Klari-Oma mit Nachdruck, dass der Lali ein blöder Trottel sei, und als der Mann sie fragte, ob er der lieben Frau den Lift holen solle, antwortete sie, eine liebe Frau sei seine Mutter, die Hur', aber nicht sie, damit begann sie, seitwärts auf den linoleumbelegten Stufen zu Fuß hinunterzugehen.

Tja, sie war einfach nicht fähig, sich an den Aufzug zu gewöhnen. Da waren zu viele Knöpfe drinnen.

Sie lief dann im Tor neben dem Kinderwagen-Abstellplatz wieder mit dem Mann zusammen, der hielt ihr die verglaste Haustür verschreckt auf und überlegte dabei, aus welcher Wohnung diese Vettel gekommen sein mochte, was es hier doch für Hausparteien gab, gütiger Himmel, was für Leute, wegen solcher Leute traute man sich ja gar nicht, die Kinder allein ins Geschäft hinunterzuschicken.

Klari-Oma strebte mit schwungvollen, ihr Alter durchaus verleugnenden Schritten der Straßenbahnhaltestelle zu. Eine Garnitur wartete bereits in der Endstation, doch die vorherige musste schon viel früher abgefahren sein, weil diese schon ganz voll war. Sie ging durch den ersten Wagen, besah sich die auf schrägen Kästen rundum angebrachten Werbeanzeigen, dann stieg sie einer Eingebung folgend kurzerhand aus. Sie bestieg den nächsten Wagen. Hier kletterte sie bereits ächzend und beschwerlich die Treppen hinauf und schleppte sich derartig qualvoll durch die Reihen der hölzernen Sitzbänke, dass sofort jemand aufsprang und ihr den Sitzplatz überließ. Klari-Oma sackte mit gerührter Miene auf den Sitz nieder und brabbelte vor sich hin, ihre Worte halb an das Reisepublikum richtend, dass es noch gute Menschen gebe, denn sie sei soeben von ihrem Schwiegersohn hinausgeschmissen worden, ja ja, wir leben in einer solchen Welt heutzutage. Mit einem leichten Stilbruch setzte sie fort, indem sie den Blick hob: Der sei ein verdammter Ausbeuter im Privatsektor, der sei zu allem fähig, ein Scheißer, ein Dreckskapitalist. Da ihr der beklommen dreinblickende junge Mann nicht antwortete, wandte sie den Blick zum Fenster, neigte sich ein wenig vor und begann in ihrer Vorstellung, die Bebilderung eines neuen Lampenschirms auszuarbeiten. Weil sie nämlich noch viel schönere gekonnt hätte als diese, mit einem Wasserfall und einem Totenschädel. Mit einer japanischen Landschaft. Sie hatte sich auf der Straßenbahnfahrt bis zur Eisenbahnersiedlung innerlich entschlossen, Schirme zu machen und den mit dem Schädel zum Trotz auszuarbeiten, mit dem würde sie aber die Konkurrenz in der Stadt aufsuchen.

Veras Schwangerschaft verlief ohne Komplikationen, nichts von dem, womit man früher die Frauen aus der Kultusgemeinde geschreckt hatte, war geschehen. Keine

Ohnmacht, keine Krämpfe, kein Anschwellen der Knöchel und Knie. Im August fühlte sie sich ein wenig müder als gewöhnlich, ihr fiel das Bedienen am Nachmittag schwer, wie auch die Drängelei der schwitzenden Frauen und Männer und das Geschrei der Kleinen, die sich vordrängten, um zu ihren Kracherln zu kommen, doch im Herbst hatte das ohnehin aufgehört, die Urlaubssaison war zu Ende. Bis zum ersten Jänner ging sie noch ihrer Arbeit im Spital nach, ab da hatte sie Urlaub genommen. Selbst das schien ihr zu lang zu sein, die meisten Kolleginnen gingen fast von der Arbeit weg in den Kreißsaal und sie kamen auch bald zurück, sie gaben die Säuglinge bereits mit einigen Monaten in die Krippe des Krankenhauses. Schon um halb sechs am Morgen brannte hinter den Milchglasscheiben der Kinderkrippe Licht, die Mütter brachten ihre bis an die Nasenspitze eingepackten Babys in die Aufbewahrung.

Auf die von Tóni Piroska einlangenden Briefe antwortete Vera nicht mehr. Als sie Anfang September nach Budapest zurückgezogen war, übergab ihr Tante Edit drei mit Gummiringen zusammengehaltene Pakete von Briefen, die in den letzten Sommerwochen eingeworfen worden waren, doch Vera schenkte ihnen nur einen Blick und gab sie ungelesen zurück.

Über ein Jahr noch trafen die umrandeten Luftpostkuverts ein. Da die eigentliche Adressatin kein Interesse zeigte, wurden die Briefe nun wirklich von Tante Edit geöffnet, sie hielt die Blätter weit weg von den Augen, ihre Lippen bewegten sich beim Lesen mit. Tóni berichtete über die Erfindung Vargas, sie war patentiert worden und alles stand für die Massenfertigung bereit. Er schrieb, Vera könne nun bald zu ihm kommen, sie könne auf dem Grundriss der Wohnung, beigelegt als kariertes Blatt, schon mit der

Einrichtung der Zimmer beginnen. Da er keine Antwort erhielt und da ihm während des langen Briefwechsels kein einziges Mal einfiel, er könnte Vera eigentlich anrufen und eventuell persönlich mit ihr sprechen, waren die Zeilen weiterhin an eine Phantomperson, an eine aus Sehnsüchten und Erinnerungen erträumte Frau gerichtet, lediglich mit dem Unterschied, dass die Beteiligung dieser Frau an der Beziehung nunmehr noch passiver geworden war.

Vera schrieb zwar keine Briefe mehr, doch blieb sie weiterhin mit der Frau identisch, die nicht schwanger geworden war und jeden Tag die herausgeschriebenen Wörter in ihrem Englischheft durchlas. Eines ihrer Ichs hatte sich von ihrem Ehemann geschieden, war in die USA ausgezogen und berichtete in neuen Briefen von ihrem Leben dort, unterhielt sich über andere Babysachen, Wickelpolster und Kinderbetten mit der seit dem Sommer wie besessen strickenden Tante, die einander gleichende weiße Hauben und Mäntelchen fabrizierte und Vera beteuerte, dass das Weiße auf jeden Fall richtig sei, einerlei, ob Bub oder Mädchen.

Die Briefe Tónis aber landeten alle im Schrank in der Mohács-Straße.

Vera hatte in den neun Monaten kein Gramm zugenommen, ja, es schien, als wäre sie noch magerer geworden, nur ihr Bauch wölbte sich vor. Die Frauen im Büro weissagten aufgrund der Form des Bauches, dass das Kind mit Sicherheit ein Sohn werden würde, denn der Bauch wäre breiter und flacher, wenn ein Mädchen drin sein sollte. Tante Edit fühlte sich durch diese Prognose angeregt, auch blaue Hauben zu stricken, und sie hätte schon mit blauen Schühchen fortgesetzt, wenn Vera sie nicht zurückgepfiffen hätte, sie bat Tante Edit aus Aberglauben, nichts im Voraus zu machen, weder in Weiß noch in einer anderen Farbe, das Baby sollte erst einmal auf die Welt kommen. Lali band sich die neueste Haube auf die Faust und witzelte damit, sollte das Kind seiner Mutter ähneln, würde ihm diese Haube gar nicht passen, die Tante müsse sie alle bei den Ohren ausschneiden. Tante Edit versicherte, diese Bekleidung werde nicht zu viel sein, das sei so Brauch, man könne doch nicht vom Kreißsaal aus die Kindersachen besorgen, jemand müsse im Voraus planen, wenn die Vera schon wieder nicht vorsorge, wie ja sonst auch nicht, dabei sah sie Vera vorwurfsvoll an, und ihr lieber Schwiegersohn habe anstelle seines Hirns nur den Germteig für Langosch, und wenn der Teig gehe, müsse jemand auf das arme Kind aufpassen.

„So hören Sie doch auf mit dem ‚armen Kind'."

Sooft Lali die Tante oder seine Frau ansah, dachte er, hoffentlich wird der Junge nicht dieser Familie gleichen, zumindest nicht der Klari-Oma. Das Kind seines Bruders war recht wohlgeraten, allerdings sah seine Frau auch besser aus als die Micky Maus.

Er nannte Vera Micky Maus. Auf die Außenwand der Langosch-Bude hatte er zum Spaß eine aus Draht gebogene Micky-Maus-Figur genagelt, sie trug einen Rock. Um seinen Spott nicht noch anzuheizen, reagierte seine Frau nicht laut, sie zeigte ihren Zorn nicht, sagte nur, dass Micky Maus ein Mäuserich sei, wenn schon, dann müsse eine Minnie Maus her. Lali grinste und hob die Schultern, wie sollte so eine Bohnenstange als „mini" durchgehen.

Sie werde sich schon erkundigen, antwortete Vera, indem sie die Pappteller aufklaubte. Sie werde jemanden fragen, der gut Englisch könne, und der Betreffende werde es dem Lali schon erklären, welche Maus männlich und welche weiblich sei. „Es wird dir schon erklärt werden", schloss sie und stopfte den Abfall in einen Sack.

Als Klari-Oma erfuhr, dass sie wieder in Budapest waren, brachte sie allerlei widerliche und verdächtige Tees in schlecht ausgewaschenen Gläsern, wobei sie sich jedes Mal vorsichtig erkundigte, ob der Lali zu Hause sei, und wenn nicht, wann er denn heimkäme. Vera wagte es nie, diese Tees zu trinken, sie schüttete den Inhalt der Gläser, der einmal nach Urin, dann wieder nach Schimmel roch, immer in die Abwasch. Sie war überzeugt, würde sie den Absud trinken, würde sie sogleich eine Fehlgeburt erleiden oder sterben, zumindest aber eine Missgeburt zur Welt bringen, die mit der kratzigen Männerstimme Klari-Omas fluchen oder kreischen würde. In ihren Träumen kam sie regelmäßig mit einem traurigen alten Mann nieder oder mit einem Hündchen mit abgewetztem Fell, das sie in einem abschüssigen Garten gleich wieder verlor, und als sie es auffand, glich das winzige Hündchen bereits Edu, es blinzelte Vera mit Edus schwachen, kurzsichtigen Augen an. Da schreckte sie hoch, saß erhitzt in der Dunkelheit auf dem Bett oder versuchte, sich neben den gleichsam von ihr unabhängig gedeihenden großen, lebendigen Bauch zu legen.

Lali erwachte niemals von ihrem Herumwälzen, er schnaubte nur, rührte sich im Schlaf ein-, zweimal oder nicht einmal das.

Auch an jenem frühen Morgen, als die Wehen einsetzten, wollte er kaum zu sich kommen. Vera erwachte von der Feuchtigkeit: Das Leintuch unter ihr war klatschnass. In ihrer Kindheit war es oft vorgekommen, dass sie ins Bett gepinkelt hatte, daher dachte sie auch jetzt sogleich daran, was wohl der Lali sagen würde und wie sie unter ihm das nasse Leintuch herausziehen könne, während er schlief. Erst nachdem sie Licht gemacht hatte, begriff sie, dass es sich diesmal um etwas anderes handelte.

Sie hatte die Nachttischlampe angeknipst, sah an sich hinunter und betastete die sonderbar riechenden frischen Flecken auf dem Bettzeug. Sie atmete tief ein und wieder aus, dann schüttelte sie den mit offenem Mund schlafenden stoppeligen Lali. Sie versuchte, sich alle einander oftmals widersprechenden Ratschläge in Erinnerung zu rufen, die sie erhalten hatte, doch war sie außerstande, sich mit der Frau zu identifizieren, die jetzt ein Kind zur Welt bringen würde. Fast jeder Ratschlag hatte sich auf das Zusammenstellen der Tasche erstreckt, doch war die noch nicht gepackt, da es erst Ende Jänner war. Bis zur Geburt wären es noch zwei, aber eher drei Wochen gewesen, also musste sie jetzt, beim morgendlichen Licht der Lampe alles zusammenklauben, Nachthemd, ein zweites Höschen, Handtuch, Seife, Watte. Lali suchte sein Gewand schläfrig zusammen, dabei grunzte er missgestimmt, die sind einfach unfähig, einen beschissenen Termin auszurechnen, einen verdammten beschissenen Termin. Dass nicht die Ärzte falsch gerechnet hätten oder Vera etwas falsch gedeutet hätte, das kam ihm gar nicht in den Sinn, das Kind hatte einfach beschlossen, früher zu kommen, also war niemand schuldig oder verantwortlich. Er schaffte es kaum, den kalten Motor anzustarten, und Vera sah es ihm an, dass er nur deshalb nicht fluchte, während er den Choker betätigte, weil er doch ein wenig erschrocken war.

„Na, ist er noch drin?", fragte er blass, als er das Auto vor dem Krankenhaus abbremste.

„Das wird sich noch ändern", sagte Tante Edit sachlich, als die Schwester das Neugeborene hinter der Glaswand hochhob. Das Ganze dauerte nur einen Augenblick, weil es gleich wieder unter die Blaulichtlampe gebracht werden musste.

Vera überhörte die Bemerkung. Sie war zu Tode erschöpft, dieses kleine gelbe Wesen interessierte sie nicht. Sie wollte nur schlafen, wochenlang schlafen. Lali hingegen war in Hochstimmung, er hatte allerlei Lebensmittel besorgt, sogar Bananen. Den Gemeinschaftskühlschrank auf dem Gang hatte er vollgestopft, er wollte mit aller Gewalt, dass Vera Gänseleber aß, davon würde die Milch einschießen. Die Schwester weigerte sich, ihm das Kind in die Hand zu geben, offiziell durften Väter die Kinder nur durch die sterile Wand ansehen, nachdem sie aber einen Hunderter bekommen hatte, brachte sie Lali mit niedergeschlagenen Augen den Wickelpolster heraus. Lali war mit Vera übereingekommen, dass sie den Kleinen Gergő nennen würden, nach einem Helden des Romans „Sterne von Eger". Und sollte das Kind zufällig ein Mädchen werden, was so gut wie ausgeschlossen war, dann sollte es Vica heißen, die Koseform von Éva. Doch das neugeborene Mädchen, denn es war ein Mädchen, erinnerte nicht im Geringsten an Vera Venczel, ja, so eingemummt war ihm gar nicht anzusehen, dass es ein weibliches Wesen war. Eher ein Junge, wenn überhaupt. Es hatte einen faltigen, alten Kopf und von seinen Ohren standen Haarbüschel ab, ein teuflisches Geschöpf. Die Schwester erklärte ihnen, dass das bei Frühgeburten normal sei, doch Lali dachte, davon werde es noch lange nicht schön. Als er gefragt wurde, wie das Kind heißen solle, antwortete er gleich mit „Vica", doch er korrigierte gleich auf das offizielle Éva, bevor die blöde Schwester tatsächlich Vica in die Geburtsurkunde eintrug.

Im Warteraum gingen nervöse Väter auf und ab, sie hüstelten, knacksten mit den Fingern. Tante Edit kannte hier niemanden, vergeblich hatte sie sich stark gemacht, dass Vera im Péterfy-Spital entbinden müsse, wo sie seinerzeit an der Neugeborenenabteilung gearbeitet hatte und wo man sie und die arme Edu so sehr mochte, der Lali wusste alles besser und er erklärte, Vera müsse in das Kútvölgyi-Krankenhaus zur Entbindung. Dass er sich erkundigt habe, das Kútvölgyi sei das beste Krankenhaus, alle wichtigen Leute kämen dort nieder, es gebe keinen besseren Platz in der Stadt. Die Tante meinte, sie habe nichts dagegen, der Lali solle niederkommen, wo er wolle, er möge nur seine Frau in Ruhe lassen, doch ihr Schwiegersohn schwor Stein und Bein, er würde es schon richten mit dem Kútvölgyi, selbst wenn sein letztes Hemd draufgehe. Und er hatte es gerichtet.

Auf dem Gang, wohin die Schwester Vera hinausgeschickt hatte, um ein wenig spazieren zu gehen, schlich eine Frau mit pickeligem Gesicht vornüber gebeugt die Wand entlang. Sie konnte sich wegen der frischen Naht nicht aufrichten, daher schlurfte sie langsam, Schritt für Schritt vorwärts, indem sie sich an den Wandfliesen abstützte, wie die Soldaten mit Bauchschuss in den Partisanenfilmen. Sie kam Vera irgendwie bekannt vor, doch erlaubte ihr die fremde Umgebung nicht zu erkennen, woher sie sie kannte. Sie traf die Frau später im Gemeinschaftsraum, sie grüßten einander, doch war sie noch immer nicht imstande, in ihrer Erinnerung dem unregelmäßigen, mausartigen Gesicht der Frau einen Namen zuzuordnen.

Marika Lantos hatte am Vortag das erste und zugleich letzte Kind ihres Lebens zur Welt gebracht. Die Schwester, der Lali auch am folgenden Tag viel Geld gegeben hatte, hatte ausgeplaudert, dass Marika Lantos während ihrer Schwangerschaft eine in der Sowjetunion schon weit verbreitete Injektionsbehandlung erhalten hatte. Die Kalziuminjektionen hätten die Aufgabe gehabt, den Kalziumverlust im mütterlichen Organismus hintanzuhalten, das heißt, die Zustandsverschlechterung bei Zähnen und Knochen, was ein häufig auftretendes Problem war. Die in den neun Monaten verabreichten Dosen aber hatten zur Folge, dass auch die Knochen des Fötus zu schnell verhärteten und damit ihre für gewöhnlich bei der Geburt gegebene Flexibilität verloren. Die Schwester schilderte mit überzeichneten Gesten, flüsternd, dass die Fontanelle des Kindes wegen der Behandlung nach sowjetischem Muster ganz zusammengewachsen war, sich geschlossen hatte und sich nicht einmal minimal dem angebotenen engen Raum anpassen konnte.

„So, schauen Sie nur, so ist es stecken geblieben", sie zeigte es mit beiden Händen, als bete sie, und dämpfte die Stimme noch mehr.

Sie sagte, das Kind sei im Geburtskanal festgehangen und konnte nicht herausgezogen werden. Marika Lantos sei operiert worden, doch das Ungeborene sei gestorben und die Mutter könne nie mehr ein Kind haben.

„Es hatte so einen Kopf, schauen Sie nur", flüsterte sie und formte aus den Händen ein Ei.

Vera erwies sich nicht als ein so dankbares Publikum wie der frischgebackene Vater. Sie wandte den Kopf ab, der auf dem mit Tintenstiften markierten Spitalspolster lag, und ersuchte die Schwester höflich, sie mit Horrorgeschichten zu verschonen. Als sie die gepeinigte junge Frau mit den Pickeln an der Stirn das nächste Mal sah, grüßte sie sie mit „Servus, Marika". Die Frau blickte mit ausdrucksloser, larvengleicher Miene auf und richtete etwas an ihrem Krankenhaushemd. Möglich, dass sie es gar nicht war. Oder dass es ihr nicht einfiel, dass die hochgewachsene Blondine vor ihr das ehemalige brünette Mädchen vom Nachbarhaus sein könnte.

Auch Klari-Oma kam ins Krankenhaus, freilich nicht zur Besuchszeit, sondern am Abend, als es verboten war, doch ihr gelang es, sich vom Eingang weg hineinzujammern bis zur Tür der Nachtschwester. Dort aber stieß sie an ein neues Hindernis in Gestalt der gestrengen Schwester, die in eben diesem Moment heraustrat, sie von oben bis unten musterte und ihr klipp und klar erklärte, dies sei eine sterile Abteilung, hier seien die Neugeborenen untergebracht. Klari-Oma antwortete, es gebe auf der ganzen Welt keine Person, die steriler sei als sie, aber wenn es eine gäbe, möge ihr das Schwesterlein diese zeigen, ja, vielleicht seien die winzigen Babys dort in ihren Bratpfannen steriler, nun, das sei möglich, die anderen aber sicher nicht, sie habe sich gerade die Hände gewaschen. Und sie zeigte die Handflächen her.

Die Oberschwester dachte nach zehn Minuten Hin und Her daran, den diensthabenden Arzt anzurufen. Oder lieber gleich den Genossen vom Wachdienst, der hatte eine Waffe. Vera schlief schon lange auf ihrem Eisenbett wie die anderen gemarterten Frauen in den nach Desinfektionsmittel riechenden Sälen auch. Die Neugeborenen lagen eng gewickelt und nummeriert auf ihren Plätzen, und diese Vettel mit dem Aussehen einer Sandlerin beharrte darauf, dass sie dieses Baby sehen wolle, denn sie müsse morgen schon in die Provinz zurück und wer wisse, wann sie das Geld haben würde, um wieder in die Haupt- und Residenzstadt zu fahren.

Sie sagte tatsächlich Haupt- und Residenzstadt.

Davon versetzte sie sich sogleich in ein Volksstück, in dem sie die unbedarfte Alte vom Lande spielte, die mutlos in den gleichgültigen Gassen der Großstadt herumirrt und, siehe da, zu guter Letzt doch noch zum Spital findet, wo sie einer hartherzigen Schwester wegen knapp vor dem Ziel umkehren muss. Um ihren Worten Nachdruck zu verleihen, wollte sie gerade in Tränen ausbrechen, doch riss sie mit dem Taschentuch zusammen eine größere Menge loser Sonnenblumenkerne aus der Tasche. Nun musste sie die Kerne einzeln vom Kunststeinboden aufklauben, neben dem Fuß der Schwester. Die Szene wurde immer peinlicher. Die Schwester entschloss sich, ihr das Wickelkind lieber für eine Minute herauszubringen, damit sie dann verschwinde, doch die Mutter aufzuwecken, war sie nicht gewillt. Die Alte stimmte zu, und als die Schwester sich zum Schlafsaal der Kleinstkinder aufmachte, zerknackte Klari-Oma insgeheim ein paar Sonnenblumenkerne zwischen den Zähnen.

Lange Minuten verstrichen. Klari-Oma befürchtete schon, die Schwester würde ihr tatsächlich den Wachmann an den Hals schicken, als diese wieder auf dem Gang erschien. Sie sagte, sie habe ein bisschen warten müssen, solange die Kleine unter der Lampe lag, sie müsse jeden Abend unter Blaulicht liegen, denn die Arme sei noch ein wenig gelb. Und sie zeigte ihr das Bündel.

„Pfui Teufel, bist du aber hässlich!“, rief Klari-Oma und noch bevor die Schwester sich's versah, bespuckte sie das Neugeborene dreimal.

„Das musste ich machen“, rechtfertigte sie sich vor der bestürzten Frau, die, sobald sie die Fassung wiedererlangt hatte, kehrt machte und den Säugling im Laufschritt fluchtartig zu den anderen brachte. Ihre hochgeschnürten Schuhe klapperten laut, als sie über den Gang fegte.

„Das musste ich machen“, wiederholte die Besucherin unter Achselzucken, „nicht dass der arme Wurm so hässlich bleibt.“

Damit verließ sie das Spital.

Es herrschte tiefe Stille. Keine Gebärende kreißte in den Entbindungsräumen im dritten Stock, nur das Greinen der Säuglinge war von Weitem zu hören, gefiltert, als käme es aus einem anderen Gebäude. Klari-Oma hatte ganz vergessen, nach dem Namen des armen Kindes zu fragen.

Onkel Gabi erwachte in seiner schmalen Schlafkoje hinter dem Vorhang. Es schneite kräftig. Er hätte den Schnee vom Gehsteig wegschaufeln müssen. Die Menschen gingen bereits auf der Straße, der Morgenbus schnurrte leise über die Fahrbahn. Der Alte stand auf, er warf einen Blick auf den Kalender. Es war der zwanzigste Tag des Monats Schwat. Er wusch sich, zog sich an und trat hinaus. Der Hausmeister war schon mit der breiten Schneeschaufel bei der Arbeit, er nickte Onkel Gabi zu. Dieser gesellte sich zu ihm. Ohne sich zu unterhalten, schaufelten sie stumm den Schnee zur Seite, der Hausmeister rauchte ab und zu eine Zigarette, er wärmte sich die Hände an der Glut, doch bot er Onkel Gabi keine Zigarette an, er wusste ja, dass der nicht rauchte.

Die Hälfte der vier Meter vom Tor bis zur Straßenecke gehörten zum Tor, die andere Hälfte zu Onkel Gabi und die paar Meter gegenüber bereits zum anderen Haus. Onkel Gabi schaufelte den Schnee auch dort weg, er schichtete eine richtiggehende Bergkette zwischen Gehsteig und Fahrbahn auf.

Kaum waren sie fertig, hätten sie wieder anfangen können, denn eine neue dicke und glitzernde Schneeschicht bedeckte den Gehsteig. Die Hundehalter, die der Hausmeister und auch Onkel Gabi vom Sehen her kannten, drehten ihre morgendlichen Runden, dann erschienen die Stammgäste des Wirtshauses, die das sich allmählich erwärmende Lokal vom Aufsperren bis um acht Uhr morgens füllten. Die Fußspuren verschwanden fast sofort unter dem Neuschnee, nur der Hundeurin hinterließ gelbe Flecken und Krater im weiten Weiß.

Onkel Gabi hatte zur Straße hin gründlich gelüftet, dann ging er hinein, trat sich den Schnee von den Schuhen. Den Mantel hängte er über einen Kleiderbügel und diesen an den gusseisernen Kleiderständer zum Aushängen, dann belud er den Eisenofen in der Ecke. Der Raum wurde rasch warm, oben auf der Galerie glühte die Luft beinahe. Onkel Gabi befühlte den Mantel, ob er schon trocken war, und als er ihn für trocken befand, ging er noch leicht mit der Kleiderbürste darüber und hängte ihn in den Schrank zu den anderen Sachen. Später, um die Mittagszeit herum, blickte er noch einmal hinaus, ob er das Trottoir noch einmal freischaufeln müsste, doch er fand, dieses sei noch begehbar. Auch der Hausmeister hatte seitdem keinen neuen Pfad auf seiner Strecke freigeschaufelt. Onkel Gabi packte die englischen Sprachbücher aufeinander, steckte sie in einen Papiersack und schrieb Veras Namen darauf. Er warf einen Blick in den Kasten und in die Teeküche. Es war alles in Ordnung. Er richtete noch das Geschirrtuch, damit es glatt auflag.

Er ging in die Galerie hinauf und bückte sich, um die Stühle um den Tisch herauszuziehen. Er setzte sich auf jeden einmal hin, als nehme er teil an einem unsichtbaren Spiel, bei dem die Mitspieler alle Geister waren. Dazu lächelte er, als er langsam die Runde um den Tisch beendete. Dann ging er wieder nach unten. Er nahm die Hemden und Hosen, legte sie zusammen und packte sie in eine karierte Tasche, dann stellte er das Gepäckstück neben die Tür. Hätte ihn jemand von draußen gesehen, hätte er annehmen können, Onkel Gabi wolle verreisen. Und so war es auch.

Er hatte seit vielen Jahren nicht mehr gebetet, jetzt versuchte er, sich den in der Kindheit gelernten Text in Erinnerung zu rufen. Er tauchte ganz von allein auf, als erinnere sich jemand in der Fremde an die Wörter seiner Muttersprache: Hashkiveinu Adonai eloheinu l'shalom, v'ha-amideinu malkeinu l'chayim. Bis zum Abend war so viel Schnee gefallen, dass der Eingang zur Geschäftswohnung ganz zugeschneit war. Der Hausmeister schaufelte schwitzend und warf wütende Blicke auf die zugewehte Strecke vor Onkel Gabis Eingang, aber er klopfte nicht an. Der Rollbalken war heruntergezogen, was bedeutete, dass der Alte schon schlafen gegangen war.

Am folgenden Tag hatte sich auf diesen paar Metern sehr viel Schnee angesammelt. Es ging auf den Abend zu, als der Hausmeister meinte, es wäre an der Zeit, den Alten darauf aufmerksam zu machen. Drinnen brannte Licht, doch kam Onkel Gabi auch weiterhin nicht heraus. Die Hausparteien klopften an, dann befanden sie einhellig, wenn Onkel Gabi auch von diesen dröhnenden Schlägen nicht erwachte, dann müsse ihm etwas zugestoßen sein. Jemand öffnete das Fenster im ersten Stock und erteilte von dort seine Ratschläge, dabei klopfte er mehrmals mit dem Hammer gegen den Fußboden über der Geschäftswohnung. Schließlich riefen sie vom öffentlichen Fernsprecher im Wirtshaus die Rettung und brachen in Anwesenheit eines Polizisten die Tür auf. Es war vollkommen überflüssig, Onkel Gabi war auf Nummer sicher gegangen: Bevor er sich aufgehängt hatte, hatte er noch ein ganzes Röhrchen Digitalis-Tabletten geschluckt, was allein schon gereicht hätte. Doch er hatte kein Risiko eingehen wollen, er war immer dafür gewesen, gewissenhaft zu arbeiten. Er hatte alles ordentlich hinterlassen, abgesehen von der bei solchen Gelegenheiten üblichen kleinen Harnpfütze. Aber auch hierfür hatte er vorgesorgt, er hatte einen dicken Ausreibfetzen unter die Galerie gelegt, ungefähr dorthin, wo er den Strick festgemacht hatte.

Einzig das Wasserglas, das er für die Tabletten gebraucht hatte, war unversorgt geblieben.

Er sollte das neue menschliche Wesen, das Vera doch noch zur Welt gebracht hatte, nie kennenlernen, denn als das Kind geboren wurde, war er schon seit einem Monat tot. Vera zitterte beim Begräbnis vor Kälte, sie konnte den Wintermantel nicht über dem Bauch zuknöpfen. In der Patientenaufnahme gehörte es zu ihren Aufgaben, die Karteikarten der verstorbenen Kranken aus dem Register herauszunehmen, die Karten mit dem Stempel Verstorben zu versehen und oberhalb des Stempels das Datum einzutragen. Sollte Onkel Gabi irgendwo auf einer Karteikarte registriert gewesen sein, so hatte diese ihre Gültigkeit verloren. Vera wollte es sich selbst nur ungern eingestehen, fast war sie dem Alten wegen der Zeitplanung böse, sie benahm sich wie eine eitle, betrogene Geliebte. Das Englischbuch brauchte sie nicht mehr, das hätte sie sogar wegwerfen können. Was sie mit der Esszimmergarnitur mit den verschlissenen Samtbezügen machen würde, davon hatte sie einstweilen keine Ahnung. In der Wohnung in der Plattenbausiedlung hatte sie keinen Platz und Tante Edit konnte sie auch nicht in ihre Küche hineinpferchen. Zur Begräbnisfeier waren ziemlich viele Leute erschienen, wenn man bedenkt, dass Onkel Gabi keine lebenden Verwandten hatte und dass die Busse in der Hauptstadt wegen des Schneefalls nur unregelmäßig verkehrten.

Einige Bewohner von Diogenesdorf waren gekommen und auch die Frauen von der Küche des Kinderheimes traten in der Kälte von einem Bein auf das andere. Wie Onkel Gabi gestorben war, darüber hatte jeder etwas anderes gehört, und es war nicht ganz klar, was davon richtig war und was nicht. Die Reisetasche war das Einzige, das in den vielerlei, einander oft widersprechenden Varianten der Geschichte eine Rolle spielte. Tante Edit hielt sich bis zuletzt an Edus und Veras Armen fest und schien viel blasser zu sein als beim Begräbnis ihres eigenen Mannes. Erst jetzt bemerkte Vera die großen Tränensäcke unter ihren Augen und die vielen kleinen Warzen im Gesicht. Edu zog sich die Strickhandschuhe einmal aus und dann wieder an und fragte zum dritten Mal, wo der Lali sei. Sie hauchte in ihre Handfläche und beobachtete, wie ihr Atem an der Wolle gefror. Die Frage, wie der Onkel Gabi eigentlich gestorben war, fiel ihr erst dann ein, als sie in ihren schweren, unförmigen Mänteln schon auf den Friedhofsausgang zustrebten. Vera antwortete nicht und die Tante erwog routiniert, wie viel Edu vom Ganzen verstehen konnte und was sie davon als Erinnerung behalten würde. Sie antwortete nur, der Arme sei verrückt geworden, das hätten auch seine Nachbarn alle gesagt und das habe auch der Rabbi, der die Zeremonie für die Trauernden geleitet hatte, bekräftigt.

Schließlich behielten sie einen einzigen Stuhl von der Esszimmergarnitur, den Rest brachte Lali auf einem Anhänger zur Warenannahme des Pfandhauses Bizományi Áruház. Man wollte die Sachen nur ungern annehmen, nicht nur, weil lediglich fünf Stühle da waren, sondern auch, weil man wusste, man würde die Möbel nicht verkaufen können. Sie maßen den großen ovalen Tisch ab, schauten darunter, machten hm hm, heutzutage würde niemand so etwas kaufen. Einer der Schätzmeister in den braunen Arbeitskitteln fügte noch hinzu, vielleicht sind Wanzen darinnen, woher sollten sie wissen, von wo das alles stammte. Als das Herumgerede schon mehrere Minuten dauerte, verlor Lali die Geduld und überließ ihnen alles gratis.

Die Esszimmergarnitur stand also draußen auf dem betonierten Hof, inzwischen hatte es auch noch zu regnen begonnen. Die Polsterung der Stühle wurde nass, doch die Geistergestalten, die auf den fünf verbliebenen Stühlen saßen, störte das nicht. Vielleicht warteten sie auf den sechsten, damit der Kreis wieder vollständig werde, wer weiß. Sie saßen ruhig da und stoben auf dem nassen, von Feuermauern und traurigen Essigbäumen begrenzten Hof auch dann nicht auseinander, als die Arbeiter sie einzeln ins Lager schleppten, wie in einer Sänfte. Die beiden Packer schimpften, es reiche nicht, dass diese Scheißstühle so voller Zierrat sind, außerdem seien sie schwer wie Blei.

Lali konnte der Beerdigung Onkel Gabis nicht beiwohnen. Die Schwägerin hatte ihn angerufen, es regne in die Langosch-Bude hinein, die ganze Wand sei nass. Erleichtert teilte er Vera mit, er müsse hinunterfahren, damit nicht die ganze Bruchbude durchfeuchtet werde, weil dann die ganze Investition vergeblich gewesen sei. Er versprach ihr, das Grab mit ihr aufzusuchen, wenn er wieder zu Hause war, und dann könnten sie auch zum Grab von Onkel Jóska gehen, irgendwann in den kommenden Wochen, nicht später. Noch vor der Entbindung, nur solle das Wetter ein bisschen besser werden. Auch er habe es nicht leicht, beklagte er sich, hinunterzufahren in diesem grauenhaften Matsch, zudem wisse er nicht, wo er Handwerker besorgen sollte, die gewillt wären, jetzt im Winter auf das glitschige Dach hinaufzuklettern und diesen beschissenen verrutschten Dachziegel wieder ordentlich einzuhängen.

Vera hatte es nicht nur auf dem Weg zur Haltestelle, sondern auch im Nachhinein nicht einzugestehen gewagt, dass man im Pfandhaus keinen Groschen für die Garnitur gegeben hatte. Damit die Möbel nicht wieder erwähnt würden, log sie später, man habe für das ganze tausend Forint hergegeben, deshalb nur so wenig, weil der

Samt an den Stühlen schon ein wenig abgewetzt war. Die Tante war außer sich. Sie hielt ihnen noch wochenlang vor, wenn der Lali nicht so ein Geizhals gewesen wäre, wie er ja sei, dann hätten sie ein bisschen warten können, dann hätte man diese wunderbaren Stilmöbel nicht unter ihrem Wert verschleudern müssen, etwas, das sie nie mehr besitzen würden, oder man hätte mindestens den Samt putzen müssen, damit er nicht so abgenützt aussah. Mit ein wenig Salmiak hätte sie ihn schon aufgefrischt. Vera wollte nicht streiten. Sie gab ihr die tausend Forint und versenkte die unförmigen kleinen Hauben und Schühchen, die die Tante mitgebracht hatte, gehorsam im Schrank. Sie hatten schon so viel davon, dass es für zwei Kinder gereicht hätte.

Edu konnte mit dem Säugling nicht viel anfangen, also drängte Tante Edit sie gar nicht sehr, sie zu begleiteten, wenn Vera Hilfe brauchte. Edu tat ihr direkt einen Gefallen, wenn sie zu Hause blieb und nicht mit den Paketen beladen bis zur Haltestelle neben ihr herhinkte und sie in dieser unübersichtlichen Wohnung nicht auch noch auf sie aufpassen musste. Die Tante selbst befasste sich auch nicht so recht mit dem Baby, sie trachtete eher danach, den Haushalt um Vera herum in Ordnung zu bringen. Wie sehr das Vera nervte, das nahm sie kaum zur Kenntnis. Sie blieb vor dem Kippfenster stehen und sagte, das Fenster müsse mal geputzt werden, dann schleppte sie den Küchenstuhl herein, stellte sich darauf und rieb das Fenster mit Zeitungspapier ab. In den Zimmern roch es nach Essig und das Fenster sah genauso aus, wie es Vera vorher gesehen hatte. Die Tante wühlte in den Schubladen und sortierte das Bettzeug um. Vorher waren die zusammengehörenden Garnituren beieinander, sie aber legte Pölster, Decken und Leintücher auf eigene Stöße, damit etwas Logik ins Ganze komme. Sie desinfizierte alle Aluminiumklinken, bügelte die Windeln, füllte Gries und Mehl in Einmachgläser um, damit keine Lebensmittelmotten ihre Eier darin ablegten. Sie fragte Vera, warum sie die Tuchentüberzüge nicht stärke, so hätten sie viel mehr Halt, da gestand Vera, dass sie das Bettzeug nie zu Hause wasche, sie bringe es in die Reinigung, worauf die Tante über die Kosten der Reinigung jammerte. Sie bot an, die Leintücher lieber mit nach Hause zu nehmen, damit sie schön würden, doch Vera ließ es nicht zu. Als die Tante in den Kühlschrank schaute, beroch sie den in Papier verpackten Aufschnitt angeekelt und die Milch im Kunststoffsack stellte sie um ein Fach tiefer ein. Die Speisereste schob sie herum und sagte, für morgen werde sie etwas Richtiges kochen. Sie kochte es und brachte es.

Aus dem Krankenhaus schleppte sie eine Babywaage mit Inventarnummer an und stellte sie mitten auf den Tisch. Sie empfahl Vera, die Waage beim Essen einfach mit einem Tuch abzudecken, so müssten sie sie nicht immer hin und her räumen. Zweimal wöchentlich holte sie den quiekenden Säugling zum Wiegen aus den Windeln. Sie fand, das Kind trinke zu wenig, Veras Milch sei sicherlich nicht dick genug. Sie zählte auf, welche Speisen die Milch dicker machten und was Vera lieber nicht essen sollte. Bohnen, zum Beispiel.

„Hier hast du Hühnersuppe, iss das."

Als Vera sich über den Teller beugte, spürte sie den verhassten Küchengeruch ihrer Kindheit heimtückisch vom Teller aufsteigen und ihr Haar, ihre Kleider und ihr ganzes Heim durchtränken, ihr war, als hätte Tante Edit ihr diesen Geruch im Menagereindl nachgebracht und als versuche sie nun, die ganze Wohnung damit zu überfluten, doch selbst wenn der Schirm der von Lali gedrechselten Stehlampe statt Licht den Geruch von Gänseschmalz abstrahlte, wäre sie noch nicht wirklich zufrieden. Vera bekam keine Luft. In der Wohnung mischten sich Dünste von Speisen mit Windelgestank und dem Geruch von ätzendem Essig und Vera nahm den Suppen zum Trotz ab, ihre Schlüsselbeine stachen immer mehr hervor. Und sie hielt sich krumm, zumindest nach Meinung der Tante.

Klari-Oma besuchte sie zum Glück viel seltener, sie erschien nur dann, wenn ihr Geld schon stark zur Neige ging. Das Kind irritierte sie unverhohlen, sie ertrug sein Geschrei kaum und hielt den oftmaligen Windelwechsel für überflüssiges Getue; wie sie meinte, würde sich das Kind ohnehin immer wieder vollkacken, wozu also die Scheiße stündlich entfernen. Ließe Vera das Kind in dem Zustand, sinnierte sie, würde es schneller lernen, sich nicht anzuscheißen. Wenn der Säugling in ihrer Gegenwart brüllte, blickte sie Vera indigniert an, sie möge rasch Maßnahmen ergreifen. Als bitte sie Vera darum, das Radio endlich leiser zu stellen. Sie konnte es kaum mitansehen, wie Vera das Kind hochhob und mit ihm auf und ab ging, sie begab sich lieber ins Wohnzimmer und rief von dort herüber, was habt ihr da für eine tolle Obstschale, warum tut ihr nichts hinein, und bis Vera im kleinen Zimmer fertig war, hatte sie die Äpfel säuberlich in der Babywaage aufgehäuft.

Tante Edit vertrat dezidiert die Meinung, dass man das Kind nicht verzärteln dürfe, also nahm sie es Vera aus dem Arm, wenn sie es hochhob, und legte es ins Kinderbett zurück, damit es kein frecher Flegel werde. Frecher Flegel gehörte zu ihrem Lieblingswortschatz. Etwa von dem Augenblick an, als es klar wurde, dass das gelbe Paket am Leben bleiben würde, begann sie sich zu fürchten, es würde ein frecher Flegel werden, und das wiederholte sie mit einem drohenden Unterton, als spreche sie von der Auszehrung oder von ansteckenden Krankheiten. Einmal fragte Vera, während die Tante sich mit dem Schuhlöffel in die Schuhe quälte, ob Flegel nicht eigentlich nur für Jungen gebräuchlich sei, die Antwort bestand lediglich in einem verächtlichen Blick. Die Tante reichte ihr den Schuhlöffel:

„Häng' den an seinen Platz, er gehört nicht auf den Fußboden."

Für Edu, die in dieser Zeit oft allein war, schrieb sie auf ausgerissene Heftseiten auf, was alles sie wann zu wärmen, aufzuschneiden, vorzubereiten hatte, bis sie heimkam. Mit Ausnahme des Großeinkaufs konnte man ihr fast alles auftragen. Das heißt, auf den Markt durfte sie nicht allein gehen, doch aus dem Geschäft brachte sie schon dies und das herbei. Mit kindlichem Kunstfleiß schabte sie die Rüben, schnitt Kartoffeln in Scheiben, kehrte den Kohlenstaub mit dem Handbesen zusammen. War sie fertig, so saß sie beim Tisch oder sie ruhte auf der Küchencouch, bis die Tante heimkam. War sie dann da, fragte Edu, wie es dem Lali gehe. Die Tante antwortete für gewöhnlich, er sei gerade nicht zu Hause gewesen, doch habe er durch Vera ausrichten lassen, die Schirme seien sehr hübsch und er sende schöne Grüße. „Und das Kind ist ganz der Vater", setzte sie fort, doch war Edu mit solch billigen Tricks nicht zu verführen, das Kind zu besuchen. Sie war nicht an einem verkleinerten Faksimile interessiert, sondern am echten Lali, der tatsächlich nur selten zu Hause auftauchte.

Die Lampenherstellung ging weiter, doch kontrollierte Lali die fertigen Stücke nicht mehr einzeln, denn er musste seine Kräfte umgruppieren. Er wollte eine neue Backstube eröffnen und suchte dafür einen passenden Platz am Bezahlstrand, innerhalb des Zaunes. Er hatte auch die Genehmigung für eine Speiseeistruhe erhalten, ja, er hatte die Truhe sogar schon bestellt. Ein sowjetisches Produkt, das modernste auf dem Markt, mit einer Plexiglasvitrine. Es stand zu befürchten, dass von da an die Backstube öfter kontrolliert werden würde, hauptsächlich in der Urlaubssaison, doch vertraute Lali darauf, dass die Truhe so viel einbringen würde, dass er vom Erlös jemanden im örtlichen Rat bestechen könnte.

Wenn Edu noch die erforderliche Aufmerksamkeit aufbrachte, versuchte die Tante, ihr abends die ihrer Auffassung nach wichtigsten Lebensregeln zu vermitteln. Edus Gehirn gab einige dieser Gebote später nach dem Zufallsprinzip von sich und in der abendlichen Dunkelheit vernahm die Tante überrascht, wie Edu ihr einige der hundertmal wiedergekäuten Sätze vorbetete:

„Ich zähle das Rückgeld immer nach. Bei Rot schaue ich nach links und rechts, ich drehe das Gas ab, dann drehe ich es noch einmal ab, weil ich es vielleicht nicht abgedreht habe, das Licht lasse ich nicht unnötig brennen, das Fenster mache ich nicht auf, ich zähle das Rückgeld immer nach."

Einmal erhob sie sich ganz unverhofft, sie fragte die schon eindösende Tante gleichsam erleuchtet, auf einem Ellbogen aufgestützt:

„Aber wie viel macht das Rückgeld aus? Ist das immer gleich viel?"

„Wer zwanzig Jahre im Gesundheitswesen verbracht hat, geht nur ungern zu einem Arzt", meinte Tante Edit vielsagend und schielte dabei nach unten. Sie beobachtete mit dem Kinn an der Brust, wie die junge Schwester mit der Portkanüle mit Fixationsflügel ihre Vene suchte, und es stand zu befürchten, dass sie ihren vorigen Satz fortsetzen wolle: ... und lässt sich auch nicht gern Blut abnehmen.

„Stechen Sie doch hier nicht herum. Versuchen Sie die andere Seite. Kann denn hier niemand Venen finden?"

Der Tante ging es augenscheinlich besser als am vorigen Abend. Die Schwester zog die Nadel erschrocken zurück. Sie klebte die Einstichstelle ab, doch konnte sie das Pflaster nicht abreißen, sie hatte keine Schere mitgebracht. Sie riss es dann mit den Zähnen ab, in der Streuflamme der Blicke, die die Tante auf sie richtete, dann trat sie zur anderen Seite hinüber und wickelte den Gummischlauch um den linken Arm. Endlich gelang es ihr, die Vene zu treffen, langsam tropfte das Blut ins Röhrchen. Als sie den Druck löste, strömte das Blut langsam in das lockere, bläulich verfärbte Fleisch zurück. Der Druck des Gummischlauches hinterließ ein rotes Armband.

Tante Edit hatte es bisher abgelehnt, Laboruntersuchungen über sich ergehen zu lassen, doch jetzt gab es keine Ausflüchte mehr. Sie wurde mit der Rettung hereingebracht, im Morgengrauen machte man ihr schon das volle Blutbild. In den vergangenen Monaten war sie dreimal die Woche mit der Straßenbahn zu Vera hinausgefahren, dreimal die Woche wog sie den Säugling und drängte Vera Suppen mit Fettaugen auf. Beim letzten dieser Besuche hatte sie gerade das Kind ins Bettchen zurückgelegt und sich aufgerichtet, als sie plötzlich, die Hand vor dem Mund, hinausrannte und sich heftig in die Klosettmuschel erbrach. Sie versicherte Vera durch die geschlossene Tür, dass es nichts sei, ihr sei nur mal von den Windeln übel geworden. Vera wusste, dass das gelogen war, dass die Tante nie Probleme mit vollgeschissenen

Windeln hatte, weder in der Säuglingsabteilung noch bei den Ansteckenden, wo sie genug davon gesehen hatte. Zudem hatte die Tante ihr Lebtag nichts erbrochen, schon aus Sparsamkeitsgründen nicht.

Vera telefonierte noch am selben Tag mit dem Krankenhaus, doch erreichte sie den Arzt von der Abteilung nicht mehr. Später konnte sie nicht wieder zur Telefonzelle hinuntergehen, ein eigenes Telefon besaßen sie nicht, vergeblich hatten sie schon vor Jahren um eine Leitung angesucht.

Auch der erste Anruf war nicht problemlos vonstatten gegangen, sie wartete lange vor der Zelle und befürchtete die ganze Zeit, das schlafend zurückgelassene Kind würde aufwachen. Sie trippelte gute zehn Minuten auf dem Gehsteig herum und wartete darauf, dass der Mann, der die Zelle besetzt hielt, herauskam. Sie hätte nicht übel Lust gehabt, gewaltsam einzudringen und ihn vom Apparat zu reißen, er säuselte gerade einer blöden Hure etwas vor und hatte noch eine Handvoll Telefonmünzen parat. Schließlich trommelte Vera an die Tür, sie müsse einen Arzt rufen, zu einem Kind, der Genosse möge endlich den beschissenen Hörer einhängen. Der Mann blickte sich um, hängte den Hörer ein, doch zuvor schmatzte er noch einen dicken Kuss in die Sprechmuschel.

Im Spital nahm die Oberschwester den Anruf entgegen, der diensthabende Arzt war noch nicht und der Abteilungsarzt schon nicht mehr da. Vera wurde es ganz heiß vor Aufregung, bis sie ihr erklärte, worum es ging, und als sie von der Oberschwester die Antwort bekam, das scheine ihr eigentlich kein so dringender Fall zu sein, hängte sie verzweifelt wieder ein. Der Mann von vorhin, der mit dem Schmatz, hatte nur darauf gewartet. Er presste sich ungeduldig wieder in die Zelle und schon wählte er seine

Nummer. Es war draußen zu hören, wie er bei jemandem um Verständnis bat, er habe sich verwählt.

Vera genierte sich, als sie im Lift merkte, dass sie unwillkürlich den Schlager nachsummte, dessen Text der Mann zitiert hatte.

Die Kleine schlief noch in derselben Pose, in der Vera sie vor einer Viertelstunde verlassen hatte.

Einige Stunden nach dem erfolglosen Anruf traf am Abend Lali mit Edu an der Seite ein. Vera hatte das Kind schon gebadet und im hinteren Zimmer schlafen gelegt. Sie war Lali böse, weil er geläutet hatte, er musste doch wissen, dass sie nach sieben Uhr nicht mehr anläuteten. Lali hatte den Klingelknopf nur gedrückt, um anzuzeigen, dass er nicht allein kam. Sonst hätte er seinen Schlüssel benutzt.

Auf dem Heimweg war er noch bei seiner Schwiegermutter vorbeigegangen, um die fertigen Schirme abzuholen. Er mochte es nicht, wenn sie sich ansammelten, denn wenn sie lange herumlagen, wurden sie in der engen Küche schmutzig oder wellig vom Dampf. Er fand Edu auf dem Gang vor, in Pantoffeln und in einem Kurzarmpulli, so stand sie da, mit einer Strickhaube auf dem Kopf. Drinnen versuchten zwei Nachbarn von Tante Edit, die Blut in den Wandbrunnen erbrochen hatte, ihre Genehmigung zu erhalten, die Rettung holen zu dürfen, sie wolle doch nicht hier sterben. Edu war zu ihnen hinübergehumpelt, das dunkle Blut auf dem weißen Email hatte sie entsetzt und sie konnte sich nicht entscheiden, was das Richtige sei: zu gehorchen und sich auf ihren Hintern zu setzen, wie ihr von Edit befohlen worden war, oder doch Hilfe zu holen. Sie war den Nachbarn dankbar, dass sie einen Arzt geholt und ihr damit die Last der Verantwortung abgenommen hatten. Als zu alledem Lali eingetroffen und dann wieder gegangen war, war sie völlig verwirrt zurückgeblieben. Sie hatte keine Anweisungen für solche Situationen erhalten, also wartete sie, mit den Handflächen an den Knien.

Lali war dem Rettungswagen mit dem Auto gefolgt, dann schritt er neben dem Rollbett bis zur Notambulanz, doch zeigte ihm die Tante, soweit es ihr die Infusion erlaubte, mit einer resoluten Handbewegung an, er dürfe, ja, er solle jetzt aber wirklich gehen. So kehrte er zur Wohnung zurück, die offen stand, und holte die noch immer wie gelähmt dasitzende Edu. Bei dieser zweiten Runde hatten sie auch die schon fertiggestellten Lampenschirme mitgenommen, auch den, der der Bassena am nächsten lag und Blutspritzer abbekommen hatte. Vera wollte noch diese Nacht ins Krankenhaus, doch Lali wollte nichts davon hören. Es kam gar nicht infrage, dass sie am Abend allein dort hinfuhr. Er selbst konnte sich von dem blutbespritzten Lampenschirm nicht losreißen, er nahm ihn immer wieder hervor und betrachtete ihn in der Hand. Er war unrettbar verdorben, das sah er auch so, ohne Glühbirne, aber trotzdem. Etwas Hypnotisches ging von ihm aus.

Lali öffnete eine Flasche Bier, setzte sich in die Badewanne und flüsterte mit geschlossenen Augen, er sei todmüde, er wolle nicht mit dem Edulein plaudern. Dass er heute im Wohnzimmer schlafen werde, dabei rutschte er noch tiefer ins Wasser, Vera möge ruhig für sie beide im Schlafzimmer das Bett richten.

Vera entgegnete, das sei ausgeschlossen, dass sie neben der schwitzenden und furzenden Edu schlafe, und dass sie es einfach nicht fasse, wie Lali sie für die Nacht habe hierherbringen können, wenn sie ihm sonst so auf die Nerven ging, warum, zum Teufel, habe er sie hierherschleppen müssen, sie hätte genauso gut zu Hause herumhocken können. Lali war schon bis zum Genick untergetaucht, er erwiderte, nein, die Edu werde drinnen auf dem großen Bett schlafen, nein, sie werde so lange bleiben, bis die Tante aus dem Spital komme, nein, eine Kinderkrippe käme nicht infrage, und außerdem hätten sie das schon so oft besprochen, und nein, Vera würde in der Nacht nirgendwohin mit der Straßenbahn fahren.

„Du gehst mir um diese Zeit nirgendwohin, höchstens zum Scheißen", hauchte er mit geschlossenen Augen und Dunstperlen auf dem Gesicht. Seine Ruhe verhieß Unheil. Vera ließ ihn im Badezimmer zurück.

Am folgenden Morgen fuhr sie mit dem dick eingemummten Säugling am Arm ins Krankenhaus. Sie hatte einen Becher, Esszeug und drei saubere Handtücher eingepackt. Der Oberarzt der Internen warf ihr im Vorbeigehen zu, sie vermuteten die Bauchspeicheldrüse, ansonsten sei es verboten, mit einem Kind hineinzugehen, und dass es jetzt das Wichtigste sei, Diät zu halten, und dass sie irgendwie die Entzündung wegbringen würden. Vera antwortete, das sei kein Kind, und sie trug das schlafende Päckchen weiter, bis sie es am Fußende des Bettes niederlegte. Die Tante schlief gerade, doch schlug sie die Augen auf, als Vera das Esszeug klappernd in den Becher stellte.

„Deine Haare sind nachgewachsen. Du musst sie färben lassen."

„Ist gut, mach ich."

Das Päckchen auf der Decke hatte sie gar nicht bemerkt, und als sie wieder aufwachte, hätte sie gemeint, sie hätte den Besuch nur geträumt, wäre nicht der Becher auf dem Nachtkästchen gewesen.

Edu blieb dann doch nicht länger bei Vera und Lali, denn die Tante wurde für zwei Wochen drinnen behalten. Das wäre selbst für Lali zu lange gewesen, vergeblich hatte er sich für einen Abend in die Rolle des treu sorgenden Familienoberhauptes eingelebt. So lange hätte er die Neckerei mit der halb blinden, ständig triefnasigen Edu nicht ausgehalten. Am Mittwoch fuhr er sie schön zurück in die Wohnung und ersuchte die Nachbarn, von Zeit zu Zeit einen Blick auf sie zu werfen.

Vera hatte keine blasse Ahnung, wo im Körper sich die Bauchspeicheldrüse befand. Wegen des Speichels vermutete sie sie am ehesten in der Kehle. Auch in der Patientenaufnahme konnte niemand sagen, wo die Bauchspeicheldrüse lag, sie meinten, irgendwo im Bauch. Die Ärzte wagte Vera mit dieser Frage nicht zu behelligen und Lali verzog nur den Mund, als ekle er sich schon vom Wort allein und wolle sich das Organ dazu wirklich nicht vorstellen. Bei Bauchspeicheldrüse fiel ihm zuerst immer die dickbäuchige und stets ein wenig speichelnde Edu ein, doch das sprach er lieber nicht aus.

Als Vera abends, im Bett, wieder darauf zu sprechen kam, tat er, als überlege er, als versuche er, sich das in der Schule Gelernte in Erinnerung zu rufen, dann rückte er unvermittelt seiner Frau näher und schob ihr das Nachthemd bis an die Achseln hoch. Er betastete sie grinsend: Hier müsste diese Bauchspeicheldrüse irgendwo sein, er erinnere sich zumindest so. Oder hier? Oder da? Vera rollte sich über die Seite aus dem Bett, griff sich ihre Bettdecke und legte sich zum Schlafen auf die Wohnzimmercouch, wo Lali vor einigen Tagen die Nacht verbracht hatte.

Kaum war es Frühling geworden, verbrachte Lali immer mehr Zeit am See. Er war mit dem Einbau des neuen Langosch-Ofens und den Genehmigungen beschäftigt. Im kleinen Haus hätte man auch im Winter ein paar Tage verbringen können. In Befolgung der Vorschriften hätte der Wohnraum vollständig vom Betriebsraum abgegrenzt werden müssen, da aber das Gas nur dort eingeleitet war, funktionierte der einzige Gaskonvektor nur im Betriebsraum. Die Gartenstühle standen ineinander gestapelt neben der Hauswand, einen der drei Tische hatten sie mit ins Innere genommen, die anderen beiden waren auf der überdachten Terrasse verblieben. Die waren unter dem Schnee vom strengen Frost im Jänner geborsten.

Es war schon Anfang April, aber der örtliche Rat hatte die Eisentreppe noch nicht wieder ins Wasser zurückstellen lassen. Die meisten Sommerhäuser waren geschlossen, die eisernen Zäune trugen den Rost des Frühjahrs, die im Herbst gesetzten mickrigen Bäumchen hatte der Frost fast alle vernichtet und die anderen grünten kaum. Der heraufsickernde Schlamm hatte den weißen Kies im Hof der Langosch-Bude geschwärzt, einen Teil hatte der Regen weggeschwemmt. Die Schneeschmelze hatte so große Kuhlen in der unbefestigten Straße hinterlassen, dass die Autoreifen durchdrehten, beinahe wäre das Auto hängen geblieben. Lali konnte den Gasofen nur mit Müh und Not anwerfen, er ließ den Zündknopf lange Minuten vergeblich schnalzen. Schon wollte er in den anderen Raum hinübergehen und den Heizstrahler holen, als die Flamme aufloderte. Er wärmte sich die geröteten Hände, öffnete eine Flasche Bier und überlegte dabei, ob man hier wohnen könne. Wenn er den anderen Gebäudeteil isolierte, vielleicht. Er hatte erst am nächsten Tag in Székesfehérvár zu tun, dieser Abend und die nächsten zwei waren bisher noch frei. In der Nähe der Heizung war die Wärme schon zu spüren, so legte er sich auf eine Schaumstoffmatratze auf den Boden. An der Tür hing noch der Fliegenvorhang vom Sommer, den hatte man vergessen abzunehmen. Im

Halbschlaf schien ihm, er höre hinter der Rabitzwand einen Säugling heiser weinen, doch dann wurde ihm bewusst, dass er nur geträumt oder die summende Zugluft im Schornstein gehört hatte, im Haus, ja, entlang des ganzen Ufers war es still, endlich war es still.

Er hatte Vera versprochen, am Donnerstagabend zurückzufahren, doch jetzt plante er im Halbschlaf, den Nachbarn anzurufen. Die mittlere Hauspartei im fünften Stock besaß ein Telefon, er konnte dort anrufen, wenn er seiner Familie etwas Dringendes mitteilen wollte. Es würde locker reichen, wenn er am Donnerstag anrief, dass er erst am Freitag käme. Das war der erste Geburtstag des Kindes. Sie hatten ausgemacht, es solle einen Ball bekommen.

Vera überlegte am Donnerstagnachmittag, ob sie den kleinen Ball überhaupt einpacken oder ihn dem Kind einfach in die Hand geben sollte, als der Nachbar vom fünften Stock anläutete. Sie bat ihn nicht herein, dabei war es dem Mann anzumerken, dass er sich gern umgesehen hätte, er war schon im Begriff, durch die halb offene Tür hereinzukommen. Da weinte die kleine Vica im hinteren Zimmer auf, als hätte Vera sie im Voraus um diesen Gefallen gebeten.

„Sag ihr doch endlich, dass sie nicht ständig brüllen soll. Sie soll brüllen, wenn ihr etwas weh tut", keuchte die eben eintreffende Klari-Oma dem Nachbarn ins Gesicht. „Nicht wahr? So kann man ja nicht wissen, ob ihr irgendetwas passiert ist, weil sie immerzu brüllt. Hab ich nicht recht?"

Der Mann vom fünften Stock hatte den Schwung verloren, er wollte nicht mehr hereinkommen und holte den Lift.

Klari-Omas Nylonsäcke raschelten, aus dem einen ragte der Kopf eines riesigen Teddybären hervor. Sie stellte ihre Pakete an die Vorzimmerwand und machte sich daran, die Schuhe auszuziehen. Vera rief ihr aus dem Zimmer zu, sie möge sich die Hände waschen.

„Meine Hände sind nicht schmutzig. Der soll Hände waschen gehen, der schmutzige Hände hat."

Sie trug den Bären unter dem Arm hinein und legte ihn ins Kinderbett. Er war fast so groß wie das Kind, dieses verstummte bestürzt und starrte das Geschenk an, das die Hälfte seines Bettes in Besitz genommen hatte. Der Teddy lächelte gelöst, der seinem Fell innewohnende Kellermief begann auszuströmen.

Klari-Oma fragte in die plötzliche Stille hinein, wo denn ihr Lalilein sei, ihr teurer Schwiegersohn, dieser goldige Mensch, dann kramte sie umständlich eine Emailtafel mit vier durchbohrten Ecken hervor. Auf dem verwitterten Täfelchen war eine Eins zu sehen. Klari-Oma blickte erwartungsvoll auf Vera, als sei sie völlig sicher, das praktischste Geschenk aller Zeiten gefunden zu haben. Als sich Vera nach einigen Sekunden noch immer nicht bedankt hatte, wurde sie deutlicher.

„Ein Einser. Soll ich die Tafel abwaschen?"

Die Tafel blieb, der Bär musste gehen. Klari-Oma ließ nicht zu, dass er den Weg durch den Müllschacht nahm, sie packte ihn ein, wie er gekommen war, doch jetzt ragten seine Beine hervor.

Vera vertraute ihr das Kind wirklich nur ungern an, aber sie hatte keine andere Möglichkeit. Sie meinte, diese paar Stunden würde die Klari-Oma schon irgendwie meistern. Wenn alles gut geht, wacht das Mädchen nach dem Baden bis zum Morgen nicht auf. Und wenn doch, bekommt es einen Tee und schläft wieder ein. Sie konnte es wirklich nicht mitnehmen, mitten in der Nacht, bei dieser Kälte.

Draußen begann es eben zu regnen. Vera winkte ein Taxi heran, damit fuhr sie zum Bahnhof, um eine Karte für den Schnellzug in einer Viertelstunde zu lösen. Kaum jemand stand bei der Kassa herum, lediglich einige Leute hatten sich unter das vom prasselnden Regen laut hallende Dach geflüchtet. Sie schätzte, um halb sieben dort anzukommen, von der Bahnstation war die Langosch-Bude nur zehn Minuten im Spaziertempo entfernt. In diesen Stunden war sie sich ganz sicher, den Lali zu lieben, ja, ihn mehr als alle anderen zu lieben, vielleicht noch mehr als jenes schmächtige Wesen, das sie zum ersten Mal in seinem Leben, und das ausgerechnet an seinem Geburtstag, mit jemandem anderen allein gelassen hatte. Weil der Lali, wie immer es auch später gekommen war, sie zur Frau genommen und aus dem nach Kraut riechenden Bau befreit hatte.

Es regnete in Strömen. Auf dem Bahnsteig wartete ein groß gewachsener Mann in einem Tuchmantel mit einem schwarzen Regenschirm. So mag der Tóni Piroska aussehen, durchzuckte es Vera und sie wandte den Blick schnell von ihm ab, damit der Mann ihr nicht seinen Schirm anbot. Gebeugt lief sie durch den Regenvorhang an ihm vorbei und bestieg den Zug. Hier lungerten nur ein, zwei Fahrgäste herum, sie hatten sich weit voneinander weg gesetzt. Vera ging nach hinten, ins WC, um ihr Gesicht in Ordnung zu bringen. Sie war bis auf die Haut durchnässt. Ihre Haare waren an den Wurzeln dunkel nachgewachsen, gute zwei Zentimeter. Zu Hause vor dem Badezimmerspiegel war ihr das irgendwie gar nicht aufgefallen, doch hier, im kalten Neonlicht war es gut zu sehen. Der Zug fuhr mit einem Ruck an, das Bild der durchnässten Frau schwang sich aus dem Spiegel.

Sie kamen verspätet, um einiges nach sechs Uhr, in der kleinen Station am Seeufer an. Veras Haar war noch immer nass, obwohl die dunstigen Waggons geheizt waren. Schaudernd machte sie auf den dunklen, unbefestigten Straßen einen Bogen um die Pfützen. Die Hunde hinter den Zäunen verbellten sie. An den Fenstern der Wohnhäuser waren überall schon die Rollläden heruntergelassen. Sie entfernte sich immer weiter vom Bahnhof, die Siedlung der Sommerhäuser hinter den Schienen erschien ihr gänzlich ausgestorben, hier funktionierte nicht einmal die Straßenbeleuchtung. Nur vor einem einzigen Haus zeigten ein Sack mit Bauschutt und eine auf die Seite gekippte Wanne an, dass die Eigentümer angekommen waren und renovierten.

An den Durchreichefenstern der Langosch-Bude zur Straße hin waren die gewellten, mit Aufschriften versehenen Rollläden heruntergezogen, auf die Lali mit großen Buchstaben hatte aufmalen lassen: LANGOSCH und PALATSCHINKEN. Vera trat auf die hintere Terrasse und klopfte. Von innen war kreischende Musik zu hören, das Radio war auf volle Lautstärke aufgedreht. Daraufhin wurde sie wütend, sie hämmerte mit der Faust gegen die Tür, bis sie aufging. Lali blinzelte überrascht hinaus auf den Vorplatz, er kratzte sich die Krümel aus den Brusthaaren. Vera schob ihn beiseite und stürmte nach hinten, in den mit Linoleum ausgelegten Betriebsraum. In der Tür stolperte sie über ein Paar Damenstiefel.

Lalis Schwägerin, die Erzsi, saß halb nackt und mit zerrissenen Strümpfen auf einer Schaumstoffmatratze auf dem Fußboden, auf dem Schoß hatte sie ein Tablett mit Backwerk. Sie war aber nicht allein im Zimmer. Etwas weiter lag Vesenczi mit ausgestreckten Beinen und in Unterhosen auf einer Gartenliege, er klammerte sich an eine fast leere Flasche St. Hubertus Kräuterlikör. Als er Vera erblickte, stand er schwankend auf und flehte sie an, sie möge ihren Mann doch bitte überreden, nicht diesen Scheiß zu hören.

„Liebe, teure, wunderbare Vera“, stotterte er, „sagen Sie ihm doch, dass er endlich die Plache vom Pianino herunternimmt. Dem Pianino wird nichts geschehen, wenn ich es doch sage. Ich habe vier Jahre Klavier gespielt, ich will Ihnen etwas vorspielen.“

Vera rührte sich noch immer nicht. Die Schwägerin strebte auf allen Vieren der anderen Zimmerseite zu, um ihren Pullover vom Boden aufzuheben. Ihre Brüste schwangen mit, wie sie vorwärtskroch. In der Zimmermitte stieß sie mit Vesenczi zusammen, der mit einer Hand an der Winterabdeckung der Eistruhe zerrte. Die Plache ließ sich nicht herunterziehen, sie war unten angebunden.

„Liebe, teure Vera, spielen Sie doch etwas für uns, Sie haben so wunderschöne Finger!“

Lali stand in der Tür und lachte sich ins Fäustchen, als habe er den Verstand verloren. Vera stellte die Handtasche auf den Boden, dann ließ auch sie sich auf die Matratze nieder. Die Schwägerin hatte sich mittlerweile in ihren Pullover hineingezwängt, das Etikett hing ihr am Rücken heraus. Vera erreichte das Radio im Sitzen und stellte es ab. Dann stand sie doch auf, ging mit dem Gebäck hinaus und spülte es im WC in zwei Teilen hinunter. Der Steinboden war total verdreckt, offensichtlich war es einem von den Dreien schon schlecht geworden. Sie kam zurück, schaltete den Gasofen aus und ließ den Stromzähler mit einer energischen Handbewegung abschnappen.

Sie trafen ein paar Minuten nach neun zu Hause ein. Lali hätte es im Nachhinein nicht sagen können, wie es ihm gelungen war, betrunken, in der nassen, nebligen Dunkelheit die dreißig Kilometer zu schaffen, zudem musste er die unerwarteten Kurven der neckischen Straße mit den Scheinwerfern abtasten. Er erinnerte sich nur noch an

Äste mit Raureif und an die Erzsi, die mit verschmiertem Augenmakeup greinte, Vera hatte sie zurückgestoßen und daran gehindert, hinten ins Auto einzusteigen. Sie ließen sie dort, auf der unbeleuchteten und von Pfützen übersäten Straße, mit Vesenczi an ihrer Seite, der aufmunternd gegen ihren Mantelärmel klopfte und sich erbötig machte, hier in der Gegend ein Zimmer zu besorgen. Er kenne jeden Rezeptionisten, sagte er, die liebe Erzsi müsse sich keine Sorgen machen.

Auf das Telefon hatten sie dreieinhalb Jahre warten müssen, doch dann bekamen sie es endlich. Vera war jede Woche zum Rat gegangen, um zu kontrollieren, wie weit sie in der Liste schon vorgerückt waren. Als sie bereits in die Nähe der Achthunderter gekommen waren, begannen sie zu überlegen, welchen Apparat sie wählen sollten. Lali entschied sich für ein schneeweißes Gerät mit silberner Wählscheibe. Sie hätten auch Anspruch auf ein rotes oder ein schwarzes anmelden können, doch das Schwarze war zu büromäßig und das Rote fand er, sei etwas für Warme. Sie platzierten das neue Telefon auf ein schwarzes Tischchen mit schmiedeeisernen Beinen. Die gewundene Telefonschnur lief hinter dem Tischchen hinunter zur Anschlussdose. Die Schnur erinnerte Lali an eine grässliche geringelte Schläfenlocke und Vera an die Ranken des Geißblattes. Als wollte das Telefon sich im Zimmer wie eine Schlingpflanze ausbreiten und sich, wenn sie nicht zu Hause waren, immer weitere Punkte zum Festhalten suchen. Wanderte einer von ihnen während eines Gespräches vom Tischchen weg, weil er sich in den Fauteuil setzen wollte, wurde er von der springfederartigen Schnur an den Apparat zurückgezogen oder das Telefon selbst begann auf der Tischplatte langsam seitlich wegzurutschen. Wenn sie sich ihm auch daraufhin nicht wieder näherten, rutschte der Stecker mitten im Satz heraus. Das Tischchen befand sich an einem unbequemen Platz, doch fanden sie keinen anderen, wo es Besuchern gleich beim Betreten der Wohnung aufgefallen wäre. Lali fühlte sich irritiert, wenn die Telefonschnur zu sehen war, er achtete eigens darauf, dass sie zurückgestopft und hinter dem Regal verborgen wurde. War sie zu sehen, wusste er sofort, dass Vera mit jemandem telefoniert hatte.

Meistens wurden ja sie angerufen, hauptsächlich der Lali. Vera telefonierte lieber von der Zelle vor dem Haus aus, das kostete nicht so viel und sie musste keine Rechenschaft darüber ablegen, während Lali die von zu Hause abgehenden Anrufe registrierte. Ohnedies hasste Vera das weiße Telefon, auf dessen glänzendem Kunststoffkörper jeder Fingerabdruck zu sehen war. Ein vages Angstgefühl stieg in ihr jedes Mal hoch, wenn sie das Gerät anblickte. Es kam ein-, zweimal vor, dass sich in den Abendstunden eine unbekannte Frauenstimme meldete und den Lali suchte, da antwortete sie der Anruferin, die sich nicht vorgestellt hatte, ja, die vielleicht auch nicht immer dieselbe Person war, in recht gemessenem Tonfall.

Vica ging schon in die Gruppe der Großen. Sie musste immer um vier vom Kindergarten der Wohnsiedlung abgeholt werden. Vera zog gerade ihren Mantel an, als das Telefon klingelte. Um halb vier Uhr nachmittags rief eigentlich nie jemand an. Ihr erster Gedanke war, es könnte der Tante etwas zugestoßen sein. Der zweite, dass ihrem Mann etwas passiert war. Zwar hatte sich die Tante nie beklagt, aber sie hatte sehr viel abgenommen und erbrach sich, wie Edu sagte, oft. Vera starrte das bimmelnde Gerät an und rührte sich nicht. Das Licht fiel durch das Fenster im Wohnzimmer in die Wohnung.

In dieser Beleuchtung wirkte die Raufasertapete mit Sägespänen ein wenig grau und abgewohnt. Auf der Kommode standen gerahmte Fotos, ihr Hochzeitsbild, Vica mit drei Jahren und Veras Schwiegermutter mit ihren zwei Enkeln auf dem Schoß. Veras Blick hing an diesen drei eingerahmten Fotos, während sie aus den Schuhen schlüpfte und zum Telefon zurückging.

„Hallo."

Eine hohe, unangenehme Männerstimme antwortete:

„Guten Tag. Hier spricht Tóni Piroska."

Stille. Sie hätte so viel zu antworteten gewusst. Sie formulierte schon einen siezenden Gruß, guten Tag, dahinter machte sich auch ein Servus bereit, grüß dich, Tóni, es passt mir gerade nicht. Ich bin gerade im dritten Monat schwanger, ja, und ich habe schon ein Kind. Servus, Tóni, ich habe mir deine Stimme nicht so vorgestellt, sie ist scheußlich. Keine der Antworten aber schaffte es durch die Schranke, die Veras Kehle verschloss. Die Stimme am anderen Ende wiederholte blöde dasselbe:

„Guten Tag. Hier spricht Tóni Piroska."

„Pardon", die Schranke hatte sich gehoben, „falsch verbunden."

Vera setzte sich in den Fauteuil. Das Telefon klingelte neuerlich, sie hob aber nicht ab. Gegenüber, sehr weit, spiegelte ein Fenster geschmolzenes Licht wider. An einem der gerahmten Bilder, am mittleren, erkannte sie ein bis dahin unbemerktes Detail: Von der Hand ihrer Schwiegermutter hing ein Rosenkranz und sie hielt ihr kleineres Enkelkind so, als wollte sie es von den Knien hinunterwerfen. Ja freilich, fiel Vera ein, dieses Bild wurde ja nach der Taufe des Cousins von Vica aufgenommen. Noch ein Glück, dass sie auf das Läuten zurückgekommen war, sie hatte das Fenster offen gelassen.

Sie stand auf, um es zu schließen. Sie blickte hinunter, auf den betonierten Spielplatz, auf den Gehsteig, auf das Dach des ABC-Warenhauses, und dachte, wie leicht wäre es doch, sich hier fallen zu lassen. Das niedrige Gesims reichte nur bis zu ihren Hüften. Ein einziger Augenblick und es war aus. Angeblich sterben die meisten schon im Fallen, der Körper prallt leblos auf den Boden auf. Sie beugte sich weit vor, probierte, wie weit sie sich vorbeugen müsste, um das Gleichgewicht zu verlieren und über den Radiator hinüber zu kippen. Magensäure drang ihr in den Mund, sie sah den Hinterausgang unten im Erdgeschoss. Jeder würde annehmen, es sei ein Unfall gewesen. Nie, niemals würde jemand annehmen, dass sie mit einem wachsenden Leben in ihrem Körper das eigene hätte beenden wollen.

Wo war hier der Sieg, von dem Onkel Gabi gesprochen hatte, wo? Und wo die Wahrheit?

Vögel schwirrten durch die Luft, vom Spielplatz her war Geschrei zu hören.

Sie trat ernüchtert zurück und schloss das Fenster. Plötzlich waren die Kinderstimmen leiser geworden, das Geschrei war verebbt. Das Telefon läutete nicht mehr.

Es war fast fünf Uhr, als sie im Kindergarten ankam. Ihre Tochter mochte es nicht, wenn sie zu spät eintraf, da wartete sie an den Zaun geklammert. Bei Schlechtwetter trieben die Kindergärtnerinnen die Kleinen nach der Jause in der Sammelgruppe zusammen. Da wartete Vica immer auf dem kleinen Stuhl, der Tür am nächsten stand, und wurde sie gefragt, warum sie nicht spiele, antwortete sie stets:

„Ich werde gleich abgeholt. Ich bin brav."

Vera sah schon vom Weiten, dass sie diesmal alle auf dem Hof waren. Sie überlegte sich, etwas über das Geschwisterchen zu sagen, Vica zu fragen, was sie dazu sagen würde, wenn ein neues Baby zu ihnen nach Hause käme. Am Naheliegendsten erschien es ihr, dem Kind zu zeigen, dass ihr Bauch gewachsen war. Als sie das Gebäude verließen, zeigte sie Vica ihren Bauch.

„Dann iss halt nicht so viel“, schloss Vica das Thema ab. Sie wollte von etwas anderem reden. Sie knöpfte ihren Mantel auf und kramte eine Handvoll abgebrochene Bleistiftspitzen aus der Hosentasche.

„Das sind Kappen.“

„Mach dir den Mantel zu. Was denn für Kappen?“

„Die von den Zwergen. Sie werfen alles durcheinander.“

Vera seufzte. Sie neigte immer mehr dazu, Tante Edit recht zu geben, die stets behauptete, mit dem Kind sei nicht alles in Ordnung. Nächstes Jahr sollte es schon zur Schule gehen und es spielte immer noch mit Fantasiegestalten. Nicht mit anderen Kindern, wie es normal wäre, und nicht einmal mit ihrem Spielzeug, dabei hatte sie einen Haufen davon. Die Tante erzählte, dass Vera in diesem Alter schon die Buchstaben gekannt, flüssig gelesen hatte und allein um das Essen geschickt werden konnte. Sie meinte, Vica sei verzärtelt, das habe sie so sonderlich gemacht. Oder weiß der Teufel, was. Sie waren beim Park angekommen. Die Kleine hockte sich unversehens hin, ins Gras, neben dem Gehsteig, als wollte sie Pipi machen. Vera hatte das Gefühl, die Passanten würden sie anstarren.

„Warum hast du nicht im Kindergarten Pipi gemacht?“, flüsterte sie. „Hier darfst du nicht.“

„Ich mache nicht Pipi. Ich schaue die Zwerge an. Ich streue ihre Kappen ins Gras aus.“

„Aber hier gibt es gar keine Zwerge.“

Vica richtete sich überrascht auf, als würde sie sich darüber ärgern, dass eine Erwachsene so unverständig war.

„Jetzt gibt es hier freilich keine Zwerge mehr. Sie sind zum Schlafen nach Hause gegangen, zu Schneewittchen. Nur ihre Kappen sind hier."

Damit streute sie die Bleistiftspitzen im Gras aus. Dann erzählte sie noch, zum wiederholten Mal, dass nicht sie die Spitzen abgebrochen habe, die seien alle schon unter dem Tisch gelegen. Sie habe sie nur in ihre Hosentasche gesammelt, die blauen und die roten extra.

Sie spazierten langsam über einen Umweg nach Hause. Der Frühling nahte, die Vögel versuchten in den Spalten zwischen den Panelelementen, wo die schwarze Gummidichtung nachgegeben hatte, zu nisten. Das Kind sah ihnen gern zu, wie sie geschäftig in den Spalten wuselten. Die beiden schauten nach oben, in die Höhe, an der Seite des mächtigen quadratisch unterteilten Gebäudes schwang der Wind das riesige Gummiband der losen Dichtung hin und her. Vera spürte, sie müsse jetzt wieder von ihrem Bauch reden, aber Vica fragte sie:

„Wessen Kind war ich, als es mich noch nicht gegeben hat?"

„Damals? Damals warst du niemandes Kind."

Im Juli überflutete eine Hitzewelle die Stadt. Der Hitzerekord von Jahrhunderten wurde gebrochen, man versuchte, die Fenster der Plattenbausiedlung mit nassen Leintüchern zu isolieren, alles vergeblich. Im Staatlichen Eisenwaren- und Geschirrladen Vasedény waren die elektrischen Ventilatoren ausverkauft. Lali ergatterte dann am Polenmarkt doch noch einen mit Gummipropeller, der war aber so laut, dass man nachts nicht schlafen konnte. Er erinnerte an den Lärm der Motorboote, die sommers über den See fuhren.

In den Beeten der Siedlung waren die mickrigen Blumen ausgebrannt. In den Parks wurden die im Rasen versenkten Sprinkler angeschaltet, Kinder hüpften in Unterhosen unter den herumwirbelnden Wasserstrahlen. Jeder setzte sich in den gelben Rasen hinaus, weil die Hitze in den Wohnungen beinahe unerträglich wurde. Auch Vera konnte nicht schlafen, der wachsende, gespannte Bauch drückte sie, das Nachthemd klebte verschwitzt an ihrem Körper. Lali telefonierte wöchentlich einmal und alle zwei Wochen kam er für ein, zwei Tage herauf, aber nie für länger. Er hätte es gern gesehen, wenn die Tante im Kútvölgyi-Spital behandelt würde, sie wollte aber nicht übersiedeln, sie hing am altbekannten Platz. Die zwei Langosch-Buden konnte er nicht tagelang allein lassen, es war ja Saison. Er hatte es geschafft, auch für den neuen Platz eine Speiseeistruhe einzustellen, unter dem frisch gezimmerten Vordach stand immer eine lange Reihe von Kunden. Vera hätte über die Woche mit dem Kind hinunterfahren können, doch die Tante war wieder im Krankenhaus und auf Edu musste auch manchmal geschaut werden, selbst dann, wenn sie selbst nie darum bat. An den Tagen, an denen Vera nicht konnte, besuchte Edu die Tante. Sie zog einen Stuhl an das Bett und schaute gelangweilt in die Luft.

„Du kannst mein Mittagessen essen", sagte ihre Schwester und tätschelte ihr die Hand.

Das Tablett wurde nur für die beschwerlich gehenden Bettlägerigen hereingebracht, die anderen löffelten ihr Essen draußen im Gemeinschaftsspeisesaal. Edu zog den Teller zu sich heran und aß vorsichtig.

„Ist es salzig genug? Hier würzt man in der Küche gar nicht."

Für Edu war es salzig genug, sie aß es. Dann auch das Sauerampfergemüse mit gekochten Kartoffeln. Sie hatten kaum noch ein Thema, die Tante hatte alles schon durchgefragt. Die Krankenschwester kam herein, musterte Edu von oben bis unten und trug das Tablett mit beleidigter Miene wieder hinaus. Edu spülte den Löffel ab, wickelte ihn in ein Küchentuch und legte ihn in die obere Lade des Metall-Nachtkästchens.

„Nicht dorthin! Lieber weiter unten."

Die Tante sagte wenig, auch das Sprechen ermüdete sie. Wenn sie überhaupt etwas äußerte, dann waren es nur bissige Bemerkungen über die Schwestern und über Besucher. Sie ließ Vera eine Decke von zu Hause bringen, dann schickte sie sie am nächsten Tag mit Edu zurück, weil sie stinke. Sie bat um den Aluminiumbecher, weil der nicht breche, die Schwestern würden früher oder später beim Bettenmachen alles herunterschmeißen, sagte sie, sie werfen alles hinunter, was nicht weggeräumt ist. Vera brachte ihr den Becher, doch die Tante sagte, er würde trefen riechen. Jemand habe sicher etwas Abscheuliches hineingegeben, dabei habe sie gesagt, man möge auf ihr Geschirr achtgeben. Sie versuchte, auch Vera wie Edu die Krankenhauskost aufzuzwingen:

„Du müsstest mehr essen, damit es keine Probleme mit dem Kind gibt."

Vera fand eher die Tante bedenklich mager. Aus der Nähe roch man ihren schlechten Atem. In den letzten Jahren war sie mehrmals bettlägerig gewesen, doch jetzt nahm sie von Tag zu Tag ab, als wollte sich ein anderes Gesicht aus dem ihren herausentwickeln. Ein härteres, Vera unbekanntes Gesicht mit scharfen Backenknochen. Warum muss sie ausgerechnet jetzt krank werden, wo ich im achten Monat bin, warf Vera ihr insgemein vor. An den Besuchstagen quälte sie sich in der Hitze durch die Stadt, schwitzend trug sie die vergeblich mitgeschleppten Obstsäfte und das Eingemachte wieder nach Hause. Auf der Internen mischte sich der Geruch von Fäkalien mit dem der Desinfektionsmittel, das hätte auch einem Gesunden den Appetit genommen. Die Tante brauchte gar nichts.

„Lass das ja nicht hier! Ich esse es eh nicht."

Nur das Klosettpapier und die Seife blieben dort, alles andere ging wieder zurück. Schulterzuckend löffelte Edu zu Hause das Eingemachte aus dem Glas. Die milchigen und fleischigen Töpfe waren ganz durcheinander, wenn die Tante plötzlich nach Hause gekommen wäre, hätte sie sie nicht an ihrem gewohnten Platz vorgefunden. Vera hatte geplant, am Tag vor deren Heimkehr alles in Ordnung zu bringen und auch ein bisschen zu putzen. Bis dorthin würde vielleicht die Hundshitze nachlassen.

Einmal ließ sich sogar Lali zu einem Krankenbesuch herab. Er legte einen großen, fettig glänzenden Papierpacken auf den Gemeinschaftstisch. An jenem Tag schmausten alle Patienten im Krankensaal Palatschinken und zwinkerten Tante Edit zu, was sie doch für einen feschen Schwiegersohn habe. Die kahl rasierte Frau im Bett links von ihr wollte unbedingt Veras prallen Bauch anfassen. Sie wandte sich zu Lali und wiederholte ihm, ja, das werde ein Bübchen, ihr könne er es glauben, sie habe sieben Enkelkinder und alle habe sie richtig vorausgesagt. Lali schüttelte nur den Kopf, die Frau sah aus, als wären ihr die Palatschinken zu Kopf gestiegen, es war schwer, sie ernst zu nehmen.

Dabei behielt die Frau im benachbarten Bett recht. Der Säugling war tatsächlich ein Junge, ein Bübchen mit schönen, langen Wimpern und langen Haaren. Allein er schlug die Augen für keinen einzigen Blick auf. Müde, mit geschlossenen Lidern, ließ er es zu, dass man ihn in den von Geräuschen hallenden Entbindungsraum hinauszerrte, doch einmal draußen, entschloss er sich plötzlich, dass er sich, danke sehr, nicht einmal umschauen mochte. Eine Zeitlang tätschelte man ihm noch das Gesicht, man steckte ihm einen Gummischlauch in die Nase, drückte ihm etwas Kaltes an die Brust, doch er wollte sich nicht wecken lassen. Er hätte gern geruht.

So ähnlich hielt es auch die Tante. Sie war unendlich erschöpft und es fiel ihr sogar schwer, auf die Fragen des Arztes oder der Schwestern zu antworten.

Lali fuhr gerade auf der Autobahn auf die Stadt zu, immer wieder überholte er hupend, doch er war nicht auf dem Weg zur Tante, sondern zu seiner Frau. Edu hatte den Alu-Becher neuerlich hereingebracht, nachdem sie tagelang Essig drinnen stehen gelassen hatte, damit der Geruch wegginge. Sie beugte sich zur Tante, hielt ihr den nach Essig riechenden kühlen Becher unmittelbar unter die Nase und fragte, ob es nunmehr gut sei. Tante Edit antwortete nicht, woraus Edu schloss, es sei gut, und sie setzte den Becher auf dem Nachtkästchen ab. Ihre Schwester hatte ihr keine weiteren Instruktionen erteilt, wie sie es sonst zu tun pflegte, sie sagte ihr nicht, sie solle das Handtuch ausbreiten, die Pölster aufschütteln, die trockenen Semmeln für Brösel mitnehmen, sie lag nur schnaufend da und streckte die Beine mit den Krampfadern und den langen Fußnägeln auf der Bettdecke von sich. Dann regte sie sich auf einmal, sie wisperte etwas vom Ton. Da sie die Prothese nicht im Mund hatte, konnte Edu nichts verstehen. Edu lauschte, ob sie wirklich gut gehört hatte, dass etwas wie Ton gefunden werden sollte, zudem war gar nicht sie gemeint, sondern die Vera, doch sie runzelte die Stirn in vergeblicher Anstrengung. Sie hielt das Ohr ganz nahe an den eingefallenen Mund, fragte richtig laut zurück, blieb aber ohne Antwort. Auch auf erneutes Nachfragen. Schließlich stützte sie sich am Bettende ab und ging hinaus, um die Schwestern zu fragen, vielleicht verstanden die, was zum Kuckuck gemeint war. Was nun schon wieder verloren gegangen war.

In den Spätsommer- und Frühherbstnächten nach Tante Edits Tod wachte Vera oft auf. Dann lag sie im Halbdunkel da und dachte über Edu nach. Wohin sollten sie ihr Bett stellen, wenn sie sie irgendwann zu sich nehmen müssten? Die Nachbarn hatten Auftrag, alle ihre Schritte wie Geheimagenten zu beobachten, damit sie die Wohnung nicht versehentlich anzündete oder sich vergiftete, damit sie sich wusch und die Rechnungen einzahlte.

Edu machte das auch alles sorgfältig, dabei betete sie die Reihenfolge vor sich hin: Ich sperre das Gas ab, dann sehe ich noch einmal nach, ob ich es abgesperrt habe, zähle das Rückgeld nach, bringe den Mist hinunter. Einige Tage nach dem Begräbnis packte sie die Sachen ihrer Schwester in Müllsäcke und ließ alles ungesehen von Lali ins Büro der Kultusgemeinde fahren. Die Frauen machten die Sendung gar nicht auf, sie warfen alles zum Abfall. Sie hätten von den nach Mottenkugeln riechenden Kleidern der Tante fast gar nichts brauchen können, alles, was sie besessen hatte, war abgetragen und verschlissen.

Edu kaufte täglich ein und sagte immer laut vor sich hin, wie viel Geld sie beim Weggehen in der Hand hatte. Subtrahieren konnte sie nicht, wenn also die Kassiererin erklärte, sechs vierzig zurück, dann kontrollierte Edu mit finsterer Miene, ob sie tatsächlich sechs vierzig bekommen hatte. Es stimmte immer, das machte sie heiter.

„Ich esse nichts, was nicht mehr gut riecht“, ermahnte sie sich, dann verzehrte sie die schon welligen, schwitzenden Scheiben Extrawurst. Freitagvormittags machte sie sauber. Sie rollte den Teppich auf, schleppte ihn zur Klopfstange hinunter (ich rolle den Teppich ein und trage ihn so hinunter), schlug mit dem Teppichklopfer auf ihn ein (ich klopfe den Teppich mit dem Klopfer, so, ich stelle mich seitwärts hin, damit der Staub nicht auf mich zukommt), sie putzte die Glasflächen mit Zitrone und Essig (ich reibe sie mit Zitronensaft und Essig ab), polierte die Möbel mit dem Saft roher Kartoffeln (das macht sie schön, wie neu), genau so, wie sie es bei der Tante gesehen hatte. Das Bettzeug kochte sie mit viel Kraftaufwand im Aluminiumtopf aus (ich drehe das Gas auf, dann sehe ich nach, ob es unter dem Topf noch brennt), stärkte es (ich lasse es nicht darin stehen, weil es sich dann nur auszieht) und bügelte es (ich gebe acht auf meine Hand, auweh, zum Teufel nochmal, du beschissenes Bügeleisen, du verdammter Hurensohn, du, musst du so rauchen!). Als Lali die auf das Eisengeländer ausgehängten Tuchent- und Polsterüberzüge sah, sagte er ihr, sie möge sich damit nicht mehr abplagen, er würde die Überzüge mit denen seiner Familie zusammen in die Putzerei bringen. Daraufhin blinzelte ihn Edu kokett hinter ihren Brillengläsern an, als könne sie auf dieses lang ersehnte Angebot nicht Nein sagen.

Nur zu kochen vermochte sie nicht, doch als Lali ihr ein Abonnement für die Betriebsküche des Säuglingsheims an der Ecke besorgte, ging sie täglich schlag halb zwölf mit dem Menagereindl hin und man füllte ihr die drei kleinen Aluminiumtöpfe mit Essen.

Bald stellte sich heraus, dass sie sehr eigenwillige Vorstellungen in Bezug auf die Wohnungseinrichtung hatte. Lali hörte ganz perplex, dass sie das große Doppelbett großzügig dem Rauchfangkehrer geschenkt hatte, der die Routineüberprüfung durchgeführt hatte, am anderen Tag ließ der es schon am Morgen abtransportieren und er half Edu, die Liege ins Zimmer zu schieben. (Ja, dorthin in die Mitte. Dort ist es gut, danke.) Das Toilettentischchen mit dem ovalen Spiegel gab sie Vera, sie würde sich ohnehin nie dorthin setzen, es nehme bloß Platz weg.

Von den schweren dunklen Möbeln des Zimmers hatte sie nur den Schrank behalten, mit dem großen Spiegel an der Türinnenseite. Das Zimmer wirkte dadurch viel größer, beinahe luftig.

Edu schien zufrieden zu sein. Am Morgen aß sie Topfenstangerln, abends würfelig geschnittenen Speck mit Semmeln und Gewürzgurken, gelegentlich eine Extrawurst. Und alles das aus Butterbrotpapier und aus dem Einmachglas, damit sie möglichst wenig abwaschen musste. Sie hockte tagelang vor dem Radioapparat und drehte an den Knöpfen. Wenn ihr danach war, hörte sie auch das an, was ausländisch gesagt wurde, beim Singen zählte das ohnehin nicht. (Ich verstehe nur nicht, wenn gesprochen wird.) Sie besprach die Nachrichten lang und breit jeden Tag mit den Nachbarn. (Ich hole mir einen Stuhl heraus.) Sie besprach mit ihnen, wie das Essen gewesen war, wie das Wetter werden wird, wie sie in der Nacht geschlafen hatte. (Diesmal nicht so gut.) Sie parlierte mit dem Hausmeister, mit den Leuten von der Müllabfuhr und den Verkäufern im Konsum.

Von Zeit zu Zeit sprach sie jemand vom Gang her an, wenn sie das Radio bei offener Tür allzu laut laufen ließ. Die Wohnparteien fühlten sich hauptsächlich an Wochenenden irritiert, wenn ihr Nachmittagsschlaf vom Krachen einer tschechoslowakischen oder rumänischen Sendung unterbrochen wurde.

„Wir sind wirklich nicht taub, Edulein."

„Ich bin auch nicht taub", schrie sie dann friedfertig zurück, „ich mag's nur, wenn es recht laut ist. Ich warte auf die Musik."

Als das Wetter kühler wurde, ließ ihr Lali den Kachelofen umbauen, damit sie das Brennmaterial mit ihrem schlechten Bein nicht aus dem Keller heraufholen musste.

So hatte sie nur einen blauen Knopf zu drücken und in Sekundenschnelle wurde es warm im Zimmer. (Ich drücke den Lali-Knopf und schaue nach, ob die Lali-Flamme brennt.) Sie saß glücklich auf dem Hocker und sah zu, wie der Gasofen Hera die Flammen aufbaute. In Nachahmung Lalis drückte sie mit ihrem plumpen Finger den Knopf, dann stellte sie die Temperatur ein.

In der Csángó- und der Mohács-Straße wurden gleich mehrere Häuser geschleift, in den mit Staub und Ziegelbruch bedeckten Lücken wurden neue errichtet. Auf einem dieser benachbarten Grundstücke schichteten die Anrainer einen Scheiterhaufen auf. Sie trugen alles Alte und Unbrauchbare hinunter auf den stetig wachsenden Haufen. Stockfleckige Tuchenten, wackelige Stühle, modrige Kleider sammelten sich an. Edus alte bemalte Kredenz wurde von zwei Männern hinuntergetragen und zerhackt. An ihre Stelle wollte sie moderne weiße Küchenmöbel mit glänzenden Griffen (wie bei einer Oberärztin). Im Umbaufieber nahm sie auch die gehäkelten Vorhänge ab, um an ihrer statt neue weiße, schleierartige Vorhänge aufzuhängen (die aus Nylon, die sind moderner). Zwar konnte sie die Möbel nicht über die Stiegen schleppen, aber die kleineren Gegenstände, die trug sie selbst zum Sammelplatz hinunter. Als Erstes gleich den Vulkanfiberkoffer, der voller Briefe oben auf dem Schrank lag. Das große weinrote Album mit den alten gezackten Fotografien folgte im zweiten Anlauf. Dann zum Dritten die Zierpölster, denen auch noch nach so vielen Jahren der Geruch nach dem runden, kahlen Kopf Onkel Jóskas anhaftete. Viertens kamen die Bettdecke für das Doppelbett und die gehäkelten alten Vorhänge. Doch konnte sie nicht alles auf einmal fassen. (Wie viel unnützes Zeug. Dass ich nur nicht hinfalle!) Sie rollte die Bettdecke zusammen, nahm sie unter den Arm, dann drückte sie auch noch die beiden Vorhänge an sich, die lösten sich aber auf dem Weg über die Stiege hinunter auf. Als sie über den Hof hinkte, zog sie die Vorhänge wie eine Schleppe hinter sich her über die Keramit-Steine. Bis sie unten angekommen war, loderte das mächtige Feuer an der Ecke der Taksony-Straße mit großen Flammen. Aufgeregte Kinder warfen immer neue Holzstücke und Knäuel aus Zeitungspapier auf den Haufen. Sie wollten probieren, ob der Radiergummi, die Zwanzig-Heller-Münze, die Glasmurmel brannten.

„Früher oder später verbrennt alles", erklärte ihnen ein Erwachsener und spritzte rundherum Benzin auf den Abfall. Die Flammen loderten hoch, als er weiter weg ging.

Edus einsame Silhouette zeichnete sich scharf gegen den Abendhimmel ab. Die anderen schauten den Scheiterhaufen von der anderen Seite an, sie wollten sich nicht in den würgenden Rauch stellen. Schließlich hielt sie es auch nicht mehr aus, sie wischte ihre Brillengläser ab, ging um das Feuer herum und stellte sich zur Gruppe der Schaulustigen. Jemand bot ihr eine Zigarette an, sie griff zu. Was wohl heute so eine Schachtel kostete, fragte sie, dann nahm sie einen tiefen Zug und beschloss, wieder zu rauchen. (Ich rauch halt wieder. Ist gar nicht teuer.)

Edu überlebte ihre Schwester um drei Jahre. Diese drei Jahre waren wahrscheinlich die ausgeglichenste, heiterste Zeit ihres Lebens, wenngleich Edu auch früher immer zufrieden aussah. Glücklich aber schien sie fast nie gewesen zu sein. Doch kam nun der Alu-Aschenbecher mit dem aufklappbaren Deckel wieder zum Vorschein, und sie rauchte, mit nicht fokussiertem Blick auf dem kleinen Schemel hockend, ihre Zigaretten so durchgeistigt, als habe sie es in ihrer einfältigen Art geschafft, der Zeit ein Schnippchen zu schlagen und sich vor dem Schicksal in einem zeitlosen Körper zu verstecken. Das aber sollte ihr nicht gelingen. Keuchend und würgend spuckte sie die letzte Zigarette auf den Steinboden, dann hustete sie lange und tonlos, als schüttle sie ein unstillbares, wieherndes Lachen. Schließlich hatten ihre Verbeugungen doch ein Ende. Eine unsichtbare Hand, vielleicht die ihrer Schwester, klopfte ihr jäh auf den Rücken: Jetzt ist es genug, Schluss.

Vera war erleichtert, dass das Ankleiden der Toten ihr erspart blieb. Die Tante war seinerzeit von den Frauen der Kultusgemeinde angekleidet worden, nun aber reichte es, das Gewand bei der Prosektur des Krankenhauses abzugeben, im Souterrain, wo vor Jahren der Servicetechniker die arme Edu verführt hatte. Da sie Spitalsangestellte war, wurden die Kühlkosten der Familie nicht angelastet.

Vera schob die hinterlassenen Gegenstände im Kasten müde hin und her. Viel Plunder, ausgeleierte Kleider, über und über gestopfte Strümpfe. Sie musste alles in Säcke packen und zum Tor hinuntertragen, allein, weil der Lali nicht auffindbar war, seit Wochen war er gar nicht nach Budapest heraufgekommen. Vera erledigte allein die Papiere und die Unterbringung in der Urnenwand, wobei der Friedhof sehr weit von ihnen entfernt lag, sie musste mit dem Bus ans andere Ende der Stadt hinausfahren. Dreimal hatte sie diesen Weg zurückgelegt, hin und zurück, und lang und breit erklären müssen, dass sie mit der Verstorbenen nicht blutsverwandt sei, Blutsverwandte gebe es gar nicht mehr, man möge verstehen, dass alle ihre Verwandten gestorben seien, ihre Schwester und deren Mann lägen hier begraben auf diesem Friedhof, als beim dritten Mal endlich eine grundlegende, bis dahin noch gar nicht bedachte Frage aufgeworfen wurde:

„Warum will die Genossin den Leichnam dann einäschern lassen?“

Interessant, darüber hatte Vera bisher eigentlich gar nicht nachgedacht. Erst im Friedhofsbüro, auf die Frage der Frau mit dem abgeblätterten Nagellack, die in der Uniform des Bestattungsinstitutes hinter dem Schreibtisch saß und die Registratur führte, dachte sie es zu Ende: Jetzt einmal wirklich, warum? Irgendwie war sie sicher, auch die Tante wäre einverstanden, wenn sie gefragt werden könnte. Dass sie es trotz ihres vorherigen Glaubens und ihrer Überlegung genant gefunden hätte, wenn Edu zwischen Onkel Jóska und ihr als Dritte wieder einzöge, andererseits hätte selbst die Tote eine möglichst praktische, ohne mit überflüssigem Tamtam einhergehende Vernichtung gewählt. Vera fühlte, dass Edu, die in einem früheren, niemals erwähnten Leben einmal knapp der Verbrennung entkommen war, sich nun im zweiten Anlauf für diese raumsparende und moderne Lösung entschieden hätte. Damit würde sie den Gebeten und weiterem Drumherum entgehen.

„Ach, es war eine Frau?“ Die uniformierte Genossin faltete die Papiere, die Edus Verdienste im Krieg und ihren Status als verstorben nachwiesen. Vera wollte schon entgegnen: „Da steht es ja“, hatte sie doch den Totenschein schon zweimal mitgebracht, aber sie schwieg lieber. Bisher hatte die Uniformierte gedacht, sie sprächen über einen Mann, und es schien, als habe die soeben entdeckte Tatsache ihre bisherige hartnäckige Feindseligkeit ein wenig gemildert, immerhin machte sie den Eindruck, sie würde nachdenken. Vielleicht war in ihr eine vage weibliche Solidarität erwacht, die eine lebende Blondine nicht hatte erregen können, eine tote Frau aber schon. „Warum haben Sie nicht ihren richtigen Namen angegeben?“, fragte sie mit gerunzelten Brauen, dann schob sie Vera einen Fragebogen zum Ausfüllen hin. In die Rubrik, wer sie zur Verstorbenen war, konnte sie nur hineinschreiben, ihre Bekannte. Als Vera nämlich mit dem Kugelschreiber in der erhobenen Hand zu erklären begann, wer sie in Wirklichkeit für Edu gewesen war, erklärte die Frau schnippisch, auf Abstand bedacht, wo die Genossin aufgewachsen sei, gehe niemanden etwas an. „Das hier ist ein Friedhof, darf ich Sie bitten, fortzufahren", damit ließ sie den Blick über das ausgefüllte Formblatt wandern, als habe die Antragstellerin die wartende Reihe der Leichen bis jetzt absichtlich aufgehalten. Erst in der Straßenbahn, als sie in ihrer Tasche nach der Fahrkarte suchte, bemerkte Vera, dass sie diesen unheilvollen ärarischen Kugelschreiber versehentlich eingesteckt hatte.

Sie musste noch in die Wohnung hinauf, um das Gas abzusperren. Zum Glück lief ihr niemand aus dem Haus über den Weg, so musste sie niemandem erzählen, wie es ihnen gehe und für wann sie das Begräbnis geplant hätten. Der grünen, mit der Strukturwalze bearbeiteten Wand des Zimmers und dem Nylonvorhang entströmte kalter Tabakgeruch. Vera hatte den Todesfall beim Rat schon gemeldet, von der Meldung an gerechnet standen ihr zwei Monate zur Verfügung, um die Liegenschaft leer zu übergeben. In der Wohnungsabteilung entschuldigte man sich, mehr Zeit könnten sie ihr nicht zugestehen, es gebe viele Antragsteller, mit Familie, und ausmalen müsse man auch lassen, zehn Tage vor Beginn der Arbeiten müssten sie die Brigadeeinteilung schon abgeben.

Zwei Monate erschienen ihr sehr kurz. Vica war zwar schon älter als sieben, sie war kein Kleinkind mehr, doch eine solche Arbeit konnte man neben ihr nicht durchführen. Vera hatte es am ersten Tag trotzdem versucht, sie nahm Vica mit und bat sie, Ruhe zu bewahren, während sie die Deckel und Töpfe durchsah. Die Kleine nickte zustimmend, doch zogen die vielen blauen und roten Emailtöpfe und das Geklapper sie an, also kam sie immer wieder aus dem Zimmer heraus. Und wenn sie drinnen blieb, kroch sie herum und ihr Kleid wurde ganz staubig. Unter dem Kasten hatte sie eine verendete Kakerlake gefunden, die brachte sie zum Vorzeigen in die Küche. Vera erinnerte sich plötzlich an den Geruch, der von den Küchenschaben ausging, wenn sie seinerzeit, unterwegs zum WC auf dem Gang, welche zertreten hatte.

Sie beschloss, das Kind doch lieber für einige Tage zur Klari-Oma zu geben. Es hatte allerdings noch nie dort geschlafen, doch einmal kann man das auch aushalten, dachte Vera, schließlich wäre es auch bei Lali nicht besser dran, im hinteren Raum, wo der nächtliche Lärm immer zu hören war. Lali hätte das Kind zur Stoßzeit ohnehin nicht genommen. „Meine Augen gehen hin und her wie die Wache auf Patrouille, aber mit dem Arsch kann ich noch nicht schauen, mir reicht es vollauf, auf die Angestellten und die Einnahmen zu achten."

Um ein Uhr nachmittags wachte Klari-Oma aus ihrem Tiefschlaf auf, den ihr angeblich die vom Kreisarzt verordneten Schmerzmittel verschafft hatten. Den Nachbarn erzählte sie schlichtweg, sie lebe nur noch von Morphium, doch die hörten ihr nicht mehr zu, weil Klari-Oma in den letzten zwanzig Jahren vor ihren Augen die Symptome aller tödlichen Krankheiten durchgespielt und überlebt hatte. Das Läuten Veras weckte sie und sie verzichtete bei ihrem Klagegesang mit gutem Gespür für Dramaturgie diesmal auf das Morphium. Das Kind hatte sie erst inmitten ihres Monologes erblickt und gleich gelobt, wie groß es geworden sei, seitdem sie es das letzte Mal gesehen hatte. Vera teilte ihr mit, dass das erst vor einer Woche gewesen war, und Klari-Oma erinnerte sich daraufhin gleich, ja freilich, der liebe Lali war herübergekommen, als die arme Edu gestorben war, und da war doch tatsächlich auch die Kleine bei ihm.

„Die wachsen wie die Schwammerln", sie hielt sich begeistert an ihren Text und gab endlich den Weg frei. Vera hielt sich nicht lange auf. Sie versorgte Klari-Oma mit Geld und mit ernst gemeinten Vorschlägen, dann versuchte sie, im Zimmer eine freie Fläche zu finden, wo sie die Sachen des Kindes ausräumen könnte. Eine Hose zum Wechseln, Haargummis, Pyjama, Zahnbürste, Zahnputzbecher. Als sie weggegangen war, beäugte Klari-Oma die vielen Kinderklamotten, dann legte sie sich wieder hin und sagte der Kleinen, sie möge ganz ruhig in den Kleidern bleiben, die sie anhabe.

Am Nachmittag wurde sie ein bisschen lebhafter, sie setzte sich an den Rand der Couch und zeigte ihrem Enkelkind, wie man Canasta spielt. Vica war sehr stolz, so ernst genommen zu werden. Ihr Vater sagte ihr immer, wenn die Erwachsenen im Sommer auf der Terrasse der Lagosch-Bude Karten spielten, das sei kein Spiel für Kinder. Sie durfte höchstens ein Kartenhaus bauen, auch das aber nur mit den abgegriffenen, beschädigten Karten, die die Großen als Ersatz in einer Holzschachtel aufbewahrten. Und siehe da, Klari-Oma spielte jetzt ein Erwachsenenspiel mit ihr und schickte sie als Draufgabe sogar allein ins Geschäft, um etwas zu essen zu holen, als Vica schon sehr hungrig geworden war.

Am Abend musste sie sich auch nicht früh schlafen legen, zugegeben, sie konnte in der Dunkelheit nicht viel anfangen, denn Klari-Oma besaß kein Fernsehgerät und das Radio hielt sie im Liegen an ihr Ohr gedrückt. Der zweite Tag verging auch gut, die Gizi aus der Nachbarschaft war zu Hause und sie waren zum Spielen hinausgegangen, doch am dritten Tag musste Gizi zu Hause bleiben und Hausaufgaben schreiben. Vordem hatte Vica, wenn es ihr langweilig war, das Aquarium anschauen können, jetzt gab es das auch nicht mehr. Es blieben ihr die ausgeblichenen Journale und das alte Lexikon mit den brüchigen Seiten, das sie schon so oft durchgeblättert hatte, dass sie die Einträge zu den Abbildungen auswendig hersagen konnte. Die Corydalis, der Lerchensporn, gehört zu den Mohngewächsen. Der Cotopaxi ist der höchstgelegene Vulkan der Erde in den Ketten der Anden im Staate Ecuador. Die englische Königin begrüßt die ungarischen Pfadfinderinnen. Die Rätsel in den bebilderten Zeitungen waren von jemandem mit zittrigen Buchstaben gelöst worden, es gab keine fehlenden Wörter mehr zu ergänzen. Las man aber die Wörter verkehrt herum, bildeten die mit Kugelschreiber hingeschriebenen Buchstaben geheimnisvolle indianische Wörter: dnetfud, lhaM, retnurad.

Vor dem Fenster erschienen die ausgeschnittenen Schuhe Gizis. Sie hockte sich hin und winkte durch die schmutzige Scheibe herein. Servus, sagte Vica und blickte auf, retnurad, dnetfud, es war tatsächlich Gizi. Tante Terka riss sie bei den Armen hoch und zog sie mit sich, die Schuhe verschwanden aus dem Fensterrahmen. Es war schon sehr spät, thcaN.

Lali hätte erst um sieben Uhr aufstehen müssen, doch er war schon wach. Er lag auf dem Rücken und blickte bisweilen auf die neben ihm schlafende Frau, die ihn so im Schlafe, mit wirrem Haar, eigentlich sehr an seine Frau erinnerte. Im wachen Zustand war sie aber schöner als Vera. Lali musterte ihr Gesicht, versuchte daran ein Zeichen auszumachen, das bewiesen hätte, dass die Frau die Wahrheit gesprochen hatte und ein Kind erwartete. Erst jetzt bemerkte er, dass auch sie einen leichten Flaum an der Oberlippe hatte, genau wie die Vera. Er überlegte gerade, die Decke zurückzuschlagen und auf ihrem Bauch nachzusehen, denn sie trug im Gegensatz zu seiner Frau nie ein Nachthemd, doch da blickte ihn ein überraschend waches Augenpaar an. Die Frau sagte mit einer klaren, überhaupt nicht nach Erwachen klingenden Stimme, es sei sechs Uhr, als habe sie das vom Gesicht des Mannes abgelesen, dabei war es nur so, dass der Wecker auf dem Nachtkästchen hinter Lalis Kopf noch zu sehen war. Die Zeitansage machte Lali gereizt und er griff mit der Hand, mit der er eben die Decke zurückschlagen wollte, nach einer Zigarette und zündete sie an. Er hatte das Gefühl, und dabei machte er einen tiefen Zug, dass diese Frau ihn ständig an irgendetwas erinnerte und antrieb. So auch jetzt: Kaum war sie erwacht, schon sagte sie die Zeit an, wie eine Kuckucksuhr. Seitdem er sie kannte, machte sie ihn immer auf etwas aufmerksam, als wäre sie nicht seine Geliebte, sondern zumindest seine Mama. Du musst aufstehen, du musst einzahlen. Du musst verlängern, du musst schmieren, du musst spülen. Kamen sie im kleinen Haus an, um zusammen zu sein, und war er dabei, aus der Hose zu steigen, teilte die Frau mit, wann sie zurückfahren müssten, um ihrer Mutter nicht zu begegnen. Als Lali einmal an einer Kreuzung ohne Kappe auf sie wartete, weil er ausgestiegen war, um eine Zigarette zu rauchen, kam sie ihm auf der vereisten Straße mit vorsichtigem Trippeln entgegen, und als sie nahe genug war, informierte sie ihn darüber, wie viele Grade es habe, statt ihn zu begrüßen. Dann, im Auto sitzend, fuhr sie fort, Lali würde bald eine Glatze haben, wenn er barhäuptig herumgehe. Der

Begrüßungskuss war ausgeblieben, stattdessen kontrollierte Lali mit schief gehaltenem Kopf im Rückspiegel, ob ihm die Haarwurzeln bereits erfroren waren, dann trat er auf das Gaspedal. Immer gab es Fristen, Zwänge, Versäumnisse, die auf dem Gesicht der Frau saßen und die vorwurfsvolle Miene projizierten, die bereits die alternden Züge ihrer Mutter aufwiesen.

Jetzt stand sie auf, sie schlüpfte aber nur in die Pantoffeln und schlurfte ins Bad. Sie urinierte bei offener Tür. Dabei rief sie ins Zimmer, es sei bald Viertel.

Lali hatte sie vor zwei Jahren kennengelernt, als er angefangen hatte, die Ausleihe regelmäßig zu besuchen. Sie lagen ein wenig am Strand, ein-, zweimal gingen sie in der Nacht zum Wasser hinunter, dann fragte ihn die Frau auf einmal, wann er gedenke, seine Frau zu verlassen und mit ihr zusammenzuziehen. Die Mutter der Frau, eine Dicke mit schütterem Haarwuchs, die stets in einem geblümten Hauskleid herumging, setzte sich zuweilen in die Langosch-Bude zu den Palatschinken, wo sie aber nichts verzehrte, sie schaute Lali nur mit stechendem Blick an. Sie hatte ihre Tochter allein aufgezogen und fürchtete sich jetzt, die Nachbarn würden ihre Zungen an ihr wetzen. Lali wagte es gar nicht, Händchen haltend mit ihr spazieren zu gehen, und wenn er sie abholen wollte, musste er bis zur Bahnschranke hinausfahren. Als ihn die Alte das erste Mal vor einer Serviererin mit „mein kleiner Schwiegersohn" anredete, spürte Lali, es wäre angebracht, sich von dieser Familie zu befreien, doch das hieße, die gosch-Buden und sein ganzes bis dahin aufgebautes Leben am See aufzugeben. Er hätte sich freilich auch entscheiden können, bei der Tochter zu bleiben und alle weiteren Morgen seines Lebens davon zu erwachen, dass es sechs Uhr sei und dass Ware gebracht worden sei, doch dann hätte er seiner Frau sagen müssen, dass er nie mehr nach Hause kommen würde. Dass er auch ausnahmsweise nicht mehr zu den Wochenenden nach Budapest fahren würde, dass er nur seine Sachen holen wollte und sie die Wohnung mit dem Kind behalten könnte. Von da an wäre tatsächlich die Frau mit dem Hauskleid seine Schwiegermutter. Mein kleiner Schwiegersohn.

Lali hatte schon alle möglichen Lösungen durchgedacht und keine hatte ihm zugesagt. So, wie er die beiden Langosch-Buden betrieb, so pendelte er müde zwischen den beiden Beziehungen und den beiden Orten hin und her, und wäre diese unerwartete Schwangerschaft nicht dazwischengekommen, hätte er bis zum Ende aller Zeiten ein unbequemes, doch verhältnismäßig ausgewogenes Gleichgewicht aufrechterhalten können. Jetzt aber sah er sich in der Klemme, er musste eine Entscheidung treffen. Für zehn Uhr hatten sich Kontrolleure angesagt, aber er konnte sie nicht abwarten.

Edu war gestorben. Das relativierte die Wichtigkeit der Kontrolle, für die er übrigens schon alles vorbereitet hatte: Am Vortag hatten sich sein Bruder und die Schwägerin bis zur späten Nacht mit den Öfen und den Kassabüchern beschäftigt. Lali raffte die Schmutzwäsche zusammen, die er sonst nur freitags nach Hause brachte, und warf sie in den Kofferraum. Die Geliebte war auf die große, vollgestopfte Sporttasche eifersüchtig, seit Monaten schon bettelte sie darum, Lalis Sachen waschen zu dürfen. Das war nicht gut möglich, es wäre das offene Einbekennen der Beziehung gewesen. Statt der Wäsche musste sie sich mit einigen Unterhosen zufrieden geben, die sie in der Waschmuschel durchdrücken durfte, und statt der Wochenenden mit dem einen oder anderen Treffen nach Sonnenuntergang hinter heruntergelassenen Rollläden. Lali wollte schon abfahren, er beteuerte der jungen Frau, deren Augen vom Weinen gerötet waren, dass er es jetzt tatsächlich sagen würde. Sie vergrub beide Hände in den Taschen und wickelte die Seitenteile ihrer Jacke von außen um die Fäuste. In diesem Augenblick sah sie eher kindlich aus, backfischhaft beinahe, die Verzweiflung hatte den steten, altklugen Vorwurf von ihrem Gesicht abgewischt. Als der Mann die Autotür zuschlug, machte sie noch einen Schritt auf ihn zu und klopfte an die Scheibe, als habe sie etwas Wichtiges vergessen. Er kurbelte die Scheibe herunter und sie rief ihm nur eine Telefonnummer zu, woraufhin Lali wegfuhr. Diese Telefonnummer klang genauso wie „Mein kleiner Schwiegersohn". Und Lali wusste genau, dass er sich, zu Hause angekommen, nicht vor seine Frau mit den vom Weinen ebenfalls geröteten Augen hinstellen und sagen konnte, dass er übrigens ausziehen werde und, ach ja, da wäre noch eine Kleinigkeit, die er bisher nicht erwähnt habe, dass ihm in einigen Monaten angeblich ein Kind geboren werden würde. Nein, das anzukündigen war unmöglich, insbesondere jetzt, wo die Edu gestorben war. Dieser Tag war hierfür am allerwenigsten geeignet.

Schon auf der asphaltierten Straße grübelte er darüber nach, wie er das Eigentumsrecht an den beiden Langosch-Buden so übertragen könnte, dass er nie mehr an das Seeufer zurückkehren und vom Kind, das geboren werden würde, nichts wissen müsste. Dass er nicht einmal seine Sachen abholen müsste, soll sie doch die Schwägerin zusammenpacken und ihm nachbringen.

Am meisten fürchtete Lali, dass die Frau, sollte er anderntags nicht zurückfahren, Vera wirklich anrufen und ihr alles auftischen würde. Oder dass sie seinen Bruder erpressen würde, dem reichte die angekündigte Kontrolle vollauf, er brauchte jetzt sicher nicht auch noch eine hysterische Frauensperson. Sie kannte die Telefonnummer seiner Budapester Wohnung, es war die Nummer gewesen, die sie vorhin wie einen Fluch tränenverschmiert und zu allem entschlossen, den Motor übertönend, ins Auto gerufen hatte.

„Du bist so eine tüchtige Frau“, sagte Lali abends zu Vera, „versuche doch, das allein zu erledigen.“ Er schmiegte sich eng an ihren Rücken und legte die Hand auf die Schulter mit dem Baumwollnachthemd. „Glaub mir, für mich ist es auch nicht so leicht, alles auf einmal zu erklären.“ Letzteres stimmte durchaus. Er sprach in einem müden, vertrauten und warmen Ton und Vera horchte auf die leisen, bruchstückhaften Sätze, das ist die Stimme Lalis, dachte sie, die alte, verständigere und leisere Stimme, die sie seit so langer Zeit, seit Jahren nicht mehr gehört hatte.

Sie stand im Morgengrauen, als er zurückfahren musste, mit ihm auf, kochte ihm einen richtig starken Kaffee für den Weg und füllte ihn in die Thermoskanne.

Klari-Oma schlief viel, eigentlich war sie kaum wach. Dem Kind hatte sie gesagt, sie schlafe, weil sie eine Krankheit habe, deren Symptom eben das dauernde Schlafen sei. Schlafkrankheit. Übertragen von der Tsetsefliege. Wenn die jemanden steche, dann schlafe der. Die Tsetsefliege habe Klari-Oma in einem Dorf namens Cece gestochen, als sie von der Partei auf einen Autobusausflug mitgenommen wurde. Vor langer Zeit. Die Erkrankung sei lange unbemerkt geblieben, jetzt aber habe sie sich entwickelt und nun fühle sie nur dann keinen Schlafzwang, wenn sie sehr hungrig sei oder scheißen müsse.

Alles das murmelte Klari-Oma schon bei der Arbeit, als sie das leere Aquarium mit Vicas Zahnbürste sauber schrubbte. In die Winkel konnte sie damit trotz aller Anstrengung nicht vordringen, doch die Zahnpasta nahm die Algen gut weg, schade, dass sie diesen nützlichen Haushaltskniff nicht früher schon einmal per Zufall kennengelernt hatte.

Vica hockte neben ihr und sah ihr bei ihrer Tätigkeit zu. Sie dachte unentwegt daran, dass die Großmutter eines ihrer Mitschüler ausgerechnet in dem Dorf wohnte, in dem Klari-Oma an dieser geheimnisvollen Seuche erkrankt war. Er war in den Schulferien immer mit seinem Bruder dort und seine Eltern holten ihn im August mit der Bahn zurück. Dann werden sie jetzt alle die Schlafkrankheit bekommen, selbst der Hund, und es könnte passieren, dass ihr Mitschüler am Ende der Ferien gar nicht mehr zu ihnen in die Schule zurückkam. Oder dass die Krankheit bei ihm nicht gleich ausbrach und er dann in der Dritten oder Vierten auf einmal im Unterricht glatt einschlafen würde. Und niemand wird wissen, was ihm fehlt, nur sie. Klari-Oma war mit dem Schrubben fertig und sagte: „Na." Sie stellte die Zahnbürste ins Glas zurück und schaltete das Radio ein, dann legte sie sich angezogen aufs Bett und schloss die Augen. Vica möge schauen, ob die Gizi zu Hause sei, empfahl sie ihr, sie hätten doch auch gestern so nett miteinander gespielt. Die Gizi war nicht zu Hause, zumindest behauptete das ihre Mutter, nachdem sie aus der Tür geschaut hatte. Dann schloss sie sie rasch. So sah der Nachmittag ziemlich langweilig aus. Zuvor waren die Fische da gewesen, man konnte ans Glas klopfen, nachzählen, wie viele Junge es gab.

Vica stand herum, dann setzte sie sich auf den Boden. Sie zog sich die Haargummis über die Beine und stellte sich vor, eine Gefangene zu sein, die gefesselt daliegt, bis jemand kommt und sie befreit. Da niemand kam und sie selbst zu ihrer Rettung hätte eintreffen müssen, hörte sie damit lieber auf und streifte sich die Ringe ab. Klari-Oma zu fesseln und zu befreien, wäre ohnehin nicht interessant gewesen, weil sie eh nirgends hinging. Und hätte Vica sie gebeten, so zu tun, als wäre sie die Gefesselte, würde Klari-Oma geantwortet haben, gut, sie tue so, und würde weiterhin Radio hören. Hoffnungslos, sie zu einem Rollenspiel zu bewegen, wenn sie keine Lust dazu hatte. Sie war imstande zu antworten, sie sei eine Gefangene, die in ihrer Zelle gerade Radio höre, weil ihr das gestattet worden sei, oder dass sie ein Monster sei, das alle damit schrecke, einzuschlafen, Vica würde schon sehen, wie fürchterlich sie schnarchen könne.

Sie war eine ausgezeichnete Charakterdarstellerin, doch war der Regisseur noch nicht geboren, der sie bewogen hätte, wenn sie keine Fantasie in der Rolle erblickte. Vica lag mit ihren verdrehten Strümpfen bäuchlings auf dem Teppich, ließ den Blick über das Durcheinander schweifen, als ihr plötzlich etwas in den Sinn kam.

„Spielen wir Schneewittchen!"

Klari-Oma erwiderte, das sei gut, sie würde die böse Stiefmutter spielen, und Vica, das Schneewittchen, würde gerade vom Jäger, der ihr das kleine Herz aus dem Leibe schneiden sollte, in den Wald gebracht. Der Jäger aber würde sie nicht umbringen, nur sehr bemitleiden, und genau dann, wenn diese Sendung zu Ende wäre, würde Schneewittchen wieder in den Palast zurückfinden, bis dorthin möge sie noch ein wenig herumirren.

Vica schüttelte den Kopf, sie habe es nicht so gemeint, vielmehr so: Sie würde gern das Aquarium dazu haben. Klari-Oma entfernte das Radio kurz vom Ohr, zwar schaltete sie es nicht aus, doch zog sie die Brauen hoch, wozu denn das Aquarium, in Dreiteufelsnamen? Es schien ihr, ein Ertränken komme bei Schneewittchen nicht vor, freilich konnte man immer vom Text abgehen. Vica erklärte ihr, sie wolle einen gläsernen Sarg machen, hier, auf dem Teppich, da wäre die Lichtung, wo das Schneewittchen ohnmächtig lag. Und sie nahm die halb kahle Brautpuppe von den Pölstern herunter. Klari-Oma hatte bloß auszusetzen, dass die Lichtung, wenn möglich, sich nicht auf dem Boden erstrecken möge, dann würde sie des Nachts, wenn sie zum Brunzen hinausgehen müsse, darüber stolpern. Und schon fegte sie alles vom Tisch, um dort rasch Platz für die Lichtung zu schaffen. Sie legten das aufgebahrte Schneewittchen sachte auf einen roten Samtpolster. Vica ordnete den Schleier würdevoll, damit die kahlen Stellen nicht zu sehen waren, dann stülpten sie das Aquarium geschickt über die Totenbahre. Es passte tadellos. Und sah auch grandios aus, die gesamte Komposition bekam durch das hereinsickernde Licht der Straßenlaterne auch noch eine gewisse Hintergrundbeleuchtung. Die Szenerie beflügelte Klari-Oma, also grub sie von irgendwo eine Taschenlampe aus und lehnte sie von hinten gegen den Polster, sodass Schneewittchen in ihrem kleinen Sarg im Licht zu schweben schien. Vera äußerte nur Bedenken, dass die Puppe so keine Luft bekäme, doch Klari-Oma beruhigte sie, das sei ihr jetzt egal, weil ihr ja der Bissen vom Apfel in der Kehle stecke, bis sie den nicht in die Hand des Prinzen spucke, sei es total wurscht, ob sie Luft hole oder nicht. Bis dorthin sei ihre Kehle wie ein Staubsaugerrohr, das einen vergifteten Tischtennisball aufgesaugt hatte. So müsse man sich ihre rosige Luftröhre vorstellen.

Sie hätten noch den Prinzen gebraucht, doch auf dem Bett saßen nur noch Teddybären und ein Osterhase und die abgestoßenen Porzellanfiguren vom Regal kamen ihrer Ausmaße wegen als Retter nicht in Betracht. Die beiden grübelten eben heftig über dieses Problem nach, Klari-Oma hatte sogar das Radio ausgeschaltet, als draußen jemand läutete. Da die Tür nie abgeschlossen war, trat Vera einfach ein. Zuerst konnte sie im Halbdunkel des Souterrains kaum etwas ausmachen. Sie stieg über die hinuntergefegten Kleider hinweg und erblickte plötzlich die unter der glänzenden Glashaube liegende Puppe. Vera schrie auf, sie stürmte heulend auf Klari-Oma los, zerrte an ihren Kleidern, riss an ihrem Haar, kreischte, Klari-Oma sei eine scheißverdammte bösartige Psychopathin, in dieser Familie sei jeder ein degenerierter Idiot und auch sie würde noch verrückt werden, sicher würde sie verrückt werden, wenn sie es nicht jetzt schon sei. Dann beruhigte sie sich. Mit herunterhängenden Armen stand sie erschlafft in der Zimmermitte, als hätte der Zornesausbruch von vorhin ihre ganze Kraft aufgezehrt. Klari-Oma antwortete nichts, sie versuchte, sich die losen grauen Haarsträhnen hinter die Ohren zurückzustecken und ihre Kleidung zurechtzuzupfen. Vica hielt den Atem an. So verstrichen lange Minuten im Dämmerlicht. Dann machte Vera einige Schritte zurück, sie setzte sich auf die Couch und entdeckte auf einmal ihr Kind. Sie schaute es an, als habe sie erst jetzt bemerkt, dass auch Vica im Zimmer war. Sie starrte ihre Tochter an und langsam stiegen ihr die Tränen in die Augen. Bevor Vica auch nur etwas sagen konnte, fragte sie mit belegter Stimme:

„Für was musstest auch du geboren werden?"

Schneewittchen lag in ihrem gläsernen Sarg und konnte sich nicht aufsetzen, sie war außerstande, den Apfelbrocken herauszuhusten. Sie verharrte in tödlicher Bewegungslosigkeit, nicht einmal blinzeln konnte sie unter dem luftlosen Glassturz. Und die Zwerge? Wo mochten sie sein? Weit weg hatten sie in den Fenstern der benachbarten Häuser ihre winzigen Laternen angezündet und zogen mit ihren Lichtern in der Höhe der Stockwerke dahin, doch von hier, aus diesem tief liegenden Zimmer war das nicht zu sehen. Mag sein, freilich, dass sie gar nicht da waren.

Die Autorin bedankt sich
für die Hilfe bei:

Benedek István Gábor,
Gyetvainé Virág Dóra,
Kardos Ágnes,
Márton László (Budapest),
Müller Péter Sziámi,
Papp Gábor Zsigmond,
Perecz László,
Tana-Kovács Ágnes
und **Torda** István.

Während die Kádár-Ära viele Ungarn zu Opportunisten und Komplizen machte, erzählt der neunjährige Held des Romans in einer reinen und schonungslosen Sprache sein Jahr 1968, vom Leben der zwölfköpfigen Familie und seinen Erlebnissen, an deren Ende ein eigenes Vergehen steht. Den Rahmen bilden der Kampf des Vaters, eines ehemaligen Offiziers, der heimlich mit Rosenkränzen handelt, und der Kampf der Mutter, die mit einer verschroben katholischen Spiritualität die Familie zusammenhält: Es wird an einem großen Haus gebaut, bis zum Umzug aber leben die Eltern mit ihren zehn Kindern in einer winzigen Wohnung bei Budapest. Außer ihnen gibt es da noch den mit Sündengrafiken hantierenden Pfarrer, die kommunistische Baubrigade, den dichtenden Redakteur einer katholischen Zeitung, die gut riechende Lehrerin und die Mitschüler, bedrohlich und verlockend.

Der Neunte ist nicht nur die ergreifende Geschichte einer facettenreichen Familie in absoluter Armut, sondern in Gestalt des namenlosen Helden auch ein sinnliches Zeugnis osteuropäischer Daseinskämpfe; der Roman enthüllt das Gewebe seelischer und praktischer Gewalt mit einer verhaltenen Poesie voller Schmerz und untergründiger Sehnsucht.

Der einstige kanadische Emigrant, der aus Deutschland heimgekehrte Ermittler und der in Ungarn gebliebene Straßenmusiker erleben und erzählen ihr Leben in dem Roman, der einen einzigen Tag umfasst. Ort der Handlung ist das sonnige Szeged mit seinen schon fast kultischen Schauplätzen: dem Domplatz, den schön gepflasterten Straßen der Innenstadt, dem schattigen Theiß-Ufer, der alten Franziskanerkirche. Doch in der Handlung entfalten sich keineswegs heitere und glückliche Schicksale, sondern die kältesten Seiten und die Tiefen menschlichen Daseins. Die Geschichte beginnt mit einem Klassentreffen, um ihr Fenster dann für Heldentaten und Schwächen, Betrügereien, verschwiegene Ereignisse, sich in Nichts auflösende Träume, verborgene Leben, jugendliche Vergehen und Freuden zu öffnen. Menschen mittleren Alters, alte Freunde erzählen oder verschweigen, was in den vergangenen dreißig Jahren mit ihnen geschehen ist und was jetzt mit ihnen geschieht. Gutes, Schlechtes, Wahres und Gelogenes.

Aus diesem Roman erfahren wir auch, wo die Sätze zu Hause sind: in Herz, Körper, Seele, Geist. Natürlich. Doch das wichtigste Zuhause der Sätze ist das Schicksal des Menschen und seine Hinfälligkeit, wobei er doch nie Ruhe findet.

Ein mutiger, deprimierender, beunruhigender, kathartischer Roman.

László Darvasi